KB029785

한국 **현대아동문학** 연구

최명표 ● 전북대 대학원 국어국문학과 졸업(문학박사). 1990년 월간 『아동문예』, 계간 『아동문학평론』에서 평론 추천. 아동문학평론집 『아동문학의 옛길과 새길 사이에서』, 연구서 『전북지역 아동문학 연구』, 『한국근대소년운동사』, 『한국근대소년문예운동사』 등이 있음.

아동청소년문학총서 05

한국 현대아동문학 연구

2013년 11월 27일 1판 1쇄 인쇄 / 2013년 12월 11일 1판 1쇄 발행

지은이 최명표 / 펴낸이 임은주
펴낸곳 도서출판 청동거울 / 출판등록 1998년 5월 14일 제406-2011-000051호
주소 (413-756) 경기도 파주시 문발동 파주출판도시 534-4 301호
전화 031) 955-1816(관리부) 031) 955-1817(편집부) / 팩스 031) 955-1819
전자우편 cheong1998@hanmail.net / 네이버블로그 청동거울출판사

Writed by Choi, Myeong Pyo.
Text Copyright ⓒ 2013 Choi, Myeong Pyo.
All right reserved.
First published in Korea in 2013 by CheongDongKeoWool Publishing Co.
Printed in Korea.

ISBN 978-89-5749-158-4 (94810)
ISBN 978-89-5749-141-6 (세트)

이 도서의 국립중앙도서관 출판시도서목록(CIP)은 서지정보유통지원시스템 홈페이지
(http://seoji.nl.go.kr)와 국가자료공동목록시스템(http://www.nl.go.kr/kolisnet)에서
이용하실 수 있습니다. (CIP제어번호: CIP2013025519)

아동청소년문학총서 05

한국 현대아동문학 연구

최명표 지음

머리말

　지금 한국아동문학은 중흥기에 접어든 듯하다. 연구자들도 늘어나는
추세이고, 연구 과정을 설치하는 대학들도 증가하고 있다. 일찍부터 아
동문학 연구에 신명을 바친 선학들의 고독한 행로를 반추해 보면 세상
이 참 달라졌다. 하지만 아동문학 연구는 이제 출발점에 섰을 뿐이다.
아직도 도처에 산일된 자료를 정리하는 작업부터 이루어지지 않은 작가
연구에 이르기까지, 연구자들이 헤쳐 나갈 길은 요원하고 힘들다. 그 길
에 실낱 같은 도움이라도 줄까 여겨 그동안 발표한 아동문학 관련 논문
들을 묶는다. 돌아보니 아동문학을 대하는 태도는 변하지 않았다. 여전
히 한국문학의 범주를 의식하며 아동문학의 특질을 살피고 있고, 남들
이 눈을 주지 않는 작가들이나 영역을 침범하고 있다.
　제1부는 김태오에 관한 글이다. 그는 일찍부터 소년운동에 투신하여
쟁쟁한 이론가로 활동했다. 그 와중에 동요를 비롯한 아동문학 작품을
발표하는 한편, 이론적으로 뒷받침하기 위해 분투하였다. 그의 활약상
을 찾아서 학계에 보고한 일은 뿌듯하다. 그는 소년운동가, 청년운동가,
동요작가, 시인, 비평가 그리고 교육학자로 알찬 생을 바삐 살았다. 그
처럼 넓은 보폭을 지닌 인물이 아동문학사에서 홀대되는 현상은 극복되
어야 한다. 참고로 그의 소년운동에 관한 연구물은 기간한『한국근대소
년문예운동사』에 수록되어 있는 줄 알린다.
　제2부의 동시론은 김해강, 박목월, 오규원의 동시를 읽고 난 성과물

이다. 김해강은 60년에 걸친 시력이 증명하듯, 한국 현대시사를 증언하는 시인이다. 그는 식민지시대에 청년운동에 투신하여 지역사회의 변혁을 도모하면서 시작 생활을 지속하였다. 그가 프롤레타리아 아동문학에 친연성을 보이며 발표한 작품들을 살펴보았다. 박목월은 유명한 시인이지만, 차라리 동시인으로 불러야 제격일 정도이다. 그의 작품에 투영된 동심은 심혼의 고향이다. 그는 동시인보다 시인으로 남기를 바랐으나, 동심이 시세계를 형성하는 원형질이란 점에서 동시에 함의된 바가 만만치 않다. 오규원은 시인으로 살아가기 전부터 동시를 썼다. 지금이야 시인으로 더 알려져 있으나, 그는 학력사항부터 아이들과 뗄 수 없는 관계를 맺었다. 나중에 그는 동시들을 한데 모아 세상에 내놓았다. 그의 동시는 사랑을 배경으로 삼은 '날 것' 이미지의 원형을 보기에 알맞다. 곧, 그의 동시는 독자적인 시론의 입론 과정을 알아보는 단계에서 필독되어야 한다.

제3부의 동화론은 노양근, 이구조, 이규희의 작품을 살핀 글들이다. 노양근은 황해도에서 태어나 평생 동안 이북에서 살았다. 그는 식민지시대의 주요 지면을 장식할 정도로 활발히 작품을 발표하였다. 특히 각종 신춘문예에 그는 부지런히 투고하여 당선되면서 장르를 넓히느라 부산했다. 그러다 보니 그의 작품 중에는 태작이 눈에 띄기도 한다. 이구조의 동화는 설익은 동화론만큼이나 성글다. 그가 좀더 오래 살아서 자

신의 작품에 각인된 도식성을 거세했더라면 값진 동화론을 도출했으리라는 점에서 아쉽다. 이규희의 연구물은 다른 작가들과 시대를 훌쩍 뛰어넘고 있다. 하지만 그것을 따로 떼어 남겨 두기보다는 이번에 묶는 편이 낫다고 판단했다.

제4부에는 소년소설론을 배치하였다. 김유정은 자타가 공인하는 해학의 작가이다. 그는 강원도 두메에서 태어난 조건을 살려 질박한 언어로 순수한 세계를 꿈꾸었다. 그의 작품은 아동문학 연구자들이 이른바 전문 아동문학가의 작품으로 논의를 한정하는 경향을 나무란다. 노양근은 『열세 동무』로 소문난 작가이다. 그러나 이 작품이 일각의 평판처럼 문학성을 갖춘 것은 아니다. 이 작품은 작가가 도식적인 주제의식에 압도되어 소설적 형식마저 소홀시한 혐의를 부인하기 어렵다. 이구조의 작품도 요새 관점으로 보면 함량이 충분치 않다. 그러나 두 작가의 작품이 남긴 결과는 방정환 계열과 프롤레타리아 아동문학의 사이에서 독자적인 활로를 모색했다는 점에서 의미를 확보한다.

제5부는 아동문학과 디아스포라에 관한 글이 차지하고 있다. 이 논의는 필자가 일전에 발표한 이미륵으로부터 시작된 것인데, 논의 대상으로 삼은 작가들은 자기정체성을 문제삼고 있다는 점에서 전형적인 이산문학에 속한다. 이민 1세대의 작가 강용흘은 강렬한 귀소욕을 숨기지 않았다. 그의 작품에 두드러지게 채택된 한국적 환경들은 어린 독자들

이 디아스포라를 이해하지 않으면 안 될 이유를 방증한다. 린다 수 박이나 유미리는 성공한 재외 작가이다. 앞의 작가는 유복한 환경에서 맘껏 공부했고, 뒤의 작가는 가정사와 개인사로 인한 불행이 점철된 채 살고 있다. 그 만큼 둘의 문학적 방향은 판이하다. 그녀들은 미국과 일본이라는 전혀 이질적인 나라에서 모국을 향한 가없는 애정을 작품화하고 있다. 그녀들의 움직임을 주시하고 응원하여 국외의 작가들이 아동문학판을 키워주기를 원한다. 따지고 보면 한 나라의 디아스포라는 유사 이래부터 계속되고 있다. 그것은 자연스럽기도 하고 억지스럽기도 하나, 후세들은 고스란히 문학적 자산으로 승화하기를 그치지 말아야 한다.

끝으로 이 책이 널리 읽혀져서 청동거울에 이문을 남겨주기를 소망한다. 알량한 이름 하나만 믿고 안 팔리는 책을 덜컥 내준 조태봉 사장의 후의에 고마울 따름이다. 아울러 머리말을 읽어 줄 낯모르는 독자들에게도 감사를 표한다. 아동문학 연구자들에게 할일은 태산이다. 그 중에서 얼마나 성에 차게 공부할지 걱정하기에 앞서 자세를 바로잡는다.

2013년 겨울의 입구에서
죽계서실에서 최명표

|차 례|

제3부 동화론

제4부 소년소설론

제5부 아동문학과 디아스포라

제1부 김태오론

'조선적 문학'의 추구

—김태오의 아동문학론

1. 서론

한국의 아동문학은 소년운동과 밀접한 상관관계를 맺고 있다. 소년운동은 대한제국기에 출현하여 기미독립만세운동 이후에 광주와 안변 등지에서 자발적으로 일어나 전국적으로 확산되었다. 방정환이 소년운동을 시작하기 전부터 각 지역에서 소년운동을 일으키고 있었던 것이다. 소년운동은 지역에서 경성으로 확산된 독특한 변혁운동이었다. 지역의 소년운동가들은 자라나는 세대를 위해 여러 가지 배려를 아끼지 않았다. 그 중 대표적인 것이 동화회와 독서회 등이다. 이런 집회와 모임은 소년들에게 읽혀 줄 독물을 필요로 하기 마련이었고, 소년운동가들은 소박하나마 아동문학 작품을 창작하여 그에 부응하였다. 이 무렵의 신문을 검색해 보면, 거주 지역이나 소년회를 병기한 작품을 상당수 접할 수 있다. 이처럼 1920년대에 본격적으로 아동문학이 형성된 배후에는 소년운동이 자리잡고 있다. 기존의 논의에서는 이 사실을 간과하거나 논외로 취급함으로써, 아동문학의 장을 협소화시켰다. 한국의 아동문학사에서 소년운동가들이 점한 비중은 만만치 않은 것이다. 이러한 사실을 주목하지 않으면 한국의 아동문학이 방정환의 등장, 곧 『어린이』의 창간과 함께 본궤도에 올랐다는 투박한 결론에 도달하게 된다. 그렇지만 이런 관점은 현단계에서 검토하기 용이한 잡지 매체에 과도한 의미를 부여하는 자세가 필연적으로 봉착하게 되는 오류이다.

이런 측면에서 소년운동가들의 문학 활동을 추적하는 일은 유의미하다. 그들은 문맹자가 절대 다수를 차지하고 있던 식민지의 현실을 타개할 목적으로 소년회와 독서회 등을 조직하였고, 수시로 동화회를 개최하여 소년들에게 독물의 접근 기회를 제공하였다. 말하자면 한국의 아동문학은 소년운동가들에 의해 시작되었던 것이다. 그 덕분에 소년들은 근대 '문학'의 실체적 모습과 처음으로 대면할 수 있었다. 곧, 소년운동은 "문학이 사회적 제도로 정착하는 과정에 관여하여 작가-독자의 출현과 문학작품의 생산-소비에 두루 상관하였다"는 사실을 기억해야 한다. 이처럼 명료한 사실을 도외시하고 나면, 아동문학의 형성 과정에 대한 논의를 명망가 위주로 진행하는 실수를 재범하게 된다. 지금까지 제출된 아동문학의 사적 연구들이 미완의 기획에 그치게 된 이면에는 연구자의 출발점 행동이 잘못 설정되어 있었던 것이다. 그렇다고 해서 저간의 사정을 1988년 납월북 작가들에 대한 해금 조치가 단행되기 전까지 프롤레타리아문학에 대한 논의를 금기시했던 정치적 상황에서 찾으려는 시도는 맞지 않다. 왜냐하면 일반문학사의 경우에서 확인 가능하듯이, 이념의 대립에 따라 문학적 논의가 제한적인 상태에서도 연구는 진행될 수 있었기 때문이다. 곧, 아동문학 연구상의 문제점은 연구자들의 출발선상이 처음부터 잘못되었다는 사실에서 찾아야 한다. 이제부터라도 연구의 외연을 넓히고 내용을 심화하기 위해 선행연구를 비판적으로 검토하고, 기존의 연구에서 언급하지 않은 작가들을 정당하게 평

---

1 최명표, 「전북지역 아동문단의 형성 과정」, 『전북지역아동문학연구』, 청동거울, 2010, 16쪽.

가하려는 자세가 필요하다.

　본고에서 살펴보고자 하는 김태오(金泰午, 1903~1976)처럼 연구자들에게 외면된 경우도 드물다. 그는 전라남도 광주에서 태어난 시인이자 아동문학가이며, 사회운동가이고 교육학자였다. 그의 아호는 설강(雪崗), 정영(靜影), 눈뫼였다.[2] 그는 한국 아동문단의 형성 과정을 증언할 수 있는 작가로서, 특히 소년운동과 아동문학 간의 상관성을 입증하기에 충분한 이력을 지니고 있다. 그는 1920년대 식민지 사회운동의 한 축이었던 소년운동에 복무하면서 지역의 변혁운동을 주도한 운동가였다. 이 기간에 그는 동요를 위시한 여러 장르에 다량의 작품을 발표하였다. 그는 활발한 문학 활동에도 불구하고, 지금까지 문학사적으로 제대로 조명받지 못하였다. 지금까지 밝혀진 바에 따르면, 김태오가 최초로 발표한 작품은 지우의 사망 소식을 듣고 애통한 심경을 토로한 수필 「고 K군을 추억함」(『동아일보』, 1926. 1. 29)이다. 그 뒤로 그는 문학 활동에 적극적으로 참여하였는데, 순서는 대부분의 작가들처럼 아동문학에서 성인 문학으로 나아가는 경로를 밟았다. 그것이 나뉘는 시기는 중첩되지만, 대략 일본 유학에서 돌아온 1932년경이다. 이 무렵부터 그는 시와 평론을 발표하고 시집을 발간하는 등, 아동문학과는 점차 거리를 두면서 해방을 맞았다. 그가 해방 후 대학교육에 진력하는 통에 문단 활동과 거리를 두어 문학적 접근 기회가 적었다. 이런 요인들이 복합적으로 작용하면서 지금까지 그에 관한 연구는 전무한 실정이다. 이에 본고는 김태오의 아동문학 중에서 별도로 논의되어야 할 동요론[3]과 소년운동론[4]을 제

---

2 김태오는 호 '雪崗'을 『설강동요집』(한성도서, 1933) 외에 여러 곳에서 사용하였고, '靜影'은 시집 『초원』(청색지사, 1939)의 표지에 '靜影詩集'이라고 표기했으며, '눈뫼'는 동화 「쥐들의 회의」(『사해공론』, 1936. 1)에서 사용하였다.

3 김태오의 동요론에 관해서는 최명표, 「'향토예술'의 이론과 실천―김태오의 동요론」, 『아동문학평론』, 2010. 가을호, 71~98쪽 참조.

4 김태오의 소년운동에 관해서는 최명표, 「'조선적 소년운동'의 논리와 실천―김태오의 소년운동론」, 『한국근대소년문예운동사』, 경진, 2012, 191~225쪽 참조.

외하고 검토할 계획이다.

2. '조선적 문학'의 추구

1) '천진'과 '현실'의 동화적 조율

　김태오는 기미독립만세운동 직후 광주에서 소년운동을 시작하였다.[5] 이것은 경성에서 방정환이 어린이날 행사를 기획하기 전에 천도교소년회를 결성한 1921년보다 앞선 것이다. 그의 선편은 소년운동을 지역사회의 변혁운동으로 자리매김하도록 견인하며, 종래에 제출되었던 소년운동의 기점 논의와 성격을 재고하도록 요청한다. 그의 운동 경력은 소년회 활동에서 신간회 광주지부 활동 등으로 확대되면서 경성까지 이르렀다. 그는 경성에서 여러 운동가들과 소년운동의 기반을 마련하는 일에 전력하였고, 주로 사회주의 계열의 소년운동에 관한 각종 논리를 설파하며 당대의 논객으로 격상하였다. 그 와중에서도 김태오는 아동문학의 창작과 비평에 동참하였다. 그의 아동문학 활동은 주로 동요에 치우쳐 있는 게 사실이다. 1927년 그는 정지용 등과 조선동요연구협회를 결성하여 활발하게 활동했을 뿐만 아니라, 동요작품의 발표와 동요론의 전개에도 열심히 참가하였다. 그의 동요론은 "서구 이론을 우리의 체질에 알맞게 흡수시켜 조직적이고 체계 있는 논리를 전개시킨 글"[6]이라는 평을 받고 있다. 김태오는 그밖에도 여러 동화 작품을 발표하여 빈한한 동화단을 풍요하게 수놓았다.

---

5 "1919년 여름에 광주 양파정에서 동지 10여 인이 회집하여 고고의 성을 발하여 소년단을 조직하고 씩씩한 동지를 규합한 후, 각기 임무에 당케 되어 오늘까지 모름직이 수준이 싸워 왔든 것이 사실이다." (김태오, 「소년운동의 당면 과제」 (4), 『조선일보』, 1928. 2. 12)
6 이재철, 『세계아동문학사전』, 계몽사, 1989, 54쪽.

그는 소년운동에 투신하면서 동화의 중요성을 깨달은 것으로 보인다. 그의 동화관은 노양근의 동화집 『날아다니는 사람』이 "동화의 본질적 사명인 문학적 가치와 종속적 사명인 교육적 가치가 상반(相伴)되어 잇"[7]다고 평한 데서 볼 수 있듯이 합리적이다. 이러한 견해는 "푸로 문학은 현실 생활을 묘사함과 함께 현실 생활을 지도하는 현실적 힘(力)이 되는 것"[8]이라고 주장한 바와 배치되는 듯하다. 하지만 그가 소년의 '천진'을 중시했던 사실을 기억해 보면, 쉬 수긍할 수 있다. 말하자면 그는 소년을 대상으로 한 문학과 성인을 대상으로 한 것을 구분하였다. 이러한 신념은 소년을 '천사'로 파악한 소년관을 지녔으면서도, 소년운동론에서는 무산계급 소년들의 해방을 부르짖었던 바와 흡사하다. 이처럼 국면의 특성에 알맞게 자신의 신념을 융통성 있게 조절한 그였기에, 동화의 문학적 가치를 본질적 사명으로 제시할 수 있었으리라.

이런 관점에서 그가 안데르센에게 관심을 표한 사정을 이해할 수 있다.[9] 그는 '안데르센 동화'라고 표기한 「황금새」(『동아일보』, 1926. 9. 5)와 「장미의 쑴」(『동아일보』, 1926. 9. 16)을 번역하면서 동화 활동에 진입하였다. 전자는 셰익스피어의 일화를, 후자는 호머의 일화를 다룬 작품이다. 번역 작품은 역자의 문학적 신념이 개입되기 마련이란 점에서, 김태오는 예술가들의 생애에 관심을 갖고 있었던 듯하다. 이 점은 그가 사회주의 계열의 운동단체에서 간부직을 수행한 경력과는 판이하고, 동요의 예술성을 강조한 논리와 기반이 겹친다. 그의 이런 태도는 겨울에도 나막신을 심술궂은 고모의 억압 속에서도 고운 심성을 잃지 않은 소녀 메리가 선물을 받게 되고 고모를 비롯한 이웃 사람들을 감동시켰다는 「메리의 나막신 (상~하)」(『동아일보』, 1926. 12. 26~28), 자신을 사랑하는 곤궁한

---

7 김태오, 「노양근 씨의 동화집을 읽고」, 『동아일보』, 1938. 12. 27.
8 김태오, 「『문학청년』의 사회적 의의」(하), 『조선일보』, 1930. 4. 3.
9 김태오, 「『안더-센』 선생 51년 祭를 맛 고」(상~하), 『동아일보』, 1926. 8. 1~4; 「『안데르센』의 생애와 예술—그의 사후 육십오년을 당하야」(1~3), 『동아일보』, 1940. 8. 2~6.

형편의 선생님을 돕는 메리의 선행을 다룬 「메리 (1~3)」(『중외일보』, 1928. 7. 23~25) 등을 번역한 데서도 엿볼 수 있다.

김태오의 창작동화 「황금 생선 (1~2)」(『동아일보』, 1926. 7. 21~22)는 분수를 지키지 못한 노부부의 말로를 다룬 작품이다. 이 동화는 어느 옛날 바닷가에서 33년 이상 어로로 일상을 영위하던 할아버지가 그물에 갇힌 황금 생선을 놓아주면서 시작된다. 할아버지로부터 사연을 들은 할머니는 대노하면서, 모든 요구사항을 들어주겠다는 황금 생선에게 집에 필요한 밭, 집, 정승 판서 부인, 여왕 등, 점차 요구사항을 늘려가다가 모든 재산을 잃게 된다. 이 계열에 속하는 「숫닭의 알 (1~3)」(『동아일보』, 1926. 8. 19~26)은 옛날 이웃에 살던 할아버지와 할머니 사이에 일어난 해프닝을 다룬 작품이다. 수탉을 기르던 할아버지는 할머니에게 달걀을 나누어주기를 바라지만 번번이 거절당한다. 이에 집에서 쫓겨난 수탉이 돈주머니를 물고 와서 할아버지는 부자가 되고, 이 광경을 질투한 할머니는 돈주머니를 가져오라고 암탉을 쫓아낸다. 암탉은 거리에서 돈주머니 대신에 유리구슬을 물고 왔다가 다시 쫓겨나고, 할머니는 달걀조차 못 먹게 된다. 두 작품은 과욕으로 인한 파국을 다루어 전통적 덕목과 시적 정의에 충실하다.

김태오의 동화 중에서 주목할 작품은 「천하장사 뎡도령 (1~7)」(『동아일보』, 1926. 9. 22~28)이다. 짐작하다시피, 이 작품은 민간에 전래하던 정 도령 이야기를 재해석한 것이다. 서울에 살던 정 도령은 백마를 타고 출정한 길에서 정자나무쇠, 배ㅅ쇠, 고래ㅅ쇠, 산중의 삼형제와 의형제를 맺는다. 여섯 명의 장사들을 구하기까지의 과정이 이야기의 전개에 해당한다. 정 도령이 여섯 명의 형제들과 각기 '도원의 결의'를 하기까지, 서사의 시간은 선조적으로 흐르면서 동화의 시간 규칙을 준수한다. 그 단계마다 전래담에 등장하는 초월적 장면들이 도처에 배치되어 서사의 전통을 이으려는 노력을 보여준다. 이러한 움직임은 작가가 익숙한 소재를 선택하는 순간부터 예비한 것으로 보인다. 그의 세심한 배려에 힘입어 정 도령은 아우들과 함께 우국지사들이 갇혀 있다는 대마도의 굴에 당도한다. 그의 동포 담론이 동화적 장면으로 구체화되는 순간이다.

『아! 거룩하신 신령이시여! 나라를 위하야, 동포를 위하야 목숨을 밧치다 죽게 된 이놈에게 한 번 더 굿세인 힘을 내려줍소서!』
하고, 정성껏 빌엇습니다.

그러닛까 별안간 하눌로부터 이상한 서긔가 쌧처 내려와 정 도령의 왼몸을 둘러쌋습니다. 그리하야 그의 긔운은 이전보다도 몟 백배나 더 굿세인 힘이 생기여지고, 그 가처 잇든 모든 사람들도 그 전에 업든 새로운 용긔가 불가치 니러낫습니다.

정 도령은 그 크고 무쇠 가튼 팔뚝으로 그 큰 석굴을 힘드리지 안코 부서트리고 나와서 다시 무서운 형세로 다시 역적대장에게 드리 덤비여 긔여희 그 대장을 번적 드러서 큰 바우 우에다가 내동당이를 첫습니다.

그 모든 사람들도 힘을 어더 한꺼번에 소리를 치며 나올 째, 하눌이 문허지는 듯 쌍이 꺼지는 듯하엿습니다. 그리하여 그 역적놈들을 하로사리와 가치 업새여버렷습니다. 정 도령의 부하들도 다시 그 전 제각각 가지고 잇든 힘이 배나 더하여 그 모든 역적의 부하들과 싸와서 필경에는 크게 승리를 하엿습니다.

그리하여 정 도령은 총사령관이 되여서 그 여섯 형데를 제비가치 날세게 지휘하여 그 대마도섬을 정복하여 모든 백성을 안정(安定)을 식히엿습니다.

아! 장엄하고 의협의 용사인 그 정 도령의 소문이 얼마 아니 되여 장안에까지 굉장히 퍼지여 필경에는 궁궐에 계신 임금님에게까지 알으시게 되엿습니다.[10]

---

10 김태오, 「천하장사 덩 도령」(7), 『동아일보』, 1926. 9. 28.

인용 작품이 지닌 문제점은 정 도령이 "나라와 동포 형데를 솜직히도 앗기는 참으로 쓰거운 인정을 가진 사람"[11]이란 점이다. 이 점은 식민지 시대라는 상황을 고려할 때 파격적이고 당돌한 설정이다. 1898년 만민 공동회가 개최되던 즈음부터 인구에 널리 회자되기 시작한 동포 담론은 "대외적 충분(忠憤), 대내적 애휼(愛恤)의 근거"[12]라는 점에서 대항언어로 서의 자질을 함의한 용어이다. 정 도령의 행위는 임금을 위한 '충분'의 발로이고, 동포를 향한 '애휼'의 실천이다. 따라서 임금이 '의협의 용사' 정 도령을 대마도 국왕으로 봉하고, 동생들을 판서에 앉히는 것은 당연한 수순이다. 곧, 그의 행동은 임금에 대한 충성과 동포에 대한 사랑에서 발원한 것이어서 타의 모범이 될 뿐 아니라, 널리 선양되어야 마땅한 구시대적 질서를 체현한다. 그러나 이것은 시대 상황에 비추어 볼 때, 사라져버린 왕가에 대한 충성을 회억한다는 점에서 당대적 의미를 지닌다. 김태오가 설정한 구도는 외세의 침입 이전의 질서체제로 돌아가기를 바라는 욕망의 발로이며, 구체적으로 일제가 구축한 식민 체제의 타파를 열망하고 있다. 이 점에서 그의 의도는 당대의 질서를 전복시키려는 혁명의지를 은닉하고 있으며, 그것이 정 도령이라는 초인이 출현하여 '역적놈들을 하로사리와 가치' 없애기를 갈망한다는 점에서 낭만적이다.

이 계열에 속하는 작품은 고향을 점령한 독일군의 만행에 저항하다가 죽는 프랑스 소년을 내세운 「애국의 물 (상~하)」(『동아일보』, 1926. 11. 16~17)이다. 이 작품은 겁 많은 토끼들이 '이렇듯 한 좋은 세상에 나서 한시라도 맘 편하게 살지 못하고 단잠을 조곰도 일우지 못한 우리의 신세'를 한탄하며 집단 자살하기로 결심하는 내용의 「겁쟁이 토끼」(『동광』,

---

11 김태오, 「천하장사 뎡 도령」 (1), 『동아일보』, 1926. 9. 22.
12 권보드래, 「동포와 역사적 감각」, 이화여대 한국문화연구원 편, 『근대계몽기 지식의 발견과 사유 지평의 확대』, 소명출판, 2006, 59쪽.

1927. 5)와 다르다. 그는 토끼들을 등장시킨 작품에서는 인물의 특성에 맞게 우화 방식을 채택했다. 그리하여 토끼들이 개구리의 놀람을 보고 자신들의 겁약함을 깨닫는 장면에서 종결함으로써, 우화의 형식을 준수하고 주제의 직접적 노출을 삼갔다. 하지만 이 작품은 적군에 대한 증오심을 노골적으로 드러내고, 제 민족 군조에게 식수를 제공하다가 죽음을 맞는 소년을 내세울 정도로 직접적인 행동을 보여주었다. 이것은 김태오가 상이한 결말을 제시하여 주제에 대한 독자의 반응폭을 심화시키고, 나아가 독물의 형식적 요소를 과시하고 있다는 점에서 남다르다.

『퉁— 탕—』

하고, 피스톨은 연긔를 풀석 내이고 총알은 발서 나갓습니다.

그런데 놀라운 일이올시다. 얼마 아니 되여 엇전 일인지 『음, 앗—』하고 부르지즈드니만, 엽헤 섯든 대위가 그만 쌍에 썩꾸러젓습니다.

그런데 불란서 군조는 아모 탈업시 지금까지 심장의 고동소리가 들니며 숨을 벌덕벌덕하고, 앗가보다도 더 한층 나어갑니다.

소년은 마침내 그 독일 대위를 쏘아 넘어트렷습니다.

『야, 이놈 퉁 큰 놈이로군. 대위를 쏘앗네 그려. 네 그 슴찍한 놈인데—.』

하고, 독일 병뎡들은 사면으로 총꼿을 그 소년에게 향하엿습니다.

『자! 쏘을 테면 쏘아라.』

하고, 소년은 조금도 놀나운 빗이 업시 태연자약하게 대담하게도 서 잇섯습니다.

그 도척 가튼 인정 업는 독일 병뎡들은 마츰내 수십 발의 탄환을 너허 소년의 몸을 향하여 쏘아 벌의집(蜂巢) 가치 몸을 쑬코 나갓습니다. 그 용감스럽고 의협의 용사인 불란서 소년은 최후의 운명을 다할 째『불란서 만세!』를 삼창하고 드듸여 운명하엿습니다. 이 용감한 소년의 일홈은 그 후부터 끈임업시 살아 잇스며, 그 애국의 피는 인세까지던지 불란서 국민의 빈혼 교훈과 깁흔 인

주고야 마렀습니다.[13]

　김태오가 말하고자 하는 바는 분명하다. 그는 에밀 베스벨이라는 소년
의 무용담을 통해서 식민지의 원주민 소년들에게 항일의식을 고취하고
싶었던 것이다. 그의 은밀한 욕망은 이 시기에 접어들면서 점차 악화되
는 객관적 정세에 따라 식민지의 사회운동이 정체 국면에 처하고, 소년
운동의 노선을 둘러싼 내부 갈등이 심화되고 있었던 환경으로부터 시원
하였다. 일제의 강고한 탄압에 연일 사상범들이 체포되고, 원주민들 사
이에는 패배의식이 팽배해지면서 대일 항쟁 의지가 약화되고 있었다. 그
에 비해 일제는 소위 '채찍과 당근'을 앞세워 동일민족 간을 이간시키며,
민족해방전선을 와해시키는 공작을 다각도로 진행하고 있었다. 김태오
는 이런 시국의 추이를 살피면서 정 도령을 내세워 국망 이전의 상태를
회원하거나, 용기 있는 소년의 이야기를 통해서 국망 이후의 자세를 시
비하고 있는 것이다. 그만치 그의 동화가 지닌 주제의 편차는 넓었다.

　그밖에 부처님을 친구처럼 생각하는 나이 많은 착한 총각이 원하던
색시를 얻게 되는 「보기 드문 총각 (1~2)」(『동아일보』, 1926. 10. 25~27), 길
동이라는 심술 사나운 아이가 자신을 정성스럽게 간병하는 어머니를 보
고 잘못된 행동을 뉘우치는 「길동의 회개 (1~2)」(『동아일보』, 1927. 2.
20~21), 정동이라는 소년이 스승의 가르침을 충실히 따랐다가 보상을
받게 되는 「세 가지 선물 (1~3)」(『동아일보』, 1927. 3. 23~25) 등은 착한 심
성과 행동을 주제로 내세웠다는 점에서 교훈적이다. 실 뽑는 일을 좋아
하는 소녀가 임금의 부인이 된다는 「실 뽑는 색씨」(『동광』, 1927. 2)도 착
한 일을 하면 보상을 받는다는 전통적 주제를 잇는 작품이다. 그 외에
'해와 달이 된 오누이'를 개작한 「두 형제와 호랑이 (1~5)」(『조선일보』,

---

13 김태오, 「애국의 물」(하), 『동아일보』, 1926. 11. 17.

1929. 10. 2~8)와 '신의를 지킨 호랑이'를 개작한 「호랑이의 신의 (1~3)」
(『동아일보』, 1929. 10. 10~12)에서 보듯이, 그는 전래동화의 개작에도 관심
을 기울였다. 이러한 노력은 전래동화를 통해서 세대간의 문화 전승을
기약한다는 점에서 각별하다. 끝으로 웅이가 눈사람을 부순 친구들 얘
기를 엄마에게 얘기하는 「눈사람」(『동아일보』, 1936. 1. 26)은 '유년동화' 답
게 유치한 수준의 작품이다. 이것은 김태오가 보육학교에 재직하고 있
었던 사실과 유년 동요를 발표했던 사실을 아울러 생각해 보면, 나이어
린 아이들에게 소용되는 독물의 필요에 따라 발표한 것으로 보인다.

2) '조선의 색채와 조선혼'의 논리

　1920년대 후반은 아동문학계에 평론이 활성화되지 않았다. 그 시기
는 바야흐로 아동문학이 형성되던 때였으나, 아동문단은 이념의 대립에
따라 반목하고 분화하며 각자 활로를 개척하였다. 그것은 전적으로 문
학이 정치의 하위 제도라는 생리적 지위로 인해 발생한 것이다. 더욱이
식민지시대라는 특수 조건은 아동문학가들에게도 반드시 인정되었어야
함에도 불구하고, 문학의 정치적 함의를 고의적으로 외면하면서 문단은
분열할 수밖에 없었다. 이 무렵의 아동문학 평론이란 "일본을 비롯한
구미 여러 나라의 아동문학에 관계되는 이론들을 진지한 재검토는 물론
이거니와 촌분의 설명이나 주석을 보탬도 없이 자기의 것인 양 번안 도
용하여 발표하는 등, 상식 이하의 행위를 자행했던 것"[14]이다. 그 이면
에는 1920년대 중반부터 어린이날 행사의 주도권을 놓고 다투던 민족
주의 계열과 사회주의 계열의 반목이 자리하고 있다. 양 측의 논리가 아
동문단에 그대로 이입되어 이른바 순수 아동문학과 계급적 아동문학으

---

14 이재철, 『한국현대아동문학사』, 일지사, 1978, 315쪽.

로 이분되었고, 그러한 양상이 비평계에도 영향을 미쳐 친교집단에 따라 감정적 평설이 난무한 실정이었다. 이것은 아직 형성 중이던 아동문학의 과도기적 상황과 관련된 것이다. 그러므로 비평의 효용적 가치는 더 주목받아야 할 처지였다.

김태오는 이러한 상황 속에서 아동문학 비평에 참여하였다. 그의 관심은 소년운동론을 비롯하여 다방면에 걸쳐 있었으나, 그것들을 한데 아우르면 소년에 대한 교육문제로 귀결된다. 그것은 소년운동의 경험에서 배태된 것으로, 미래 세대를 위한 교육으로 망국의 실수를 되풀이하지 않으려는 다짐의 소산이었다. 그런 선각자적 사명감을 지닌 그였기에, 다른 논자들이 언급조차 하지 않았던 소년들을 위한 독물의 중요성을 제시하고, 예술교육론을 개진하며 이론과 실천면에서 두루 실적물을 제출하였으리라. 이런 측면에서 그가 발표한 각종 평문들은 아동문학비평사의 맥락에서 중요한 의미를 갖는다. 특히 그는 사회주의 계열의 소년운동계에서 주요 논객으로 활동하고 있었으나, 평문에서는 이념을 노출하는 편보다는 중립적 관점을 견지하였다. 이처럼 독특한 입론은 그의 비평에 내포된 순수성을 과시하고, 균형 감각을 유지하는 문학적 기반이었다.

그가 발표한 「심리학상 견지에서 아동 독물 선택 (1~5)」(『중외일보』. 1927. 11. 22~26)은 강연차 방문했던 서북 지역의 요구에 따라 집필한 것이다. 당시는 아동문단조차 미처 형성되기 전이었으므로, 아이들을 위한 독물들이 절대적으로 부족하였다. 기미독립만세운동 이후에 급격히 증가하기 시작한 취학률은 독서 가능 인구를 폭발적으로 증가시켰다. 이 무렵에 해마다 대략 20만 명 가량의 보통학교 졸업생이 배출되었으니, 그 증가폭을 짐작하기는 어렵지 않다. 한 예로 "1920년대의 어린이들은 개벽사의 『어린이』를 읽으면서 독서의 세계에 들어가는데, 어느정도 읽고 난 뒤에는 조선어 서적 중에는 별로 읽을 것이 없어서 이내

더 넓고 풍부한 일본어책의 세계로 들어갔다"[15]는 증언은 독물의 부족 상황을 짐작케 한다. 일본어 해독 인구가 늘어나는 것은 순전히 일제의 관학이 제도화된 결과이다. 이 점은 민족적 견지에서 보면 큰 문제였다. 이때 김태오가 독물에 관하여 다양하게 안내한 것은 시의적이었다. 그는 독물을 정신의 양식이라고 보고, 아동의 정신 발달 정도에 따라 독물도 변해야 한다고 주장하였다. 그는 아동의 심리적 발달 단계를 고려하여 독물이 정해져야 한다고 주장하면서, 연령별로 알맞은 독물의 분야를 제시하였다.

독물로써 감화되는 힘이 가장 위대한 것이니, 아동이란 백지에 스치는 대로 선악을 긋지 안코 억견 그대로 기억하얏다가 다시금 어느 시기에 이용하게 됨으로, 사람은 선에도 강하며 악에도 강하다. 그리고 아동은 분한 기사를 닑을 때에는 의분을 닐으킴을 알며, 섧고도 딱한 기사를 볼 때에는 동정하는 눈물을 흘리게 된다. 그리고 악한 것 강호(强豪)한 것이 패하고 정복이 되면 가장 희열하며 안심하는 것이다. 우리는 이 도덕적 관념과 정서적 활동을 조장시키기에 적당한 독물을 선택해야 한다.
내용은 아동에게 흥미잇는 것으로…… 그러나 호기심을 조장시키며 허영심을 닐으키는 비교육적 기사는 해가 적지 안타. 독물의 생명은 아동이 그 내용에 감응 여하에 잇는 것이다. 또 넘우나 흥미주의로만 치우치는 독물은 교육적 의의가 말살하기 쉬운 것이다. 근일 출판물 중에는 종종 아동의 열등한 흥미 그것으로 맘을 살려고 하는 것이 만타. 이것을 판단하는데는 부형과 교사의 책임이 크다고 생각한다.[16]

김태오의 주장은 합리적이다. 그는 앞서 문학작품의 필요성을 충분히

15 천정환, 『근대의 책읽기』, 푸른역사, 2003, 234쪽.
16 김태오, 「심리학상 견지에서 아동 독물 선택」(4), 『중외일보』, 1927. 11. 25.

인정하면서도 감상적 기분이 농후해질 염려가 있으므로, 문학작품 외에 과학물도 충분히 권장할 것을 요구하였다. 이처럼 그의 견해는 아동 정서의 전면적 발달을 고려하고 있다. 특히 그는 '민족의식이 잇는 것', 곧 "좀더 조선의 기분이 잇는 동화 쪼는 조선의 흙냄새 나는 동요"[17]를 추장하여 '학대밧고 짓밟히며 차고 어두운 속에서 자라나는 조선의 소년'의 정신생활을 지도하고 완전한 인격과 충실한 역할을 양성할 수 있는 의식을 함양시켜 줄 것을 요구하였다. 아동의 전인적 성장을 도모한다는 측면에서 그의 주장은 동화 구연 등의 일 부문에 치중하는 운동가들보다 훨씬 교육적이다. 그뿐만 아니라, 그는 아동에게 제시되는 다양한 독물들은 반드시 '민족의식이 잇는 것'이어야 한다는 전제조건을 내세움으로써, 식민지 소년들의 정체성 형성을 전제하고 있다. 이런 관점은 앞서 살펴본 바와 같이, 당시 소년들에게 함의된 정치적 성격을 정확히 인식하고 있었기 때문에 가능한 것이다. 그렇다고 하여 김태오가 아동들을 도구적 태도로 파악하고, 집단적 가치의 맹목적 주입을 강조한 것은 아니다. 그는 누구보다도 다음같이 아동의 '천진'을 인정하고 있었다.

말도 잘하지 못하는 아이들이 나무토막을 가지고 싸헛다 허무럿다 하는 것은 그냥 작란이 안이라, 집을 짓고 십허하는 타고난 버릇(본능)을 가진 까닭이오, 남녀를 분간도 못하는 인형 가튼 아가씨들이 장독대 겻헤서 작은 옵바하고 비닭이처름 마조 안저서 눈곱만한 그릇에 풀닙새를 담어 가지고 『너 먹어라』, 『아! 이 손님 잡수서』 하고 노는 것은 솟곱작란이 안이라, 장래 자라서 살님사리(가정생활)를 하려는 연극을 미리 하고 잇는 것입니다. 어렷슬 쌔에 양디짝에서 노니는 병아리처름 혼자 종알거리든 것이 자라서 성악이 되고, 숫거멍으로 벽에다가 란초를 치는 것이 자라서 미술이 되고, 마루 우에서 쒸엄박질하는

17 김태오, 「심리학상 견지에서 아동 독물 선택」(5), 『중외일보』, 1927. 11. 26.

것이 무도(舞蹈)가 되고, 달 밝은 밤에 동모들이 은행나무 그늘에 모혀서 숨박
쏙질을 하고 까치잡기를 하는 것이 그냥 작란이 안이라, 커지면 연극이 되는 것
이오, 그 그림자를 밝혀낸 것은 별다른 것이 자니라 활동사진(영화)입니다.[18]

이처럼 김태오는 아이들의 유희 본능을 예술적 충동으로 보고 중시한
다. 그의 「예술교육의 이론과 실제 (1~5)」(『조선일보』, 1930. 9. 23~27)도 이
로부터 벗어나지 않는 예술교육론이다. 그는 아동의 유희 본능을 중시
하는 페스탈로치의 교육관에 깊은 영향을 받았다. 그가 페스탈로치의
'노동의 유희성'을 예술교육의 본질로 설정하고 피력한 예술교육관은
"우리는 현하 조선의 객관적 정세와 식민지적 특수 사정을 파악 인식하
고 자유를 얻을 수 있는 범위 안에서 동요, 동화, 자유화, 음악, 아동극,
영화 등―을 예년보다 배전의 용기를 진작하여 지금 우리네가 받고 있
는 교육으로붙어 자유교육―예술교육을 환기식혀야 된다"[19]고 주장할
만큼 온건하였다. 그는 예술을 '미를 창조하는 것 혹은 미의 창조를 일
우는 것'이라고 주장하고, 미적 교양이 적은 사람에게 '미의 판단은 실
리적 쏘는 실질적으로 쌔지기 쉽고', 미적 교양이 많은 사람은 '미적 판
단은 실감적이면서도 보다 가상적(假象的)'이라고 보았다. 이처럼 유연
한 태도로 예술의 본질적 국면을 존중하는 김태오에게 당대 아동문학의
대립적 경향은 용납될 수 없었다.

근년 소년소녀의 작품을 보면 두 가지 조류가 흘러 잇습니다. 하나는 고웁게
애닯게 지을려고 애타는 작품과 또 하나는 힘차게 억세게 지을려고 애쓰는 작
품이 잇습니다. 여기에 한 마듸 말할 것은 공연히 쏜잇게 멋잇게 슲흐고 애닯게
지을려고 긔를 쓰는 헛우슴 헛눈물의 작품도 요구치 안커니와 쏘는 펏피 헛주

18 김태오, 「어린이날을 맞으며 학부매님께!」, 『중외일보』, 1929. 5. 6.
19 김태오, 「소년문예운동의 당면에 임무」 (7), 『조선일보』, 1931. 2. 8.

목의 작품도 요구치 안습니다. 무엇보다도 오늘 조선 소년의 현실에 빗최어 그들의 압길에 새로운 길을 가르처주고, 새로운 국면을 타개할 진실한 작품을 요구합니다. 언제나 절박한 우리 소년의 생활의식에서 울어나오는 감정으로써 쓴 글—『속임 업는 노래! 참다운 글!』 이것을 제작하여야 되겟습니다.[20]

  김태오는 1930년대 아동문단의 두 흐름을 '고웁게 애닯게 지을려고 애타는 작품'과 '힘차게 억세게 지을려고 애쓰는 작품'으로 이분한다. 말할 것도 없이 전자는 소위 순수 아동문학 계열이고, 후자는 프롤레타리아문학 계열이다. 그는 두 경향을 동시에 비판하면서, 작가들에게 '무엇보다도 오늘 조선 소년의 현실에 빗최어 그들의 압길에 새로운 길을 가르처주고, 새로운 국면을 타개할 진실한 작품'을 주문한다. 그의 요구 사항은 등단 초기부터 일관되게 되풀이하여 개진된 것이다. 그가 요구하는 작품은 민족의 현실을 반영하고, 어린이들의 '천진'을 옹호할 것을 요구했던 바와 다르지 않다. 즉, 그는 "조선의 색채와 조선혼"[21]을 형상화한 문학작품을 최고로 평가했거니와, 그런 작품은 '언제나 절박한 우리 소년의 생활의식에서 울어나오는 감정으로써 쓴 글'이다. 그것이 그가 앞서 주장한 향토예술이다. 이런 시대적 책임감을 망각하고 '헛우슴, 헛눈물, 헛주목'에 진력하는 경향은 기성인의 유년기 추억에 대한 단상이지, 식민지 소년들의 생활로부터 기원한 사실적 작품이 아니므로 경계할 일이었다. 이처럼 그는 항상 '지상의 진리와 선미와 자비와의 엄존을 입증할 새 천사'들에게 기성인으로서의 책무를 다하고자 노력한 비평가였다.

  김태오는 일본의 니혼대학에서 유학하는 도중에 영화[22]와 연극[23] 등에

20 김태오, 「건실한 문학 수립」, 『조선일보』, 1933. 1. 2.
21 김태오, 「동요 잡고 단상」 (1), 『동아일보』, 1929. 7. 1.
22 김태오, 「예술의 최첨단과 영화과학」 (1~4), 『조선일보』, 1930. 2. 5~7.
23 김태오, 「연극운동의 신전개」, 『조선일보』, 1930. 2. 23.

관심을 표명하면서 소년문예운동의 새로운 과제로 편입시키기 위해 노력하였다. 그는 귀국한 뒤에 경성중앙보육학교 교원을 거치면서 소년운동보다 시와 평론[24] 등을 발표하였다. 동시에서 시로 나아간 그의 궤적은 당대의 시인들과 흡사하다. 그렇지만 그는 일제 말에 이르러 친일시를 발표하며 이전의 신념을 훼절하고 말았다.[25] 그 이유는 당시 그가 재직하고 있었던 중앙보육학교의 운영과 연관된 것인지 모른다. 그는 당시 조선총독부 기관지였던 매일신보사를 두 번에 걸쳐 방문한 바 있다. 1938년 5월에는 교무주임 자격으로 학교의 이전 인사차 방문하였고,[26] 이듬해 봄에는 신문사 신축 인사차 방문하였다.[27] 비록 그런 사정에 의한 것이었을지라도, 사회주의 계열의 소년운동계에서 명망가에 속하였던 그의 변절은 용납하기 힘들다. 해방 후에 그는 소년운동이나 아동문학보다는 중립적인 교육 활동에 중점을 두고 활동하였다. 그는 중앙보육학교 소속으로 1945년 9월 10일 중앙기독교청년회관에서 열린 전문대학교교육응급대책협의회를 진행하였고,[28] 1949년 공보처장이 유행가보다 애국가요를 부르라는 담화와 함께 공보처에서 제정하여 발표한 소위 국민가요에 김태오 작사 「건국의 노래」가 포함되었다.[29] 그 뒤에 김

---

24 김태오가 발표한 평론은 「예술의 첨단과 영화과학 (1~4)」(『조선일보』, 1930. 2. 3~7), 「『문학청년』의 사회적 의의 (상~하)」(『조선일보』, 1930. 4. 1~3), 「농민과 문예」(『동광』, 1932. 10), 「내가 존경하는 현대 조선의 작가와 외국인에게 자랑할 작품」(『중앙』, 1935. 5), 「조선 문인 서간집」(『조선문단』, 1935. 7), 「문단의 큰 손실—심훈 사망 소식을 듣고」(『사해공론』, 1936. 10), 「『현대 조선 시인선집』」(『동아일보』, 1939. 3. 7), 「시단의 동태와 문제 (1~3)」(『동아일보』, 1940. 2. 8~13), 「卅代 시인의 고민상 (1~3)」(『동아일보』, 1940. 2. 14~16), 「생활의 탐구와 신 낭만」(『동아일보』, 1940. 2. 18), 「생의 창조와 '이마지즘'」(『동아일보』, 1940. 2. 20), 「시문학 옹호의 변 (상~하)」(『동아일보』, 1940. 2. 21~22) 등이다.
25 김태오의 친일시는 「新年頌」(『매일신보』, 1941. 1. 9), 「東洋 平和의 門이 열리다—싱가포르 陷落의 報를 듣고」(『매일신보』, 1942. 2. 25), 「횃불 든 少年」(『매일신보』, 1942. 3. 2), 「勝戰歌」(『매일신보』, 1942. 3. 14), 「椰子樹」(『춘추』, 1942. 9) 등이다.
26 『매일신보』, 1938. 5. 11.
27 『매일신보』, 1939. 3. 29.
28 『매일신보』, 1945. 9. 13.
29 공보처에서 발표한 국민가요는 「애국의 노래」(작사 홍순영, 작곡 박태현), 「민족의 노래」(작사 장유점, 작곡 윤용하), 「국민의 노래」(작사 염준호, 작곡 이흥렬), 「우리 날」(작사 · 작곡 김생려), 「자유의 종」(작사 김상대, 작곡 손봉), 「건국의 노래」(작사 김태오, 작곡 나운영) 등이다.(『한성일보』, 1949. 12. 2)

태오는 소속 대학의 보직을 맡으면서 교육론[30] 등을 발표하고, 교수로서의 임무에 충실하였다. 그로 인해서 그는 아동문학 작품이나 성인시의 발표와 거리를 두면서 문단으로부터 멀어졌다.

3. 결론

김태오는 한국 아동문단의 형성 과정을 증언할 수 있는 작가이다. 그의 이력은 1920년대의 소년운동과 아동문학의 상관성을 입증하기에 충분하다. 그는 소년운동의 지도자로 활동하는 동안에도 아동문학에 대한 관심을 게을리 하지 않았다. 그는 동요를 비롯한 여러 장르에 걸쳐 작품을 제출하였고, 인상비평에 머물던 아동문학평론을 논리화하느라 공을 들였다. 그에 이르러 아동문학은 체계적인 이론의 필요성을 인식하게 되었고, 그는 아동을 위한 책임감으로 각종 문학 활동에 열심히 참여하였다. 그는 작품의 발표와 동요집 발간, 순회 강연회에 적극적으로 가담하여 독물이 부족한 식민지 아동들에게 문학적 향유 기회를 제공하려고 노력하다가 해방을 맞았다.

그의 아동문학은 아동의 천진성을 옹호하며 출발하였다. 그는 아동의 원시적인 성정을 지켜주기에 적합한 작품을 요구하며, 식민지의 현실을 외면한 작품을 심하게 비판하였다. 이런 비평적 신념은 일제에 의해 강

---

[30] 김태오가 해방 후에 발표한 글들은 「베르그손 철학—로맹 롤랑과 관련하여 (상~하)」(『경향신문』, 1949. 4. 17~18), 「비판의 심리 (상~하)」(『경향신문』, 1949. 11. 10~11), 「교육계의 신년 전망」(『신천지』, 1950. 1), 「시인적 체험」(『학풍』, 1950. 2), 「예술과 인생」(『백민』, 1950. 3), 「학문과 민족성」(『문학』, 1950. 6), 「민족성의 인종심리학적 고찰」(『신천지』, 1950. 6), 「대학 교육의 사명」(『신천지』, 1954. 4), 「한국 풍토와 민족성—풍토 및 성격심리학적 고찰 (상~하)」(『동아일보』, 1957. 4. 11~12), 「분트와 민족심리학—그의 탄생 125주년을 기념하여 (상~하)」(『동아일보』, 1957. 10. 30~11. 1), 「삼일운동과 민족정신—기미운동에 표현된 한민족의 심리적 특징 (상~하)」(『동아일보』, 1958. 2. 28~3. 1), 「고려자기와 민족성—고려인의 미의식의 심리적 특질 (상~하)」(『동아일보』, 1958. 4. 9~10) 등이다.

점된 국토를 예전의 향토로 치환시키고, 그것에 기반을 둔 문학적 형상화를 고평하도록 견인하였다. 그는 식민지라는 특수한 시대적 조건을 전제하면서, 아동들의 구체적 생활의식으로부터 우러나온 작품에 호의를 베풀었다. 이것을 일러서 '조선의 색채와 조선혼'의 논리라고 칭할 수 있거니와, 김태오의 비평적 태도는 민족문학적 차원에서 형성된 것이다. 그러므로 그의 비평은 아동문학비평사에서 중요한 위치를 차지하고 있어서 앞으로 후속 논의가 계속되어야 할 것이다.

(『영주어문』 제20집, 영주어문학회, 2010. 8)

'향토예술'의 이론과 실천
—김태오의 동요론

1. 서론

　동요의 중요성은 새삼 이르지 않아도 익히 알려진 바와 같다. 동요는 동시의 모태일 뿐만 아니라, 아이들의 유희 본능을 자극하고 성장 과정을 증언하는 문학적 표지이다. 한국의 근대 동요는 계몽기에 범람했던 개화가사와 창가에 연원을 두고 있다. 두 양식은 의미상의 변주와 형태상의 변형 과정을 거치면서 창작 동요를 형성한 기반이었다. 그 중에서 창가는 막 일어나기 시작한 취학열에 힘입어 널리 유행하였고, 창작 동요의 출현을 직접적으로 가격하였다. 그렇지만 창가에 편재한 계몽성은 시대적 형편을 감안하더라도 과도하였다. 그것은 동요에 교훈적 요소와 외래 율격을 강조하는 경향으로 굳어진 채 지금까지도 청산되지 못하고 있다. 또한 그것은 동요 이론의 발달을 저해하여 일제 강점기 동안 효용론적 동요관을 만연시킨 주된 요인이었다. 식민 당국의 지원과 공교육의 도움으로 창가의 위세는 대단하였다. 그러나 그것은 반동적으로 비공식적 부문에서의 동요운동을 일으키게 된 배경이 되었다. 이러한 사실은 1920년대의 동요운동에 함의된 정치적 성격을 외면하지 않도록 제어한다.

이런 맥락에서 김태오는 진작부터 연구자들에게 주목되었어야 할 동요이론가이다. 그가 동요운동에 전력한 것은 1930년 전후이다. 이 시기는 카프가 프롤레타리아 동요집 『불별』(중앙인서관, 1931)을 발행하면서 아동문학에 대한 영향력을 확대하고, 최초의 동요집에 해당하는 『윤석중동요집』(신구서림, 1932)이 발간되던 때였다. 말하자면 창작동요가 본격적인 단계에 접어들던 무렵에 그는 동요, 동화, 동극, 시, 시조, 평론 등을 발표하여 한국 아동문단의 형성에 기여하였다. 이와 같은 활발한 활동에도 불구하고, 그는 지금까지 문학사적으로 제대로 조명받지 못하였다. 그를 가리켜서 "1926년 『아이생활』의 주요 집필진으로 문필 활동을 시작, 동요작가와 평론가로 활약"[1]했다고 약술할 정도는 아니다. 그의 활동폭은 소년운동과 아동문학 그리고 성인문학에 걸쳐 상당히 넓었다. 그는 사회주의 계열의 소년운동에 복무한 운동가답지 않게 합리적이고 유연하였다. 그는 문학의 본질적 국면을 존중하였고, 그 바탕 위에서 식민지 소년들의 현실을 형상화하기 위해 진력하였다. 그의 동요론은 이러한 시의성을 고려하여 제출된 시대적 문건이어서 근대 동요의 초기 모습이 궁금한 연구자들에게 필수적인 자료이다.

이에 본고는 김태오의 동요에 대한 전반적인 검토를 시도할 계획이다. 그의 동요작품은 『설강동요집』(한성도서, 1933)과 시집 『초원』(청색지사, 1939)에 집성되어 있다. 그는 전자에 동요와 동시를 수록하였고, 후자에는 동시 · 동요 · 시 등을 혼재하여 수록했다. 이것은 두 권의 편제에 따른 불가피한 조처이나, 미처 수록되지 않은 작품들이 많다. 특히 평문들이 전량 누락되어 있다. 본고는 이런 실정을 감안하여 두 시집을 텍스트로 설정하되, 원작에 대한 검토를 선행하고자 한다. 그 이유인즉, 아동

---

1 이재철, 『세계아동문학사전』, 계몽사, 1989, 54쪽.

문학 연구자들에게 원문이 지닌 중요성을 역설하려는 취지이다. 그 이후에 동요 작품들을 살펴보고, 그가 열심히 주장한 동요론을 자세히 고찰할 계획이다. 그 과정에서 김태오의 동요세계와 동요론의 특질이 절로 드러나기를 기대한다. 거듭 말하거니와, 김태오는 한국의 동요단이 형성되는 과정을 증언하기에 충분한 작가이자 이론가이다. 본고를 계기로 그에 관한 후속 논의가 분출하고, 명망가 위주로 진행되는 현단계 연구 풍토가 어서 광정되기를 바란다.

2. '조선의 색채와 조선혼'의 추구

1) 동요집의 원본비평

문학 작품의 개작 과정을 탐색하는 노력은 연구의 기본이다. 연구자는 번잡하고 지루한 작업을 통해서 작가가 작품의 형상화 방식이 쏟은 공의 추이를 살펴볼 수 있을 뿐만 아니라, 나이가 들어가면서 필연적으로 변모할 수밖에 없는 세계관의 모습을 알아볼 수 있다. 이러한 절차는 모름지기 문학 연구자라면 반드시 갖추어야 할 본연의 자세이며, 그의 작업은 본격적으로 연구에 착수하기 전에 시행하는 예비 작업에 속한다.[2] 그가 실행하는 작업은 당해 작품의 결정본 확정과 함께 작가에 의한 문학적 사실의 왜곡 가능성을 삭제하기 위한 최우선적 노력이다. 이처럼 원본비평은 작가의 의도가 작품에 삼투된 증거를 찾아내어 작품의 독자성을 인증해주는 연구 방법이다. 더욱이 김태오처럼 창작과 비평 활동을 겸행한 작가의 경우에는 양자간의 상관성을 승인하는 결정적 증

---

2 W. Kayser, 김윤섭 역, 『언어예술작품론』, 시인사, 1988, 39쪽.

거를 제공해준다는 점에서 원본비평은 필수적으로 요구된다. 또 그와
같이 동시에서 시로 나아간 경우, 시적 기반을 살필 만한 모티프를 추출
할 수 있어서 원본비평의 필요성은 배가된다. 다만 본고에서는 지면 관
계상 정전 확정 작업은 생략하고, 두 텍스트의 개황을 소개하고 서지상
의 문제점을 제시하는 선에서 그칠 것이다.

김태오의 『설강동요집』은 1933년 5월 18일 경성의 한성도서주식회
사에서 발행되었다. 동요집의 표지에는 '1917~1932'라는 창작 기간과
'부 동요작법'이라는 부록 안내 그리고 '1933'이라는 간행연도, '어린
이날 기념 출판', '조선동요연구협회 추천'이라고 순서대로 표기하였
다. 동요집의 편제는 작가의 근영, 당시 『신동아』 주간이었던 주요한의
「향토의 노래」, 조선동요연구협회 고장환의 「어린 동무들께!」 그리고
자신의 「머리말」을 앞에 실었다. 이어서 '봄의 나라(18편) – 여름의 나라
(12편) – 가을의 나라(18편) – 겨울의 나라(12편)'라는 사계절에 따라 작품
을 구분하여 수록하고 나서, 뒤에 '희망의 나라(6편) – 기쁨의 나라(동시 9
편)'를 붙였다. 동요집에 수록된 작품수는 동요 66편과 동시 9편, 총75
편이다. 책의 정가는 40전이고, 송료는 4전이다. 이 동요집에 수록된
작품의 목록은 다음과 같다.

「봄마지노래」, 「버들피리」, 「할미꽃」, 「봄바람」, 「봄이 오면」, 「종달새」, 「봄
은 옵니다」, 「봄비」, 「강남의 제비야」, 「농촌의 봄」, 「진달내」, 「나물 캐든 색
씨」, 「소경잡기」, 「누가 오나요」, 「제비야」, 「나물 캐는 노래」, 「삼월 삼질날」,
「봄노래」, 「여름밤」, 「고추잠자리」, 「구슬병대」, 「냠냠이」, 「개암이」, 「그림자」,
「여우가 시집간다네」, 「버레음악회」, 「나팔꽃」, 「굿노리」, 「해변의 소녀」, 「쨍
이 쨍이 쨍아야」, 「가을의 달밤」, 「가을바람」, 「갈맥이」, 「강강수월래」, 「허수아
비」, 「달낙기」, 「반듸불」, 「반달」, 「갈가마귀떼」, 「숨박꼭질」, 「누나 생각」, 「밤
나무」, 「외기럭이」, 「가을 수수」, 「놀삼나무」, 「외로운 갈닢」, 「숫굽실」, 「산사

길」, 「눈이 오네」, 「겨울 아침」, 「흰눈」, 「야학교 반장」, 「눈사람」, 「싸락눈」, 「눈 온 아침」, 「공장 누나」, 「쥐들의 회의」, 「나무꾼 아이」, 「눈과 고드름」, 「섯달 그믐날」, 「설날」, 「자장가」, 「입분 달」, 「자장 노래」, 「숨박꼭질」, 「별! 별!」, **「새 봄」, 「그립은 옛 봄」, 「유월」, 「무지개」, 「가을 밤」, 「눈 온 아침」, 「보시랑 눈」, 「눈 오는 날」, 「孤兒의 昇天」**(진한 글씨: 동시)

시집 『초원』은 1939년 3월 20일 경성의 청색지사에서 간행되었다. 이 시집에서 김태오는 이전 동요집과 달리, 창작연월일을 표기하지 않았다. 그는 시집을 발행하면서 표지에 '靜影詩集'이라고 표기하였을 뿐만 아니라, 화가 구본웅의 장정과 정인섭의 서문 「『초원』의 靜影」을 앞에 두었다. 곧, 이 시집은 처음부터 시를 중심으로 편집되었던 까닭에 18편의 동시·동요를 Ⅴ부에 수록하였다. 이 점은 그의 문학적 관심이 동요·동시에서 시로 옮겨진 사실을 시사한다. 시집의 정가는 1원 20전이고, 송료는 19전이다. 김태오는 이 시집을 간행하면서 "이번에 많은 편달과 서론을 주신 정인섭 씨, 늘 성원하여 주신 함대훈 씨, 많은 참고와 협조를 주신 임화 씨, 늘 협력하여 주신 최재서 씨, 이 책을 아름답게 단장하여 주신 구본웅 씨, 이상 외우 제형의 노력을 충심으로서 사의를 표한다"[3]고 언급하여 자신의 교우관계를 밝혔다. 이로 미루건대, 그는 당대의 유명 작가들과 친분이 두터울 정도로 교제폭이 넓었고, 그들로부터 인정받고 있었던 것으로 보인다. 이 시집에 수록된 동요 작품은 다음과 같다.

「해야 해야」, 「달아 달아」, 「별」, 「비야 비야 오너라」, 「동무」, 「나비」, 「콩새야 팥새야」, 「꼬꼬닭아」, 「비야 비야 오지마라」, 「오리」, 「새 잡으러 갈가나」,

---

3 김태오, 「후서」, 『초원』, 청색지사, 1939, 147쪽.

「풍경」, 「봉숭아」, 「짱아 짱아」, 「소꿉질」, 「호박꽃초롱」, 「각씨」, 「호호 칩다고」

김태오의 동요 중에는 다음과 같이 서지상의 확인을 요하는 작품들이 있다. 첫째, 창작일자와 발표일자가 불일치한 경우이다. 예를 들어 「나물캐기」는 『동광』(1927. 3)에 최초로 발표하고, 『중외일보』(1929. 3. 9)에 재발표한 작품인데 『설강동요집』에는 창작연월일이 '1929. 3. 6'으로 표기되어 있다. 또 이 동요집에 수록된 전작품의 말미에 표기된 창작 관련 정보는 단순히 연도에 한정되어 있다. 이 점은 원본 확정을 어렵게 만드는데, 공식적으로 활자화된 작품의 지면을 찾아서 일일이 대조하는 작업이 요구된다.

둘째, 동요집에 수록하면서 개제한 작품이 있다. 동요 「봉숭아」는 『동아일보』(1934. 7. 18)에 발표할 당시에는 「봉사꽃」이었는데, 시집 『초원』에 수록하면서 개제하였다. 『설강동요집』에 수록한 「봄마지 노래」는 『동아일보』(1940. 3. 3)에 재발표하면서 「봄마지 가자」로 개제한 작품이다. 동요집에 '1930'으로 표기된 것으로 미루어 볼 때, 미발표 상태에서 동요집에 수록하고 나서 발표한 것으로 보인다. 이 경우에 전자는 시집의 작품을 저본으로 삼고, 후자는 재발표된 것을 채택해야 타당하다.

셋째, 악보의 처리 문제이다. 「입분달」은 'SHN 요, 김태오 곡'(『동아일보』, 1926. 10 24)으로 악보까지 함께 발표한 뒤 『설강동요집』에 수록하였다. 그렇다면 'SHN'은 김태오의 별명으로 보인다. 또 이 동요집의 앞부분에는 '김태오 요곡'의 「농촌의 봄」과 「눈사람」이 악보째 수록되어 있다. 또 1926년 10월 10일자 『동아일보』에는 고긴빗(고장환)의 가사에 그가 노래를 붙인 동요 「가을 맞는 제비」의 악보가 수록되어 있다. 동요 「냠냠이」(『아이생활』, 1933. 5), 「가을밤」(『아이생활』, 1933. 5), 「추석 노래」(『아이생활』, 1933. 10)도 '김태오 요곡'으로 표기되어 발표되었다. 이처럼 그는 동요 창작과 작곡을 병행하였으므로, 작곡한 동요 작품을 수습하는 일도 뒤따라야 할 것이다.

넷째, 중복하여 발표된 작품이다. 동요 「나물캐기」는 『동광』(1927. 3)과 『중외일보』(1929. 3. 9)에 중복 발표되었고, 또 「쥐들의 회의」는 『아이생활』(1931. 12)과 『사해공론』(1936. 1)에 중복 발표되었다. 이 경우에 전자는 『설강동요집』에 수록한 작품을 저본으로 인정해야 한다. 후자는 기 발표된 작품을 동요집에 수록하고, 수정 없이 후에 재발표되었기에 별문제를 일으키지 않는다.

다섯째, 전래동요의 개작 작품이다. 그는 동요 「제비야」(『설강동요집』)에 '전래'라고 표기한 걸로 보아 전래동요를 수집하여 수록한 것으로 보인다. 또 그는 「동무」(『초원』)를 '전래동요 개작'으로 표기하였고, 동요 「눈 서방님과 고드름 각시」는 『어린이』(1930. 12)에 발표하면서 '조선 동요'라고 표기하였다. 이 작품들은 원작을 찾아서 자구 대조와 개작 상황 등을 면밀히 검토하여야 할 것이다.

여섯째, 한자를 병기한 작품의 경우에 학계의 합의가 도출되어야 한다. 가령 「六月」, 「쥐들의 회의(會議)」, 「孤兒의 昇天」 등이다. 이러한 한자의 전기와 병기를 동요 차원에서 쉬 허락하기는 힘들다. 단, 「六月」은 인쇄공의 오식으로 받아들일 수 있고, 「쥐들의 회의(會議)」는 이해를 돕기 위한 병기로 인정할 수는 있을 터이다. 하지만 남은 작품은 아예 한자를 그대로 노출시켰다는 점에서 문제적이다. 더욱이 아동문학 작품에서 금기시하는 죽음을 소재화한 점은 토론을 요한다.

일곱째, 장르의 재설정이 필요한 작품이 있다. 가령 「눈 서방님과 고드름 각시」(『어린이』, 1930. 12)는 동요로 발표했으나, 『설강동요집』에는 '동화시'로 분류하여 수록하였다. 그는 앞서 언급한 「孤兒의 昇天」도 동화시로 표기하였다. 소위 동화시는 1920년대부터 나타나기 시작한 장시화 경향이 단편서사시로 수렴되면서 동시단을 충격하여 출현된 시대적 장르이다.[4] 이에 관해서는 장르론에 입각하여 치밀한 접근이 이루어져야 할 필요가 있다.

여덟째, 목차의 표기와 내용의 표기가 다른 제목의 작품들이 있다. 예를 들어 『설강동요집』의 '「강남 간 제비야」→「강남의 제비야」, 「갈가마귀떼」→「갈까마귀」, 「쥐들의 회의」→「쥐들의 회의(會議)」, 「눈과 고드름」→「눈서방님과 고드름각씨」, 「유월」→「六月」, 「가을 밤」→「가울 밤」(앞: 목차, 뒤: 본문)'이 그 예이다. 이 경우에는 작품의 내용을 주밀하게 비교하고 나서 알맞은 제목을 확정해야 할 터이다. 단, 「유월」과 「가을 밤」은 인쇄상의 실수로 인정할 만하다.

아홉째, 두 권의 시집에 수록되지 않은 「군악대」(『동아일보』, 1934. 7. 8), 「미끄름타기」(『동아일보』, 1934. 7. 11), 「껑청 꺼엉청」(『동아일보』, 1934. 7. 17) 등을 비롯한 미수록 작품들과 『아이생활』 등에 소재한 작품들이 서둘러 수습되어야 할 터이다.

열째, 김태오 동요집 『종달새』의 실재 여부이다. 그는 『설강동요집』의 서두에 「농촌의 봄」의 악보를 수록하면서 하단에 '동요작곡집 『종달새』에서'라고 표기하였다. 만약 이 언급이 사실이라면, 관련 동요집이 발굴되어야 한다. 그렇지 않다면 미처 출판되지 못한 채, 나중을 기약하면서 정리한 초고집일 가능성도 있어서 원본의 확인이 필요하다.

위에서 언급한 바가 지닌 중요성은 원본 확정의 곤란도를 입증해 준다. 원본비평은 "작가의 원본과 수정본이 지니고 있는 최초의 순수성을 회복하고, 번각 과정에서 흔히 일어나는 와전에도 불구하고, 이러한 순수성을 보존하려는 것"[5]을 목표로 삼는다. 따라서 앞서 서술한 바와 같이, 여러 가지 면에서 김태오의 작품들은 원본비평적 작업을 요구한다. 그것은 그의 작품이 안고 있는 사소한 문제거리들, 예컨대 자수의 차이, 자구의 변화, 오탈자 등에서 나아가 작품의 원의를 찾아내려는 당연한

4 동화시에 관해서는 최명표, 『전북 지역 아동문학 연구』, 청동거울, 2010, 128~130쪽 참조.
5 N. Frye, 「원본비평」, 김인환 편역, 『문학의 해석』, 홍성사, 1981, 60쪽.

노력이다. 더욱이 현단계 아동문학의 연구 풍토를 돌아보면, 그에 대한 연구자들의 관심이 미흡하다. 모름지기 연구자라면 기초 자료에 대한 기본적 검증으로부터 시작하려는 실증적 접근 자세를 견지해야 한다. 이런 측면에서 김태오의 텍스트에 나타난 검토 대상들은 세심하게 고구되어야 할 터이다.

2) '어린이 시'의 노래

동요는 김태오의 아동문학사적 기여도가 현저한 부문이다. 그가 동요에 관심을 갖게 된 배경에는 어린 시절부터 소년운동에 투신하면서 얻게 된 경험과 동요 창작 중에 습득된 체험이 자리잡고 있다. 그가 동요를 최초로 창작한 것은『설강동요집』에 수록된 「그림자」, 「겨울 아침」, 「논 온 아침」 등의 말미에 표기한 것으로 보아 1917년경이다. 그가 소년운동에 투신한 것이 기미독립만세 운동 이후란 점을 고려하면, 일찍부터 동요 작품들을 습작하고 있었던 것으로 보인다. 그는 동요의 발표뿐만 아니라, 동요론을 전개하여 아동문단에 전무했던 창작론을 체계화하느라 공을 쏟았다. 또한 그는 1927년 9월 1일 고장환, 신재항, 정지용, 유도순, 한정동 등과 '조선소년운동 문화전선의 일부 내(內)에 입(立)'하고 '동요의 연구와 실현을 기하고 그 보급을 도'할 목적으로 조선동요연구협회를 창립하였다.[6] 이 모임에서는 연간 동요집의 발간과 동요주간의 설정 등을 기획하고, 조선소년연합회 · 조선소년문예연맹 · 조선프롤레타리아예술동맹의 후원을 받아 소년문예 대강연회와 동요 음악 무용대회를 개최[7]하려고 시도했으나, 만족할 만한 성과로 이어지지 못하였다. 그러나 당대의 내로라하는 명망가들이 참가하여 동요 연구의

6『동아일보』, 1927. 9. 3.
7『동아일보』, 1927. 11. 12.

필요성을 주창하고, 나아가 동요 이론의 천착을 도모했다는 점만으로도 아동문단에 끼친 영향력은 상당했다.[8] 논의를 진행하기 위해 그가 동요를 창작하게 된 본의를 살펴보자.

나는 일즉부터 조선의 농향(農鄕)을 노래하기에 힘썻다. 특히 어린이 세계에 잇서서 많이 노래하엿다. 그것은 가난하고 설음 많은 우리 농향의 어린이들을 어떠한 방법으로써 앞길을 열어줄까 함이 그 선결 문제가 됨으로서이다.

여기에 잇서서 흙(土)을 기조로 한 새로운 글! 예술적 향기가 풍부한 노래 건전한 노래 굳센 지도성을 가진 흙의 문예를 요구한다. 물론 향토 동요 전원시는 그 일부분이 될 것이다.

그리하야 나는 이 흙냄새 나는 노래들을 적은 정성으로나마 여러 해를 두고 모도아서 우리 조선의 소년소녀에게 『선물』로 받히는 것이니 이 속에 담은 사상, 감정, 언어가 우리 민중의 맘과 같이 울이는 것이 된다면 이 어찌 다행이 아니랴![9]

인용문에는 김태오가 동요 창작에 투신하게 된 이유가 선명하게 드러나 있다. 그는 일찍부터 '농향'을 작품의 소재로 애용하였고, 자작한 용어 '농향'은 평문 등에서도 두루 사용할 만큼 그에게는 낯익다. 이 말은 아마 농촌이나 향리를 지칭하는 것일 텐데, 위에서 보는 바와 같이 그의 동요 기반이 '농향'에 근거하고 있음을 알려준다. 따라서 그의 작품은 '흙냄새 나는 노래들'이라고 명명해도 무방할 터이고, 동요집에 수록된 작품의 경향도 크게 다르지 않을 것이란 사실을 예징한다. 이것은 이 동

---

8 1933년 3월 현재 조선동요협회의 임원은 서무부 신재항(상무)·고장환, 연구부 김태오(상무)·정지용·한정동, 보급부 최영주(상무)·유도순·정홍교·윤복진, 출판부 고장환(상무)·신재항, 작곡부 현제명(상무), 윤극영·김태오 등이었다.(『중앙일보』, 1933. 3. 1)
9 김태오, 「머리말」, 『설강동요집』, 한성도서, 1933, 5쪽.

요집을 가리켜 "동심에 빛왼 조선 향토의 노래"[10]라거나, 혹은 "전원미(味)가 가득찬 동요집"[11]이라는 평가를 불러오기 마련이다. 그의 동요적 배경인 '농향'은 그로 하여금 동요를 '전원시'와 동격으로 취급하도록 작용하고, 나아가 '예술적 향기가 풍부한 노래 건전한 노래'와 '흙의 문예'를 동궤에서 파악하도록 부추긴다. 그러므로 앞으로 살펴보게 될 그의 동요작품과 동요론은 이 범주에서 크게 벗어나지 않으리라고 예상할 수 있다.

김태오는 아동을 "지상의 진리와 선미(善美)와 자비와의 엄존을 입증할 새 천사"[12]로 규정하여 '천진'을 옹호하는 입장이었다. 그에 입각하여 그는 교훈적이거나 가식적인 동요를 배격하고, 아이들의 호기심과 천진성을 조화시킬 수 있는 예술적 감각을 주문하였다. 그가 언급한 예술감은 "아름다운 꽃을 보고 미감이 생기는 것이라든지, 맑아케 개인 하늘에서 노래하는 종달새를 보고 흥에 겨워 같이 노래하고 싶은 마음이라든지, 산골작이에서 꼬리치며 흘러가는 맑은 샘물을 볼 때 그 물에 들어가 물작란하고 싶은 것, 물결치는 넓은 바다를 볼 때나, 달 밝은 밤에 달을 보고 무슨 말을 걸어보고 싶은 맘이 생기는 것, 그 모든 자연만상을 볼 때 그것을 본 후에는 나도 몰으게 아름다운 느낌이 생기고, 사랑하는 마음이 생기고, 노래 짓고 싶은 마음이 나는 것"[13]이다. 즉, 김태오는 동요작가들이 자연스러운 감정의 발로로 아이들의 천진성을 형상화하기를 바랐다.

이러한 신념에 따른 김태오의 동요는 대부분 향토적이다. 그는 전래동요 「제비야」와 「동무」 등을 위시하여 소재상으로도 친숙한 「강남 간 제비야」, 「삼월삼질날」, 「여우가 시집간다네」, 「굿노리」, 「강강수월래」,

---

10 주요한, 「향토의 노래」, 『설강동요집』, 한성도서, 1933, 1쪽.
11 고장환, 「어린 동무들께!」, 『설강동요집』, 한성도서, 1933, 3쪽.
12 김태오, 「전조선소년연합회 발기대회를 압두고 일언함」 (2), 『동아일보』, 1927. 7. 30.
13 김태오, 「동요 짓는 법—동요 작법」, 『설강동요집』, 1933, 154쪽.

「산ㅅ길」, 「눈사람」, 「나무꾼 아이」 등, 농촌의 전래하는 풍속이나 정경 등을 수용하였다. 아울러 「버들피리」, 「할미꽃」, 「종달새」, 「진달내」, 「고추잠자리」, 「개암이」, 「나팔꽃」, 「쨍이 쨍이 쨍아야!」, 「갈까마귀」, 「밤나무」, 「외기럭이」, 「가을 추수」, 「똘감나무」, 「외로운 갈닢」, 「허수아비」, 「반듸불」, 「나비」, 「봉숭아」, 「오리」, 「꼬꼬닭아」, 「콩새야 팥새야」, 「호박꽃 초롱」처럼 농촌의 편재하는 풍경을 노래하였다. 또 그는 아이들의 놀이를 동요화하여 「소경잡기」, 「숨박꼭질」, 「솟곱질」, 「새 잡으러 갈가나」 등을 발표하였다. 이런 양상은 그가 언급한 "첫재 어린이들의 놀애요, 둘재 어린이들을 위해서의 놀애요, 셋재 어린이들이 놀애해 오는 전래의 놀애"[14]라는 동요의 범위로 포괄할 수 있다.

> 동무들아 나오라 봄맞이가자
> 나물캐러 바구니 옆에끼고서
> 달네냉이 꽃다지 모다캐보자
> 종달이도 봄이라 노래하잔나
>
> 동무들아 나오라 봄맞이가자
> 가다가다 숨차면 냇가에앉어
> 버들피리 맨들어 불면서가자
> 저산에서 새들도 노래하잔나
>
> —「봄마지 노래」 전문

김태오의 동요 작품 중에서 두루 알려진 위 작품에 육화된 것처럼, 향토성은 동요에 사실성을 담보해 주면서 장차 향토예술론으로 나아가는

---

14 김태오, 「농요 참고 단상」 (2), 「농아일보」, 1929. 7. 2.

밑거름이 되었다. 더욱이 향토는 구체적 생의 공간이란 점에서, 동요의 배경을 선명하게 환기시키는 역할을 수행한다. 그것은 그가 농촌의 봄 풍경을 바라보며 경쾌한 리듬을 장치해 둔 덕분이다. 동요는 "예술적 냄새가 풍부한 어린이들 놀애이니, 아름답고 깨끗한 쌴 세계(환상 세계)에 대하야 무한히 동경하는 마음이 어린이들 흥미에 쏙 드러마저서, 그것이 그냥 한 덩어리가 되고 가장하지 안혼 무사기하고 천진한 그대로여서, 마치 종달새가 맑아케 개인 한울을 볼 재 놀애부르지 안코는 견댈 수 업는 것과 가티 제절로 터저나오는 어린이시"[15]인 까닭에, 식민지의 정세와는 상관없이 찾아온 봄을 맞아 아이들이 뛰노는 모습을 보이는 대로 형상화하였다. 이 광경은 식민지 원주민들의 고통과 대비되면서 계절의 속절없는 흐름을 느끼게 한다. 그것은 그가 중시한 향토성이 아이들의 '천진'을 우선한 규준이란 점을 증명한다. 김태오의 동요는 이 점을 상시 전제하고 있는바, 위의 버들피리가 "곱고맑은 피리소리 마듸마듸는/이겨레의 가슴을 울리게 하리"(「버들피리」)에서 광복을 예고하는 복음으로 변주되듯이, 아이들의 '천진'이 보장될 수 있는 동요적 기반을 향토에서 찾고 있다.

둘째, 당시 한반도 전역에서 전개되던 유이민의 고통을 노래한 작품들이 있다. 일제의 계속적인 토지 수탈로 농지를 빼앗긴 농민들은 1929년 발생한 경제공황의 피해를 고스란히 넘겨받았다. 일제는 공황으로 발생한 미가 폭락을 식민지에 전이시켰고, 농민들은 지주와 식민자본에 의해 이중적인 고통을 감내하지 않으면 안 되었다. 농촌의 궁핍화 현상은 농민들의 이향을 초래하였고, 그들은 도시 근교나 산중, 간도 등지로 떠나갔다. 경성을 위시한 도시의 토막민들은 "대부분 식민지 농업정책의 결과로 농촌에서 쫓겨난 농민 출신"[16]이었듯이, 도시를 찾아간 농민

---

15 김태오, 「동요 잡고 단상」 (2), 『동아일보』, 1929. 7. 2.
16 강만길, 『일제시대 빈민생활사 연구』, 창작과비평사, 1995, 241쪽.

들은 그곳의 빈민들과 함께 도시빈민층으로 편입되었다. 또한 산중으로 들어간 화전민들은 당국의 화전금지조치로 인해 그마저 잃고 만주 등지로 떠나갔다. 1928년 현재 120만 명에 달하던 화전민의 숫자는 농민들에게서 농토를 앗아간 일제의 만행을 폭로해주는 자료이다. 이처럼 농민들은 일제 식민정책의 직접적인 피해자였다. 김태오는 유랑민들이 대거 발생한 고향 전라도의 실정을 고발하기 위해 다음과 같이 직설적 어사로 노래하였다.

> 달 밝은 가을밤
> 달빛도 밝고 별도 빛난데
> 가을 바람은 선들 선들
> 나무 잎사귀는 우시시 우시시
> 이 밤도 봇짐싸고 길떠나는이 잇구나.
>
> ―「가을밤」 부분

> 붉은물감 푸른물감 등에지고서
> 종달이의 노래따라 다시오건만
> 멀리가신 아버지는 아니오시니
> 어느때나 우리집에 오시렵니까.
>
> ―「봄은옵니다」 부분

위 두 편은 농민들이 연명할 방도를 찾거나 가솔을 부양하기 위해 고향을 버리고 타관으로 떠나가는 형편을 포착한 작품이다. 전자는 추수의 기쁨을 누리지도 못하고 야반도주하는 가족의 아픔을 그렸다. 당시 농민들은 고율의 소작료와 채무를 변제할 수 없어서 솔가하여 고향을 떠나는 일이 잦았다. 그것은 일제가 토지조사사업을 실시하는 과정에서

"소작료, 소작권의 이동 변경 등 소작 조건을 지주의 손아귀에 쥐어주어서 고을의 소작료나 여러 봉건적 특권을 보장"[17]해 주었기 때문에 일어난 일이었다. 그들은 친일 지주의 양성을 통해 체제의 안전과 징세의 확보를 도모한 것이다. 그에 반해 농민들은 당국과 지주의 폭력적인 수탈 앞에서 속수무책으로 당하거나, 막연한 불안감을 앞세우며 식구들을 동반하여 집을 떠나갔다. 앞 작품은 그런 사정을 배경으로 삼았고, 후자는 해가 바뀌어도 돌아오지 않는 아버지를 기다리는 애달픈 심정을 노래하였다. 아버지는 "고기잡이 떠나신 울아버지"(「해변의 소녀」)의 재림이다. 가장조차 없는 집의 아이들이 겪는 고통은 학교의 월사금을 못 내고 퇴학당한 「야학교 반장」, 장에서 재주를 넘으며 구걸하는 「굿노리」 등에 등장하여 곤궁한 시대 상황을 보여준다.

셋째, 민족의 현실을 형상화한 작품들이 있다. 일제에 의해 식민 통치가 공식화되자마자 단행된 토지조사사업은 누천년에 걸쳐 내려오던 농촌공동체를 순식간에 해체시켜 버렸다. 이에 농민들은 지속적인 투쟁을 전개했는바, 1920년부터 1939년까지 삼남지방에서 발생한 소작쟁의는 140,969회였다. 조선총독부조차 '항상적 현상'이라고 규정할 정도로, 남부 지방에서는 농토를 둘러싸고 치열한 투쟁이 전개되고 있었다. 이런 현실은 이념의 차이를 떠나서 당대의 지식인이라면 당연히 시화하지 않으면 안 되는 일상적 소재였다. 한국근대시사에서 "1930년부터 1933년까지의 4년간은 농민시가 집중적으로 발표되어 일제하 농민시 전체 분량의 50%"[18]를 차지할 정도였으니, 이 시기의 농촌이 피폐한 정도를 증언하기에 충분하다. 극도로 황폐화된 농촌의 실정은 김태오를 견인하여 "면화송이"(「보시랑눈」) 같은 눈마저 일용할 양식으로 변이시킬 것을 강요하였다.

---

17 강동진, 『일제의 한국침략정책사』, 한길사, 1984, 294쪽.
18 서범석, 『한국 농민시 연구』, 고려원, 1991, 134쪽.

싸락싸락 싸락눈이
　　자꾸나리니
우리누난 쌀이라구
　　치마에받네.

―「싸락눈」부분

쌀쌀한 칼바람이 뺨을치건만
새벽별이 깜박깜박 졸고잇을때
우리누난 오늘에도 공장갑니다.

십리ㅅ길 머나먼길 가신누나는
저녁별이 반짝반짝 빛외일때야
공장갓던 우리누나 돌아옵니다.

―「공장 누나」전문

　　일제는 1920년 〈회사령〉을 폐지하고 자국의 식민자본이 진출하기 쉽게 법률제도를 정비하였다. 그 와중에 식민지의 각 도시에는 노동집약적 공장들이 들어서게 되었다. 특히 제사공장은 농촌의 유휴 여성인력, 특히 15세 전후의 소녀들을 대거 채용하여 날로 성행하였다. 제사공장은 일제의 묵인 아래 반인권적 작태를 자행하였고, 생계비에도 미달되는 공임을 지불하며 미성년자들에게 장시간의 노동을 부과하였다. 이 무렵에 '민요'나 '동요'라는 표지를 달고 다량으로 발표된 작품들에 누이가 잦게 출현하는 이면에는 그러한 사정이 작용하고 있다. 한국의 근대시사에서 누나, 누님, 누이 등이 차지하는 의미역은 각별하다. 누이는 향가 「제망매가」로부터 기원하여 수천 년 동안 심리적 안정감을 담보해 주는 문화적 표지이다. 더욱이 외세에 의해 강점된 식민기 상태의 소년들에게 누이는 부모와 형제의 혈연적 관계를 초월하여 강렬한 아우라를 발산시키기에 충분하였다. 누이는 국권 상실의 고통을 위로받을 수 있고, 아버지의 부재를 대체하여 거소의 위험을 지켜주는 집단적 망탈리테였던 것이다.

두 작품은 이러한 누이 표상에 전적으로 부합된다. 앞의 작품에서 누나는 눈을 쌀이라고 치마에 받을 정도로 가족의 호구를 걱정하고, 뒤의 작품에서 누나는 "장래를 축복해주시든 어머님"(「눈 오는 날」)마저 부재하는 상황에서 가족의 생계를 위해 '저녁별이 반짝반짝 빛외일때'까지 근무하기를 마다하지 않는다. 이와 같이 식민지의 곤핍한 사정을 온몸으로 감당하는 누나의 모습은 김태오로 하여금 눈을 "떡가루"(「흰눈」)로 은유하도록 강제하였다. 실례로 1927년 경기도 양평의 계정리에서는 춘궁기에 초근목피조차 구할 수 없어서 흰 진흙(白土)으로 떡을 만들어 먹는 실정이었다.[19] 이런 형편을 외면하고 이념적 잣대로 조준하는 것은 비주체적이고, 마냥 자연친화적 동요 작품을 옹호하는 것은 몰염치하다. 그렇다고 해도 인용 작품처럼 단선적인 사실의 표현에 치중하느라 시적 감동이 미진한 점은 한계이다. 이 계열에 속하는 작품으로는 「누나 생각」, 「나무꾼 아이」, 「눈 온 아침」 등이 있다.

넷째, 김태오는 다양한 리듬을 실험하였다. 그는 곡조를 붙여 노래하기에 적당한 것으로 "조선 동요 중 곡조부처 놀애하기에 적당한 것은 7·5조, 6·5조, 4·4조 등의 3행 2, 3절이나 4행 2, 3편이 놀애부르기에 조선 민족의 정서에 알맞다"[20]고 제안하면서, 동요의 길이가 너무 긴 것보다는 음조가 좋아야 한다고 주장하였다. 이것은 아이들의 성량, 호흡의 길이, 휴지기간 등을 전반적으로 고려하여 길이의 조절이 뒤따라야 한다는 말이다. 하지만 "일본이 1910년에 우리나라를 송두리째 삼킨 뒤에는 일본 곡조에도 말을 달아 불렀는데, 말 붙이기 쉽고 노래도 부르

---

19 『동아일보』, 1927. 6. 8.
20 김태오, 「동요 잡고 단상」(3), 『동아일보』, 1929. 7. 3.

기 편한 7·5조가 판을 쳤다"[21]는 증언을 대입해 보면, 외래 리듬을 시비하지 않고 추인한 것은 김태오의 분명한 오류이다. 다만 그가 7·5조 외에 여러 가지를 추천했다는 점은 고무적이다. 그렇지만 이 주장은 일찍이 최남선에 의해 시도된 바 있어서 반복적 진술이자, 동요 이론의 심화에 따른 재강조에 지나지 않는다. 그는 아래 작품을 창작한 1930년을 전후하여 7·5조를 지양하려는 징후를 나타냈다. 이것은 자신의 입론에 대한 성찰을 게을리 하지 않은 그의 근면한 비평적 태도가 창작 과정과 결합한 결과이다.

찌르릉 따르르르릉
귀뚜르 드르르르릉
　　우리는 겨울 모르고 사는
　　풀버레야요.

도르르 도르르르릉
다르르 다르르르릉
　　우리는 여름밤 울어서 새는
　　바울버레야요.

뜨르르람 뜨르르람
뜨르르람 뜨르르람
　　소낙비 삼형제 지나간뒤 우는
　　뜨르림이야요.

---

21 윤석중, 『우리나라 소년운동 발자취』 윤석중전집 27, 웅진출판, 1988, 145쪽.

귀ㅅ돌 귀뜨르르
뒤ㅅ돌 귀뜨르르
　우리는 울어서 살아가는
　귀뜨람이야요.

—「버레 음악회」 전문

　위 작품은 읽는 동요로 보아도 손색이 없다. 김태오는 귀뚜라미를 비
롯한 풀벌레들의 울음소리를 '찌르릉 따르르르릉, 귀뚜르 드르르르릉',
'도르르 도르르르릉, 다르르 다르르르릉', '뜨르르람 뜨르르람, 뜨르림',
'귀뜨르르' 등으로 다양하게 변주하고 있다. 그는 이 무렵에 동요의 형
태를 변형시키거나(「호호 칩다고」), 고의적으로 글자수의 부조화를 기하거
나(「비야 비야 오너라」), 후렴구를 첨가하거나(「소꿉질」), 방언을 삽입하여 의
미상의 휴지를 도모하거나(「비야 비야 오지마라」), 전통적인 4·4조를 구사
하거나(「달아 달아」), 대화체를 도입하는(「오리」) 등, 여러 가지 실험을 통
해서 이론을 실천적으로 수범하였다. 또 그는 "해죽해죽 웃는해"(「해야
해야」), "조롱 종조롱 박조롱"(「새 잡으러 갈가나」), "뗑그렁 뗑그렁"(「풍경」),
"당금당금 피였네"(「봉숭아」)처럼 의성어와 의태어를 삽입하여 음성상의
효과를 노리거나, "호롱 호롱 호롱불이야"(「호박꽃초롱」), "콩밭에서 콩—
콩/팥밭에서 팥— 팥"(「콩새야 팥새야」) 등에서는 말장난을 시도하기도 하
였다. 이러한 노력은 "읽어보기만 보다도 아모런 곡조고 제 맘 나가는
대로 적당하게 놀애불러서 귀로 듯는 편이 얼마나 월등한지 모르며, 듯
기만 하야도 그 의미를 분명히 알 수 잇고 텬연스러운 어린이를 마음에
서 울어나는 것이 그 속에 가득찬 것이라야 정말 갑 잇는 동요"[22]라고
여겼던 그의 동요관으로부터 발원한 것이다.

---

22 김태오, 「동요 잡고 단상」 (3), 『동아일보』, 1929. 7. 3.

3) '향토 동요'의 논리화

김태오가 활발히 활동하던 시기에는 아동문학계에 평단이 활성화되지 않았다. 그 시기는 바야흐로 아동문학이 형성되던 때였으므로, 그가 발표한 각종 평문들은 아동문학비평사의 맥락에서 아주 중요하다. 김태오는 아동문학에 관한 전반적인 인지도가 낮고, 미처 이론적 토대를 구축하지 못했던 평단에서 조리 있게 일관된 동요론을 발표한 이론가였다. 특히 그의 공적은 "작품보다는 동요 연구에 있었다."[23]고 할 정도로, 이념의 호오와 관계의 친소에 따라 평단이 갈라지던 그 무렵에 "어느 유파에도 속하지 않으면서 어떤 사적인 주의주장도 용납될 수 없는 공정하고 신뢰성 있는 체계적인 평론을 확립하려고 애썼던 것"[24]이다. 그는 사회주의 계열의 소년운동을 병행한 이력과 달리 객관적이고 합리적으로 평론을 전개하였다. 이런 자세는 그의 비평적 입론에 해당하는 동요관을 살펴보면 금세 확인할 수 있다.

종래의 창가라는 것은 솔직하게 말하자면 자기 소년시대의 단순한 공상과 곱고 깨끗한 맘성을 돌아보거나 하지 안코, 다만 이지에만 팔려서 마츰내 평범한 수공품 가튼 것을 맨드러 내어서 교훈 내지 지식을 너허주겟다 목적한 공리적 가요이기 째문에, 아동의 감정생활에는 하등의 교섭이 업섯다 하야도 과언이 아닐 것이다.[25]

김태오는 동요의 중요성을 내세울 목적으로 당시 음악 교과서로 사용 중이던 『보통교육 창가집』(1판: 1910, 2판: 1920)을 지목하여 비판한다. 학

---

23 신현득, 「한국동시사연구」, 단국대학원 박사논문, 2001, 96쪽.
24 이재철, 『한국현대아동문학사』, 일지사, 1978, 165쪽.
25 김태오, 「동요 잡고 단상」 (2), 『동아일보』, 1929. 7. 2.

부에서 발행한 이 창가집에서는 애국가사를 잇는 『소년』의 창가에 팽배하던 계몽의지를 전량 삭제하였다. 이러한 모습은 기왕의 「소년대한」(『소년』, 1908. 12) 등에서 두드러지게 출현하던 애국담론을 억압하여 「어린이」(『청춘』, 1914. 10)처럼 서정성을 강화하고 교육성을 모호화시켜 잡지의 성격을 변질시키고, 동요단의 지배적인 경향으로 자리잡았다. 수사상으로도 관찬 창가집에서는 계몽적 창가에서 자주 사용하던 과장법이나 반복에 의한 강조가 명령법과 댓구법으로 대체되는 추세를 띄었다. 이러한 변모 과정에는 사물의 관념성을 제거하려는 일제의 의지가 개입되어 있다. 예컨대, 종래에 '꽃'은 애국담론의 관념성을 드러내는 표상이었으나, 창가집에서는 자연물 자체로 한정되어 노래되면서 완롱물로 전락하였다. 그 결과로 "대상을 구체적인 체험이 아닌 단지 관조적인 태도에 의해 파악하는 경향이 나타나기 시작했다"[26]는 점에서, 창가의 행간에 장치된 비정치성은 간과할 일이 아니다.

창가는 "'서양의 악곡(서양 음악)'을 곡조로 한 우리 말 가사의 노래"[27]를 통칭한다. 이 말은 창가의 도입 과정에 두 가지가 연루되어 있음을 증표하고 있다. 하나는 서양음악이고, 다른 하나는 그것을 가르친 신식교육이다. 전자와 관련하여 8음계를 기반으로 한 서양 음악의 기보법은 1894년 간행된 『찬양가』에서 사용되면서 민중 사이에 알려지기 시작했다. 이것은 전통적인 정간보에 의한 기보법을 빠르게 대체하였는바, 그 배후에는 기독교 계열 학교의 찬송가 교육과 일제에 의한 식민관학의 본격화, 일본 유학자들에 의한 서양음악의 도입 등이 복합적으로 자리하고 있다. 그로서 누천년간 지속되던 5음계는 세력을 잃어버렸고, 창가는 신식 교육의 증명 부호가 되어 식민지 전역으로 확산되었다. 그 와중에 형식교육의 위세에 편승하여 일제의 7·5조 창가가 기승을 부리게

---

26 김창남, 「한국 유행가의 성격 형성 과정」, 김창남 외, 『노래운동론』, 공동체, 1986, 172쪽.
27 김병선, 『개화기 시가 연구』, 1985, 삼문사, 46쪽.

되었고, 급기야 동요에 전이되어 지배적인 지위를 점하게 되었다. 당시 『동아일보』에 투고된 동요 작품을 일람하면, 1925년 말을 기점으로 전통적인 4·4조 동요는 쇠퇴하고 7·5조 동요가 출현하기 시작하였다. 창가가 학교교육을 숙주로 삼아 식민지 전역에 창궐하게 되자, 고유한 리듬이 구축되고 그 자리를 일제식 리듬이 점령해 버린 것이다.

일본식 창가가 학교교육을 통해서 학습되는 과정에 식민지의 아동들은 창가의 감수성과 운율 구조를 내면화하게 되고, 그것이 무비판적으로 동요작가들에 의해 답습되는 악순환이 반복되었다. 이 과정에서 전통적 리듬은 구식으로 분류되어 배제되고, 일본과 서양의 리듬이 신식으로 수용되며 원주민들의 리듬의식을 점령해 버리고 말았다. 이와 같은 7·5조의 유행은 "4·4조를 비롯하여 4·4조의 변형인 3·3조, 3·4조, 4·5조, 6·8조 등의 자유로운 노래 형식을 모두 막아 버리는 결과"[28]를 가져왔다. 더욱이 당시 보육교사 양성기관이었던 이화보육학교에서는 1학년에 '창가'를 주당 5시간 부과하고, 2학년에 '악기 사용법 및 창가'를 주당 2시간씩 강제하고 있었다. 교원양성기관에서 이러한 편제를 학생들에게 강제하자, 창가는 후속세대에게 대물림되는 안전장치를 마련하여 확대재생산되었다. 이처럼 창가의 만연은 서양음악의 확산, 일본식 대중가요의 유행 등과 맞물리면서 민족문화운동의 현안과제로 부각되었다. 당시에 진행된 동요운동은 공식적 가요로 위세를 부리던 창가에 맞선 비공식적 문화운동의 실천태인 셈이다. 또 이 사태는 동요와 동시의 분리 작업이 시대적 차원뿐만 아니라, 문학적 차원에서도 신속히 이루어져야 할 당위성을 제안하고 있다. 당시 시단은 창가의 리듬으로부터 탈피하였을 뿐 아니라, 애상적이고 감상적인 정서를 배격하면서 새로운 형식의 시형을 탐구하고 있었다. 이런 사실은 동요론이 도식적

---

28 류덕희·고성휘, 『한국동요발달사』, 한성음악출판사, 1996, 138쪽.

인 내용에 집착하기보다는, 다양한 형식을 모색하는 방향으로 이동할 것을 요구한다.

이러한 움직임을 주시하던 김태오는 소년운동가의 감각에 터하여 인용문과 같이 창가를 비판하며 동요의 중요성을 설파하기에 이른다. 그에게 창가는 작가가 '자기 소년시대의 단순한 공상과 곱고 깨끗한 맘성을 돌아보거나 하지 안코, 다만 이지에만 팔려서 마츰내 평범한 수공품 가튼 것을 맨드러 내어서 교훈 내지 지식을 너허주겟다 목적한 공리적 가요'에 불과하고, 식민지 원주민 소년들의 일상생활과 괴리되어 있어 문제이다. 그는 의도적으로 창가를 동요가 아닌 '가요'로 분류함으로써, 그것의 가치를 폄하하고 아이들의 노래가 아니어서 추방되어야 한다는 점을 강조하고 있다. 그 이유인즉, 창가의 공리성이 음악교육의 편 내용화를 조장하고, 나아가 민족 정서의 왜곡을 초래할 수 있다는 사실을 걱정했기 때문이었다. 그가 비판적 견해를 제출한 속사정은 창가집의 85% 가량이 일본어로 되어 있기 때문이었다. 당시 창가집을 살펴보면 "1학년용은 모두 가타카나로 표기하였고, 2학년은 목차와 내용에서 그 동안 가타카나와 히라가나로 혼합되어 표기하다가, 3학년부터 모두 히라가나로 표기"[29]하였다.

이런 사태에 직면하여 김태오는 보통학교 교원 경력의 소지자답게 심각한 우려를 표하고 있는 것이다. 그의 문제의식은 일본어에 의한 창가 학습이 야기할 부정적 결과를 충분히 예상하여 제출된 것이다. 그것은 크게 세 가지로 집약할 수 있다. 하나는 민족의 고유한 리듬의식이 궤멸될 위험에 처하는 것이다. 다른 하나는 외세에 의해 강제되는 노래에 의해 민족 정서가 변질되는 것이다. 또 다른 하나는 공리적 교육관에 좌우되어 음악교육의 본질이 오도되는 것이다. 김태오는 이런 걱정을 '아동

---

29 이병담, 『한국 근대 아동의 탄생』, 제이앤씨, 2007, 91쪽.

의 감정생활에는 하등의 교섭이 업섯다'고 말함으로써, 창가의 내용과 아동의 생활을 연계시키는 방식으로 우회하여 표명하고 있다. 이런 측면에서 보더라도, 그가 창가에 관하여 지속적으로 비판하는 자세는 유의미하다. 그는 이 과정을 통해서 자신의 음악관을 여실히 드러내었고, 동요론을 체계화하는 발판을 마련하였다. 그것이 사회주의 계열의 운동가답지 않게 음악의 본질을 존중하고 형식미학을 강조한 점은 마땅히 평가되어야 한다.

> 영원히 업서지지 아니 하는 아동성이 잇고, 가장 고상한 예술적 가치가 잇고, 어운(語韻)까지 음악적인 것을 진정한 동요라 할 것이다. 그리고 동요는 어른의 령(靈)까지도 흔들어서 다시금 동심의 세계로 돌아가게 해줄 수 잇는 것이라야 바야흐로 생명이 잇는 동요일 것이다.[30]

동요는 '영원히 업서지지 아니 하는 아동성이 잇고, 가장 고상한 예술적 가치가 잇고, 어운까지 음악적인 것'으로 '어른의 령까지도 흔들어서 다시금 동심의 세계로 돌아가게 해줄 수 잇는 것'이다. 동요는 단순히 아이들의 노래이자, 어른들에게 유년기의 추억을 회상시켜주는 역할을 수행하는 것이 아니란 말이다. 그는 아이들이 내면의 감정에 흥분되어 저절로 불러야만 '생명이 잇는 동요'라고 보는 자발성의 원리에 입각하고 있다. 이처럼 동요의 중요성을 서술하는 김태오의 동요관을 구성하는 조건은 아동성과 예술성이다. 동요의 본질을 충분히 숙지한 그의 주장이 주목받아야 할 이유는, 창가에 함의된 부정적 기능을 제대로 지적했다는 점이다. 그는 선명한 이분법적 논리를 동원하여 창가와 동요를 대립시키고, 동요의 중요성과 역할을 강조하였다. 그가 동요에 배전의

---

30 김태오, 「동요 잡고 단상」 (2), 『동아일보』, 1929. 7. 2.

노력을 기울이고 동요운동을 활발하게 추진한 배면에는 이와 같은 사정이 자리하고 있다.

김태오는 동요의 예술성을 강조하기 위하여 "천진스러운 감각과 상상이란 것을 쉬운 어린이의 말로 표현하는 의미로써, 동요는 예술적 냄새가 높흔 시"[31]라야 한다는 일본의 탐미파 시인 미키 로후(三木露風)의 견해를 인용하였다. 그렇다고 해서 김태오가 고답적인 탐미적 동요를 선호한 것은 아니다. 다만 유치하거나 단순한 동요 가사를 지양하고, 동요작가들이 "꿈나라에 대한 애스러운 동경을 어린이들말 중에서 제법 예술적인 말을 골라서 기교를 억지로 꿈이지 말고 수수하게 제작"[32]할 것을 요구하였다. 즉, 그는 동요작가들에게 필요한 덕목으로 시인적 자질을 강조하기 위해 그의 이론을 차입했을 뿐이다. 이처럼 김태오는 천진한 동심이 절로 배어 있는 예술적 동요를 주장하면서도, 식민지의 현실을 외면하지 말기를 바라면서 민족의식을 드러내었다. 그것은 곧 종전부터 주장해 오던 향토성의 동요적 기반을 확인하는 발언이다.

조선 동요란 무엇을 의미한 것인가? 그것은 조선말로 쓴 동요일 것이니, 무엇보다도 그 속살(내용)이 조선 독특의 혼과 정서가 흘러야 될 것은 물론, 조선 아동의 생명이 움즉이어야 될 것이다. 거듭 말하자면 조선 동요는 향토 동요를 의미한 것이니, 향토 동요는 곧 고향의 말로 쓴 동요를 향토 동요라 하겟다. 그리고 향토 동요는 흙의 노래요, 흙의 자연시(詩)다.

우리는 조선이라고 하는 큰 고향을 가젓다. 향토란 좁은 의미로는 고향을 말한 것이오, 넓은 의미로는 조선을 말함이다. 조선이란 땅댕이의 흙에서 나서 이 흙에서 살다가 흙으로 돌아가는 우리 사람이 어찌 조선의 흙에 대한 애착심이 없을 수 잇으랴! 자기가 먹고 자라난 흙을 어찌 망각하야 어찌 배반할 수 잇

---

31 김태오, 「동요 잡고 단상」 (4), 『동아일보』, 1929. 7. 4.
32 김태오, 「동요 짓는 법—동요 작법」, 『설강동요집』, 한성도서, 1933, 146~147쪽.

는 일이랴!

　조선의 흙으로부터 난 흙예술, 흙문학을 가르쳐서 향토예술이라 하겠다. 그
러면 동요, 민요, 시조 등이 다 조선 예술품이라 하겠다.[33]

　그에게 동요는 일제가 강요하는 창가에 맞선 향토예술이다. 곧, 동요
는 '조선말'을 사용하여 '그 속살(내용)이 조선 독특의 혼과 정서'를 반영
하고 있어서 향토적이다. 그것은 '조선이라고 하는 큰 고향'의 노래인
까닭에 향토적이며, 세계에 비해 '조선을 말함'이니 향토적이다. 김태오
의 향토 동요란 향토, 곧 식민지의 특수한 자연과 풍속, 사상, 정서 등
을 표현한 동요일 터이다. 이 말은 19세기 말에 독일에서 외국문학의
과도한 편중에 반동적으로 일어나서 향토의 전원생활을 찬양한 문학운
동을 가리키는 향토문학을 차용한 듯하다. 그 근거는 그가 『설강동요
집』에서 '향토동요 전원시'라는 낯선 용어를 사용하고, 또 "저 흙의 향
기가 그윽한 푸른 생명이 넘쳐 흐르는 소박한 농향"[34]에서 "애써 향토
전원에 대한 순향(醇香)을 노래한다"[35]는 언급한 보기에서 어림할 수 있
다. 그에게 '조선 동요는 향토 동요를 의미한 것'이므로, 당연히 방언의
사용을 용납하였다. 단, 방언이라도 예술적 품격을 갖추고 있어야 하며,
향토의 특색을 구체적으로 형상화할 수 있어야 한다는 단서를 달았다.
그가 방언을 수락한 이유는, 방언이 '흙의 노래요, 흙의 자연시'에 속하
는 동요의 향토적 속성을 담보해 줄 유력한 질료로 인식했기 때문이었
다. 이로서 그의 향토동요론의 실체가 밝혀졌으니, 그것은 '조선의 흙으
로부터 난 흙예술, 흙문학'이다. 그러므로 김태오의 향토동요론은 협소
한 지역문학의 차원이 아니라, 민족문학적 차원에서 나온 발언으로 받

33 김태오, 「조선 동요와 향토 예술」 (상), 『동아일보』, 1934. 7. 9.
34 김태오, 「전원」 (2), 『조선중앙일보』, 1935. 4. 9.
35 김태오, 「후서」, 『초원』, 정책지사, 1939, 145쪽.

아들여야 타당하다. 즉, 그의 동요론은 "조선의 색채와 조선혼"[36]의 논리화란 점에서 민족동요론으로 고쳐 불러도 무방할 터이다.

그렇지만 그의 향토동요론은 세 가지 측면에서 한계를 지니고 있다. 하나는 김태오가 창작한 동요들 역시 7·5조에서 벗어나지 못한 점이다. 스스로 그것을 비판적으로 극복하려고 노력하였으나, 그는 그것의 유행이 야기할 각종 문제적 사태를 충분히 예견하지 못하였다. 이 점은 그가 기독교 계열의 소년운동가이자 일본 유학파라는 사실과 결부된다. 그처럼 신식 교육을 받은 운동가들로서는 소년들의 지위를 봉건의 질곡으로부터 자유로운 존재로 회복시켜주는 일이 최우선이었기에, 전통적인 음악은 전근대적인 문화의 부유물에 불과했다. 또 그가 일찍부터 귀의한 기독교와 관련하여 "개신교의 경우 근대적 교육기관의 양성을 주도하면서 학교에서 찬송가와 창가를 가르쳤기 때문에, 개신교에서 전통음악을 천하게 여기고 배제한 것은 이후 일반 국민의 음악적 감수성을 서구 음악으로 일반화시키는 데 결정적인 역할을 하게 되었다"[37]는 사실이다. 어린 시절부터 찬송가를 부르며 내면화된 리듬의식에 더하여 계몽을 우선시하는 소년운동가로서의 신념이 복합적으로 작용한 결과, 그는 7·5의 정체를 제대로 파악할 수 없었던 것이다.

다른 하나는 그가 전통적 음악관에 육화되어 있는 속성, 말하자면 음악과 삶이 한데 어우러져 음악공동체와 공동체의 음악을 이루며 불가분의 관계를 맺고 있었던 방식을 이해하지 못한 점이다. 그가 비판한 창가는 기독교의 찬송가와 함께 재래의 음악만 구축한 게 아니라, 근본적으로 누천년 동안 지속되어 왔던 음악관을 궤멸시켜 버렸다. 이 사실을 미처 헤아리지 못한 채 그는 일본의 동요론을 수입하여 논리화함으로써,

---

36 김태오, 「동요 잡고 단상」 (1), 『동아일보』, 1929. 7. 1
37 이소영, 「서양음악의 수용과 전통음악의 변화」, 역사문제연구소 편, 『전통과 서구의 충돌』, 역사비평사, 2005. 114쪽.

전통적인 음악관의 훼손에 동조하는 우를 범하였다. 더욱이 그의 동요론이 '향토'에 기반했다는 점에서 후일의 불명예스러운 사태를 예방하기 위해서라도 그는 전통적 음악관을 성찰할 필요가 있었다. 그는 동요론을 체계화하기 위해 외국의 동요 이론을 수용하기에 앞서, 전통 음악에 함의된 공동체적 속성을 발견하는 일을 서둘러야 했던 것이다. 이에 대한 접근을 생략한 그의 과오는 '향토동요론'의 이념적 취약성을 가중시키고 말았다.

또 다른 하나는 김태오가 강조하는 '향토'에 기인한 것이다. 이미 주인들이 쫓겨난 상태였으므로, 향토는 그가 부를수록 공허한 관념적 공간 표지로 변환되어 고립을 면치 못한다. 주인이 부재하는 향토란 존재가치를 상실한 장소이므로, 김태오가 내세운 '조선의 색채와 조선혼'도 실체가 없다. 말하자면 그 자리를 '조선'의 색채가 아닌 낯선 색채가 차지해도 무방한 것이고, 또 '조선'의 혼이 아닌 남모를 혼이 들어온다손 막을 도리가 없다. 그로서는 식민지 이전의 원시적 향토를 회복하려는 의지를 표명한 것이겠으나, 이미 강점된 향토에서 원형을 찾기는 난망할 뿐더러 관념성만 허무하게 적층될 따름이다. 이것은 그가 향토의 비극적 현실은 수용하면서도, 그것에 함의된 정치성을 지속적으로 형상화하지 않은 순간부터 예정되어 있었다. 식민 상태에서 제출되는 원주민들의 모든 문건은 정치적인 것이다. 김태오는 이 사실을 망각하고 '향토 전원에 대한 순향'을 추구하였기에, 식민지시대의 말기에 이르러 친일시를 발표하며 훼절하고 말았다.

3. 결론

한국의 근대아동문학사는 아직도 미개척 분야에 속한다. 이러한 모습은 아동문학에 대한 학계의 무조건적인 홀대가 제일 큰 이유이고, 문학 연구자들의 편향된 장르의식과 태만한 학구적 태도가 부수적인 요인이다. 또한 아동문학 연구자들이라고 해도 대개 유명 작가들의 연구에 집중하고 있다. 그 결과 근래에 이르러 아동문학가들에 관한 연구물량이 해마다 증가하고 있으나, 아동문학사적으로 반드시 거론되어야 할 작가들이 누락되는 문제점은 여전히 개선되지 않는 실정이다. 이런 사정은 동요 연구에서도 별반 다르지 않다. 동요가 동시의 모태인 줄 다들 인정하면서도 연구자들의 관심이 적다.

위에서 살핀 김태오는 한국의 근대 동요가 형성되는 과정에 깊숙이 개입한 동요작가이자 이론가였다. 그는 사회주의 계열의 운동권에 적을 둔 경력과는 판이하게 동요의 본질을 중시하였다. 그의 성향은 생경한 이념과 허약한 논리가 충돌하던 당시의 동요단을 평정한 심리적 기반이었다. 그는 조리 있는 논리를 앞세워 관 주도로 보급되던 창가를 비판하고, 문화운동의 하위 영역에서 동요운동이 일어나도록 이론적 후원을 마다하지 않았다. 그의 정연한 논리에 힘입어 빈약한 동요의 지식은 체계화될 수 있었고, 관념 취향의 동요와 고착화되던 외래 율조가 다양해질 수 있었다. 더욱이 그는 특유의 향토동요론을 설파하여 식민지 원주민 아동들에게 요구되는 동요의 자격을 제시하였다. 이런 점을 종합해 보면, 김태오의 동요에 관한 논의가 활성화되어야 할 필요성은 충분하다.

(『아동문학평론』, 2010. 가을호)

제2부 동시론

식민지 현실의 '순정적' 시화

—김해강의 동시론

1. 서론

김해강(金海剛, 1903~1987)은 1920년대 초부터 글을 쓰기 시작하였다. 그는 향리에서 중등학교 과정을 마치고 천주교종리원에서 주최하는 강습회에 참가한 적이 있다. 그는 이때 『천도교회월보』에 수필을 발표하였는바,[1] 그 뒤로 시작 활동에 뜻을 두었다. 그로부터 그는 60여 년간 고향 전주를 떠나지 않았다. 그가 문단에 나올 무렵은 장시화 경향이 지배적이었다. 그만치 일제의 식민지 정책이 제도화되면서 원주민들의 피폐한 삶이 심각했던 시기였다. 그런 판국에 서정을 읊거나 개별적 정서를 시화하는 것은 시인의 사회적 책무를 회피하는 것처럼 보였다. 무릇 시가 시대의 선두를 이끄는 문화적 전위의 속성을 지니고 있다면, 시인은 그들의 비극적인 삶을 비판적으로 형상화하여 미래의 전망을 제시하여야 한다. 이 무렵에 소위 단편서사시들이 연속적으로 발표되거나, 농민과 노동자의 일상적 삶에 배어 있는 식민지의 모순을 찾아내려고 고

---

[1] 김해강, 「鄕里로릇허 京城」, 『천도교회월보』, 1921. 1.

투했던 시인들의 몸부림은 그로부터 비롯된 것이다. 김해강이 당대의 현실을 적극적으로 작품에 수용하기 시작한 것도 이와 같은 시대적 배경에 의한 것이고, 자신의 성장 배경과 관련된 것이기도 하다.

그는 천도교를 신봉하는 가문에서 태어났다. 그는 천도교단에서 운영하고 가친이 학감으로 재직하던 사립 창동학교를 마친 뒤 서울로 진학하였다. 고모부 최린의 집에서 기거하며 보성고보에 재학하던 중에, 그는 최남선을 비롯한 민족운동가들이 「독립선언서」를 자신의 책상에서 작성하는 장면을 목도하게 되었다. 그 영향으로 그는 기미독립만세운동에 참가하였으며, 학교로 복귀하지 못하고 일경에게 쫓겨 낙향하는 신세가 되었다. 그후에 그는 천도교청년회 전주지회를 이끌면서 지역사회의 변혁운동에 복무하기 시작했다. 그는 청년운동가들과 합세하여 전라북도의 주요 지역을 순회하며 강연하고, 동향의 시인 김창술 등과 전주시회를 결성하여 활동하며 문학과 사회운동을 병행하였다. 그러므로 김해강에게 시란 일차적으로 외세에 의해 강점된 식민지의 궁핍상을 포착하여 공론화하고, 자신과 식민지 원주민들 사이의 정서적 거리를 삭제하려는 노력의 일환이었다. 그러는 와중에도 그는 시와 운동의 고유한 영역을 존중하려는 자세를 잃지 않았다.

이런 배경을 선이해 하면, 김해강이 시작에 투신하게 된 이유와 식민지민들에게 친근감을 표한 사정을 헤아릴 수 있다. 나아가서 그가 프롤레타리아 아동문학에 관심을 표시한 이유도 짐작할 수 있다. 그렇다고 할지라도 습작기부터 시를 쓰던 김해강이 『별나라』[2]와 『신소년』[3]에 아동문학 작품을 발표한 것은 이채롭다. 그러나 그 무렵의 시인들은 지금

---

2 『별나라』(발행인 안준식)는 1926년 6월 창간되어 1935년 1·2월호까지 발간된 카프 계열의 소년지였다. 이 잡지는 천도교 계열의 『어린이』나 기독교 계열의 『아이생활』과 달리, 철저히 무산소년들의 계급의식 고취와 민족해방 의지 고양을 목표로 발간되었다. 그런 까닭에 조선총독부의 잦은 원고 압수조치에 시달렸고, 해방 후에 복간되었으나 주요 인물들이 월북하는 통에 종간되었다. 이런 사정 때문에 잡지는 산일되어 지금도 완본을 구하기 어렵다. 편집에는 박세영이 깊숙이 관여하였고, 임화·송영·박아지·윤기정 등은 작품으로 지원하였다.

과 달리 시와 동시의 장르 구별을 탐탁지 않게 여겼을 뿐 아니라, 시라는 장르의 속성을 유지하면서 대상에 따라 화자와 내용을 조정하였다. 실제 김해강은 시와 시조는 물론 동시와 동요를 발표했을 뿐 아니라, 해방 후에는 국민학교의 교가를 작사해 주느라 분망하였다.[4] 그런 전후사정을 헤아려 보면, 그가 프롤레타리아 아동문학을 주창하는 잡지의 원고 청탁에 응한 것은 자연스럽다. 김해강이 두 잡지에 발표하게 된 이유는 무엇보다도 편집동인들과의 친분에 힘입은 것이다. 그 잡지에는 김병호[5], 이구월, 양우정, 손풍산, 이주홍 등, 주로 경남 지역의 프롤레타리아 시인들이 필진으로 참가하고 있었다. 또 그들은 대부분 현직 교사였다. 당시 김해강도 교직에 종사하고 있었기에, 이들과 서신을 주고받으며 우의를 나누고 시대의 울분을 달랬다. 그가 생전에 쓴 회고담이나 일기를 살펴보면, 그들과 사신을 교환하며 문학을 토론하던 문구가 남아 있어 민족의 현실에 분노하던 단심을 기릴 수 있다.[6]

본고는 지금까지 한번도 검토되지 않은 김해강의 아동문학 작품들을 논의하고자 기획한 것이다. 그가 시인이었기에 아동문학 작가에 소속되기는 어려웠을 터이나, 엄연히 작품이 남아 있는데도 불구하고 논의하지 않는 것은 연구자의 도리가 아니다. 연구자라면 모름지기 문학현상에 대한 광범한 주시와 분석으로 문학사의 결락을 메우려는 의지를 실천해야 한다. 더욱이 그의 작품들은 아직도 본격적으로 거론되지 못한 채 산일되어 있는 프롤레타리아 계열의 아동문학에 속한다는 점에서,

---

3 『신소년』(발행인 신명균)은 1923년 10월에 창간호를 발행하여 1934년 2월호로 종간되었다. 『어린이』에 이어 나온 잡지답게 경쟁하다가 계급주의 소년지로 성향을 바꾸었다. 이 잡지에는 정지용, 권환, 마해송, 연성흠 등이 필자로 참여하였다. 나중에 잡지를 이주홍이 주재하면서 무산소년에 대한 비중을 늘리자, 경남 지역의 작가들이 다수 참여하였다.

4 김해강의 작품들은 최명표 편, 『김해강시전집』(국학자료원, 2006)에 수록되어 있다.

5 김해강은 김병호가 상처하자 시 「慰詞—동모 彌·炳昊에게」(『비판』, 1932. 9)를 발표하며 위로하였다.

6 "경남 진주와 통영의 여러 문우에게서도 자주 편지가 왔다. 8·15 해방 후 부산신문사 편집국장을 지낸 손풍산, 교편을 잡으며 시를 썼던 엄홍섭, 통영에선 호를 늘샘이라고 불렀던 시인 탁상수, 구월이라는 호를 가지고 동시를 썼던 이석봉 등과도 사진을 교환하며 일주일에 한두 번씩 주고받았다."(김해강, 「나의 문학 60년」, 『표현』, 1986. 5; 최명표 편, 앞의 책, 780~781쪽)

서둘러 논의의 장으로 편입할 필요가 있다. 또한 그는 카프 작가가 아니면서도 시적 성향면에서 친밀하였고, 한국 근대문학 초기의 시적 특성을 확인할 수 있는 시인이란 측면에서 보더라도 마냥 미루거나 외면할 수 없다. 지금도 프롤레타리아 계열의 아동문학을 소홀시하는 풍토가 남아 있는 것이 엄연한 사실이나, 한 시대를 풍미하며 한국 아동문학의 형성에 기여한 공로는 인정되어야 할 것이다. 그러므로 본고에서 논의하는 김해강의 동시들은 시와 동시를 병행한 시인의 시관과 동시관의 유사점이나 차이점을 드러내기에 알맞을 터이다.

2. 동심과 현실 사이의 균형감각

김해강은 1920년대의 암울한 시대상을 적극적으로 시화한 시인이다. 그가 당대의 민중들이 겪고 있던 고난들을 수용하기에 앞장선 이유인즉, 그들의 삶이야말로 구체적 현실을 담보해 주는 징표일 뿐더러 "집단생활로부터 유리된 사회층에서 발생이 된 무지개 가튼 환상문학"[7]을 거부하는 신념으로부터 발원하였다. 그가 배격하는 '환상문학'이 '집단생활로부터 유리된' 관념적 경향을 일컫는 것이라면, 민중들의 삶에 대한 관심은 시적 출발점부터 지향했던 바일 터이다. 그런 까닭에 그의 시는 '무지개'를 좇지 않고 대다수 농민과 노동자들에게 초점을 맞추거나, 집단 정서를 반영하느라 길어지는 추세를 피할 수 없었다. 그가 이 무렵에 발표한 작품들이 비교적 장시에 속하게 된 것은, 바로 시단의 경향과 사회 현실로 말미암은 것이다. 기미독립만세운동이 끝난 뒤에, 식민지 사회는 다양한 요구를 분출하였다. 일제는 소위 문화정치라는 위장전술

---

7 김해강, 「자각과 의식 문제」, 『대중공론』, 1930. 10; 최명표 편, 앞의 책, 712쪽.

로 맞섰으나, 사회의 각 부면에서 제기되는 민중들의 열망을 수렴하거나 억압하기에는 역부족이었다.

마침 사회주의가 이입되어 민족해방의 새로운 이념으로 가능성을 검토받게 되면서, 식민지는 정치적 이념의 대립장으로 변모하였다. 이것은 역으로 일제에게 퇴로를 열어주는 효과를 안겨주었고, 가혹한 탄압 국면을 조성하는 빌미가 되었다. 그에 따라 해방운동전선은 일제에게 강경히 대항하거나 타협하는 택일의 기로에 노출되고 말았다. 그 무렵에 농민들은 대부분 일제에게 농지를 빼앗기고 도시 빈민층으로 재편되면서 일자리 문제가 사회적 과제로 대두되었다. 말하자면, 일제의 잘못된 식민 통치 전략은 마땅한 출구를 마련하지 못한 채, 그 부작용을 식민지의 원주민들에게 전가하며 구성원 간의 대립과 이간에 골몰하였다. 1920년대부터 일제는 민족 지도부의 내부 분열을 재촉하는 한편, 경제적으로 곤경에 몰려 있던 민중들에게는 취업을 미끼로 노동력을 착취하는 일에 열심이었다. 김해강의 작품은 이 시기의 상황을 정확하게 포착하여 증언하고 있다.

> 여봐요 우리누나― 공장에간 우리누나가
> 좀 일은 작년이맘째― 먼산에 눈도 녹기전 일은봄에요
> 몸단장 어엽부게- 머리빗고 분칠하고 고흔옷닙고
> 화려한 서울― 쏫서울로 돈벌너간다고
> 마을안 큰아기― 다-큰 큰아기들째에 들어
> 자동차 타구요―줄々이 타구요 호강스럽게 떠나더니만……
>
> 글세 여봐요 우리누나― 공장에간 우리누나가
> 『누나! 달흔 큰아기들 다-가도 누나만 가지마우
> 나 누나 보구십으면 어쩌라구 산나구면 그러우』

자동차에 실린 누나의팔에 매달려 말성을 부릴재
『돈 벌어가지고 곳 온단다 그래야 너도 공부를 해보지』
이러케 나의등을 다독거려 달내주고는 써나드니만……

아아 어찌 알엇겟서요 우리누나─공장에간 우리누나가
반년도 못되여 낫지도못할 병에 걸려 돌아올줄을
『이애야 어쩌자고 이러케 병들어왓느냐?
내가 병들어 눕고말지 너 알른 꼴을어찌 본단말이냐?』
이러케 늙으신 어머니 누나의손을 붓잡고 울부즈질재
말업시 다문입 힘업시 쓰는 누나의눈엔 눈물이 핑 고엿드라우

하더니 이봐요 우리누나─ 공장에간 우리누나가
하루아츰 스러지는 이슬처럼 어버이품을 써나고말엇구려!
오늘도 내 진달내쏫츨짜서 누나뫼에 쑤려줄재
어머닌 어푸러지신채 쌍을치며 우시는구려!
아아 누나의 탄 자동차─ 호강스럽게 쓰나든 그적이
아즉도 눈에 선-하것만─ 누나의얼굴 이젠 다시는 볼수업슬가요?

─「아아누나의얼굴다시볼수업슬가?」[8] 전문

이 작품은 시 「누나의 임종」(『대중공론』, 1930. 7)의 자매편이다. 김해강
이 이 무렵에 나이 어린 노동자들에게 관심을 표하게 된 동기는 일제에
의한 노동력 착취 상황에서 기인한다. 일제는 식민지의 주요 도시에 제
사공장을 설립하고, 농촌의 어린 소녀들을 채용하여 공장을 가동하였
다. 그들은 값싼 노동력을 제공하면서도 비인간적인 대접을 받으며 과

---

8 『별나라』, 1930. 6.

도한 노동시간에 종사하고 있었다. 일제는 자국의 식민 자본이 어린 노동자들에게 고강도의 노동을 부과하고, 기본적 인권조차 허용하지 않는 줄 알면서도 방관했던 것이다. 설사 노동자들이 근로 조건이나 기숙사 시설의 개선과 같이 기본적인 요구에도 일제는 공권력을 동원하여 무자비하게 탄압하며 식민자본가의 편을 들어주었다. 한 예로 김해강이 살고 있던 전주에서는 임금 차별과 부당한 차별 대우에 항거하는 집회를 갖던 중에 경찰에 발각되어 강제로 해산되는 등,[9] 각지에서 어린 노동자들의 항의가 잇따랐다. 오죽하면 조선총독부조차 소년들의 노동력 착취를 사회적 현안과제로 인식하여 아동학대금지법의 제정을 검토할 정도였다.

이와 같은 상황 속에서 이 작품은 제출되었다. 김해강은 사실성을 확보하기 위한 방편으로 서한체 형식을 차용하고 있다.[10] 이 방식은 근대문학의 초기에 이반 뚜르게네프의 산문시가 중복하여 번역될 정도로 인기를 끌었으며, 1920년대의 장시화 경향을 계승하면서 1930년을 전후로 이른바 단편서사시에 도입되어 크게 유행하였다. 그 원인은 일제의 사상통제가 자심해지던 시대 상황과 밀접히 관련되어 있다. 서한체는 서한의 특징적 요소를 차용하여 발화하는 고백체 담화 방식이다. 서한체는 나/너의 형식을 취한 듯하나, 속으로는 나/나의 형식이어서 은밀한 내면을 고백하기에 알맞다. 김해강은 부재하는 누나를 거푸 호명함으로써, 소녀가장의 희생으로 근근이 꾸려지는 식민지 가정살림의 궁핍상을 강조한다. 이것이 그가 서한체를 취하게 된 이유이다. 그는 서한체시가 지닌 강점을 이용하여 식민지의 가난한 살림과 가족해체현상을 문제 삼고 있다. 그의 노력으로 "거대한괴물가튼 식컴은기계"(「태양을 등진

---

9 『조선일보』, 1930. 7. 4
10 서한체시의 유형과 특성에 관해서는 최명표, 「일제하 서한체시 연구」, 『국어문학』 제42집, 국어문학회, 2007. 2. 67~95쪽 참조.

무리」)의 정체가 폭로되고, 또 누나가 남동생에게 '돈 벌어가지고 곳 온
단다 그래야 너도 공부를 해보지'라며 달래며 공장에 취직한 결과로 '반
년도 못되어 낫지도못할 병'에 걸린 노동의 강도가 밝혀진다. 그것은 김
해강이 가족내적 화자를 앞세워서 시의 분위기를 극적 상황으로 조성한
덕분이고, 그에 따라 이 작품은 "다소 추상적으로(로맨틱한) 흘으기 쉬운
난삽한 그것에서 구체적 서사시형을 취하여진 이번의 것은 조흔 경향을
보여준다"¹¹는 고평을 받게 되었다.

　더하여 이 작품의 독자는 요새 기준으로 아동보다는 청소년층이라고
볼 만하다. 당시에는 아동이나 소년의 범주가 미처 획정되지 않았던 탓
이다.¹² 아동과 소년의 범주 설정 문제는 문학뿐 아니라, 당시의 소년운
동이나 청년운동계에도 민감한 문제였다. 후자처럼 식민지의 변혁운동
에 종사하는 운동가들은 소년과 청년의 경계에 따라서 회원수나 조직
규모 등이 달라질 수 있었으므로, 상위 운동에 속하는 청년회의 지시나
결정에 따라 소년의 연령을 결정하였다. 그와 같은 현실적 조건이 제약
하면서 아동문학가들도 혼동하지 않을 수 없었다. 또 보통학교 재학 연
령도 취학 기회의 협소로 말미암아 과년한 학동들이 상당수를 차지하고
있었다. 이런 구분법이 널리 통용되다 보니, 잡지사의 편집자들은 아동

---

11 김병호, 「최근 동요평」, 『음악과 시』, 1930. 6; 박경수 편, 『잊혀진 시인, 김병호의 시와 시세계』, 국
학자료원, 2004, 150쪽.
12 요새 관습처럼 '소년/아동/청소년/청년'의 연령 구분 문제는 단순하지 않다. 1924년 4월 21일 출범
한 조선청년총동맹은 회원의 가입 연령을 16세 이상 30세 미만으로 한정했다가, 25세 이하로 제한하
는 문제를 토의할 만큼 민감한 사안이었다.(『시대일보』, 1924. 4. 24) 1928년 1월 5일 열린 조선소년
연합회 중앙상무집행위원회는 회원의 연령을 8세로부터 18세까지로 하고(8세부터 12세까지를 제1
반, 13세부터 18세까지는 제2반), 18세 이상은 특별회원으로 하며 지도자는 특별회원 자격자 중에서
선출할 것을 결의하였다. 이것을 보면, 당시 운동권에서조차 '소년'과 '청년'의 연령 구분이 뚜렷하
지 않은 줄 알 수 있다. 또 조선소년연합회는 1928년 3월 제1회 정기대회 후에 열린 회의에서 지도위
원의 연령을 19~25세, 회원은 12~18세로 정하였다.(『동아일보』, 1928. 3. 27) 또 1945년 12월 출
범한 조선청년총동맹이 가입 연령을 만15세 이상 만 30세까지로 규정한 것을 보더라도, 연령의 구분
은 해방 후까지도 유동적이었다.(김행선, 『해방 정국 청년운동사』, 선인, 2004, 129쪽) 그러므로 '아
동/소년/청소년/청년'의 연령 구분은 역사적, 정치적, 사회적, 문화적 문맥을 고려하여 정할 일이지,
아동문학의 대상을 단박에 초등학생 정도의 아동이라고 규정할 게 아니다.

과 소년의 물리적 범주를 설정하느라 고심하였다. 그런 까닭에 아동과 소년의 범주 문제는 아동문학의 본격적인 형성을 저지한 원인으로 작용한 혐의도 인정된다. 앞서 거론한 김해강의 작품이 지금의 동시와 수준이 다른 이유는 그와 같은 맥락에서 인정되어야 할 것이다.

우리마을 밀째영감 우습고나야
부러지고 째쭉이긴 밀째모자를
봄녀름이 다지나고 가을이와도
바람치고 눈뿌려도 항상쓰지요

행길에만 나려가도 밀째모자요
방에안저 글을봐도 밀째모자죠.
더우면은 부채대신 쌈을개이고
잠잘째면 퇴침대신 베고자지요.

그리고는 이말저말 돌아다니며
썩덕써덕 일쑨들과 석겨놀지요.
젊은일쑨 풀닙담배 부처들이면
돌무덕에 걸어앉저 이약한다나.

동네마을 터닥그면 노래먹이죠.
『에엥에라 터를닥거 조흔집짓자』
지심매고 씨샏리면 노래먹이죠.
『어리얼렁 풍년들면 잘살어볼가』

밀째영감 밀째영감 노래도잘해

뒤딸흐며 놀려대도 성을안내죠.
씽그리는 얼굴한번 누가보앗담
수염몃개 쏩아줘도 웃고마는걸

뒤로살작 걸여가서 밀쌔모자를
홀싹〈 벗겨노코 다라나도요.
에라요놈 한마듸를 안하는영감
작란숫이 어린애들 동무랍니다.

그리해도 부자녀석 무서안코서
동네〈 대신하여 나선답니다.
부자네집 삽살이에 쫏겨울면은
밀쌔영감 돌을들고 개를쫏지요.

밀쌔영감 하루라도 업고보면은
우리들은 심심해서 못견된다요
밀쌔영감 우리마을 쩌나고보면
누가〈 대신동무 되여준다나.

—「밀쌔영감」[13] 전문

밀대영감은 동네아이들의 친구이다. 그는 일년 내 '쌔쑥이낀 밀쌔모
자'를 쓰고 다니며 온갖 동네일에 상관하지만, 아이들에게만은 한없이
너그럽다. 그는 아이들이 놀려먹거나, 밀대모자를 벗기며 장난치거나,
심지어 '수염몃개 쏩아줘도 웃고마는' 호인이다. 예전에는 어느 마을에

---

13 『별나라』, 1930. 11.

나 이런 어른이 하나씩 있었다. 그는 대개 순진하고 착한 심성의 소유자로 아이들과 놀아주기를 마다하지 않았으며, 아이들은 그에게 의지하며 제 힘으로 못 만드는 놀잇감을 만들어달라고 졸랐다. 식민지의 비참한 현실을 묘파하느라 분주했던 김해강의 시편에서는 보기 힘들게 밝은 분위기가 눈에 띈다. 그것은 시인이 시와 동시의 차잇점에 주의를 기울이고 있다는 단서이고, 대상의 특수성을 고려한 태도를 유추할 수 있는 징후이다. 여느 시인들의 프롤레타리아 동시에서 산견되는 적개심이나 분노를 표출하지 않고, 어느 마을에나 있을 법한 '밀대영감'의 이야기를 취급했다는 점을 보더라도 김해강의 동시에 대한 인식은 문학적이다. 이 점은 그를 프롤레타리아 시인들과 구별되는 변별점일 터인데, 무엇보다도 대상에 대한 배려를 필요조건으로 내거는 동시의 본질에 가깝다.

이처럼 김해강은 동시의 장르적 특수성을 고려하면서 고유한 정서를 포착하느라 고심하였다. 그의 시에서 생경한 이념이나 도식적인 계급의식이 도드라져 보이지 않은 것은 순전히 그로부터 기인한 것이다. 그렇다고 해서 그가 이전부터 추종했던 현실지향적 성향을 포기한 것은 아니었다. 그는 시작 생활 동안 내내 "대중(하층계급)의 감정과 사상과 의지를 기조로 생활의 조직력을 강화코저 시대 의식에 가장 적합한 의식적인 창작 활동"[14]을 견지하였다. 이런 시작 태도에 입각하여 작품을 발표하면서도, 동시의 특수한 자질을 존중하였다는 점에 그의 시관이 놓여 있다. 그의 태도는 대립 국면을 조성하기 위해서 급박한 리듬을 추종하고, 갈등 양상을 고조화시키고자 성근 시어를 남용했던 프롤레타리아 시인들과 비교된다. 이 점 때문에 카프 계열 비평가들은 내용상으로는 현실비판적이면서도 형식상으로는 문학의 본질을 옹호하려고 노력하는 김해강을 곱지 않은 시선으로 보았다. 그를 가리켜 '동반자작가'[15]나

---

14 김해강, 「대중의 감정을 기조로」, 『조선일보』, 1934. 1. 9; 최명표 편, 앞의 책, 716쪽.
15 유수준, 「조선현대문예사초본」, 『조선일보』, 1933. 1. 1~5.

'동반자적 경향파'[16]로 분류한 것을 보더라도, 카프측의 문학관에 전적으로 부합되지는 않았다. 그로 인해 그는 카프의 전폭적 지지를 받을 수는 없었으나, 자신의 문학적 신념을 유지할 수 있었다. 아래에 인용하는 시편을 보면, 김해강과 카프 계열의 시인들의 작품이 다른 점을 확연히 알 수 있다.

성기ㄱ 눈 쌛리는 겨을날이엿나이다
산ㅅ골 시내ㅅ물가에 홀로 안저 쏘당ㄱ 얼음을 쌔이고 놀쌔엿나이다

마을 박 저편 억덕에
서잇는 놉흔 나무 가지와 가지에는
적은 새쌔들이팔작ㄱ 쒸며 한참평화스럽게 놀고 잇섯나이다

아々 저 적은 새쌔들의 평화로운 쑴이
금시로 쌔여질줄을 누가 알엇스리이까
텡—르러르렁……
골짝을 울리는 한방의 총소리는
적은 가슴에 쌀가케 쒸는 심장을 무참히도 쌔트려버리고 말엇나이다.

놀란 날개를 치며 제각기 흐터지는적은 새 쌔들—
그들의 한쌔는 강변 앙상한 덤풀로날러들어
죽은듯 가슴을 둑은거리며
눈알만이 초롱 초롱— 초롱을 휘둥굴리고 잇나이다.

---

16 김팔봉, 「조선문학의 현재의 수준」, 『신동아』, 1934. 1.

이째엿나이다

강변에 차녀논 나의 적은 지게ㅅ발알엔

어린 날개를 푸드덕어리며

적은 한머리의 어린새가 날러들엇나이다

아々 얼마나 가여운 일이오리까

부러진 약한 다리를 바르々 떨며

몸을 겨누지 못하야 달꽉 쓸어진 그대로

날개만을 푸드덕어리니 무슨 큰 힘인들잇사오리까

다못 적은 입으로 흘러나오는 붉은피만이

돌ㅅ사이 모래알을 고이く 물들일샌임니다

상처에 다침이 업도록 두손에 담속올려

날개를 펼치고 더운 입김을 불어주는 나의마음—

아々 나의손에 마즈막 짜근한 피를물들이며

영롱한 광채를 굴리든 것도 가장 짤븐동안—

그대로 고요이 눈을 감어버리웁니다

적은 죽엄을 못내 악기는 나의마음을 아는듯 하소하는듯

한결 평화로이 고요이 눈을 감어버리웁니다

오々 어미새는 울리라 동무새는 울리라

숨어 놀란숨을 허덕이면서도 그들은 울리라

하나 나의손ㅅ바닥우에 살어지는

한개의적은 죽엄을 누구 하나가 알리이까

길이 일어버리고 마는 이 적은 한개의 죽엄을 그 누구가 알리이까

오々 석은 한개의 죽엄이여!

너의죽엄을 노래로써 조상하는 나의마음은 쉬는구나 압흐구나

더운 눈물을 너의 시체우에 적시워주노니

놀란 혼을 고이 쉬이라 길이 쉬이라

(1932. 2)

—「적은 죽엄을 노래로 불으는 弔詞」[17] 전문

위 작품은 사냥꾼의 총에 맞아 죽은 새의 죽음을 조의를 표한 것이다. 김해강은 아무도 알아주지 않는 작은 새의 비참한 최후를 보고, 포수에 의해 '적은 새쌔들의 평화로운 쉼'이 깨어진 전후를 포착하고 있다. 나아가 그는 '적은 죽엄을 노래로 불으는 弔詞'를 통해 생명의 존엄성이 여지없이 훼손당하는 광경을 안타까운 음조로 드러내었다. 그의 시 중에서는 "생명의 자유로움"(「봄비」)을 노래한 작품을 곧잘 찾아낼 수 있으니, 새 한 마리의 죽음에 눈물 흘린다손 과장이 아니다. 김해강이 이 시기에 생명의 소중함을 되풀이하여 강조하게 된 까닭은, 당연히 일제에 의해 불임의 땅으로 변해버린 식민지의 현실에서 찾아볼 수 있다. 일제는 만주사변을 일으키고 난 뒤에, 원주민들의 식량을 비롯하여 갖가지 물산들을 약탈하느라 혈안이 되었다. 식민지의 곳곳에서는 유랑민이 다량으로 발생하고, 도회지의 거리에는 부랑아들의 수효가 날로 늘어났다. 이런 시국에서는 그들의 비극적 현실을 폭로하여 민중들의 아픈 마음을 위로하는 시편이 요구되기 마련이다. 상대적으로 시학의 본질적 국면을 존중하기에는 식민지의 사정이 너무나 궁핍했던 것이다.

그렇지만 김해강은 현실 비판적 정서를 자주 다루었으면서도, 동시의 특유한 성질을 감안하여 인용시처럼 우회하는 전략을 취하였다. 그는 '적은 새쌔들이팔작< 쉬며 한참평화스럽게 놀고 잇섯'던 강토가 '골싹을

---

17 『별나라』, 1932. 4.

울리는 한방의 총소리'에 의해 피비린내 나는 살육의 땅으로 변해버린 현실에 분노하면서도, 그것을 직접화법으로 표현하지 않는다. 다만 그는 '적은 죽엄을 못내 악기는 나의마음'에 의탁하여 일제의 야만적 통치 방식을 은유하고 있을 뿐이다. 이것만 보아도 그에게 동시를 포함한 시는 예술의 영역일 뿐, 운동이나 투쟁의 수단이 아니었다. 이런 점에서 그의 시는 "일제 강점하 이 땅의 궁핍한 상황을 날카롭게 묘파하면서도 예술성을 견지하고 있다는 점에서 1920년대 프로시의 시적 가능성을 열어주었다"[18]고 평가된다. 그처럼 '상황'과 '예술성'을 함께 추구한 그의 시관은 다음의 평문을 보면 자세히 확인할 수 있다.

남의 그릇됨을 들추어내는 것이 어느 점으로 보면 그의 잘못을 일깨워주는 한 개의 도움으로도 해석될 것이나, 다시 한편으로 생각하면 그것이 도리여 그의 압길을 썩는 것이 되고, 또 그러함으로써 북도드리려는 그의 의긔를 닷처주고 마는 험한 상착이를 치어준다는 자미롭지 못한 결과를 가저옴이 되고마는 폐단도 된다는 것입니다.

얼핏하면 『배격』하자, 자칫하면 『매장』, 이러한 글ㅅ자들은 될 수 잇스면 우리 소년문단에서 쓰지 안허야 할 것입니다. 쏙이 그러한 글ㅅ자들을 벌려노아야 할 경우이면 막무가내 하지마는 그러한 글ㅅ자를 쓰게 됨에 쏠아 글 전체가 훼방 가치도 쏘는 비웃음으로 기우러지고마는 쌴길로 벌기 쉬웁기 쌔문입니다.[19]

김해강은 '배격'이니 '매장'이라는 격한 어조로 상대방을 공격하다 보면, 논지와 무관하게 '글 전체가 훼방 가치도 쏘는 비웃음으로 기우러지고마는' 부작용을 염려하고 있다. 이 글은 김해강이 1932년 『별나라』

---

18 김재홍, 『카프시인비평』, 서울대출판부, 1991, 136쪽.
19 김해강, 「사랑하는 소년 농부늘에게―우리는 좀더 농부늘을 사랑해야 합니다」, 『별나라』, 1932. 2·3.

신년호에서 벌어진 이고월의 「회색적 작가를 배격하자」와 채몽소의 「이고월 군에게」라는 논전을 보고 발표한 것이다. 인용문에서 살필 수 있는 것과 같이, 그는 소년 문사간의 과격한 언사를 동원하며 논쟁하는 모습을 말리고 있다. 그는 '남의 그릇됨을 들추어내는 것이 어느 점으로 보면 그의 잘못을 일깨워주는 한 개의 도움으로도 해석될 것이나, 다시 한편으로 생각하면 그것이 도리여 그의 압길을 썩는 것이 되고, 또 그러함으로써 북도드려는 그의 의긔를 닷처주고마는 험한 상착이를 치어준다'는 점을 제시하면서, 나이어린 소년들이 논전에서 이기기 위해 상대를 무조건적으로 폄하하는 태도를 꾸짖고 있다. 그가 기성 시인답게 온건하고 점잖은 투로 그들을 훈계하여 상호 대립을 지양하도록 권고한다. 그의 중재를 받아들인 덕분인지, 두 소년은 그 뒤에 언쟁을 중지하였다. 김해강은 '도움'이 '폐단'이 될 수도 있다는 사실을 지적하여 쌍방간의 논쟁을 중재하고, 아울러 논쟁의 유혹으로부터 벗어나는 길을 일러주고 있는 셈이다.

그의 바람은 일제라는 침략자 앞에서 적전분열을 일으키는 사태로 비화하지 않기를 바라는 열망에서 비롯된 것이다. 그는 아직 어른이 되지 못한 어린 문사들이 교조적 언어의 구사에 몰두하여 문학을 수단화하는 자세를 학습하는 것을 우려하고 있다. 이와 같은 점을 보면, 그는 소년 문사들에게 기성 시인들처럼 논쟁이나 식민지 현실을 직접적으로 비판하는 대열에 나서지 말고, 시대 상황으로부터 심정적 거리를 유지하여 후사를 도모하기를 바란 것이다. 당시 『별나라』를 중심으로 활동하던 카프 시인들이 무산계급 소년들에게 강렬한 투쟁의식을 고취하던 바와 비교하면, 김해강의 논리는 어른스러운 어조를 유지하고 있어서 유난하다. 그런 관점을 갖고 있었기에, 그는 동시 작품들에서 현실에 대한 직정적 표현을 삼갔으리라. 그 배후에는 동심을 "순정의 나라"(「동심」)라고 보았던 김해강의 시선이 자리하고 있다. 아래에 든 작품을 보노라면, 김해강이 추구하는 동심과 동시의 참모습을 엿볼 수 있다.

눈은 펑펑 내리옵는데
좁은 산길 눈 쌓이면요,
우리 언니 학교 간 언니
돌아올 때 발 묻히겠네.

눈은 펑펑 내리옵는데
돌아올 때 여북 추울까?
돌다리에 드북 쎈 눈을
다 쓸어도 언닌 안 오네.

—「눈」[20] 전문

1930년 1월에 쓴 김해강의 미발표작이다. 예시에서 보는 바와 같이, 리얼리즘에 입각하여 시를 발표하던 그답지 않게 서정적 경향이 농후하다. 그 당시에 발표되던 그의 시는 남성다운 웅건한 어조로 일관되어 있는데, 위 작품에서는 동시의 특성을 살려 언니의 귀가를 기다리는 동생의 간절한 바람을 드러내는 데 초점을 맞추었다. 눈이 내리어 발이 묻힐 정도로 쌓이는 동안, 즉 시간의 흐름에 따라 언니를 걱정하는 동생의 안타까운 심정이 켜켜이 적층되고 있다. 그처럼 이 작품은 폭설 속에서 빛나는 동심의 아름다운 표정을 '드북' 보여준다. 김해강은 형제간의 우애를 '순정'으로 보고, 눈이 내리는 시간의 지속을 통해서 상대적으로 순백의 동심이 돋보이도록 주의를 기울였다. 이로서 그가 시와 동시를 겸행하면서도 동시의 독자적인 문법을 훼손하지 않은 줄 알 수 있다. 그

---

20 최명표 편, 앞의 책, 263쪽.

는 카프측 시인들과의 교분에 따라 아동문학 운동에 힘을 보태면서도, 자신의 시적 신념을 굳게 지켰던 것이다.

이런 측면에서 보면, 김해강의 시는 '동반자적'이라는 모호한 분류에 포획될 수밖에 없을 터이다. 따라서 그는 자신의 세속적 명리를 구할 목적으로 대세를 추종하기보다는, 이상적 신념을 고수한 시인이라고 보는 편이 타당하다. 실제로 그는 전주 지역의 사회운동단체에 적을 두어 활동하면서도, 사회주의 이념을 신봉하는 성향을 보이지 않았다. 곧, 그는 민족 우선의 신념으로 변혁운동에 종사하거나 시작품을 발표했던 것이다. 이로 보면, 김해강이 동시의 특수한 조건들을 고려하며 작품 활동을 전개한 줄 짐작할 수 있다. 그는 그러한 태도를 줄곧 견지하면서 시와 동시의 창작을 겸행하였다. 그는 대상의 특성에 맞추어 가면서 시와 동시를 가르고, 작품의 어조와 분위기 등을 설정한 것이다. 다만 변하지 않은 것이 있다고 한다면, 그의 시세계를 관류하고 있는 미래에 대한 낙관적 전망이다. 그는 '태양'을 예찬하거나 '새날'을 열망하는 작품들을 여러 편 발표한 바 있다. 그런 시에서 김해강은 식민지의 암울한 현실을 견디는 심리적 기반을 마련하였고, 그런 자세를 동시에서도 바꾸지 않았다. 아래의 예시 작품은 그에 대한 적절한 사례이다.

새해.
첫아츰.
붉은해는
새날을
우리의앞에 가저옵니다.

노래를이저버린 가난한 집웅밑에
사라날 걱정만이 조심스레 떨리거늘

새해라 복을빌며

반가이 차저올이 뉘오리까.
자저올이 업삽기로
문고리를 걸어잠구고
구들우에 떨기만하오리까
슬퍼만하오리까.

아버지.
어머니.
형아.
아우야.
누의야.
차나 더우나,
좋으나 나지나,
말업시 차저오다 말업시 가버리는
―오즉 하나
―당신들의 친구, 그대들의 벗
붉은해는 잊지 않고, 오늘도 차저줍니다.

누구보다도 먼저
반가운 얼굴로
부러진 창살을 더듬어 쥐고
그의 따스한손ㅅ길은
서리친 집웅을 만저줍니다.

어서들 들창을 열고 뛰어나와

그의 힘찬 두활개를 않기소서.

그리하야 그가 가저다주는 새날을 받드소서.

붉은해를 멍에하야

우리의뜻은 해마다 커가오니.

아버지, 어머니

그에게 줄 첫아츰의 약속을

당신들은 생각하섯습니까

형아, 아우야, 누의야,

그대들은

어서 그의가슴에 붉은약속을쏘아 보낼

세찬 활들을 억개에 메이고 나와 마지하시소.

—「새해마지—별나라소년들은 새해마지의 노래를 이렇게불르며커갑니다」[21] 전문

　　인용한 시작품에서 김해강은 '새날'을 향한 절대적 기대감을 표하고
있다. 1927년 1월 『동아일보』 신춘문예에 당선된 작품이 「새날의 기원」
이었듯이, 그는 일제 강점기 내내 '새날의 기원'을 시작품에 담았다. 그
는 대표작 「동방서곡」을 위시하여 "밤을쫏고새날을창조하려태양은솟는
다"는 「태양승천곡」 등에서 '태양'을 앞세워 '새날'을 기다리는 믿음을
노래한 바 있다. 그의 낙관적 전망은 마땅히 암울한 식민지시대를 견디
기 위한 심정적 서원인 것이 부인할 수 없는 사실이지만, 그런 희망은
아이들에게 더 필요한 덕목이었다. 아이들은 비록 '노래를이저버린 가
난한 지붕' 아래서 태어난 탓에 팍팍하게 살아가고 있으나, 김해강은

---

21 『별나라』, 1935. 1·2.

그들이 "명일의 조선의 빛이 되리라는 강한 자신을 가지고 오로지 씩씩한 기개와 명랑한 심법을 배워 나아가는 가장 슬기로운 학생"[22]으로 자라나기를 바랐다. 그런 열망이 위의 시에 반영되어 언표화된 것이다. 그가 『별나라』를 특정하여 '별나라소년들은 새해마지의 노래를 이렇게불르며커갑니다'라고 부제로 달았을지라도, 굳이 한정하여 해석하지 않아도 된다. 왜냐하면 소년 독자들에게 '붉은약속', 곧 새해의 붉은 태양이 떠오르는 원단을 맞아 희망을 잃지 말라는 그의 발언은 남다른 것이 아니기 때문이다.

김해강은 이외에도 동화 「목단강 야화(1-종)」(『별나라』, 1931. 4~9)와 수필 「서울로 간 동무에게」(『신소년』, 1935. 10 · 11) 등을 발표하기도 하였다. 또 해방 후에는 전라북도의 각급 학교에 교가를 지어주고, 국민학교의 운동회 노래[23]를 작사해 주기도 하였다. 이런 노력들은 그의 잃지 않은 동심을 엿볼 수 있는 증거이다. 아마 그가 생애의 대부분을 교직에 종사한 탓에 동심의 중요성을 일찍부터 깨달았을 터이나, 세월이 흘러가는 도중에도 동심을 유지하려고 애쓴 자세는 주목할 만하다. 그의 말대로 동심이 '순정'이라면, 그것은 서정을 시화하는 데 유효한 정서적 지반으로 작용하였다. 그것이야말로 그가 식민지시대에 현실비판적 경향을 억제하지 않으면서도, 카프 시인들처럼 교조적이거나 투쟁적인 작품보다도 서정시를 발표한 이유이다. 이 점에서 그의 동시는 시와 정치 사이의 거리를 조정해주는 역할을 수행했다고 할 수 있다. 동심은 김해강에게 식민 당국의 광포한 통치하에서 광복을 향한 희망을 잃지 않도록 지탱해준 심리적 울타리였던 셈이다.

---

22 김해강, 「내가 지금 중학생이라면」, 『학등』, 1936. 1; 최명표 편, 앞의 책, 716쪽.
23 김해강이 전주사범학교에 재직하던 중에 동료 황덕철의 작곡으로 전북 도내 국민학교에 보급한 「응원가」는 다음과 같다. "모교의 영예를 한 몸에 모아/당당히 출전한 우리 선수들/날래고 씩씩함이 천하의 무적/승리를 자랑함도 오늘이로세//싸우라 싸워라 싸울대로 싸워라/(이겨라 이겨라 모든 힘을 다하여)/돌격 돌격 천하에 무적이다/우리 학교 선수들 우리 학교 선수들"(최명표 편, 위의 책, 827쪽)

3. 결론

앞서 살펴본 바와 같이, 김해강이 『별나라』와 『신소년』 등에 동시를 발표하게 된 배경에는 편집자들과의 친분이 작용하고 있었다. 그는 그들과 사신을 주고받으며 식민지의 울분을 토로하였고, 동일 직종에 종사한다는 신분상의 동질감을 매개로 긴밀한 관계를 유지하였다. 그들의 교분은 현실지향적 시인들의 변모 과정을 살피는 과정에서 필수적으로 검토되어야 할 정도이다. 그들은 해방 후에 대부분 향리에 거주하면서 지역 문학의 발전에 공헌하였다. 지금까지의 시사적 논의들이 서울에서 활동하던 시인들을 중점적으로 언급하고 있으나, 1930년대 동시단의 한 축을 담당했던 그들이 지방에 거주했다는 이유로 외면받아서는 안 된다. 도리어 그들은 서울보다 열악한 조건을 무릅쓰고 고유의 시 생산에 진력했다는 점에서 제대로 평가받아야 한다.

시를 발표하는 동안에도 동시에 손을 댄 것으로 미루건대, 김해강 동시의 발굴 작업이 지속적으로 요청된다. 그는 등단 이래 강렬한 현실비판적 성향을 담은 시를 발표했으나, 동시는 동심을 바탕으로 썼다. 그는 동심을 일러 '순정의 나라'로 칭하고, 시와 달리 현실을 우회하는 전략을 채택하였다. 그 덕분에 그의 동시들은 사적으로 친밀한 관계를 맺었던 카프측의 다른 시인들의 작품과 견주어볼 때, 투쟁성보다는 서정성을 확보할 수 있었다. 궁핍한 식민지의 일상을 직접적으로 다루는 대신에, 그는 동시의 대상성을 고려하고 형식적 특성을 살려 미래의 희망을 제시하려고 노력한 것이다. 그것은 주로 태양 이미지의 출현으로 구체화되었는바, 시작품에서 산견되는 이미지를 확장하여 주제의 일관성을 유지하려는 그의 신념에서 비롯되었다.

(『영주어문』 제22집, 영주어문학회, 2011. 8)

동시, '심혼'의 고향
—박목월의 동시론

1. 서론

　박목월(朴木月, 1916~1978)은 1933년 『어린이』에 「통딱딱통딱딱」을 발표한 이래, 꾸준하게 동요와 동시에 대한 관심을 기울인 시인이다. 그는 동시집 『동시집』(조선아동회, 1946)과 『초록별』(조선아동문화협회, 1946), 동요동시집 『산새알 물새알』(여원사, 1962: 자유문학사, 1988) 등을 발간했을 뿐만 아니라, 학생 잡지 『여학생』과 『중학생』 등을 간행하기도 하였다. 그리고 『아동문학』의 편집위원으로 아동문학 이론의 수립에 솔선하였고, 스스로 『동시의 세계』(배영사, 1962) 등을 출판하여 동시의 이론화와 지도에 참여하기도 했다. 이처럼 아동문학, 특히 동시 분야에서 광범위하게 진행된 그의 활동은 한국 아동문학의 정착에 공헌한 바 크다. 그에게 동시는 시의 전단계에서 각종 기법을 학습할 수 있는 기회를 제공하였고, 궁극에는 그의 시세계를 구축하는 기본 정서가 되었다. 그러므로 그의 동시에 대한 관심은 시세계를 탐구하고 싶은 의욕에 비례해야 한다.

　그의 시세계에 대한 연구물들은 상당량이 축적되고 있으며, 동시에 대한 연구물들도 조금씩 비축되고 있다. 그의 동시에 대한 신행연구의 성과는 "첫째, 본격적 동시의 출현에 획기적 이정표를 세웠다. 둘째, 그의 동시는 동화적 환상성을 바탕으로 자연탐미적 향토성에서 도회감각적 생활성으로 변모하여 동시의 세계를 확대시켰다. 셋째, 그의 동시에 흐르는 가장 기본적 율조는 전통적 정서에 바탕을 둔 민요조로서, 동시의 대표적 한 유형을 형성하였다. 넷째, 그의 동시가 가지는 동화적 환상성은 예술적 향기의 심화에는 기여했으나, 한편으로 이해와 감상의 통로를 좁히는 결과를 가져와 동시의 한계를 느끼게 했다. 다섯째, 그러나 그는 어휘 하나하나가 가지는 이미지를 중시하여 시어의 발견 및 선택 구사에 특이한 장기를 보여 동시의 질적 향상에 크게 이바지했다"[1]로 집약된다. 요즘 생산되는 여러 편의 연구 성과들은 앞의 결과를 동어 반복적으로 재생하고 있는 실정이다.

그렇다면 박목월의 동시에 대한 연구가 활성화되지 못한 이유는 무엇일까. 우선적으로 그의 텍스트에 대한 체계적인 정리가 이루어지지 않았다는 점을 들 수 있다. 그의 사후에 '박목월 아동문학' 『얼룩송아지』(신구미디어, 1993), 동화집 『눈이 큰 아이』(이가서, 2006)와 유고시집 『소금이 빛나는 아침에』(문학사상사, 1987) 그리고 『박목월시전집』(서문당, 1984: 민음사, 2005)이 간행되었다. 먼저 아동문학 부문의 동화집은 앞서 간행한 작품집에서 동화 작품만 선별하여 재간한 것이므로 텍스트의 가치를 따지 못한다. 앞의 책은 원본비평이 이루어지지 않은 채 박목월의 동시와 동화를 한 권으로 묶은 것이고, 나아가 그의 동시론을 비롯한 아동문학 관련 산문자료를 누락하여 '박목월 아동문학'이라고 이름하기에 부족하다. 그에 비해 두 출판사에서 판을 달리 하여 발행한 시전집은 의도적으로 동시를 제외하고 있다. 전자는 그의 시집을 영인하듯 한 권으로 수집한 것이어서, 특별한 의미를 부여할 수 없다. 후자는 시 전공자가 주

---

1 이재철, 『한국현대아동문학사』, 일지사, 1978, 250쪽.

석을 첨부하여 간행했지만, 연보가 불충분하고 발표된 원본과 시인의 수정본을 편자가 결정본으로 확정하였다. 아울러 그의 산문이 아직까지 정리되지 않은 점도 문제이다. 이것은 동시와 산문에 대한 편자들의 경시 태도와 함께 유가족들의 책임이 지적되어야 할 부분이다. 더군다나 시인 스스로 동시에 대한 애정을 도처에서 수시로 고백하고 자신의 시 작품을 해설했던 것을 돌아보면, 텍스트 확정 작업의 필요성은 시급히 강조되어야 할 것이다.

이에 본고에서는 텍스트에 관한 논의는 생략하되, 기왕의 연구들이 지닌 한계를 극복하기 위해 박목월의 시와 동시에 공통적으로 나타난 특성을 중점적으로 탐색하고자 한다. 이러한 접근 태도는 그의 동시에 대한 폄하가 아니라, 다양한 논점을 수립하는 데 공헌할 것이다. 그러기 위해 본고는 그가 남긴 시와 동시의 교차 인용을 허용하며 양자의 상관 성을 탐색함으로써, 그의 동시적 상상력이 미친 영향권을 확인하고자 한다. 그것은 궁극적으로 그의 시세계를 아우르고 있는 동시적 요소가 시의 밑바탕이 된 배경을 살피는 방향으로 진행될 것이다. 이것은 동시 와 시를 병행하여 창작한 당해 시인에 대한 합당한 예우이며, 그의 전작 품을 아우르는 논의가 가져올 생산적 의미를 기대하기 때문이다.

2. 동시적 상상력의 시적 표정

1) 동시의 외연과 내포

시와 동시의 창작을 겸행하는 시인들에게 동시가 갖는 의미는 무엇일 까. 그것은 당연히 원시적 평화의 세계에 대한 그리움일 터이다. 더군다 나 일제시대, 해방 정국 그리고 한국전쟁 등의 내면 사건을 거치면서 박국보다 유별하게 굴절된 역사를 기록해야 했던 한국 사회에서, 사건이 발발하기 이전의 시대 혹은 사건에 연루되지 않은 유년기는 궁핍한 영혼들에게 안식을 제공하기에 충분하다. 유년 시절은 무시간성을 수반하기 때문에, 훼손되기 이전의 온전한 질서가 유지되는 공간이다. 시간과 공간의 동일성은 유년기의 특징이거니와, 그 시절을 추억하는 것은 파란의 현실에 직면한 자아를 무방비 상태로 노출시킨다. 그것이야말로 두 장르 중에서 동시의 내포와 외연이 드러나는 지점이다. 시인은 동시를 통해 자신의 원초적 열망과 욕망의 원형을 드러냄으로써, 자신의 실존적 조건을 극복하는 힘을 회복하게 되는 것이다.

　이런 측면에서 동시는 박목월의 시세계에 진입하기 위한 전단계이면서, 동시에 시 자체이다. 그의 시는 동시적 상상력에 기반하고 있다고 해도 과언이 아니다. 이것은 그가 시를 쓰기 이전에 동시를 창작했다는 사실을 상기하는 발언이 아니라, 동시적 요소가 그의 시편들에 고루 산재해 있다는 사실을 환기하려는 것이다. 그만치 동시에 대한 선이해는 박목월의 시를 온전하게 이해하는 데 필수적인 셈이다. 그것은 동시의 원형성에 기인한다. 동시는 어린 독자들을 잠재적 독자로 상정하여 창작되는 까닭에, 그들의 각종 발달 수준에 알맞은 어휘와 상상력을 활용한다. 어린이들의 심리는 장차 성인의 심리 구조를 형성하는 심층적 기반이 되므로, 동시는 시인의 심리적 원형성을 탐구하는 데 도움을 준다. 그런 점에서 동시를 창작하는 시인, 그 중에서도 동시를 시보다 먼저 학습한 시인들에게서 시의 동시화 경향이 나타나는 것은 부자연한 것이 아니다. 그는 복잡한 현실 상황에 처한 자아를 치유하기 위한 전략적 선택으로 동시를 창작할 수 있다. 그런 점에서 동시적 상상력은 당해 시인의 시작업에 지속적으로 관여하며, 오히려 '시'의 미적 성취를 견인하는 데 창조적으로 기여하게 된다. 왜냐하면 그의 동시적 상상력은 세계에서 그를 구원하는 원동력으로 작용하는 동시에, 시대와의 불화에서 파생한 시인의 불만족스러운 영혼을 위로하여 새로운 세계로 진입하는 원동력을 제공해주었기 때문이다.

　나는 향수로 말미암아 시의 세계로 들어가게 되었으며, 그러므로 이렇게 시에 대해서 눈을 뜨게 된 사실이 나로 하여금 평생 『향수』가 나의 정신의 바탕이 되게 하는 동시에, 내 작품에 깊은 정서가 어리게 되는 원인일 것이다.[2]

　이 글에서 박목월은 시정신의 바탕을 이루고 있는 '향수'를 표나게 강조하고 있다. 향수는 사람들이 태생적으로 지닌 정서이므로, 그것을 토대로 쓴 시작품들은 독자의 공감을 쉽게 불러일으킨다. 향수는 불가피하게 특정 공간을 전제로 형성되므로, 시인의 향수는 현실적 고향과 함께 시적 고향에 대한 궁금증을 자극한다. 양자는 중첩적으로 출현하기도 하지만, 시인의 내밀한 충동은 후자에 중점을 두고 이행한다. 그 점은 여느 사람들과 시인의 의식 지향이 구별되는 지점이다. 사람들은 고향에 대해 유별난 집착을 보인다. 사람들에게서 두루 발견되는 고향에 대한 보편적인 감정은 시인이라고 하여 예외가 아니다. 박목월의 시에서도 고향은 자주 등장한다. 실제상으로 그곳은 '경상도', '경주', '건천', '모량리' 등, 구체적 지명으로 등장한다. 이 점에서 그에게 물리적 고향의 의미는 여느 사람과 별반 다르지 않다. 그가 시의 원천으로 지목한 향수의 고장 경주는 "정감어린 기록의 저장고이며, 현재에 영감을 주는 찬란한 업적"[3]이 존재하는 곳이라는 점에서, 출향민들에게 정서적 연대의 계기를 제공하는 집단적 상징의 공간이다.

　박목월은 향리에서 보통학교를 마치고, 부모의 권유에 의해 대구의 미션스쿨이었던 계성중학교에 진학하였다. 대구는 그의 고향과 달리,

2 박목월, 『보랏빛 소묘』, 신흥출판사, 1958, 117쪽.
3 Yi-Fu Tuan, 구동회·심승희 역, 『공간과 장소』, 대윤, 1999, 247쪽.

경상도의 각지에서 학생들이 유입된 신흥 도시였다. 그의 중학 시절은 동향의 선배 김동리의 행적과 유사하다. 두 사람은 경주에서 자주 만나며 시국과 문단의 동향을 얘기하며 우의를 다졌다. 이미 소설가로 등단한 김동리는 박목월에게 동경의 대상이었고, 중앙 문단의 움직임을 파악하고 자신의 문학을 상담할 수 있는 유일한 문우였다. 김동리의 계성중학 시절 체험은 소년소설 「일요일」(『꿈같은 여름』, 자유문화사, 1979)에 나타나 있다. 그는 기독학교에 진학했으면서도 예배에 무관심하였고, 중학생답지 않게 운동 관람조차 거부하며 친구들과 어울리지 않았다. 그는 "근대의 문물과 동화되기를 거부하지만, 스스로 고독을 선택하여 근대로 진입"[4]하였는데, 박목월 역시 객지의 외로움을 동요와 동시의 창작에 몰두하여 승화하였다. 그런 측면에서 평소 김동리와 절친하게 지내며 문학을 거론하고 시국담을 듣던 그가 "경주라는 고장에 대한 향수와 더불어 사춘기 소년의 이성에 대한 막연한 그리움 같은 것"[5]을 극복할 요량으로 동시를 쓰게 된 것은 우연이 아니다. 경주는 박목월에게 시적 영감을 지속적으로 제공하는 한편, 그의 정서적 동선을 고정시키는 역할을 수행하였다.

옛날 村驛에
가랑비 왔다
초롱불 희미한 밤
가랑비 왔다

초롱은 무슨 초롱

---

4 최명표, 「김동리의 '소년소녀소설' 연구」, 『동화와 번역』 제12집, 건국대학교 동화와번역연구소, 2006, 277쪽.
5 김은전, 「박목월의 동시」, 김은전 · 이승원 편, 『한국현대시인론』, 시와시학사, 1995, 363쪽.

하얀 驛초롱

毛良驛 세글자

젖어 뵈는데

옛날 村驛에

가랑비 왔다

초롱불 희미한 밤

가랑비 왔다

—「옛날과 가랑비」전문

　위 작품은 시인에 의해 동시로 분류되어 있으나, 이미지와 정조상으
로 미루어 보면 시라야 제격이다. 그에게 동시는 동요와 달리 '특수한
내재적인 정서나 특수한 시적 감동에 봉사하는 것'이다. 특별하게 동시
의 속성을 거론했다고 볼 수 없는 그의 동시관에 호응하여 이 작품을 동
시로 분류하더라도, 문제점은 쉽게 발견된다. 먼저 이 작품처럼 그의 초
기 동시에서 가끔 나타나는 한자의 노출은 동시의 대상성을 무시하고
있다. 그 점은 "한자가 아니면 자기가 노리는 시적 효과를 살릴 수 없다
는 판단에서 그렇게 한 것임은 두말할 나위가 없는 일"[6]이 아니다. 시와
동시는 각자의 문법 체계를 지니고 있다. 시인이 '자기가 노리는 시적
효과를 살릴 수 없다'고 판단되면, 그에 알맞은 시형식을 선택하여 효과
를 거두려고 노력하는 편이 온당하다. 한자어는 생리적으로 상형적 자
질을 함의하고 있어서 시인들은 '시각적 효과와 음악성의 창출, 시상의
응축과 긴장감, 이미지의 충돌과 융합, 의미와의 조응'[7] 등, 소기의 목

---

6 이형기, 「박목월론—초기시를 중심으로」, 『박목월』, 문학세계사, 1993, 137쪽.
7 이상숙, 「우리 시의 한자어와 그 운용의 미학」, 『현대문학이론연구』 제16집, 현대문학이론학회, 2001.
　12, 259~278쪽.

적을 달성하기 위한 수사적 책략으로 도입해 왔다. 그런 고로 박목월이 사용한 한자는 동시의 속성에 어긋난다.

시의 구도는 첫 연과 끝 연이 가운데 연을 포위한 형국이다. 아이들은 시간에 포위되어 '옛날'을 노래하지 않는다. 그들은 항상 '오늘'에 호기심을 갖는다. 아이들이 역사에 비 내리는 광경을 보고 애상에 젖을 수는 있지만, 그날을 '옛날'로 기억하지 않는다. 생리적으로 활동지향적 행동 특성을 지니고 있는 아이들이 과거의 불특정한 밤에 내린 비를 회상하는 모양은 어색하다. 이것은 시인이 동심의 시각에서 소재를 취급한 것이 아니라, 웃자란 아이의 관점에서 바라보았기에 가능한 것이다. 고향역의 야경을 회상하는 시인의 시점은 타관에서 객수에 지친 모습을 연상시킨다. 그의 사향심은 자기만족적 시선의 표출일 뿐이므로, 아이들의 관점을 채택하지 않아도 성립한다. 그 점이야말로 시와 동시의 창작 배경이 구분되는 요인일 터이다. 그것은 젖어 있는 '毛良驛 세글자'를 선명하게 재생한 시인의 기억에 의존하고 있어서 '옛날'이다. 그는 오늘날의 시점에서 대상을 응시하는 것이 아니라, 위 시와 같이 현재에서 과거로 역행하는 시간 속에서 회억한다. 그런 시인에게서 역동적인 오늘의 모습이 보이지 않는 것은 무리가 아니다.

박목월의 시는 전통적 자연을 예찬하고 있어서 정밀한 움직임을 보여 준다. 그는 "가볍고 향기로운 母國語"(「토오쿄오에서」)를 구사하여 자신의 내밀한 욕망과 향수의 정서를 시화하였다. 그에게 시는 시대와 환경에 의해 억압된 욕망의 조심스러운 표현인 동시에, 이루지 못해 아쉬운 향수의 시적 발언인 셈이다. 그에 비해 동시는 "울타리로 에워싼 소년의 꿈"(「울타리」)을 노래한다. 그러므로 동시는 그가 꿈꾸었으나 여러 가지 조건의 미비로 현실화되지 못한 '소년의 꿈'의 시적 구현 양상을 띠고 있다. 그런 점에서 박목월의 내적 의지는 시작품에 내포되어 있고, 그의 꿈은 동시를 통해 외연을 확대하고 있다고 하겠다. 곧, 그에게 시와 동시는 동일한 의미역을 지니고 있는 것이다.

2) 소리의 소거와 배열

아들의 회고에 의하면, 박목월은 "천성적으로 착하셔서 자식의 마음에 조그만 그늘도 남기고 싶어 하지 않는 그런 분"[8]이었다. 그는 "생활의 막다른 골목에서"(「좀도둑 君에게」) 집에 든 도둑에게 용돈을 쥐어줄 정도로 다정한 품성을 지녔고, 주위의 문우들에게도 싫은 소리를 하지 못하는 정약한 성품의 소유자였다. 스스로 한 대담에서 "한 개인으로서 너무 '어렸던' 기간이 길었다는 것과 제 시가 20년 가까이나 거의 한가지 세계에 살았다는 것과 무슨 관계가 있을 것 같습니다"[9]고 토로했을 정도로, 그는 "아름다운 일만 생각하자"(「某日」)고 자신을 다스리며 순수한 영혼과 섬세한 성정을 유지하기 위해 평생 노력했던 시인이다. 그런 성격을 지닌 박목월에게서 이른바 '전원시'와 '순수시' 외의 다른 성향을 기대하는 것은 난망하다. 시가 시인의 기질을 전적으로 함유하지는 않을지라도, 기질은 그의 정서에 상당한 영향력을 행사할 수 있다. 따라서 박목월의 시에서 사람들의 소란한 음성이 들리지 않는 것은 이상한 일이 아니다.

江나루 건너서
밀밭 길을

구름에 달 가듯이
가는 나그네

---

8 박목월 · 박동규, 『아버지와 아들』, 대산출판사, 2007, 161쪽.
9 김종길, 「난 · 기타—박목월씨와의 대담」, 『시에 대하여』, 민음사, 1985, 229쪽.

길을 외줄기
南道 三百里

술 익는 마을마다
타는 저녁놀

구름에 달 가듯이
가는 나그네

—「나그네」전문

이 작품은 "우리나라 낭만시의 최고의 것"[10]으로 칭송되지만, 그 창작 시기를 감안하면 고평은 정당하지 않다. 무릇 예술이 시대를 초월할 수 있다는 말은 미적 성취 수준에 주목한 것이지, 창작 배경을 사상한 채 운위하는 것은 아니므로 과장하여 평가할 수는 없다. 전혀 의도하지 않은 이민족 간의 전쟁에 동원된 식민지 원주민들의 고통은 시인의 창작 동기를 충격해야 맞다. 서쪽의 평야지대에서는 일제의 식량 약탈로 인해 숱한 유이민이 발생하고, 전국적으로 외국 군대에 강제 징용된 원주민 청년들이 인명을 강요받는 상황에서 한유하게 기행하는 나그네를 '억압된 조국의 하늘 아래서 우리 민족의 총체적인 얼의 상징'으로 파악한 시인의 해설은 도리어 췌언이다. 물론 나그네가 시인에 의해 창조된 가공의 인물이라고 해도 그의 발언이 부적당하기는 마찬가지이다. 나그네가 '구름에 달 가듯이' 가는 것은 사회적 행위에 속한다. 그 시대가 평범할지라도 그의 여행은 사회적 공간의 이동을 전제로 시행된다. 그

---

10 김종길. 위의 글. 228쪽.

러나 나그네가 본 '타는 저녁놀'은 "여기는 慶州/新羅 千年……/타는 저녁놀"(「春日」)에서 노래했던 고향의 빛깔이다. 나그네는 소년 시절에 보았던 경주의 빛과 동일한 노을을 발견하고 한 걸음도 나아갈 수 없었던 것이다. 고향의 낯익은 빛을 본 그에게 당대의 곤궁한 현실이 안중에 들어올 리 없기 때문에, 그 빛을 본 감동이 어린 시절의 추억 속에서 들려오는 내면의 소리를 재현할 뿐이다.

그러므로 이 작품의 율격을 지칭하여 "박목월은 정형시를 처음부터 의도하고 쓴 것이 아니라, 초고에서 불순물을 깎고 깎다 보니 2연, 4연, 5연에서 7·5조를 나타내게 된 것으로 보아야 마땅하다"[11]는 주장은, 이 작품이 정형시가 아닐 뿐더러 시인이 동시 창작 과정에서 내면화한 율격의식의 여진으로 수정해야 타당할 것이다. 그러한 징후는 "요적 데쌍 연습에서 시까지의 콤포지슌에는 요가 머뭇거리고 있다"[12]는 선자의 지적에 예비되어 있었다. 그가 발표한 동시는 "쥐암쥐암 잘 자는/우리 아기는"(「자장가」), "애기가 하고 싶은/얼굴을 하고"(「참새의 얼굴」), "토끼 귀 소록소록/잠이 들고서"(「애기 토끼」), "눈오는 밤이래서/등불 켜들고"(「눈 밤」), "어디다 까치는 둥지를 짜나"(「고향」), "딸기밭을 뒤지자/하얀 달밤"(「밤바람」), "방울 소리 방울 소리/은방울 소리"(「방울 소리」), "나룻배 손님은/아기 손님"(「절 한 쌍」), "곰보딱지 아저씨/외딴집에"(「해바라기 형제」), "밤내 달님은/안 자나"(「달」), "가마가마 꽃가마/단옷날 유둣날"(「꽃가마」) 등, 7·5조와 그 변형이 허다하다. 그가 동시와 동요에서 습득한 율격의식이 시작상에 응용된 사례는 이로써 충분하다.

눈이 온다.
보랏빛 은은한

---

11 정창범, 「박목월의 시적 변용」, 한양문학회 편, 『목월문학탐구』, 민족문화사, 1983, 32쪽.
12 정지용, 「시선후」, 『정지용전집 2』, 민음사, 1988, 290쪽.

해질 무렵의
보랏빛 은은한 서러운 아씨.

우리집 유리창은
날개 접고 닫혔는데
성 미하엘……
종이 우는데

대한민국
서울의
불탄 자리 골목길에

프랑스 마르세이유 돌을 깐 뒷골목에
새까만 커피와
눈 같은 케이크……
미국 아기들 놀음방 뒷문에
낡은 성
돌문 안에
어느 나라 컴컴하고 외로운 안뜰 위에
아아
안데르센 나라의 서러운 아씨들……

그의 설핏한 눈동자
샛하얀 발목.
꿈이 삭아가는 서운한 밤같이
조용한 아씨들이

가만가만 온다.

—「눈」전문

한국전쟁 통에 쓴 이 작품을 가리켜 "흰눈을 바라보며 환상의 나래는 전쟁으로 불탄 서울의 길목에서 미하엘성으로, 프랑스로, 미국으로, 덴마크 안델센의 동화 속의 나라로 나온다"[13]고 보기에는 무리이다. 이 작품은 박목월의 역사 인식을 정직하게 드러내준다. 유사 이래 최대의 비극적 사건을 목도하고 이국정조를 도입하여 전란에 신음하는 아이들을 위로했다손 치더라도, 소재로서의 눈이 내리는 시의성을 외면한 시인의 시선은 문제의 소지가 다분하다. 그는 전쟁의 참화를 겨우 '불탄 자리 골목길'로 표현하여 눈의 강하 현상에 묻어 버렸다. 오직 '보랏빛 은은한 서러운 아씨'의 강림에 촛점을 맞추었을 뿐, 전쟁과 추위에 이중으로 고통받는 아이들의 현실 상황은 삭제되어 있다. 이와 같이 박목월은 현실적 조건을 고의적으로 배제하고, 자신의 시적 감정을 서술하는 데 집중한다. 그의 역사의식이 일제 강점기의 「나그네」로부터 나아가지 않은 것은 이 때문이다. 그의 비현실적 역사 인식은 마침내 최고 권력과의 타협으로 이어졌고, 그로 인해 비판적 견해들을 양산하는 동기를 제공하였다.

그는 전후에 처음으로 쓴 시 「사투리」에서도 "우리 고장에서는/오빠를/오라베라 했다./그 무뚝뚝한 왈살스러운 악센트로/오오라베이 부르면/나는/앞이 콱 막히도록 좋았다"고 말할 뿐, 전쟁의 비극성은 애써 초점화하지 않았다. 그 이유는 "청록 계열의 단아하고 극도로 선택된 간결한 어휘와 함축성, 정형시에 가까운 시형으로서는 '비등하는 현실'의 폭넓은 수용, 내면의 강렬한 감동의 소용돌이, 힘있게 솟구치는 절규

---

13 김봉덕, 「목월의 농시 세계」, 한양문학회 편, 앞의 책, 241쪽.

적인 부르짖음의 세계를 포용할 수 없었던 것이다. 나는 탈피를 갈구하였고 자유스러운 형식에의 몸부림이 계속된 것이다."(『보랏빛 素描』)고 언급한 대목에서 구할 수 있다. 그는 전쟁 전의 시풍과 상이한 이 시의 과격성을 충분히 인지하고 있었다. 그는 전쟁 후의 작품을 통해서 전흔이나 생명의 손실에 대한 유감조차 표명하지 않은 채, 전쟁이 야기한 충격을 작품 속에 어떻게 수용할 것인가에 대한 고민을 앞세웠던 것이다.

그러한 움직임은 '사투리'로 표상된 고향의 원초적 세계에 대한 옹호로 실현되었다. 그의 노력은 경상방언에 대한 애정으로 표현되었으며, 이 점에서 그의 방언은 김영랑의 계보를 계승하면서도 갈래를 달리하게 된다. 그것은 지역성에 근거한 주장이 아니라, 전적으로 시대와의 상관성에 기인한 것이다. 김영랑이 일제시대에 일본어의 방언으로 전락한 한국어의 비극적 위상을 전라방언을 통해 증언했다면, 박목월은 전란 후의 상처를 치료하는 심리기제로 경상방언을 동원했다. 그러므로 이 시기에 박목월이 "뭐락카노, 저편 강기슭에서"(「離別歌」) 들려오는 저승의 소리에 귀를 기울이게 된 것이나, 전후에 시집 『慶尙道의 가랑잎』(민중서관, 1968)을 발간한 것은 우연한 일이 아니다. 그는 죽은 자들이 산 자보다 큰 집에서 대접받는 경주에서 태어났으면서도, 정전 후에야 죽음의 세계를 발견한 것이다. 그는 전쟁으로 인해 기존의 질서가 파괴되고, 무고한 사람들이 죽거나 다치는 광경을 목격하고 난 이후부터 집단적 정서를 담보하고 있는 사투리에 주의를 기울이게 되었다. 그에게 사투리는 "소년시절의 생활과 밀접하고 소년시절의 회상은 어머니에 대한 생각에서 비롯"[14]되므로, 아이들의 세상을 취급한 시편에서 사투리 소리가 들리는 것은 예정된 수순이었다.

---

14 김형필, 『박목월시연구』, 이우출판사, 1988, 64쪽.

—우얏고, 이 사람들 좀 보이소.

　　시골도 시골, 경상도 두메에서

　　아무렇게 자라난 감자들이

　　서울도 서울, 남대문 시장에서

　　—아하, 참 굉장하구마,

　　굵직한 사투리로 떠들어댄다.

—「사투리」 부분

　시인은 이 작품에서 경상도, 전라도, 충청도 사투리를 동원하고 있다. 남도의 세 가지 사투리가 한데 어울어진 시장의 풍경이야말로, 전후에 그가 소망했던 현실적 질서의 외현화였다. 시 「사투리」와 동시 「사투리」가 다른 점이 거기에 있다. 박목월은 시와 달리 동시에서 삼도의 사투리가 지닌 지역적 편차를 두드러지게 서술했으나, 그것들이 상호 충돌하는 모습을 지양하여 동시의 근간을 보호하였다. 시에서는 자신의 감정을 직설적으로 표출했던 데 비해, 동시에서는 사투리의 현장성에 주목하여 소리를 보전하는 데 힘쓰고 있다. 소리의 유무야말로 그의 시와 동시를 가르는 변별적 준거인 셈이다. 사투리는 그에게 고향의 소리를 재발견하는 계기였고, 그것은 전후의 아동들에게 거는 기대심리를 표출하는 수단이었다. 말하자면, 그는 사투리가 횡행하는 재래시장의 활력을 아이들에게 바랐던 것이다.

3) 환상의 공간으로서의 시적 고향

　박목월의 시세계를 운위할 때 대표적으로 언급되는 것이 향토성이다. 사실 그가 세칭 '청록파'의 일원으로서 종전의 전통적 자연관을 새롭게 세능한 공로는 정당하게 평가되어야 한다. 그의 노력은 시단의 폭넓은 관심으로 보상되었고, 현대시단은 전통의 단절을 피할 수 있었다. 특히 3인 시집 『靑鹿集』(을유문화사, 1946)은 해방공간이라는 시대적 조건 속에서 발행되었기에, 세 시인에게 관심을 표했던 평자들의 태도는 정당하다. 박목월은 그들 중에서도 향토적 서정에 입각하여 자연을 개별화하는 데 성공하였다. 그것은 국토의 일부로서의 자연을 소재에 국한시키지 않고, 자신의 고유한 자연으로 차별화했다는 말이다. 그러므로 그의 시에 등장하는 자연은 물리적 공간으로서의 위치를 초월하여 시적 공간으로 정착하였다. 그는 현실계의 각종 오염원으로부터 철저하게 차단된 절대 순수의 자연을 확보하여 타인의 접근을 금지한 채 독자적인 시적 질서를 부여하였다. 곧, 그가 상정한 자연은 "전체적으로 하늘(상)과 땅(하)의 대응이 융합하면서 환상적인 공간"[15]이 되었다. 그런 이유로 그가 형상화한 자연은 인기척이 들리지 않는 절대적 공간이며, 지고지순한 짐승들이 거주하는 순수의 공간이다. 그곳은 박목월의 소유권만 인정되는 무이한 곳으로, 오로지 그의 내면에만 존재하는 환상적 공간이다.

머언 산 靑雲寺
낡은 기와집

山은 紫霞山
봄눈 녹으면

느릅나무
속ㅅ잎 피어가는 열두구비를

---

[15] 한광구, 『목월시의 시간과 공간』, 시와시학사, 1993, 345쪽.

靑노루
맑은 눈에

도는
구름

—「靑노루」전문

박목월의 시적 특성은 "부드러움에 대한 그리움"[16]이라 칭했거니와, 이 작품을 보면 그러한 평가의 근거를 헤아릴 수 있다. 작품의 분위기는 정밀한 고요가 지배한다. 그것은 자하산보다 먼저 청운사를 서술하여 고요한 분위기를 조성한 뒤에, 이어서 녹는 봄눈, 느릅나무의 속잎, 청노루의 맑은 눈, 구름의 소리나지 않는 이미지를 병치하여 고적한 분위기를 고조시킨 데서 비롯된다. 시어상으로도 시인은 '머언' 산, 소리없이 녹는 '봄눈', 관찰하기 어려운 '속ㅅ잎', '도는' 구름으로 시간의 흐름을 은닉하여 고요한 분위기를 팽팽하게 유지시킨다. 그가 시적 대상을 바라보는 긴장된 시선은 시적 분위기의 긴장을 수반하고, 그로 인해 대상은 서술상의 절제를 획득하게 된다. 그것과 더불어 모가 닳아진 '낡은' 기와집, 멀리 보이는 산사, 청노루의 '눈', '도는' 구름은 풍경의 예각성을 미연에 방지하고, 부드러운 이미지를 창출하여 선조적 시간의 진행을 유예한다.

시인은 5연을 명사구로 끝맺어서 판단을 유보하고 있다. 박목월은 "미시적인 관찰로써 가늘고 고운 비단실 같은 정서의 실오리를 가르며 심미적인 눈으로 대상을 정관하면서 금은을 다루듯 세공적인 작업을 해왔다"[17]는 평을 받거니와, 시작품에 나타난 이미지는 한국시의 품격을

16 김우창, 「시인의 보석」, 『시인의 보석: 김우창전집 3』, 민음사, 1993, 118쪽.
17 정한모, 『현대시론』, 보성문화사, 1983, 203쪽.

한 단계 높이는 데 기여하였다. 그가 이미지스트로 명명되고, 스스로 '이미지의 범람'을 인정하게 된 요인 중의 하나는 작품의 종결형에 과감하게 명사(구)를 활용한 점이다. 첫 연부터 끝 연까지 시인의 시선은 원경에서 근경으로 좁혀오면서, 애초에 포착하려고 했던 청노루 맑은 눈에 '도는 구름'에서 중지한다. 시인은 "겸손한 間隔"(「무제」)을 유지한 채 구름에 주목하여 작품을 마감하는 것이다. 일체의 서술 상황을 생략해 버린 그의 기도는 청노루 '맑은 눈'의 둥근 형상에 절대성을 부여하여 이상적 공간에 대한 시적 소망을 드러낸다. 그가 추구했던 시적 공간은 '九江山'(「九江山 1」, 「九江山 2」, 「山桃花 1」), '寒石山'(「寒石山」), '仙桃山'(「仙桃山下」, 「牧丹餘情」), '芳草峰'(「三月」), '九黃龍'(「九黃龍」), '月谷嶺'(「봄비」), '雲伏嶺'(「雲伏嶺」) 등에서 볼 수 있는 바와 같이, 인가가 있는 현실의 공간이 아니다. 그곳은 청색으로 채색된 심리적 공간이다. 그 빛은 푸른 빛이라기보다는, 푸르러서 오히려 '맑은' 빛이었던 것이다.

그렇다면 그가 환상의 고향을 마련하게 된 동기는 무엇일까. 그에 관한 대답을 구하기 위해서는, 시인이 처했던 시대를 상기할 필요가 있다. 그가 '동시로서는 내적인 충족을 기할 수 없'다고 선언하며 시단에 등장한 1940년은 매우 긴박한 시기였다. 일본 군국주의가 기승을 부리던 이 시기는 이민족의 전쟁에 식민지 원주민들이 강제 동원되어 귀중한 목숨을 빼앗겼다. 박목월 역시 경주의 금융조합 서기로 일하면서 공출미 전표의 뒷장에 "어느날에사/어둡고 아득한 바위에/절로 님과 하늘이 비치리오"(「님」)라고 중얼거리면서, 시대를 압도하는 전운이 어서 걷히고 암울한 형편이 종료되기를 희망했다. 그는 외적 상황의 추이에 민감하게 반응하기보다는, 그것으로 인한 충격을 내부에서 완화시키는 데 익숙하였다. 그의 애절한 바람은 해방기에 이르러 님만 님이 아니라 인민 대중이 님이라는 힐난과 함께, 박목월이 "조선의 인민적 시인이 되는 날 이 모든 회의의 안개는 걷히리라"[18]는 비판의 빌미가 되었다. 평단의 일각에서 제기된 그러한 비판에 대해 그는 다음과 같이 대답한다.

> 그날 그 자리 그날처럼 섰노라
> 슬픈 모습에 매즌 옷고름
> 내ㅅ사 모른다 인민의 나라도 드노픈 뜻도
> 하물며 불을 뿜는 싸움의 노래사
> 그냥 그 자리 사랑의 자리
> 그냥 그 자리 눈물의 자리
>
> —「제자리」부분

박목월이 1947년 8월에 쓴 작품이다. 그에게는 이념의 각축장으로 변모한 해방정국에서 '인민의 나라도 드노픈 뜻도' 관심이 없으며, 더욱이 '불을 뿜는 싸움의 노래'는 당초부터 관심권 밖이었다. 이미 식민지시대를 거치면서 이상적 공간을 내면에 구축한 그에게 이데올로기의 대립 양상은 비생산적일 뿐더러 사회 불안의 요인이었을 따름이다. 그의 소망인즉, 낯선 이념이 충돌하기 이전의 '그냥 그 자리 사랑의 자리'로 돌아가는 것이었다. 그 자리는 유년기의 추억이 보존되어 있는 고향이었다. 박목월에게 경주는 고향 이상의 공간이다. 그의 시적 고향으로서의 자연은 "인간의 삶과 유리되어 있는 하나의 미적 완상의 대상"[19]이었으나, 실제적 고향으로서의 경주는 수많은 고분으로 둘러쌓여 생기보다는 사기가 미만한 역사의 고장이다. 시인이 '신라 천년……'의 영화를 생략부호로 추억하듯이, 경주는 후손들에게 각종 역사적 사실을 부단히 회상시킨다. 그곳은 역사의 너머에 존재하는 것이 아니라, 후손들의 시간을 장악하면서 항상 현재형 시제로 존속한다. 그렇기에 박목월

---

18 김동석, 「비판의 비판─청년문학가에게 주는 글」, 『김동석평론집』, 서음출판사, 1989, 96쪽.
19 홍희표, 『박목월 시의 연구』, 문학아카데미, 1993, 219쪽.

은 "밤차를 타면/아침에 내린다./아아 慶州驛"(「思鄕歌」)이라고 장탄식할
수밖에 없다. 그가 경주에 가면 시간은 의사를 묻지도 않고 신라의 소유
물로 환원되어 버리기 때문에, 그가 할 수 있는 말이라곤 '아아'라는 감
탄사 외에 가질 수 없었던 것이다.

　따라서 그가 과거지향적 시간의식에 입각하여 구어적 세계를 노래하
는 것은 당연한 것이다. 스스로 첫 단독시집 『山桃花』(영웅출판사, 1955)의
서문에서 "민요적 해조야말로 우리 겨레의 낡고 오랜 핏줄의 가장 생생
한 것이며, 그것에 새로운 꽃을 피려는 것이 나의 소원이었다."고 표백
했거니와, 그는 전통적 율격을 시작품에 간단없이 도입하고 '그것에 새
로운 꽃을 피려는 것'을 시인된 책무로 파악했다. 구어의 세계는 집단적
정서를 기반으로 형성되는 것이므로, 박목월이 '민요적 해조'에 주목하
는 것은, 그것이 '우리 겨레의 낡고 오랜 핏줄의 가장 생생한 것'이라고
여기기 때문이다. 실제로 그는 "옛날 옛날 옛적에/간날 간날 간적에"
(「이야깃길」)라고 구전동요의 '무의미 율문(nonsense verse)'을 시도하며,
'삼월 삼짇날'(「삼월 삼짇」), '단옷날 유둣날'(「꽃가마」), '설날'(「토끼 방아 쩧는
노래」) 등의 세시풍속을 끌어들이고, "자장 자장 자장나라/포랑새도요/
코록코록 녹두밭에/한잠 자는데"(「자장가 첫째」), "흥부는 尙州골로/매품
팔러 가아고"(「흥부와 제비」) 등에서 옛날 이야기를 차용하여 시적 실천에
궁행하였다.

　　밭에는
　　밭냄새
　　논에는
　　논냄새
　　밭에는 밭에 쬐이는
　　짜랑짜랑한 햇빛

논에는 논에 넘치는

넘실거리는 햇빛

그 구수하고 향기로운

마른 흙냄새는

마음이 단순한 자만이 아는

향기의 세계(아아 영혼의 향기)

그 시큼하고 향기로운

젖은 흙냄새는

바르게 사는 자의 코에만 어려오는

향기의 세계(아아 자연의 말씀의 향기)

밭에는

밭냄새

논에는

논냄새

밭에는 밭에 쬐이는

짜랑짜랑한 햇빛

논에는 논에 넘치는

넘실거리는 햇빛

—「밭에는 밭냄새」 전문

　박목월의 유고시집에 수록된 이 시편은 그가 생각했던 이상향의 풍경이다. 그는 노년에 이르러 노래하는 '밭에는/밭냄새/논에는/논냄새' 나는 세계는 '마음이 단순한 자만이 아는' 세계이다. 그곳에서 살기 위해서는 세속적 삶의 조건을 청산해야 하지만, 현실에 삶의 기반을 두고 있는 그로서는 이것이 만만하지 않다. 그곳은 "당신은/고향의 외줄기 오솔길"(『어머니에의 頌歌 4』)에서 확인힐 수 있듯이, 어머니와 동일시되는 고향이다. 이에 그는 어머니와 동일한 위상을 점유하는 공간을 내면에 마련하기에 이른다. 그리하여 '젖은 흙냄새'는 "누나 내음새 어매젖 내음새"(「보리누름 때」)가 나는 '향기의 세계(아아 자연의 말씀의 향기)'로 변경된다. 그 향기는 '바르게 사는 자의 코에만 어려오는' 까닭에, 그는 '마음이 단순한 자'가 되기 위해 "철없는 젊은 날의 꿈과 야심과 사랑"(「故鄕」)을 완벽하게 제거한 공간을 관념의 세계에 구축한다. 그 세계는 인간 중심의 부자연한 질서로 이루어진 세계가 아니라, "물새는/물새라서 바닷가 바위 틈에/알을 낳는다"(「물새알 산새알」)는 자연의 이법이 존중받는 곳이다.

이 작품은 그가 추구했던 시적 고향의 모습을 구체적으로 보여준다. 박목월은 작품의 도입부와 종결부를 동일 어휘로 반복하면서 '짜랑짜랑한 햇빛'과 '넘실거리는 햇빛'으로 사위를 차단하고, 혹시 모를 오염원의 침입을 예방하고 있다. 그러한 기법은 시 「옛날과 가랑비」에서 선보였던 바를 되풀이한 것으로, 그의 시작 생활 동안 한결같이 견지되었던 순수의 옹호 혹은 절대 공간을 지향하는 의식의 일단에 다름아니다. 그의 내면에 공고하게 수립된 '향기의 세계'는 일찍이 어린 시절에 뛰어놀았던 경주의 흙냄새가 진동하는 심혼의 고향이다. 그는 현실적 고향을 시적 고향으로 이월하여 그 안에서 아이와 어른으로 생활하며 시와 동시를 쓰다가 간 것이다. 이 점에서 그의 시는 철저하게 동시적 상상력의 외연이었고, 동시는 훼손된 원시적 질서를 바로잡으려는 시적 욕망을 내포하고 있다.

3. 결론

이상에서 살핀 바와 같이, 박목월은 청소년기에 동요와 동시를 창작하여 문학적 세계를 구축하는 기반을 이루었다. 그가 동시적 상상력에 바탕하여 이룩한 시세계에서 동시는 심혼의 고향이었다. 그는 동시에서 습득한 시적 기법들을 활용하여 독특한 시세계를 구축하였고, 그 세계는 동시적 상상력의 외연과 내포로 이루어졌다. 그러므로 동시는 박목월의 시세계에 진입하기 위한 전단계이면서, 동시에 시 자체였다. 그의 시는 동시적 상상력에 기반하고 있다고 해도 과언이 아니다. 그의 동시적 상상력은 세계에서 그를 구원하는 원동력으로 작용하는 동시에, 시대와의 불화에서 파생한 시인의 불만족스러운 영혼을 위로하여 새로운 세계로 진입하는 계기를 제공해주었다.

그는 한국전쟁의 충격 속에서 경상방언을 활용하여 고향의 원시적 세계를 옹호하였다. 그의 방언 사용은 고향에 대한 유별난 추억에서 기인하였다. 고향 경주의 역사적 의미에 애정을 지닌 그는 과거지향적 시간관에 터하여 구어적 세계를 노래한 작품을 다량으로 제출하였다. 그의 고향의식은 시적 이상향으로 확대되면서 환상의 공간으로 변주되었다. 그곳은 고향과 동일한 차원의 자연이었으며, 지고지순한 짐승들이 거주하는 절대 순수의 공간이다. 그곳에서 박목월은 시적 욕망과 현실적 꿈을 조절하며 시와 동시를 썼다. 이런 사실은 그의 시세계가 동시적 상상력에 의해 구축되었음을 입증해주며, 동시가 그의 시세계에 진입하기 위한 비표이며 궁극이란 점을 증명하고 있다.

(『한국아동문학연구』 제13호, 한국아동문학학회, 2007. 5)

'사랑'과 '날것'의 원형적 조우

―오규원의 동시론

1. 서론

한국 사회의 이념 과잉 현상은 우려할 정도로 지나치다. 멀리는 성리학의 영향에서 비롯되어 식민지시대와 해방 정국, 한국전쟁과 분단의 고착화 그리고 냉전 이데올로기에 함몰되었던 국제 정세에 기인한 바크지만, 사회 전반에 걸쳐 횡행하는 이념의 대결 국면은 지금까지도 완전하게 청산되지 못한 실정이다. 그 동안 여러 논자들이 이러한 문제에 대하여 우려를 표명한 바 있으나, 일부 식자들은 지속적으로 이념을 확대재생산하여 현상의 고착화에 기여하고 있다. 사회적 제도의 하나로서시 역시 예외가 아니어서, 이념지향적 시인들이 한국 시단에서 일정한세력을 형성하고 있음은 주지의 사실이다. 하지만 일각의 시작 성향과달리, 관념의 미혹으로부터 인식의 자유를 추구한 시인들이 있다. 그들중에서 오규원은 현상의 본질적 측면을 포착하여 사물의 근원을 탐구한대표적 시인이다.

오규원(吳圭原, 1941~2007)은 경남 삼랑진에서 태어나서 부산사범학교를 졸업하였다. 이러한 학력사항은 그가 아이들을 사랑하는 자세를 선수학습했다는 사실을 보여준다. 그러므로 오규원이 동시를 창작하거나, 동시에 관한 의견을 개진하는 것은 지극히 자연스런 감정의 발로이다. 그가 시인 소개란이나 연보에서 동시 추천 사실을 고의적으로 누락하더라도, 동시는 부인할 수 없는 그의 시적 출발점이다. 이런 점에서 동시 작품들은 윤동주처럼 그의 시세계를 제대로 이해하기 위한 전단계로서 의미를 갖는다. 구체적으로 그는 3인 동시집 『소꿉동무』에 참여했고, 1960년대에는 『카톨릭 소년』을 중심으로 동시 작품을 발표했다. 그는 시작 초기에 동시와 시의 창작을 병행했으며, 간간이 동시론을 개진하다가 노년에 이르러 동시집 『나무 속의 자동차』(민음사, 1995)[1]를 출간했다.

　그의 동시집이 출간된 지 10년이 넘었으나, 지금까지 제출된 연구 성과는 전무하다. 그 이유는 시인의 동시집 출판이 지연된 데 따른 결과이기도 하겠지만, 그것은 한 시인의 시적 성취에 대한 연구자들의 편벽된 연구 자세가 낳은 예정된 결과라고 하는 편이 정확하다. 동시는 분명히 시에 속하는 서정적 장르인데도 불구하고, 한국에서는 시와 동시가 엄명하게 구분되어 있다. 그렇지만 근대문학의 태동 이후부터 시인들은 시와 동시를 구분하지 않았다. 예컨대, 정지용이나 윤동주는 동시 발표를 서슴지 않았다. 오히려 그들의 시세계를 이해하기 위해서는 동시를 분석하지 않으면 안 될 정도로, 동시류는 무시할 수 없을 만한 의미역을 차지하고 있다. 그럼에도 불구하고 연구자들은 동시의 검토 과정을 의도적으로 생략하여 폄하적 태도를 드러내고, 연구의 품격을 유지하려고 시도한다. 이에 본고는 위 동시집을 대상으로 오규원의 동시 세계와 시론의 상관성을 검토함으로써, 그의 시적 영지를 확장하고 나아가 연구자들의 관심을 촉구하고자 한다.

---

1 이 시집의 작품은 『오규원시전집 · 2』(문학과지성사, 2002, 265~335쪽)에 재수록되었다.

2. 동시론의 시적 구현 양상

1) '사랑'과 '봄'의 동시론

오규원은 "나의 유년은 열두 살로 끝이 났읍니다. 나의 유년이 끝남과 동시에 나는 도시로 떠돌기 시작했고, 도시의 삶은 나를 장으로부터 차츰 멀리 떨어져 있게 했읍니다."[2]라고 고백했거니와, 초등학교 시절에 목도한 한국전쟁과 어머니의 죽음은 그를 도시로 내몰았다. 그의 유년기 체험에 대한 고백담의 이면에는 불우한 가족사가 자리잡고 있다. 그는 한국전쟁으로 인해 고향에서 부산으로 이사했다가 피난민으로 편입되어 궁핍한 생활을 체험하였다. 그리고 돌연사로 생을 마감한 어머니의 임종은 "나에게는 어머니가 셋. 아버지는 女子는 가르쳐 주었어도 사랑은 가르쳐주지 않았다"(「한 나라 또는 한 女子의 길—楊平洞 · 3」)는 비극적 결과를 초래하여 그에게 깊은 상처를 안겨주었다. 그는 끝내 두 명의 계모와 '사랑은 가르쳐주지 않았다'는 아버지와 살지 못하고, 중학 시절부터 부산의 누이집과 하숙집을 전전하며 유족하지 못한 도시의 삶을 경험했다. 이러한 성장기 체험은 그를 아버지에 대한 추억보다는 어머니에 대한 그리움으로 안내하였고, 그는 모성성을 근간으로 하는 동시를 통해 부족한 사랑을 시화하였다. 이 점에서 동시는 오규원의 심리적 배사구조를 담보하고 있어서, 그의 시세계로 진입하기 위해서는 반드시 거쳐야 할 관문이다.

그는 운명적으로 전쟁의 비극과 가족사적 비애를 원체험으로 간직해야 하는 전후세대였다. 그렇지만 그의 동시 작품에서 이러한 체험의 흔적을 발견하기 어렵다. 그의 시에서는 "李朝 때 어떻게 어떻게 慶尙南

---

2 오규원, 「내 어린 날의 장날」, 『길 밖의 세상』, 나남, 1987, 224쪽.

道 密陽郡 三浪津邑 龍田里까지 흘러든 流民의 새끼인 나"(「더럽게 인사하기」)의 가족사와 "누이집에서 신고 버린 게다짝과 미군 군화"(「詩人 久甫氏의 一日―부산의 한 부두에서」)를 갖고 놀던 피란민 체험이 더러 출현하지만, 동시에서는 전혀 검출되지 않는다. 이것은 동시의 갈래상 특수성에 유념한 시인의 주의력 때문으로 보인다. 이 점은 이전의 동시에서 빈번하게 누출되었던 사모의 정과 가난한 날의 삽화 등에 대한 반동이고, 그의 동시가 나아갈 바를 시사한다. 그의 가정사와 곤핍했던 성장기 체험은 그에게 "하나는 어머니의 얼굴을 한 고향이고, 다른 하나는 아버지의 얼굴을 한 고향"³으로 각인되어 내면의 갈등을 안겨주었다. 그것이 고향의 이중적 성격에 갈등하는 그로 하여금 시작품에 가족과 고향에 관한 작품들을 드물게 만든 이유이다. 본래의 의미를 상실한 고향은 그에게 '언어없는 꿈꾸기'를 요구하였으므로, 그가 동시에서 "비극의 내 生家"(「정든 땅 언덕 위」)를 고의적으로 외면한 이유를 추측할 수 있다. 그는 허망한 이념의 대결로 야기된 전쟁과 순탄치 못한 성장기의 괴로운 추억보다는, 현재적 시점에서 사물의 본질에 관심을 기울인 것이다. 그것은 현상에 대한 집요한 관찰과 세심한 묘사로 구현되었다.

이런 사정을 전제하면, 그의 시세계에서 동시가 차지하는 의미는 각별하다. 그가 시작 초기에 동시를 창작했다는 사실은 전흔의 비중을 경감시키고 모성의 결핍과 부성의 부재를 승화하여 내면적 안정을 취하는 데 도움을 주었다. 그의 초기시에서 검출되는 언어에 대한 신뢰는 세계의 현상적 질서를 정직하게 포착하는 동심의 시선에 토대한 결과이다. 왜냐하면 동시는 온전한 세계의 균열되지 않은 질서를 포착하여 형상화하는 속성을 지니고 있으므로, 그에게 동시는 전쟁으로 인한 집단적 기억을 상쇄시키기에 적합한 장르로 수용되었을 공산이 크기 때문이다.

---

3 오규원, 「언어 탐구의 궤적」, 『날 이미지와 시』, 문학과지성사, 2005, 128쪽.

동시는 나이 어린 세대에 대한 기성세대의 배려를 바탕으로 삼기 때문에, 시인에게 전쟁의 비극적 체험보다는 사물에 대한 사랑을 우선시하는 태도를 요구했다. 오규원이 아동문학의 본질적 의의를 사랑이라고 단언하는 것도 이 때문이다. 그런 사랑은 "냄새가 나지 않는 사랑"(「빈약한 상상력 속에서」)이다.

> 아동문학은 사랑의 문학이며, 사랑을 깨닫게 하는 문학이다. 아동문학의 중요성도 그것에 의해 얻어진다. 뿐만 아니라 언어를 통해 사랑을 깨닫게 하는 데에서, 가르침을 핵으로 하는 교육과 구별된다. 가르침은 이해와 학습을 주축으로 하지만, 깨달음은 감동과 경험을 위주로 한다. 그러므로 아동문학은 아동이라는 독자들로 하여금 세계를 사랑한다는 일이 무엇을 의미하며, 그 사랑이란 어떤 정신적 충족을 주는가를 느끼게 하는 것이다.[4]

오규원은 "꽃피우는 일을 사랑하는 일—이게 진리를 사랑하는 인간의 참된 모습"(「현대인의 환상」)이라고 믿는다. 사랑이란 '꽃피우는 일'처럼 지극한 정성으로 실행된다. 따라서 아동문학은 어린 독자들이 '꽃피우는 일'을 사랑하고, 그것이 사람과 세계에 대한 사랑의 시작이며 끝이라는 사실을 깨닫도록 도움을 주어야 한다. 단, 아동'문학'이기 때문에 '언어를 통해' 사랑을 깨달을 수 있도록 아동문학가들은 작품 속에 '감동과 경험'을 마련해야 한다. 이것이야말로 아동문학가의 바람직한 태도이며, 또한 '인간의 참된 모습'을 포착하기 위한 시적 자세이다. 오규원의 아동문학론은 당연한 얘기의 반복에 지나지 않으나, 당시의 아동문단에서는 어린 독자들에게 '가르침' 위주의 작품들이 유행했던 사실을 고려한다면, 그의 언급은 문단을 향한 애정어린 충고로 보인다.

---

4 오규원, 「동시와 사랑」, 『언어와 삶』, 문학과지성사, 1983, 168쪽.

이런 관점에서 그는 아동문학의 본질을 규정하기에 앞서 문학과 교육의 차이를 설명한다. 그에 의하면 아동문학가들은 '가르침과 깨달음의 차이'를 분명하게 인식하지 못하고 있다. 그 결과 동시대의 어린이들은 아동문학 작품을 통해 사랑을 깨닫기보다는, 교훈적 측면을 강조하는 작가들에 의해 일종의 관념을 강요받아 왔다. 이러한 관점은 문학작품들을 논리적으로 체계화하여 가르칠 수 있다고 믿는 교육자들을 중심으로 주장되었다. 또한 시를 통해서 아이에 대한 어른의 우위성을 확인하고, 세대적 책임감을 이행하는 것을 작가적 소명의식으로 인식하는 부류에 의해서 주장되기도 한다. 이런 현상은 문학의 발생 이후부터 줄곧 제기되어 왔던 문제이므로, 오규원의 지적은 새삼스럽지 않다. 그의 견해는 당시의 동시단에 만연되어 있던 풍조를 극복하기 위한 자기결의의 의미가 더 크다.

그렇다고 그의 말대로 '가르침'이 문학에서 전적으로 배제될 요소는 아니다. '아동'문학인 이상, 그것은 미성숙한 독자의 참여를 감수해야 하므로 교훈적 요소를 고려하지 않을 수 없다. 다만 교훈적 요소의 속성이 문제이다. 대개의 작가들은 아동문학의 교훈성을 내용의 차원에서 접근함으로써, 작품상으로는 주제의식이나 전래의 규범을 옹호하기를 주저하지 않는다. 하지만 이러한 태도는 아동문학의 작품성, 곧 형식미학적 성취 수준을 저하시키는 요인이다. 따라서 아동문학의 교훈성은 아동'문학'의 형식적 차원에서 찾아보는 편이 훨씬 '문학적'이다. 작품은 교육되기에 앞서 선험적으로 존재할 뿐더러, 가르칠 목적으로 창작되지 않는다. 동시가 시의 하위 갈래인 이상, 시의 각종 문법은 충실히 준수되어야 한다. 이것이야말로 동시의 교훈성을 나타내는 장르상 표지이다. 아동은 동시를 통해서 시의 고유한 문법체계를 학습하고, 나아가 시의 세계로 진입하기 위한 사전 지식을 습득하게 된다. 따라서 두 요소는 배척될 성질의 것이 아니라, 상호 보완적으로 혼화되어야 효과적이다. 두 요소의 우열성을 가리는 일은 역사적 사례로 비추건대 무상하기 그지없는 일이다.

그가 말한바, '아동이라는 독자들로 하여금 세계를 사랑한다는 일'의 중요성을 강조하는 자세는 동시를 규정하는 자리에서도 견지된다. 동시는 시의 하위 갈래이므로, 태생부터 세계에 대한 사랑을 전재한다. 사랑은 동시의 존립을 담보하는 근원적 정서이다. 사랑이야말로 기성세대로서의 시인이 어린 세대들을 배려하는 실천적 행동이고, 가치관이 상이한 두 세대를 화해로 인도하는 정서상의 접점이다. 그것은 동시의 대상성에서 비롯된 것이기도 하고, 동시가 궁극적으로 지향하는 심리적 원형성에 기인한 것이기도 하다. 오규원은 이 점을 인식하고 동심이라는 관습적이고 관념적인 용어를 차용하여 자신의 논리를 보충하는 한편, 동시의 심리적 기반을 이루는 동심에 대해 포괄적인 정의를 내린다.

저는 동시를 동심을 노래하는 것으로도, 동심으로 노래하는 것으로도 보지 않습니다. 저는 동시를 동심으로 볼 수 있는 시의 세계라고 생각하는 사람이므로, 이 차이가 제 작품의 여기저기에 나타나 있습니다. 동심을 노래하는 것은 시의 세계가 동심으로 한정될 염려가 있고, 동심으로 노래하는 것은 시의 세계가 노래라는 말에 간섭을 받을 염려가 있습니다. 그래서 보다 포괄적이고, 보다 보수적인 시각으로 동시의 자리를 잡은 것입니다 이렇게 하는 것이 동시에게 훨씬 큰 세계를 마련해 주는 일이라고 저는 믿고 있습니다.[5]

오규원은 동시를 '동심으로 볼 수 있는 시의 세계'로 규정한다. 그의 발언은 장르적 관점을 원용한 것이지만, 그와 같이 말하게 된 동기는 '동심을 노래하는 것'과 '동심으로 노래하는 것'의 범주가 야기하게 될

5 오규원, 「책 끝에」, 『나무 속의 자동차』, 민음사, 1995, 153쪽.

'간섭'에 있다. 그가 우려하는 '간섭'은 두 가지 관점에서 자학적이다. 하나는 실체를 규정하기 어려운 '동심'이라는 추상적 심리현상을 어떻게 객관적으로 진술하느냐 하는 점이다. 다른 하나는 '시의 세계'가 지닌 본질적 요소들을 가격하여 동시를 규정할 경우에 필연적으로 야기될 시적 특성들을 어떻게 손상시키지 않느냐 하는 점이다. 이 두 가지 문제에 관한 고민 끝에 그는 동시를 '보다 포괄적이고, 보다 보수적인 시각'으로 규정한다. 보수적 시각은 시의 형식적 특수성에 대한 배려이고, 포괄적 시각은 대상성을 고려한 시의 범주에 대한 고려이다. 이 점에서 양자의 접점을 절충한 그의 정의는 무난하다.

그렇지만 오규원의 말대로 동시를 '동심으로 노래하는 것'으로 본다고 해서 '노래'라는 말의 간섭을 의식할 필요는 없다. 그가 동요의 노래적 요소를 소거하며 출범한 동시의 기원을 모를 리 없을 터이고, 또한 '노래한다'는 말의 뜻이 비단 노래에 한정되기보다는 '읊다, 쓰다, 짓다' 등의 의미로 통용된다는 사실을 익히 알고 있을 텐데, 굳이 '동시를 동심으로 볼 수 있는 시의 세계'라고 칭한 것은 '봄'에 초점을 맞추고 있기 때문이다. 그는 "우리의 노래는 언제나 노래로 끝나지 못하고 노래가 끝난 다음의 무서운 침묵의 그림자가 된다"(「詩」)는 사실을 두려워하거니와, 동시가 노래가 되어 '무서운 침묵의 그림자'를 남길까 염려한다. 곧, 시와 동시를 병행하던 시절의 그는 한 편의 시작품에 필연적으로 내재될 '침묵의 그림자'를 예방하기 위해 '노래'에 민감한 반응을 보였던 것이다.

그리고 그가 동시를 동심으로 '볼 수 있는' 시의 세계라고 언급한 것은, 직관을 중시하는 시관을 드러낸다. 그의 발언은 종래의 '노래' 지향적 동시와 '가르침'을 중시했던 동시단에 신선한 충격을 가져다주었다. 그가 가르침보다 사랑의 '깨달음'을 우선시하는 견해를 개진하는 것은 사물의 본실에 내한 통찰력을 상소하는 발언이므로, 직관은 그에게 사물의 내용이나 그것의 번역보다는 현상에 관심을 집중하도록 추동하였다. 그의 시가 현상의 묘사에 장기를 발휘하는 소이도 그것 때문이다. 그의 견해는 교훈 위주의 작품들이 유행하던 동시단의 혼란을 불식시키는 데 기여했다. 그의 동시론은 철저하게 독자의 의식 수준을 겨냥한 작품의 창작으로 실천되었다.

2) '길 있음'의 동시적 형상화

앞에서 언급했다시피, 지금까지 밝혀진 오규원의 동시는 『나무 속의 자동차』에 집약되어 있다. 그의 동시는 활발하게 발표했던 성인시의 양적 수준에 비해 턱없이 부족하다. 이것은 그의 생업이 동시를 가르치는 분야가 아니란 사실과 더불어, 그의 동시 생산에 대한 소홀한 정도를 증명해준다. 이 시집에서 자술한 대로, 그는 '20대와 30대의 초반' 외에 특별히 동시를 발표하지 않았다. 그는 '가르침과 깨달음'의 차이를 구분하지 못하는 아동문단에 동시집을 제출하는 대신, 건강이 여의치 않은 노년기에 이르러서야 기왕에 발표했던 동시 작품들을 '정리'하여 발간하였다. 이로써 그의 동시에 관한 단속적인 사유가 드러나고, 시적 성취의 '길'에 나선 배경이 확인된다.

예로부터 길은 인생에 비유되었듯이, 사람들에게 관습적 상상력을 제공하였다. 길은 인식론적·존재론적·현상학적 차원에서 존재한다. 사람들은 길을 매개로 세계와 현상의 다양성을 인식하고, 자신의 사유와 생애를 반추한다. 문학사적으로 '길'은 인식의 통로이다. 김소월에게 '길'은 정착할 수 없는 사회적 현실을 반영한 부유의 의미를 생성하면서 간단없이 반복되었다. 물론 전후세대에 속하는 오규원의 시에서 '길'은 그와 다르게 사용된다. 오규원의 동시는 '길'의 현상을 충실하게 보여준다. 그가 "나는 세상이 모두 길로 이어져 있음을 길에서 보았다"(「보물

섬」)고 말할 때, 그에게 '길'은 각종 현상의 인식 도구이고 심급이다. 그는 '길'을 통해서 자신과 타자를 나누고, 시와 동시를 구분한다.

제가 길이라는 말을 사용할 때는 대개 두 가지 의미에서 사용합니다. 하나는 삶의 도정으로서의 길이고, 다른 하나는 인사이드 삶과 아웃사이드 삶을 나누는 경계선으로서의 길입니다. 길 안에서는 자갈밭으로 가는 사람들보다 포장된 길을 가는 사람들이 더 편안하겠지요. 그러나 길 밖에서 길을 내는 사람들의 삶은 좀 다르지요. 그런 사람들의 삶은 고단한 삶이고, 개척하는 삶이고, 자신의 삶 그 자체를 실험의 대상으로 내놓을 수 있을 만큼의 모험이 따르는 삶이지요. 시인이란 정신적 노동을 하는 사람들 아닙니까? 정신적인 모험을 과소평가할 수는 없지요. 그래서 모험이 있는 삶과 모험이 없는 삶의 경계를 나누는 것을 '길'이라고 생각했던 것입니다.[6]

오규원에게 '길'은 '모험이 있는 삶과 모험이 없는 삶의 경계를 나누는 것'이다. 그가 '길'을 통해 세계를 인식하기 이전부터 존재하고 있다. 이미 나 있는 '길'은 시인의 의지와 상관없이 사물을 이쪽과 저쪽으로 나눈다. 그는 존재하는 현상으로서의 길이 나누는 방식에 따라 사물과 세계를 응시하고 관찰하기만 한다. 그가 묘사 중심의 시를 쓸 수밖에 없는 이유이다. 그의 관심이 '길'의 안쪽에 있는 내용물로 확장되지 않는 한, 그는 존재하는 그 자체를 묘사에 그친다. 그는 '길'의 의미를 두 가지 차원에서 접근한다. 하나는 '삶의 도정'이고, 다른 하나는 '경계선'이다. 양자는 '정신적 노동'을 하는 시인의 '정신적 모험'을 자극하고 충동하는 심리 기제이다. 곧, 그에게 '길'은 시적 모험의 공간인 셈이다. 그는 경계선상에서 '인사이드 삶'과 '아웃사이드 삶'을 관찰한다.

---

6 오규원·윤호병 대담, 「시와 시인을 찾아서·14」, 『시와 시학』, 1995. 여름호, 26~27쪽.

그것이 전자로 집중되면 내면의 탐구로 나아가고, 후자로 집중되면 현상에 대한 탐구로 확대될 터이다. 말할 것도 없이, 그는 후자를 선택하였다.

길은 움직이지 않는다. 길은 오가는 생명체들에 의해 그 의미가 규정될 뿐, 본래의 모습이 변하거나 주체적으로 대상을 차별하지 않는다. 길을 기준으로 양쪽을 구분하고, 대상을 분류하는 것은 사람들이다. 오규원은 '길' 위의 풍경을 묘사하는 데 전력을 기울일 뿐, 자신의 의견을 서술하지 않는다. 스스로 "詩에는 아무 것도 없다"(「龍山에서」)고 선언하는 그의 시작품에서 전언을 찾아볼 수 없는 이유이다. 그는 "대상을 독립시키지 않고 주관에 종속시키는 전통시와 달리, 현상을 그대로 이해하려는 현상학자"[7]이므로, 교훈적 요소를 강조하는 종전의 성향과 다르게 묘사에 치중한 시작법을 보여준다. 이것은 그의 동시와 여느 시인의 작품을 구분하는 변별점이다.

하늘에는
새가
잘 다니는
길이 있고

그리고
하늘에는
큰 나무의 가지들이
잘 뻗는
길이 있다

---

7 김준오, 「현대시의 자기반영성과 환유 원리」, 『현대시의 환유성과 메타성』, 살림, 1997, 204쪽.

들에는
풀이
잘 자라는
길이 있고

그 길을 따라가며
풀이 무성하고

풀 뒤로 숨어서
물이
가만 가만 흐르는
길이 있다

물 속에는
고기가
잘 다니는
길이
따로 있고

고기가 다니는
길을 피해
물풀이자라는
길이 있고

눌뿔 사이로든

물새가

새끼를 데리고

잘 다니는

좁은

길이 있고……

—「길」전문

　오규원은 일관되게 "세상의 길 없음을 중심되는 시적 주제로 삼고 있다"[8]는 점에서, 이 작품은 주목할 만하다. 그는 시와 달리 동시에서 '세상의 길 있음'을 문제삼는다. 그것은 독자들의 대상성에 주목한 것으로, 아직 그가 "모든 길은 막막하고 어지럽다"(「巡禮·序」)고 고백하며 '길 없음'을 시비하는 시의 세계로 진입하지 않았음을 알려주는 징표이다. 오규원의 동시에서 '길'은 만물이 생동하는 역동적 공간이다. 그는 '길'을 통해 사물의 본질을 투시한다. 그에게 '길'은 생명의 움직임을 확인하는 자리이고, 시의 그곳에는 온갖 생명들이 자연의 질서에 맞추어 움직이기 때문에 사람의 개입을 꺼린다. 예컨대, '잘 다니는, 잘 뻗는, 잘 자라는, 가만가만 흐르는, 자라는' 길이다. 그 중에서 '잘'이라는 부사가 붙은 경우와 아닌 경우는 가시적이냐 비가시적이냐의 차이일 뿐, 생명의 움직임이라는 측면에서는 별반 차이가 없다. 다만 그는 '길'을 통한 만물의 운행을 제시하여 우주의 질서를 보여주고 있다. 곧, '길'의 유무는 그의 시와 동시를 가르는 변별적 자질이다.

　이 점에서 오규원이 '길 없음'의 세계를 집요하게 천착하다가 말고, 노년에 이르러 '길 있음'의 세계를 집성한 동시집을 출간한 사실은 주목되어야 한다. 그것은 '칸트주의자'로서 "서로의 자유를 방해하지 않는

---

8 구모룡, 「두 겹의 삶」, 『한국문학과 열린 체계의 비평 담론』, 열음사, 1992. 249쪽.

한도 안에서 나의 자유를 확장하는, 남의 자유를 방해하지 않기 위해"(「이 시대의 純粹詩」) 상대의 눈치를 보아야 하는 현대인으로서 그가 느끼는 합리적 세계에 대한 환멸의식에 기인한다. 서구적 이성의 산물로서 칸트주의는 상호 간섭하지 않는 전제조건 위에서만 자유를 허용한다는 점을 직시한 오규원은 자유가 선사하는 거짓 만족과 물신시대의 '순수시'가 지닌 시적 위상을 풍자하고 있다. 곧, 그는 '칸트주의자'로 자처하는 현대인들의 위선과 거짓 만족을 '이 시대'의 순수성으로 격하하여 '순수'의 정체를 드러냄으로써, 그들의 왜곡된 인식을 폭로한다. 이미 산업화시대에 이르러 교환가치에 의해 본질적 가치가 훼손된 판국에 도구적 이성으로 전락한 칸트적 이성은 세계의 '길 없음'을 보여주는 존재 증명일 뿐이다.

인간의 이성은 관념의 체계에 불과하다. 오규원은 관념의 미망을 거부하는 시인이므로, 사람들에게 관념을 강요하는 물질적 현실은 시적 대상의 반열에 오를 자격요건을 갖추지 못한다. 따라서 관념의 허상을 배격하는 그로서는 '방해하지 않는 한도 안에서' 체결된 사람들 사이의 타산적 사랑에 앞서 존재했던 원시적 세계에 대한 그리움을 발동하지 않을 수 없다. 그 세계는 '등기되기 이전의 현실'로 구성된 동시적 세계이기에 '한도'를 측량할 필요가 없을 뿐만 아니라, 그 세계에서는 '서로'를 의식하지 않아도 무방하다. 그가 만물의 자연현상에서 사랑의 원형을 찾을 수 있었던 배경이다. 오규원에게 시적 현실은 "한 시인이 표현하고자 하는 세계를 위해 선택되고 변용된 모형"[9]이지만, 동시적 현실은 시적 현실에 앞서 존재하는 세계의 '모형'이 아니라 실물의 세계이며, 시인의 역할은 특정한 의도에 압박되어 '선택'되고 '변용'할 소지가 없다. 즉, 시인이 발견하기 이전부터 존재하는 현상 그 자체이다.

---

9 오규원, 「시와 현실」, 『언어와 삶』, 94쪽.

뿌리에서 나뭇잎까지
밤낮없이 물을
공급하는
나무
나무 속의
작고작은
식수 공급차들

뿌리 끝에서 지하수를 퍼 올려
물탱크 가득 채우고
줄기로 줄기로
마지막 잎까지
꼬리를 물고 달리고 있는
나무 속의
그 작고작은
식수 공급차들

그 작은 차 한 대의
물탱크 속에는
몇 방울의 물
몇 방울의 물이
실려 있을까
실려서 출렁거리며
가고 있을까

그 작은 식수 공급차들
기다리며
가지와 잎들이 들고 있는
물통은 또 얼마만할까

—「나무 속의 자동차」 전문

오규원의 세계 인식 태도를 살필 수 있는 작품이다. 그는 나무 '속'에 난 길을 관찰하고 있다. 나무의 길은 수관에 불과하지만, 그의 사유에 의해 자동차가 다니는 길로 변모한다. 전적으로 상상력에 의탁하여 표현된 그의 비유는 썩 탁월한 편은 아니다. 동시집에서는 그의 시에서 장처로 거론되는 당혹감과 낯섦, 이미지의 뒤틀림 현상 등을 찾아볼 수 없다. 이것은 오규원이 '동시를 동심을 노래하는 것'으로 파악하고 있기 때문이다. 그에 따르면 동시는 사랑의 시이므로, 나무의 수관이 담당하는 역할은 가지와 잎에 '식수'를 공급하는 '길'이어야 한다. 그는 나무보다는 그것의 생명 현상을 존속시키기 위해 필요한 수관의 역할을 촛점화하고 있다. 그는 이와 같이 "생성의 시간적 언어인 현상을 기록할 수 있다면, 그것은 살아있는(生) 언어이며, 동시에 굳어있지 않은 이미지일 것"[10]이라는 신념 위에서, 대부분의 동시에서 산견되는 나무의 신화적 요소나 모성성을 의도적으로 배제하여 재래적 상상력의 용례를 배격한다. 이러한 태도는 현상의 의미보다는 존재하는 모습을 강조하여 '보여주는' 그의 시작 태도에서 비롯된 것이다.

한편 나무 속의 '길'은 '꼬리를 물고 달리고 있는' 차량들로 붐빈다. 그러나 이 작품에서는 차량의 분주한 오감에 비해 소리가 들리지 않는다. 그 이유는 오규원의 동시 작품에 등장하는 나무들이 갖은 관념으로

---

10 오규원, 「날(生) 이미지와 현상시」, 『현대시사상』, 1997. 봄호, 125쪽.

치장한 "武裝한 나무들"(「認識의 마을」)이나, 노회한 기교를 부리는 "관절염을 앓는/늙은 감나무"(「들판」)가 아니기 때문이다. 그것은 시선이 이동함에 따라 나무 '속'의 모습이 절로 드러날 수 있도록 정치하게 묘사한 그의 서술 덕분이다. 그의 나무는 단지 그 자리에 서서 생명의 위의를 보여주며 자족할 뿐, 자신의 풍채에 어울리지 않는 위엄이나 과장을 지양한다. 오규원은 동시의 특수성에 알맞도록 사물의 본질을 포착한 이미지를 추구하여 이전의 동시와 구분되는 경계를 획득하고 있다.

3) '날 이미지'의 원형 탐구

오규원은 자신의 시적 관심이 변모하게 된 과정에 대하여 "언어를 믿고 세계를 투명하게 드러내려고 노력을 하던 시기(초기)를 거쳐, 언어와 세계에 대한 불신이 내 나름대로 관념과 현실을 해체하고 재구성하려던 시기(중기)를 지나, 명명하고 해석하는 언어의 축인 은유적 수사법을 중심축에서 주변축으로 돌려버린 지금의 위치에 선 셈"[11]이라고 말한 바 있다. 이에 따르면, 동시는 그가 '언어를 믿고 세계를 투명하게 드러내려고 노력을 하던 시기'에 발표되었다. 그의 말이 세계의 현상을 보이는 대로 솔직하게 드러냄을 가리킨다면, 동시는 '명명하고 해석하는 언어의 축인 은유적 수사법을 중심축에서 주변축으로 돌려버린 지금의 위치'까지 다다르게 된 연유를 추적할 근거가 된다.

오규원의 시는 '봄'에 의지한다. 그는 세상을 관찰하는 견자로서 자연현상을 '보고', 사람들의 움직임을 '본다'. 그는 "아니 나는 지금 시를 쓰고 있지 않다 안락의자의 시를 보고 있다"(「안락의자와 시」)에서 보는 바와 같이, 시를 쓰는 행위조차 '시를 보고 있다'고 말한다. 그것은 사물도

---

11 오규원, 「날 이미지의 시」, 『날 이미지와 시』, 107쪽.

시를 구성하는 하나의 기호체계라는 사실을 강조하는 발언에 지나지 않는다. 기존의 관념이나 의미 규정을 철저히 봉쇄해 버리는 그의 시적 발언은 차라리 반서정주의의 선언이다. 그런 시선으로 그는 끝없이 '길 밖'의 세상에서 '길 안'을 바라보려고 시도하며, 한편으로는 '길 밖의 세상'을 보려고 한다. 아마 그는 사람들의 보이지 않는 생각조차 '보고' 싶었을지 모른다. 그만큼 오규원에게 '봄'은 중요한 의미를 갖는다. 그의 시각적 사고는 세계를 인식하는 양식이다. 그는 세계의 물상에 대한 관찰과 응시를 통해 보이지 않는 사물의 이치를 '본다'.

  세상을 눈으로 파악하는 시인에게는 사물의 움직임이 우선적으로 포착된다. 눈에 보이는 만물은 묘사의 대상이다. 오규원은 사물의 본질적 특성을 투명하게 드러내기 위한 수단으로 '말하기' 대신에 '보여주기'를 선택한다. 그에게는 세계의 존재성이란 있는 그대로 보여주면 되는 것이므로, 그에 따르는 일체의 설명은 물론 은유조차 불필요한 주석에 불과하다. 그는 일정한 시각과 일종의 관념을 강요하는 현실을 '등기된 현실'로 파악하여 "시간 밖으로 나가서 비로소 보이는 登記되지 않은 현실"(「하늘 가까운 곳」)과 구분한다. 그의 시는 '등기된 현실'을 타파하기 위해 '등기되지 않은 현실'을 지속적으로 보여준다. 동시는 양자의 원형, 곧 '등기되기 이전의 현실'을 취급하기 때문에, 시인은 '등기된 현실'의 내용을 전달하거나 '등기되지 않은 현실'을 등기하려고 노력할 필요없이 눈앞의 현상을 묘사하는 데 서술의 촛점을 맞춘다. 오규원의 시세계를 구성하는 '날 이미지'는 이렇게 탄생한다. 이 점에서 동시는 그의 시세계를 지배한 '날 이미지'의 근원을 배태하고 있다.

  오규원이 '날 이미지'라는 용어를 사용하기 시작한 것은 시작 노트 「살아 있는 것」(『현대문학』, 1994. 8)부터이다. 이른바 '날 이미지'는 그의 시세계를 이루는 심리적 변인들의 구체적 모습이다. 등단한 이후에 그는 동시의 내상성에 주목하여 넘없이 움직이는, 그러나 항싱 다른 아이들에게서 '살아있는 것'의 실체를 확인하였다. 그 뒤로 시를 쓰면서 그는 현상의 포착에 노력을 기울이게 되었고, 그 결과로 '날 이미지'의 시론을 수립할 수 있었다. 그는 '날 이미지'를 동원하여 판에 박힌 '등기된 현실'의 왜곡된 모습을 폭로하고, 기존의 인식틀과 사고를 부정한다. 모든 존재가 현상으로 말한다고 주장하는 그가 "존재를 말하는 현상, 인간이 정(定)한 관념으로 이미 굳어 있는 것이 아니라, 정(定)하지 않은, 살아 있는 의미의 '날(生) 이미지'와 그 언어의 축"(「자서」, 『길, 골목, 호텔 그리고 강물소리』)을 찾아나선 이유는, 현상의 본질적 의미를 탐색하고 싶은 시적 욕망에서 발원한 것이다.

이미지 중에서도 굳어 있는 이미지가 아닌, 관념화된 이미지가 아닌 현상적 이미지가 날 이미지, 또는 生(날) 이미지라는 것이 제가 읽고 있는 이미지입니다. 예를 든다면, '장미는 모순이다'라는 것은 이미 관습화된 은유의 축이고, 관념화된 것으로 고정되었고 굳어진 이미지라고 할 수 있지만 '장미가 오늘은/ 잎 두 개를/옆으로 키운다'라고 하면 生(날) 이미지라고 할 수 있지요. 이 生(날) 이미지는 굳어 있지 않고 언제나 변화하는 살아 있는 이미지라고 할 수 있지요.[12]

오규원의 설명에 의하면, 소위 '날 이미지'란 살아 있는 이미지이다. 이 '날'이란 '生'과 동일어로서, 일상생활 장면에서도 '날것'은 '生것'과 동일한 맥락에서 사용된다. 살아 있는 것은 움직이고, 움직이는 것은 쉼 없이 변화한다. 사물은 고착되지 않기 때문에, 고정된 시선이나 관념으로 표현할 수 없다. 곧 사물은 관념태가 아니라 현상으로 존재할 뿐이다. 그가 '生(날) 이미지'를 '굳어 있는 이미지가 아닌, 관념화된 이미지

---

12 오규원 · 윤호병 대담, 앞의 책, 20쪽.

가 아닌 현상적 이미지'라거나, 또는 '굳어 있지 않고 언제나 변화하는 살아 있는 이미지'라고 규정하는 것은 일상적 용법을 차용한 것이다. 결국 그는 '관습화된 은유'의 위기로부터 참신한 은유를 구하기 위해 일상 생활에서 날 것을 빈 것이다. 이런 태도는 시의 형식적 요소에 치중하는 그의 습벽을 드러내면서, 사물의 해석보다는 현상의 묘사에 중점을 두는 시작법을 보여준다.

그의 지론이었던 이른바 '날(生) 이미지'는 간접적으로 전쟁의 불임성에 대한 반작용 기제로 형성된 것으로 보인다. 오규원이 "상처란 무시무시한 내면성이다"(「우주·3」)고 술회했듯이, 전쟁의 비극적 참화는 그에게 '살아 있는 것(生)'에 대한 본능적 욕망을 자극하였다. 온통 죽음으로 미만한 전후의 현실 상황에서 새삼스럽게 생명의 존엄성을 자각하게 된 그의 노력이 살아 있는 이미지에 대한 추구로 전이된 것이다. 더욱이 비생산적인 이념의 충돌로 초래된 한국전쟁은 그에게 이념이나 관념에 대한 회의를 재촉하였고, 그는 '등기된 현실'의 위선과 위악을 부정하는 일관된 신념으로 세계의 완고한 관념에 도전하였다. 이런 측면에서 그의 시에서 간단없이 출현하는 현실에 대한 부정의식은 "안 되는 게 없는 세계"(「童話의 말」)를 향한 욕망의 외현화이다. 그곳은 '살아 있는 것(生)'들이 신체를 훼손당하기 이전의 본모습으로 움직이는 전쟁 전의 세계, 곧 우주적 질서에 의해 만물이 운행하는 동시의 세계이다. 이러한 그의 바람은 작품상으로 부정의 부정을 통해 "현실의 갈등을 상쇄시키고, 어떤 유토피아를 상정하는 시쓰기의 전략과도 부합되는 것"[13]이라는 점에서, 전후의 불임성을 제거하기 위한 시적 의지의 발현이라고 할 수 있다.

오규원은 '안 되는 게 없는 세계'를 보여주기 위한 수단으로 '봄'을 선

---

13 이연승, 『오규원 시의 현대성』, 푸른사상, 2004, 173쪽.

택하였다. 그는 '봄'의 방식으로 동시에서 '사물의 육체'를 정직하게 보여줌으로써, 전란으로 파괴된 자연적 질서의 실체를 재현한다. 그러므로 그가 동시에서 보여주는 묘사의 기술이야말로, 장차 시의 성취수준을 기약하는 담보물이다. 그는 이전의 동시에서 문제점으로 지적되었던 고루한 교훈성, 진부한 이미지, 정형화된 율격, 상투적 상상력을 지양하였다. 그의 노력은 현재적 시간의 공간에 존재하는 현상을 '날것'으로 묘사하는 방법론으로 구체화되었다. 그는 동시에서 학습한 묘사를 토대로 시에서 괄목할 만한 성과를 제출하였다. 그의 시에서 묘사가 차지하는 비중은 다음 작품에서 여실히 증명된다.

감나무 잎과
잎 사이로
늦잠을 자는
들새의 가느다란 목이
지나가는 바람에
약간 삐딱하게
기울어져 있다

댓돌에는
오른쪽 신발과
왼쪽 신발이
제멋대로
누워 있고

책상 위의
책갈피 속에는

글자들이

반쯤 눈을 뜬 채

잠들어 있다

—「일요일 아침」 전문

일요일 아침의 풍경을 사실적으로 묘사한 작품이다. 그는 모처럼 휴식을 취하는 집안의 모습을 보여줄 뿐, 더 이상의 언급을 자제한다. 자칫 무료한 풍경으로 비칠 수 있는 집안의 한가함은 "알몸을 드러내는 도시의 倦怠"(「소리에 대한 우리의 착각과 오류」)가 아니라, 농경적 무시간성으로 충만한 휴식 광경이다. 그곳은 시간의 분절화로 구속받는 근대적 성인의 세계가 아니라, 시간을 의식하지 않는 원시적 어린이의 세계이다. 먼저 1연에서 오규원의 시선은 들새의 목이 바람 때문에 '약간 삐딱하게' 기울어져 있음을 발견한다. 실제 세계에서야 그런 일이 벌어질 리 만무하지만, 그는 들새의 목에 주목하여 일요일의 아침 풍경이 평일의 그것과 다른 점을 사실적으로 보여준다. 2연에서 신발이 '제멋대로' 놓여 있는 것도 같은 이치이다. 3연의 글자는 '반쯤 눈을 뜬 채' 잠들어서 온 가족이 늦잠을 자는 일요일 아침의 집안의 풍경을 완성하는 데 기여한다. 그것은 집안의 누군가가 밤늦게까지 책을 읽었다는 증거이고, 가족들의 이완된 휴식 상태를 세밀화로 '보여주기'에 충분하다.

이와 같이 오규원은 일관된 시선으로 현상의 기술에 서술의 촛점을 맞춘다. 일체의 시적 전언을 내포하지 않았으면서도, 그는 사물의 정확한 묘사를 통해 시적 주제를 전달하는 데 능숙하다. 그의 시를 "일종의 시적 리얼리즘"[14]으로 규정할 수 있는 이유도, 오규원이 사회적 제도로서의 언어가 지닌 관습적 용례를 지양하여 사물의 구체성을 사실적으로

---

14 이광호, 「에이런의 정신과 시쓰기」, 『작가세계』, 1994. 겨울호, 97쪽.

'보여주기' 때문이다. 그는 위선적인 세태를 지적하여 "한국인의 識者 콤플렉스라고나 할 수 있는, 이 아는 체, 그럴 듯한 체하는 것이 위선의 가장 근본임을 알면서도 우리는 그것에 끌려다닌다"(「한 詩人과의 만남」)고 힐난하면서, 스스로 구각으로부터 탈피하기 위해 노력하였다. 그 모색의 결과는 시에서 '체하는' 관념의 유희를 배격하였고, 동시에서 세계에 대한 사랑으로 실현되었다. 그의 사랑은 위선을 용납하지 않으며, 구체성은 현학적 취미를 허용하지 않았다. 그의 동시에서 공통적으로 검출되는 '볼 수 있는' 현상의 묘사는 장차 시의 '날 이미지'를 형성하는 기반이 되었다. 그는 동시에서 습득한 묘사력을 확장하여 고유한 이미지를 구축하는 데 성공한 것이다.

3. 결론

오규원은 시와 동시의 창작을 겸행한 시인이다. 그의 동시는 시작 초기에 집중적으로 발표되었고, 이후에 전력하여 발표한 시의 기반을 이루고 있다. 그러므로 동시는 그의 시세계를 온전하게 이해하기 위한 전 단계에서 필수적으로 분석해야 된다. 그는 동시에서 묘사중심적 이미지를 통해 세계의 질서를 보여주고자 노력했다. 이런 점에서 그의 동시는 시로 나아가는 디딤돌이다. 그는 동시에서 학습한 바를 심화하고 확대하여 독특한 시세계를 구축할 수 있었다.

첫째, 그는 사랑에 기초한 아동문학론을 전개하였다. 그는 아동문학에 나타난 교육적 요소의 '가르침'보다 세계에 대한 사랑의 '깨달음'을 우선하였다. 그것은 소년기에 목격한 생모의 죽음과 한국전쟁의 비극적체험에서 비롯된 것이다. 그의 성장기에 누적된 모성의 결핍과 부성의 부재는 동시에서 세계에 대한 사랑을 유달리 강조하도록 추동한 힘이다. 그는 동시를 '동심으로 볼 수 있는 시'라고 정의한 뒤, 자신의 동시론에 입각하여 사물의 본질적 측면을 '볼 수 있는 시'의 창작에 매진하였다.

둘째, 그는 '길'의 상상력을 통해 시와 동시를 구분하였다. 그의 시에서 '길'은 자아와 세계를 분류하는 심급이었으나, 동시에서는 역동적인 생명현상이 존재하는 공간이었다. 그는 '길'을 매개로 세계를 인식하는 시와 달리, 동시에서는 '길'의 존재론적 차원에 관심을 쏟았다. 그것은 묘사 중심의 시작법을 고수한 독특한 시관에 기인한 것이다. '길'의 유무에 따라 시와 동시로 구별할 수 있을 만큼, 그가 중시한 '길'의 상상력은 동시에서 상당한 비중을 차지하고 있다.

끝으로 오규원은 '날것(生것)'의 일상적 용례를 시론에 차용하여 '날(生) 이미지'로 변모시켰다. 그의 이미지론은 전란 후의 극심한 불임성에 대한 반동으로 형성되었으며, 그 발아는 동시집 『나무 속의 자동차』에서 형성되었다. 그는 허망한 이념의 충돌로 빚어진 전후의 참담한 상황에 환멸을 느끼고, 죽음으로 충만한 현실 세계의 비극성을 생동하는 현상의 이미지로 대체하고자 노력하였다. 그가 이 무렵에 발표한 '날 이미지'의 초기 형태는 동시 작품에서 구체적으로 확인할 수 있다.

(『한국시학연구』 제19호, 한국시학회, 2007. 8)

제3부 동화론

현실추수적 동화의 의의와 한계
—노양근의 동화론

1. 서론

노양근(盧良根, 1900~1960?)은 1900년에 태어나 '川兒·良兒·철연이'[1] 등, 여러 필명으로 활동한 동화작가이다. 지금까지도 그의 행적은 자세하게 알려지지 않았다. 다만 그가 1935년 동아일보사에서 현상 모집한 가요 부문에 당선되었을 당시, 당선자 소개에 언급한 내용으로 고향과 약간의 활동 내역을 짐작할 수 있을 뿐이다. 기사 내용으로 미루건대, 그의 출생지는 황해도 금천군 백마면 명성리로 판명된다. 그 동안 그의 출생지를 경북 김천으로 통칭하기도 했으나,[2] 강원도 철원과 인접한 금천과 김천의 한자를 오해했거나 기초 조사조차 생략한 데서 야기된 해프닝이다. 특히 그가 아호를 '천아(川兒)'라고 사용한 사실은 김천(金泉)이 아닌 금천(金川)이란 사실을 뒷받침한다. 또 그가 식민지시대부터 주로 이북에서 교직에 종사하였고, 해방 후에 남하하지 않은 점도 금천을

---

1 그밖에도 '陽近而'(동요「보리ㅅ고개 앞헤다 두고」, 『신소년』, 1931. 6)와 '良洋根'(수필「친구 打令」, 『사해공론』, 1936. 8)도 노양근의 필명인 듯하다.
2 대표적으로 창비판 『열세 동무』(2007) 속날개의 작가 소개에 "경북 김천이 고향이라는 기록이 있습니다"고 적혀 있다.

태생지로 확정하도록 권한다. 그가 해방 후에 남북이 분단된 뒤로는 북한에 남아 활동한 것은 확실하나, 그마저 불확실하여 사망 연도조차 아직 밝혀지지 않았다. 이 점은 노양근이 북한에서 종사한 문단 내 역할이나 문학 활동이 혁혁하지 않았다고 유추할 만한 증거이기도 하다. 또한 노양근은 여느 작가들처럼 부일 혐의에서 자유롭지 못하다. 그는 식민지 말기에 '原田良根'으로 창씨한 것을 비롯하여 1940년 6월 15일 친일단체 동심원이 조선일보사 강당에서 연 동요동화대회에 출연하였다.[3]

노양근은 1920년대 초 개성동화회에서 발행하던 『햇발』에 작품을 발표한 것으로 보아 일찍부터 습작한 듯하다.[4] 그는 등단 과정에서 유달리 현상문예에 집착한 작가이다. 예컨대 그는 1925년 3월 『동아일보』에 시 「거짓 말슴」이 선외작으로 뽑힌 것을 시작으로, 1930년 1월 『중외일보』 신춘문예에 말의 전설 부문에 「의마」를 응모하여 당선되었다. 이어서 그는 1931년 『동아일보』 신춘문예에 동요 「단풍」이 가작으로 뽑히고, 동시에 동화 「의좋은 동무」가 2등 당선되었다.[5] 또 1934년 『동아일보』 신춘문예에 그의 동화 「눈 오는 날」은 가작으로 선정되었으며,

---

3 동심원(童心園)은 산하에 사업부, 동요부와 무용부 등의 여러 조직을 거느리고 소년을 대상으로 일본 정신의 고양에 앞장선 친일단체이다. 동심원이 1937년 5월 8일 아동애호주간을 기념하여 연 강연회에는 동심원 간사 박흥민의 「아동과 예술」, 의학박사 이선근의 「아동과 보건」, 연희전문학교 교수 정인섭의 「아동과 사회」 등이 강연되었다.(『매일신보』, 1937. 4. 24) 그리고 1940년 3월 31일 동심원은 봉축 기념으로 조선총독상을 수상한 우수영 원작, 김상덕 각색의 「수업료」와 김진수 작 「종달새」를 주야 3회 공연하였다.(『동아일보』, 1940. 3. 21) 또 6월 15일 동심원이 조선일보사 강당에서 연 동요동화대회의 부문과 출연진은 동화 노양근·최인화·박흥민, 동요 계혜련·김순득·손인순·고숙자, 무용 동심원무용부원, 음악 서울경음악합주단 등이다.(『동아일보』, 1940. 6. 14) 동심원이 1940년 7월 14일 부민관에서 연 군국동화대회에는 경성사범 교원 大石運平의 동화 「날리는 일장기」, 경성동화연구회 임순보의 동화 「요비네(軍犬)는 언제 오나」, 경성부 사회과 전상진의 동화 「빗나는 충령탑」, 동심원동요부 유영순의 여흥과 동요, 동심원무용부 주애선의 무용, 알파 하모니카밴드의 하모니카 합주 등이 공연되었다.(『동아일보』, 1940. 7. 14) 동심원은 이에 그치지 않고 6월에 일본 해군창설 기념일을 맞아 1943년 솔로몬 군도를 시찰하던 중 미군에게 폭사당한 일본 해군 제독 야마모도(山本五十六)의 일생을 그림책으로 간행하였다. 이 책은 가나우미(金海相德, 김상덕의 창씨명)의 글과 조선만화인협회, 이와모도(岩本正二)의 그림으로 이루어졌다.(『매일신보』, 1943. 6. 3)
4 "대정 13년(1924년: 필자) 개성서 발행하던 『햇발』이란 소년소녀 잡지 7월호(필자의 동화 「버들가지로!」가 발표된 호)를 『어린이』 독자 중에 누구든지 가지신 분이 잇스면 후의로서 필자에게 보내주시면 박사를 진정코저 합니다. 금강산전철 창도리 노양근"(『어린이』, 1932. 5, 70쪽)

1935년 같은 신문의 신춘문예에 동화 「참새와 구렁이」가 선외가작으로 뽑히고, 가요 「조선 학생의 노래」[6]가 공모전에 당선되었다. 그러나 그는 이 노래가 당선 된 후에 교직에서 쫓겨났다.[7] 이처럼 신춘문예를 통한 등단에 집착하였던 그는 1936년 『동아일보』 신춘문예에 동화 「날아다니는 사람」이 당선된 후에도, 1937년 『매일신보』의 신년현상문예에 동요 「학교길」을 응모하여 병에 당선되었다.[8] 이러한 모습은 노양근의 집요한 성격을 증명하는 자료이면서, 다양한 갈래에 걸쳐 습작을 결행하며 필력을 훈련시킨 사례로 보아도 무방하다. 또 그가 그 무렵에 식민지의 전역에서 유행처럼 일어났던 소년문예운동과 거리를 두고 독자적으로 활동했다는 점도 특이하다.[9]

그는 등단 후에 동요,[10] 동화[11]와 소년소설[12]뿐 아니라, 시[13]와 시조,[14] 소설,[15] 평론,[16] 수필[17] 등, 거의 전 부문에 걸쳐 작품을 발표하였다. 그의

---

5 이 해의 신춘문예 동화 부문의 입상자는 1등 「집 업는 남매」(동경 김철수), 2등 「의좋은 동무」(철원 노양근), 3등 「소들의 동정」(수원 김대균), 가작 「아름다운 마음」(경성 이덕성)·「욕심쟁이부자와 영수」(김제 나석천)·「삼봉이의 발꼬락」(진주 정상규)·「평화」(선천 전창식) 등이다.(『동아일보』, 1931. 1. 4)

6 노양근은 「조선학생의 노래」를 '양아'란 필명으로 응모하였고, 그 내용은 다음과 같다. "1. 배움의 바다에 희망의배 띄워라/어기어차 지어차 어기어차 지어차/새조선은 우리것 맞이러 가자/옛文化 묵은터에 동이트는 저리로//2. 희망의 배우에 정의의북 울려라/두리둥둥 두리둥 두리둥둥 두리둥/험한물결 박차고 저어라 가자/새世紀의 아침해 불끈솟는 저리로//(후렴) 두어깨에 이江山 떠메고 나갈/침자도 다 우리는 조선의 학생"(『동아일보』, 1935. 1. 1)

7 "… 「학생의 노래」 당선 때문에 교원의 직을 일코 방금 구직중"(『동아일보』, 1936. 1. 6)

8 노양근은 동요 「학교길」을 '노천아'라는 필명으로 응모하였고, 당시 주소는 불상이었으며 내용은 다음과 같다. "길 길 학교길/아츰이면 모her서 가는길/저녁째면 줄째지어 오는길//길 길 가는길/언덕넘어 모통이 도라들면/우리학교 아른く 뵈는길/길 길 오는길/들을지나 시냇물 건너스면/우리마실 이쪽저쪽뵈는길//길 길 학교길/하로에도 두번식 것는길/비눈와도 아츰저녁 것는길"(『매일신보』, 1937. 1. 17)

9 소년문예운동의 전개 양상에 관해서는 최명표, 『한국근대소년문예운동사』, 도서출판 경진, 2012 참조.

10 노양근의 동요는 「단풍」(『동아일보』, 1931. 1. 3), 「학교길」(『매일신보』, 1937. 1. 17), 「심심한 대낮」(『동아일보』, 1940. 7. 14) 등이다.

11 노양근의 동화는 「버들가지로!」(『햇발』, 1924. 7), 「의좋은 동무」(『동아일보』, 1931. 1. 3), 「눈 오는 날 (1~7)」(『동아일보』, 1934. 1. 13~23), 「참새와 구렁이 (상~하)」(『동아일보』, 1935. 1. 13~2. 3), 「날아다니는 사람 (1~9)」(『동아일보』, 1936. 1. 1~10), 「신 콩쥐팥쥐 금네 은네」(『사해공론』, 1936. 1), 「우슴꽃 (1~4)」(『매일신보』, 1936. 2. 16~25), 「파랑새 이야기」(『매일신보』, 1936. 6. 14), 「막내둥이별」(『사해공론』, 1936. 10), 「산양」의 아들」(『매일신보』, 1936. 12. 13), 「연은 날아가고」(『아이생활』, 1937. 1), 「황금마차」(『아이생활』, 1937. 4), 「황소와 거미」(『아이생활』, 1937. 6), 「웃는 날 (상~하)」(『동아일보』, 1938. 9. 9~10), 「울지 안는 대장 (상~하)」(『동아일보』, 1938. 9. 17~18), 「고까짓것」(『동아일보』, 1938. 10. 2), 「배똥똥이 (상~하)」(『동아일보』, 1938. 10.

동화집『날아다니는 사람』(조선기념도서출판관,[18] 1939)은 "동화의 본질적 사명인 문학적 가치와 종속적 사명인 교육적 가치가 상반(相伴)되어 잇어 아동은 물론, 어른이라 하더라도 일독할만한 가치가 잇다"[19]고 추천되었다. 이러한 반응은 노양근이 아동문단의 각광을 받고 잇었다는 증거일 터이다. 이에 본고는 노양근의 동화에 나타난 특질을 규명하고자 한다. 그 과정에서 그에 대한 기왕의 평가가 타당했는지의 여부와 별고로 다루어질 소년소설과의 변별적 자질들이 드러나기를 기대한다. 그와 함께 그가 여러 갈래를 넘나들며 발표한 작품들의 성과가 아울러 드러나기를 바란다.

10~11), 「동생을 찾으러 (1~4)」(『동아일보』, 1938. 10. 25~28), 「키다리 팽이」(『동아일보』, 1938. 11. 1), 「난 못 봤는데」(『동아일보』, 1938. 11. 6), 「혹 (상~하)」(『동아일보』, 1938. 11. 7~8), 「우는 대장 (상~하)」(『동아일보』, 1938. 11. 18~21), 「수수께끼」(『동아일보』, 1938. 12. 14), 「물방아는 돌건만 (1~8)」(『동아일보』, 1939. 2. 11~3. 1), 「꽃씨 (상~하)」(『동아일보』, 1939. 3. 30~4. 2), 「절름바리」(『아이생활』, 1939. 5), 「굴러가는 수박 (1~4)」(『동아일보』, 1939. 8. 7~11), 「애기 물장수 (1~4)」(『동아일보』, 1939. 8. 29~9. 3), 「심부름값 (상~하)」(『동아일보』, 1939. 10. 19~21), 「네 발 자전거 (1~7)」(『동아일보』, 1939. 12. 11~18), 「몰래 두고 간 선물」(『아이생활』, 1940. 1), 「팔 떨어진 눈사람 (1~7)」(『동아일보』, 1940. 2. 13~21), 「끝없는 숨박곡질」(『아이생활』, 1940. 4), 「꼬부랑 오이」(『동아일보』, 1940. 7. 7), 「갑동이와 빨간 연필」(『동아일보』, 1940. 7. 14), 「파아란 등불」(『동아일보』, 1940. 7. 28) 「울지 마라 순남아」(『동아일보』, 1940. 8. 11), 「싼타크로쓰와 순남이」(『아이생활』, 1940. 11), 「푸른 줄·붉은 줄」(『아이생활』, 1941. 1) 등이다.
12 노양근의 소년소설은 「광명을 차저서」(『신소년』, 1931. 3), 「칡뿌리 캐는 무리들」(『어린이』, 1932. 6), 「비 오는 날」(『매일신보』, 1936. 7. 12), 「칡뿌리 캐는 무리들 (속)」(『어린이』, 1932. 7), 「미운 놈 (1~2)」(『매일신보』, 1936. 10. 17~25), 「입 없는 선생님」(『아이생활』, 1939. 4), 「봄을 기다리는 아이」(『매일신보』, 1941. 4. 14), 「우승기」(『아이생활』, 1943. 3), 「七面頭」(『아이생활』, 1943. 9), 장편소년소설 『열세 동무』(한성도서, 1940) 등이다.
13 노양근의 시는 「그립든 정」(『동아일보』, 1926. 5. 12), 「울음」(『동아일보』, 1926. 8. 3), 「단풍」(『동아일보』, 1929. 11. 18), 「이별」(『별건곤』, 1932. 4), 「선언」(『동아일보』, 1935. 2. 19), 「밤」·「출발신호」(『조선문단』, 1935. 4) 등이다.
14 노양근의 시조는 「아츰의 송가」(『사해공론』, 1936. 2), 「사향」(『사해공론』, 1936. 4) 등이다.
15 노양근의 소설은 「탄로」(『사해공론』, 1937. 9) 등이다.
16 노양근의 평론은 「반개년간 소년소설 총평」(『어린이』, 1932. 6), 「반개년간 소년소설 총평 (속)」(『어린이』, 1932. 7) 등이다.
17 노양근의 수필은 「감사할 줄 압시다」(『아이생활』, 1931. 2), 「서울 갓다 와서」(『신소년』, 1931. 10), 「가을」(『매일신보』, 1936. 9. 20), 「가을의 가지가지」(『아이생활』, 1937. 9), 「유고와 어머니」(『아이생활』, 1937. 11), 「가을 예찬」(『아이생활』, 1943. 9), 훈화집 「일주 일화」(양서당, 1940) 등이다.
18 조선기념도서출판관은 1937년 3월 15일 이인을 비롯한 우국지사들이 발기하였으며, 노양근의 동화집은 오세억과 이숙모의 혼인 기념으로 발간한 것이다.(『동아일보』, 1938. 11. 27)
19 김태오, 「노양근 씨의 동화집을 읽고」, 『동아일보』, 1938. 12. 27

2. 식민지 현실과 동화적 수완의 접점

1) 소박한 장르의식

노양근이 발표한 작품 중에서 지금까지 밝혀진 최초의 작품은 시「그립
든 정」(『동아일보』, 1926. 5. 12)이다. 이 작품의 말미에 '『동아일보』속간 소
식을 접하고'라고 부기한 것으로 보아, 그는 일찍부터 신문을 구독하고
있었던 것으로 보인다. 그 점은 그가 신문지상을 통해 문학을 공부하고
있었다는 사실을 반증하면서, 문학적 출발점은 시였다는 사실을 알려준
다. 또 1927년 10월호『별건곤』의 '엽서통신'란에 그의「통쾌!! 통쾌!!」[20]
가 실려 있는 것으로 보아, 신문 외에 잡지도 구독하고 있었던 듯하다. 이
글은 그가 잡지에 투고하는 습관을 통해서 글쓰기 훈련을 했었던 줄 알려
준다. 문면에서 빅토르 위고의『장발장』과 신소설『귀의 성』등을 언급한
것으로 미루건대, 노양근은 상당한 양의 독서를 통해서 문학적 교양을 쌓
고 있었던 듯하다. 그런 과정을 통해서 본격적으로 문학의 도정에 나서면
서 그는 다음에 드는 예시처럼 결연한 다짐을 맹세한다.

---

[20] "보내주신 8월호는 반가히 낡엇습니다. 8월호는 통쾌호인 그만치 참으로 통쾌!! 통쾌!!하엿습니다.
제 명사의 통쾌담을 낡고 필자도 외람하나마 몇 가지 생각난 통쾌담을 써 볼가 하나이다. 평범한 이
사회에 태여난 아직 나희 어린 필자―그것 참…… 통쾌하다고 할 만한 통쾌를 맛보지도 못하얏고 보
지도 못하얏스니. 물론 책에서나 이약기를 들은 데서 갓흔데서 생각나는 대로 지면이 허하는 데까지
써보렵니다. 귀지 3월호엔는 미인관병식에 일 장군이 님금의 最愛하는 궁녀를 베힌 건 그것도 통쾌
한 일에 한 가지고, 불 문호 유고의 작인『哀史』에 '발」이 一僧家에 드러가 천지가 자기 집이라고 호
통하는 데가 통쾌하고, 좀 묵은 소설이지마는『귀의 성』이란 책에 강 동지의 계똥싸는 놈들이 통쾌
(기억이 자세치 못하나) 하고,『류충렬전』에 충렬이 단기로 십만 대군을 대파하고, 덩한 담을 칼 끗헤
꾀이는데가 통쾌하고, 연애소설만 보다가, 비로소 처음『조선문단』6호엔는 서해 씨의 탈출기에서 통
쾌를 맛보앗고, 그리고『동아일보』탈출에, 불에 윈 세상이 펄넉― 끝는데,『해왕성』의 장준봉인가 김
봉준인가 한 청년이 툿 세월간 토굴에 뭇처 잇다가 나와서 대 활동하는 데가 통쾌하고, 필자의 경험
으로는 지금부터 한 8, 9년 전 O월 O일 마음껏 미칠 듯 소리치며 두 팔에 힘이 오르든 때가 통쾌하얏
고, 끗흐로 목전에 통쾌를 바라는 것은 이 지면이 좀 넓엇드면 아직 반이나 남은 통쾌담을 마저 쓰게
될 것이 신통치 안은 통쾌이겟다.(노양근,「통쾌!! 통쾌!!」,『별건곤』, 1927. 10)

울어서 된다하면
울어나 보올것이
그도소용업스려니
울어선무엇하랴
차라리 니를악물고
싸와나 보리라

—「울음」²¹ 전문

내 너히에게 하고싶은말이 만흐되
입술을 깨물어 굳이 닫아걸고
沈默의 동산에서 孤獨과 벗하야
十年을 하로같이 마음의 칼을 갈뿐이엿노라.

—허지만 이답답한 가슴을 부당켜안고
언제까지나 沈默의 동산에서만 헤매일수는없다.

藝術의十字路에서 彷徨타 지처너머진사나히,
문어진 詩塔을 쌓다 쓸어저잇는 안악네!
저들의 病들고 傷한魂을 어루만지며
내精誠껏 갈은 마음의칼의 利로움을
첫試驗할날이 오구야 말엇다.

하므로…… 나는 이제 孤獨을 멀리 離別하고
沈默의 동산을 떠나 出發의길에 나섯노라.

---

21 『동아일보』, 1926. 8. 3.

勇敢히 네거리로 뛰처나가노라.

혹시나 썩은傷處의 우벼냄을當할지라도
너히는 쓰리다 歎息치말고
찢어진 魂의조각을 꿰매임 받을지라도
너히는아프다 울지말라—

쓰린傷處를 싸매고서라도
바벨塔보다도 더 높고 燦爛한塔을
우리는 廢墟같은 이땅우에 쌓아올려야할것이아니냐?
높이 높이 세워야 할것아니냐?—
1935. 2. 6

—「宣言」[22] 전문

　앞의 시에서는 그 대상이 드러나지 않았지만, 노양근은 '니를악물고' 싸울 것을 맹세한다. 그는 울어도 되지 않은 줄 알기에 고독하게 '十年을 하로같이 마음의 칼을 갈뿐'이다. 그는 '침묵의 동산'에서 "곰팡내나는 낡은歷史의 페-지를 뒤척이는 젊은이"(「아츰의 頌歌」,『사해공론』, 1936. 2)를 자처하지만, 앞에 놓인 상황은 녹록치 않다. 식민지라는 특수한 물질적 조건을 감안하지 않은 채 '바벨塔보다도 더 높고 燦爛한塔'을 쌓으려는 허망한 욕심에 불과하다. 그런 탓에 그가 '할것아니냐'고 반복하여 당위성을 설파할수록 '선언'은 공허한 울림으로 사윌 뿐이다. 그것은 상대적으로 물리적 조건의 무게가 만만치 않다는 사실을 드러내는 것이며, 시인의 웅변이 내적 다짐을 위한 결기의 표현이라는 사실을 고백한

22 『동아일보』, 1935. 2. 19.

다. 이처럼 사위의 압력이 그의 문학적 행정을 팍팍하게 만들고 있었다. 그 처지를 당한 그는 '울어선무엇하랴'와 '울지말라'라는 상반된 발언으로 자신을 얼러 보지만, 악화된 상황은 좀체로 개선될 기미를 보이지 않았다. 이것은 시라는 갈래로 일제의 폭압에 맞설 수 없다는 한계를 반증한다. 두 작품이 발표된 1926년과 1935년이라는 시간은 노양근의 시적 방황이 수포로 돌아가고 만 사실을 입증해준다. 그로서는 문학적 영지를 확장하려는 욕망을 갖고 시작에 임했으나, 자신의 능력으로는 도저히 다다를 수 없었던 것이다.

사실 노양근의 장르의식은 소박하다. 그가 유행이 지난 민요조 시편[23]을 1930년대에 발표한 것을 보더라도, 장르가 역사적 사실로부터 분리될 수 없다는 자명한 사실조차 인지하지 못한 것으로 보인다. 장르는 "개별적인 예술작품에 깊은 영향을 미치면서 그것을 형성시켜 온 미학적(문체적·주제적) 관습"[24]이다. 1920년대에 일어난 민요시운동은 일제의 폭정이 자심해지는 시기에 민족의 문학적 형식을 탐구하려는 일군의 무리들이 일으킨 것으로 문학사적 의의를 지닌다. 하지만 그 뒤를 이은 카프의 계급주의 문학에 의해 식민지의 현실적 모순이 강조되면서 민요시운동은 지양되었다. 이런 판국에 느닷없이 '민요'의 형식에 '이별'하는 개인적 감정을 의탁하려는 노양근의 시도는 걸맞지 않다. 민요는 집단적 정서의 응축을 요하나, 개인간의 별리는 개별적 감정의 토로에 국한되기

---

[23] 노양근이 발표한 '민요' 「離別」의 전문은 "떠나기전엔 떠나기전엔/뒷일을랑 내 맛흘께/넘녀말고 어서 가라드니/보따리 들고 대문턱 넘을젠/그때 왜 울며 노칠안나/갓다가 내 갓다가/꼿 한 짐 지고 복한 배 실고/어야듸야 두리둥둥 올적에/웃고 춤추며 마중이나 나오지/맘 단단히 먹고 어서드러가오/獅子門을 차즈며/紅流洞 엽헤끼고 한참이나 올나오니/돌기둥 갈나서서 드는문을 일우웟네/벗님아 獅子門이 이곳이라 하더라/드나는 손님들이 몃몃치나 네가오나/限업는 그수효를 네가엇지 짐작하리/그만지 우리들은 너만알고 가노라/獅子의 자는등에 한편기둥 세윗세라/八萬藏經 獨此方을 누가본들 몰댓겟나/禪敎兩宗 大道場이니 이몸홀노 찻노라/伽倻山 海印寺라 한편기둥 박혀잇고/四十九年 何曾說이란 뚜렷하게 보여주네/부처님 말삼게신 獅子座가 여긔런 듯/龍舟橋 나는물은 맛츰엽헤 흘너잇고/紫霞洞 水石들이 몽계송계 띄워잇네/한곳에 見三景이니 興이겨워 하노라"(『별건곤』, 1932. 4)이다.

[24] René Wellek, 「장르이론·서정시·〈체험〉」, 김현 편, 『장르의 이론』, 문학과지성사, 1987, 22쪽.

마련이다. 그러므로 노양근의 작품은 문단의 추세와도 부응하지 못하고, 당시의 시대적 조건과도 어울리지 못한다. 이러한 한계는 그가 "미라는 것은 결국 얼는 알기 쉽게 말하면 『조타』, 『잘 되엿다』, 『잘한다』라는 것을 의미한 것"[25]이라고 한 언급에서도 확인할 수 있다. 그런 결점은 그의 소설 「탄로」[26]에서도 거듭 확인된다. 그의 문학적 능력은 당대 사회와의 대결을 의식하지 않으면 안 되는 일반문학보다는 아동문학에 적합했던 것이다. 그가 동화에 관심을 기울이기 시작한 것은 1920년대 말이다.

> 님금님은 오시어서
> 이러케 말슴하섯소
> =너히들은 나를위하여
> 축하를한다드니
> 내몸이불편하야
> 좀늣게왓슬동안
> 너히는 나를욕뵈이엇다
> 이제부터는 해마다겨울이면
> 너히의 옷을모다벗기고
> 그우에 찬바람을불게하고
> 찬눈을 덥흐리라
> 소나무 전나무 잣나무
> 너히들에게만
> 사시장철 옷읍닙혀주리라=

—「단풍」[27] 부분

---

25 노양근, 「단상 이삼」, 『별건곤』, 1932. 5.
26 노양근, 「탄로」, 『사해공론』, 1937. 9.
27 『동아일보』, 1929. 11. 18

「단풍」은 이 무렵에 유행하고 있었던 동화시로 분류할 수 있다. 이 작품은 1931년 1월 『동아일보』 신춘문예의 동요 부문에 노양근이 '철연이'란 필명으로 응모하여 당선된 가작 「단풍」과 다르다.[28] 어느 날 세상의 모든 나무들이 모여서 나의 왕을 위한 파티를 기획한다. 그 축하회를 위해서 나무들은 '큰썩 작은썩 이썩 찰썩'과 '소고기 도여지고기 닭고기' 등, 갖가지 음식을 마련하느라 부산하다. 이윽고 구월 스무날이 되어 나무들의 회장 신나무를 비롯한 온 나무들이 왕의 행차를 기다린다. 그러나 공교롭게도 왕은 그날따라 몸이 불편하여 제 시각에 당도하지 못한다. 잔치를 준비하느라 시장한 나무들은 왕을 기다리지 않고 회장부터 먼저 주린 배를 채우기 시작한다. 그러나 소나무와 전나무 등은 왕의 행차를 기다리며 길바닥에 엎드려 기다리고 있었다. 왕은 백성들이 기다릴 생각에 아픈 몸을 이끌고 늦게야 행사장에 도착한다. 왕은 잔칫상이 망가진 모습을 보고 불쾌감을 드러낸다. 왕은 분노의 표시로 '소나무 전나무 잣나무'를 제외한 다른 나무들에게서 겨울옷을 벗겨버린다. 무려 136행에 달하는 이 작품에서 노양근은 동화적 상상력을 발휘하고 있다.

그는 이어서 갑동이가 등굣길에 소나기를 맞아 빨간 연필을 물에 떠내려 보내고 안타까워하는 심정을 그린 「갑동이와 빨간 연필」(『동아일보』. 1940. 7. 14)이라는 동화시를 한 편 더 발표하고 나서, 생소한 '문답동화'라는 형식으로 「파아란 등불」(『동아일보』, 1940. 7. 28)을 발표하였다. 이 작품은 누나와 동생이 1행씩 문답하며 서사를 진행하는 방식을 취하고 있어 마치 판소리 한마당을 듣는 느낌을 준다. 그처럼 노양근의 장기는 동

---

28 1931년 『동아일보』 신춘문예 입선자는 1등 「동리사람」(주소 불상 실명씨), 2등 「산우에 사람」(고창 고보 이병상), 3등 「눈꽃새」(함흥 모령), 가작 「칠판의 노래」(평양 윤태영) · 「눈 온 아침」(경성 김상수) · 「담뱃대」(진남포 조묵) · 「연필을 잃고」(경주 이일성) 그리고 「단풍」(철원 노양근)이다. 노양근의 「단풍」은 "우리애기 손가튼/단풍닢은요/추워서 얼어서/빨앙담니다/가엽서라 짝벌린/다섯손가락/내입에 갖다대고/녹여줍니다"이다.(『동아일보』, 1931. 1. 3)

화에서 빛을 발하고 있다. 호박덩굴 위의 반딧불을 신기하게 바라보던 동생에게 누나가 말을 듣지 않고 나가서 돌아오지 않는 아들을 찾아 헤매는 엄마의 등불이라고 알려준다. 노양근은 착상부터 동화적 상상력을 발휘한 이 작품의 말미에 교훈적 요소를 빠뜨리지 않는다. 이 '문답동화'의 원형은 선문이 형제가 호박꽃을 뜯어 반딧불을 잡는「막내동이별」(『사해공론』, 1936. 10)이다. 작가는 이 작품을 새로운 형태의 동화로 재작하여 선보였다. 그로서는 동일한 소재를 두 가지 형식으로 변용시키고 있다. 이것을 그의 실험의식으로 가를 수 있겠으나, 그보다는 동화시가 갖는 장르상의 불명료한 특성이 그로 하여금 동화의 발표에 매진하도록 추동한 것으로 보는 편이 생산적이다.

2) 웃음의 심미적 장치

인간은 웃는 동물이다. 웃음이야말로 인간의 실존적 조건을 규정해주는 문화적 규준인 셈이다. 인간의 기본적인 생존조건조차 위협받던 식민지시대는 웃음이 사라진 시기였다. 한번도 역사가 단절되지 않았고, 이민족의 압제 밑에 놓이지 않았기에 웃을 수 없었다. 웃음은 언제나 집단의 웃음이다. 이 사실은 웃음이 집단의 무의식적 발화이자 사태의 처리방식을 둘러싼 전략적 선택일 수 있음을 알려준다. 한 집단은 웃음으로써 상대에게 말하고자 하는 바를 전달하고, 구성원들 사이에 소속감을 공유하여 공동체의 결속을 다진다. 또 집단은 웃음으로 당면한 사태의 교정을 진행한다. 그것은 언어를 통한 발화보다도 더 극적이고 효과적이며 가학적이다. 웃음에 포위된 개인은 집단의 우위를 인정하고 굴복하기 마련이다. 그것은 웃음이 집단의 공감에 기반한 정서의 표현수단이기에 가능하다. 이런 측면에서 웃음은 관습적이고 기계적인 반응이다. 그만지 웃음은 원조석이며, 십난 성서의 원영을 헤아리기에 알맞은 속성을 감추고 있는 것이다. 아이들의 웃음을 주목하는 이유가 거기에 있다.

웃음은 아이들의 존재이유이다. 아이들은 식민시대의 의미나 외족의 침략 상태에 놓인 시국의 형편은 아랑곳하지 않았다. 아이들은 본질적으로 '놀이하는 인간'이므로, 일상의 도처에 웃음을 마련하였다. 그들의 웃음 덕분에 어른들은 당대의 고통을 위무받을 수 있었고, 언제일지 모르는 장래의 광복을 향한 희망을 잃지 않았다. 특히 동화처럼 아이들을 잠재적 독자로 상정하는 장르인 경우에는 웃음의 중요성이 더 강조될 필요가 있다. 이런 측면에서 문학작품에 웃음을 장만하는 일은 작가의 빠뜨릴 수 없는 소임 중의 하나였다. 웃음이라는 소소한 세목마저 이 시대의 동화작가들이 잊지 말아야 할 덕목으로 권고될지라도, 그것은 작품 속에 나타나는 미학적 효과로 받아들여야 한다. 웃음이 함유한 미학적 속성은 "희극성이라는 것이 정확히 사회와 개인이 자기 보존의 염려에서 벗어나 자기 자신을 예술작품으로 대하는 순간 생겨나"[29]는 것이다. 곧, 웃음이 수반되기 위해서는 '자기 보존의 염려'에서 벗어날 필요가 있는 것이다. 외족에게 주권을 늑탈당한 시대에 그 기대를 감당할 수 있는 이들은 아이들뿐이다. 그들은 보존에 앞서 실행해야 할 내일의 전망 대신에, 오늘의 조건에만 관심을 기울인다. 그것은 일종의 방심이며, 방심에 의해 웃음은 산출된다.

노양근은 동화에 발랄한 웃음을 마련하고 있다. 그는 놀이하는 아이들을 등장시켜 웃음을 선사한다. 놀이는 아이들의 특징적 자질이다. 그러므로 놀이는 하나의 총체성으로 이해하고 평가하지 않으면 안 된다. 놀이를 인정하는 것은 아이들의 정신세계를 인정하는 것이다. 놀이는 일종의 과잉이다. 이 점에서 놀이는 비이성적이고 창조적이어서 일종의

---

29 Henri Bergson, 정연복 역, 『웃음—희극성의 의미에 관한 시론』, 세계사, 1997, 25쪽.

이미지 조작, 즉 현실을 이미지로 전환시키는 형상화 작용이라 불러도 손색이 없다. 따라서 아이들의 놀이를 관찰하거나 수용하기 위해서는 "이러한 이미지들의 가치와 의의 그리고 현실을 그 이미지로 형상화시 키는 작용, 즉 '상상력'의 가치와 의의를 파악하는 데"[30] 관심을 쏟아야 한다. 왜냐하면 아이들의 놀이는 문화의 전승과 창조행위이기 때문이 다. 그들의 놀이는 '놀이하는 인간'의 원형을 담지하고 있어서 문화적 원형을 살리기에 적합한 동화와 어울린다. 노양근의 동화「팔 떨어진 눈사람 (1~7)」(『동아일보』, 1940. 2. 13~21)은 백웅이와 정희가 정성스럽게 눈사람을 만들어 손수레에 얹어 끌고 다니다가, 며칠 후 눈사람은 녹아 버리고, 그 자리에는 팔이 떨어져 있더란 얘기이다. 눈사람을 수레에 싣 고 다니는 모습조차 우스꽝스럽지만, 두 어린이가 그 일에 진지하게 임 하는 표정이 더욱 가관이다. 이런 모습은 아이들의 집요한 특성을 잡아 낸 것으로, 그의 동화적 재능이 만만치 않은 줄 알려준다. 그것은 그가 보통학교 교원으로 아이들과 생활하며 그들의 습관이나 행동양식을 면 밀하게 관찰하는 과정에서 형성된 것으로 보인다.

정순이는 오이그릇을 앞에 노코
『이눔을 가질가, 저눔을 가질가. 어느 눔을 가질가?』
생각하면서 뒤적뒤적하다가 마침내 꼬부랑 오이가 눈에 띠엿다.
『아이, 요 꼬부랑 오이!』
하면서 얼른 꼬부랑 오이를 집어서 보드러운 두 손으로 자꾸 어루만지며 조 하하엿다.
그리드니 또 조금 후에는 무슨 생각이 낫든지 소꿉질 작난감 그릇에서 언제 지여두엇든지 모르는 꼬까옷 한 벌을 꺼내서 꼬부랑 오이에게 입혓다.

---

30 Johan Huizinga, 김윤수 역, 『호모 루덴스』, 까치, 2010, 14쪽.

그리구 보니까 아주 예쁜 인형이 되엇겟다!

정순이는 이 꼬부랑 오이 인형에게 입을 쪽 마치고는 책상 우 꽃병 옆에 세워 노코

『꼬망아! 잠깐 여기 섯어. 내 또 꼬까모자 맨들어 씨워줄게.』

하며 방긋이 웃엇다.

꼬부랑 오이는 그제야 그 엄마 덩굴의 말이 생각나서 가만히 고개를 숙엿다.[31]

이 작품의 구조는 마치 「백조가 된 오리」와 흡사하다. 오이 오형제 중에서 제일 못생긴 막내 오이가 나중에 대접받는 것이 특히 그러하다. 어미 오이는 '못 생긴 것두 잘 써둘 데가(필요) 잇단다'라며 막내를 위로한다. 오이장수에게 팔려간 오이 오형제는 장에서 어느 부인에게 팔려간다. 그 집 딸 정회는 그 중에서 막내 오이를 골라 인형을 만든다. 형제들로부터 박대를 당하던 막내오이의 신세가 일순간에 달라진 것이다. 그때 오이는 엄마의 말을 떠올리며 흐뭇한 표정을 짓는다. 낙타의 혹을 떼지 말라는 서양의 경구처럼, 모자란 것은 모자란 대로 용처가 있다는 소박한 전언이야말로 노양근이 독자들에게 제시하고자 했던 주제일 터이다. 그처럼 말하고자 하는 바를 에둘러 표현하는 일에 익숙한 그이다. 시시한 오이를 소재로 이만한 형상을 보여줄 수 있는 작가의 서사력은 동화의 속성과 융합되어 행간에서 빛을 발한다.

노양근의 동화 「울지 안는 대장 (상~하)」(『동아일보』, 1938. 9. 17~18)은 병정놀이에서 자칭 대장 노릇을 하는 덕룡이의 이야기이다. 그는 바지가 흘러내리는 줄도 모르고 놀기에 열중하다가, 이것을 비웃는 아이들을 때린다. 맞은 아이의 형에게 맞으면서도 덕룡이는 '울지 안는 대장'

---

31 노양근, 「꼬부랑 오이」, 『동아일보』, 1940. 7. 7.

이라고 울음을 참는다. 그에 비해 「우는 대장 (상~하)」(『동아일보』, 1938. 11. 18~21)은 야구놀이에서 투수노릇을 하다가 던진 공이 정미소 유리창을 깨고 만다. 사무원은 '울지 안는 대장' 덕룡이를 알아보고 다음부터 조심하라고 이르며 유리창값을 마다한다. 이에 감동을 받은 덕룡이는 그만 울고 만다. 두 작품은 연작으로 볼 만하고, 덕룡이의 아이다운 성질을 매끄럽게 포착하여 묘사에 성공하고 있다. 자신의 지위를 잃지 않으려고 아픔을 참는 것이나, 집에 돌아가면 빤히 혼날 줄 예상하면서도 당당하게 변상한다고 으스대다가 울어버리는 덕룡의 모습이 그렇다. 작은 일 하나에도 자신의 고집을 누그러뜨리지 않는 것이나 상대에게 꾸지람을 기대했다가 그것이 배반당하자 일순간에 자세를 무너뜨리는 아이의 모습이 웃음을 이끌어낸다. 이 장면은 웃음이 "긴장된 기대가 무로 갑작스럽게 변하는 것에서 유래한 격렬한 흥분이다"[32]는 미적 규정을 확인시켜 주기에 흡족하다. 웃음은 방심하는 자가 산출하는 희극적 효과인 셈이다. 그의 동화 「고까짓것」도 이 범주에 속한다.

　　귀득이는 멋쩍어서 머언히 바라보고 섯다가
　　『기! 고까짓거! 난 우리 집에 가서 포두 먹겠다.』
　　한 마디 불숙하고 휙 도라섭니다.
　　하지만 만돌이는 지지 안코 중얼거립니다.
　　『포두? 고까짓거! 난 우리 아버지가 인제 또 과자 사다준 댓는데……』
　　『무어야? 너이가 무슨 과자야!』
　　귀득이는 열이 덜컥 나서 다시 휙 돌아섯습니다. 그러나 귀득이는 그전에 늘 지가 먹을 것을 가지고 나와서 만돌이에게 자랑만 하고 혼자 먹은 것을 생각지는 못합니다. 그래서 아까보다두 더 큰소리로 말합니다.

32 류종영, 『웃음의 미학』, 유로서적, 2007, 387쪽.

『과자? 고까짓거! 그럼 우린 요 담 공일날 화신식당 가서 점심 먹는단다……』

『고까짓거!』

만돌이는 이러케 큰소리는 해놧으나 그 아래말을 무슨 말을 해야 귀득이 말을 이길가 하고 생각하다가

『너이 집에 인력거 잇어』

장한 듯이 말합니다. 만돌이 아버지는 인력거꾼입니다.

『예, 고까짓 인력거! 우리 아버진 자동차만 늘 타고 다니는데.』

『시, 그까짓 자동차! 우리 아버진 마라송 선순데.』

이번에는 귀득이가 말문이 매켜서 쩔쩔매다가 바싹 닥어스며

『고까짓거! 너 유천(유치원)에 다녀?』

만돌이 앞에 팔을 내밀어 삿대질을 합니다. 저는 유치원에 다닌다는 자랑이지오.

만돌이는 유천 소리만 들으면 언제나 골을 벌컥 냅니다.

아니나 다를가 지금도 벌서 팔이 불뚝 일어나서

『그까짓 유천에나 다니믄 제일(第一)이야? 임마! 그럼 우리 뛰기 내기 해봐!』[33]

만돌이와 귀득이는 서로 지지 않으려고 '고까짓것'을 반복하며 맞선다. 그러다가 만돌이와의 달리기 경주에서 귀득이는 그만 진다. 그 다음부터 귀득이는 '고까짓것'을 발하지 못하고 더 이상 대들지 못한다. 둘이 주고받는 '고까짓것'은 정신적인 요소와 물질적인 요소를 동시에 함의하고 있다. 전자는 상대에게 지지 않으려는 오기심을 충동하여 자신의 계급적 속성을 드러내거나 감추려는 욕망의 대립으로 나타난다. 후

---

[33] 노양근, 「고까짓것」, 『동아일보』, 1938. 10. 2.

자는 놀이의 물질성을 강조하여 동일어의 반복을 부추긴다. 양자가 복합적으로 대립하며 갈등을 조성하고 웃음을 야기하는바, 그것은 "말의 희극적 반복에는 일반적으로 두 가지 요소가 대치하고 있는바, 그 하나는 용수철처럼 다시 풀어지려는 억눌린 감정이며, 또 다른 하나는 그 감정을 다시 억압하는 것을 즐기려는 생각"[34]이라는 주장에 부합한다. 웃음은 반복적이고 상투적인 대화를 통해서도 자아낼 수 있는 것이다.

인용한 작품에 두 주인공은 친구지만, 이름에서 짐작 가능하듯이 출신이 다르다. 달리기 같은 놀이에서는 있는 집 아이가 지기 마련이다. 노양근은 이 점에 주목하여 상이한 가정환경에서 자란 두 아이를 등장시켜 경주를 시켰다. 그로서는 식민자본주의의 모순이 심화되면서 아이들에게까지 퍼져 가는 계층간의 위화감을 꾸짖기 위해서 작품을 착상한 듯하다. 그러나 식민지 원주민 소년들 사이에 대립하는 분위기를 조성하는 것보다는 화해하는 쪽으로 서사의 방향을 맞추어야 옳았다. 동화라는 갈래가 본디 그처럼 반목을 조장하는 일에 서툴 뿐더러, 시대적 형편으로 보아도 동족 간에 맞서는 형국은 모양새가 바람직스럽지 못하다. 그조차 계급문학에 가담하지 않은 터에, 농촌 태생의 작가가 빠지기 쉬운 상투적 발상으로 서사를 이끌어가는 것은 만족스럽지 않다. 그러한 사례는 그의 다른 동화 「네 발 자전거 (1~7)」(『동아일보』, 1939. 12. 11~18)에서도 반복된다.

　　명수는 형님을 보자마자
　　『형! 이거 봐.』
　　목소리를 떨며 피 흐르는 손을 그 형 앞에 쑥 내밀엇습니다.
　　그 형은 너무 갑재기 어찌 된 일인지를 몰라서 명수의 손을 잠간 동안 들여

---

34 Henri Bergson, 앞의 책, 67쪽.

다보더니 명수가 깍다가 버려둔 거기 흩어저 잇는 널빤지쪽들이며 칼, 망치, 톱 이런 것들을 휘휘 둘러보고서는 곧 알아챈 듯이

『너 깍둑질하댓구나.』

하고는 얼른 헌겁조각을 찾어다가 명수의 손구락을 처매주엇습니다.

손구락을 다 처매고 난 명수는

『형! 나 세발자전거 맨들 테야.』

금세 아무러치도 안은 것처럼 말햇습니다.[35]

　이 작품은 아버지가 어제 새로 사다 준 세발자전거를 자랑하는 옥남이가 부러운 명수의 이야기이다. 명수는 '어머니는 기름 팔러다니고 형은 매일 공장에 다니고 그리고 명수는 매일 혼자 집을 지키'는 아이다. 그는 옥남이의 자전거를 한 번 타보려다가 우세를 당하고 나무궤짝으로 자전거를 직접 만들 궁리를 한다. 이런 작품의 계열에 속하는 동화가 그의 신춘문예 당선작 「날아다니는 사람」이다. 노양근은 현실적 난관을 극복하기 위한 방편으로 곧잘 엉뚱한 상상력을 발휘한다. 위 작품에서 가정 형편 때문에 세발자전거를 탈 수 없는 옥남이가 나무를 이용하여 자전거를 만든다는 착상이 보기이다. 그로서는 물질적 조건에 주눅들지 않는 건강한 아이의 모델을 제시하고 싶었을 테지만, 인물의 건강성은 그와 같은 임시조치로 담보되는 것이 아니다. 그보다는 인물이 갈등 사태를 해결하는 장면에서 합리적이고 현실적인 방안을 내세워 상대를 설득하고, 나아가 서사적 상황을 반전시키는 편이 타당성을 획득하기 쉽다.

　동화 「키다리 팽이」(『동아일보』, 1938. 11. 1)는 홍수와 문구가 팽이치기 시합을 하는 얘기이다. 둘은 '뽀족하고 조고만 팽이 - 뚱뚱보 팽이 - 알락달락한 꽃팽이 - 키다리팽이'를 차례로 만들어서 지지 않으려고 용쓴

---

35 노양근, 「네발 자전거」(6), 『동아일보』, 1939. 12. 17.

다. 이 장면은 아이들에게 만연한 시기심을 불러일으키기에 전형적이다. 시기심은 아이들 간의 경쟁을 유발하는 촉매이다. 경쟁은 상호간의 위계를 반영하여 시기심의 바탕 위에서 전개되며, 그 점에서 "시기할 수 있다는 것은 불평등이 존재한다는 의미"[36]를 내포하고 있다. 경쟁은 평등하지 않은 조건을 척결하기 위해 벌이는 소위 '인정투쟁'이다. 그것은 아이들 사이의 우정을 결속시키는 계기이기도 하지만, 상대에 대한 지배와 복종의 사회적 관계를 내면화하기도 한다. 노양근의 동화 「수수 께끼」(『동아일보』, 1938. 11. 25)도 이 계열에 속한다. 바우와 아저씨의 수수께끼 놀이란, 결국 언어능력의 발달을 도모하면서 지지 않으려는 오기가 발동하는 순간의 연속이다. 이처럼 놀이는 양가적이다. 그 말은 놀이가 초래하는 웃음이 양가적이고 다층적일 수 있다는 의미를 동반한다. 그러므로 작가는 웃음조차 미적 효과를 고려하며 장치하는 의무를 다해야 한다.

이런 견지에서 노양근의 동화 「동생을 찾으러 (1~4)」(『동아일보』, 1938. 10. 25~28)는 어른에 의해 주도적으로 웃음을 유발하고 있어서 특이하다. 어른은 작가를 대신하여 등장하는 아이들에게 웃음을 재촉한다. 이 작품은 히련이는 히택이를 업고 히동이와 함께 남서방네 밤을 주으러 갔다가 벌어진 해프닝이다. 히택이를 밤나무 밑에 두고 밤을 따던 히련이는 남서방이 나타나자 동생을 둔 채 아이들과 달아난다. 뒤늦게 동생이 없는 줄 알아차린 히련이는 '내중엔 삼수갑산(三水甲山)을 간대두 우선 그러케 발버둥치며 오겟다고 하는 히택이를 남서방네헌테서 뺏어 오구야 말 생각'에 남서방네 댁에 간다. 남서방 내외는 히련이를 희롱하며 도처에 웃음을 마련하다가 '초봄에 논배미에서 울어대는 개구리떼처럼 요란스럽게' 우는 남매를 돌려보낸다. 그 울음 속에서 히련이는 동생을

36 Rolf Haubl, 이미옥 역, 『시기심』, 에코리브르, 2009, 298쪽.

건사할 책임감을 갖게 될 터이다. 이 작품에서 놀이는 웃음과 울음을 동시에 수반하는 데 기여한다. 히련이가 자아내는 희비의 장면은 놀이가 지닌 양가적 속성을 여지없이 드러낸다.

동화 「배뚱뚱이 (상~하)」(『동아일보』, 1938. 10. 10~11)는 거짓말하다가 배탈 난 이야기이다. 게으름뱅이 병욱이 아저씨에게 추석맞이 송편을 갖다 드리라는 어머니의 심부름을 하던 중에, 송편을 하나둘 빼먹고는 천연덕스럽게 '엄마가 조금 갓다 드리래요'라고 말한다. 병욱에게 아주머니는 녹두빈자를 먹으라고 한 접시 차려준다. 병욱은 그마저 다 먹고 배탈이 나고서야 '너무 만히 먹으면 탈이 난대지'라며 후회한다. 이 대목은 노양근의 주제 설정 방식을 요연하게 보여주고도 남는다. 그는 주제를 배면에 장치하고서 시치미를 뗀다. 이런 방식은 습자 시간에 금순이는 정애가 팔꿈치를 건드리는 바람에 '『깊은 가을』이라고 할 『깊』자에 점이 하나 더 찍혀서 『깊은 가을』'을 썼다가 선생님과 친구들로부터 우세를 사고, 학교가 파한 후에 친구의 꾐에 빠져 둘이 이마를 부딪쳐 이마에 혹이 생긴 후 전과 같이 정다워진다는 동화 「혹 (상~하)」(『동아일보』, 1938. 11. 7~8)이나, 심부름의 댓가를 습관적으로 바라는 영득의 행태를 바로잡으려고 영득이처럼 메모를 이용해 양육비를 요구하는 부모의 이야기를 다룬 동화 「심부름값 (상~하)」(『동아일보』, 1939. 10. 19~21)에서도 확인할 수 있다. 노양근의 교묘한 설정에 인물들은 문제 사태에 진입하게 되고, 나중에야 사태의 전말을 깨달으며 웃음은 만발하고, 작품의 교훈성은 장애없이 성취된다. 이러한 방식은 그의 동화적 능력을 증명하기에 남을 뿐더러, 다른 작가들에 비해 고평되는 근거가 된다.

3) 사랑의 나눔 방식

일제에 의한 강점은 식민지민들의 고향을 앗아갔다. 그들은 외인들에게 자신들의 삶터를 빼앗긴 채 유랑의 길을 떠나거나 도시 빈민층으로 편입되었다. 그들의 아픔은 악순환을 불러일으키어 계급의 재생산을 재촉하였고, 식민지 사회는 가지지 못한 자와 못 배운 자들을 배제하면서 신분을 개편하였다. 그 와중에서 무산자들은 전근대의 유산으로 무시당한다. 그들은 고향을 떠난 슬픔과 사회적 냉대 속에서 식민지의 온갖 모순을 온몸으로 감당하기에 이른다. 그러므로 그들의 비극적 삶에 주목하는 것은 사회의 단면을 묘사하려는 작가의식의 발로에 다름 아니다. 그런 의식적 발화를 통해서 문학은 사회적 공기로서의 역할을 수행하게 되고, 자신의 존재 이유를 증명하게 된다. 하지만 그것이 동화에서 다루어질 경우에는 장르적 속성에 부합되지 않으면 안 된다.

노양근의 동화 「물방아는 돌건만」은 순정이와 영감님을 등장시켜 조손간의 화해를 다루면서 세대를 뛰어넘는 우정을 그린 작품이다. 그는 이 작품에서 전후 세대를 대표하는 인물을 등장시키고, 작품의 배면에는 식민지 근대화의 물결 속에서 궤멸되어 가는 전래의 문물을 장치하고 있다. 그의 정치한 구조 설정에 따라 인물의 행동은 각 세대를 대변하는 동시에, 식민지 이전과 이후를 대비시켜주기에 충분하다. 그것을 일러서 잃어버린 고향에 대한 향수라고 칭해도 과히 틀리지 않을 뿐더러, 하위 영역에 어울리는 배경을 설정하여 은근히 민족의식을 드러내었다. 하나는 노래의 바뀜이고, 다른 하나는 고전의 읽힘이며, 또 다른 하나는 문명의 대립이다. 전자는 작품의 도입부에서 순정이가 영감님에게 방아 찧으며 부르는 노래를 알려주면서 언표화된다.

방아 방아야
핑글 핑글
돌아라.
네가 돌면

쌀이 나고
쌀이 나면
밥이 된다.
밥이 되면
아빠 엄마
언니 누나
둘러 앉어
얌얌 얌얌
둘러 앉어
얌얌 얌얌.[37]

  이 노래를 부르는 '허리가 굽고 머리에는 흰 머리털이 보이고 턱 밑에
는 흰 수염이 히끗히끗한' 영감님은 '손주만 없는 것이 아니라 아들도
없고 딸도 없고 마누라님도 없고 식구라곤 다만 자기 한 몸뿐'이다. 그
의 외로운 처지는 할아버지가 없는 순정이와 친근해지도록 설정된 것이
다. 그에 따라 그는 순정이를 친손녀처럼 귀여워한다. 순정이 역시 그를
친할아버지인 양 생각한다. 영감님은 이 노래를 알기 전까지 '남대천 흐
르는물에/쿵더쿵 쿵더쿵/에헤라 방아로구나/에라, 욱여-라 방아로구
나'라는 방아타령을 불렀다. 말하자면 그의 노래는 전승되는 민요이고,
순정이의 노래는 신식 노래이다. 학교라는 이데올로기 조장 기관에서
노래를 가르치게 되면서 구전민요는 폐기의 대상으로 전락한다. 이런
측면에서 그것이 새 세대를 대표하는 순정이가 할아버지에게 한 수 가
르쳐주는 방식으로 서술되었다는 점은 시사적이다. 구시대의 유산은 언
제나 신문물에 의해 자취도 없이 사라지고 만다. 도도하게 침류하는 신

---

37 노양근, 「물방아는 돌건만」 (1), 『동아일보』, 1939. 2. 11.

식 가요의 내습에 무기력하게 반응하는 할아버지의 모습에서 세대의 계승과 문물의 각축 현상을 뚜렷이 확인할 수 있다.

그와 같은 예는 노양근의 다른 동화 「난 못 봤는데」(『동아일보』, 1938. 11. 6)에서도 반복된다. 단지 다른 점은 과학적 지식의 출현이다. 어머니는 단풍이 드는 이치를 모르는 연구에게 하늘에서 물감이 내려와서 물드는 것이라고 가르쳐준다. 그러나 연구는 하늘의 물감을 보지 못해 '난 못 봤는데'를 외치며 이과 수업을 잘 듣게 된다. 하나의 자연현상을 두고 세대간에 편차를 드러내는 것이다. 어머니의 인식 태도는 비형식적으로 전승된 영감님의 노래와 동열에 놓이며 비과학적 방식으로 각하된다. 과학 지식은 근대계몽기부터 한국 사회를 요란하게 급습하였다. 그 와중에서 지배층에 속한 유림들은 개화와 수구로 갈렸거니와, 신지식의 등장은 기존의 지식을 일거에 소거해버리고 세력의 교체를 수반한다. 그 시대의 과학은 진화론으로 집약되는바, 이것은 사회의 전 부면을 장악하고 담론층의 분열과 세력다툼을 유발하였다. 이런 판국을 배경으로 장치한 노양근은 할아버지의 노래와 이야기를 통해서 전래적 덕목의 세대간 승계 문제를 행간에 삽입한다. 더욱이 그의 노력은 '이야기 듣기'의 방식으로 진행되었다는 점에서, 아비 세대의 부재에도 불구하고 세대를 잇는 가상한 모습으로 구현되었다.

『너 저번에 허든 이얘기 마자 듣겟니?』

하고 궤짝문을 덜그렁 열더니 이번엔 겉장이 다 뜯어진 노라케 겉은 헌책을 꺼냈습니다.

영감님은 이야기하시는 것을 퍽 조하하십니다. 그래서 순정이를 만나면 틈 잇는대로 이야기를 하십니다.

순정이도 이야기 듣기를 조하하므로 영감님의 이야기를 잘 듣습니다.

순성이가 웅부 놀부 이야기, 심청이 이야기, 호랑이 이야기, 상수(椋肺) 이야기―이런 이야기를 다 잘 아는 것은 모두 영감님에게서 들은 것입니다.

그러나 어떤 때는 영감님이 너무 열심히 이야기를 하시노라고 순정이가 잘 알아듣지 못할 이야기를 하실 때도 잇습니다.

『저번에 어디까지 이얘길 허다 말엇나?』

『왜 저, 충렬이가 골이 나서 말을 타고 나갓지오.』

『그러치 그러치! 내 정신 보아.』

『그래 어떠케 됏서요, 할아버지?』

『그래서 충렬이가 말을 몰아 적진 중으로 막 뛰어 들어갓지.』

『적진이 무어유?』

『웅, 적진은 저편놈덜이다.』

『그래서요?』

『적진 중에 뛰어들어 한담이란 눔을 한칼에 목아질 잘라버렷다.』

영감님은 앞에 노힌 담뱃대를 처들어 공중을 후려치며 말햇습니다. 이것은 충렬의 이얘기를 할 때면 영감님이 늘 하는 버릇입니다. 영감님이 궤짝 속에서 꺼낸 것은 『유충렬전』이란 옛날 얘기책입니다.[38]

영감님은 '겉장이 다 뜯어진 노라케 걸은 헌책'을 소중히 여긴다. 그는 누가 곡식을 싣고 왔다가 집어갈지도 몰라 궤짝 속에 보관한다. 그는 혼자 있을 때마다 이 책을 꺼내보며 읽기를 즐기는 편이다. 그가 말하는 책은 『유충렬전』이다. 다들 알다시피, 이 작품은 『조웅전』과 더불어 조선 후기의 군담소설을 대표한다. 문학사적으로는 동명왕 신화를 잇고 있으며, 그 흔적은 애국계몽기의 『혈의 누』에까지 미치고 있다. 노양근이 이 작품을 호명한 이유인즉, 외족에 강점당한 시대 상황에 있을 것이다. 그것은 노인에 의해 되풀이 거명된다는 점만 보아도 금세 짐작할 수

---

38 노양근, 「물방아는 돌건만」 (3), 『동아일보』, 1939. 2. 15.

있다. 당시 식민지 원주민들이 신문에 연재되던 『임꺽정』의 연재에 환호했던 것만 보아도, 유충렬 같은 절세의 영웅이 출현하기를 바라기는 작가에 한정된 것이 아닐 터이다. 노양근은 영웅이 나타나기를 간구하는 침묵하는 다수의 원을 좇아 이 대목을 삽입했을 것이다. 하지만 그의 소년소설 『열세 동무』에서 문제시된 영웅적 성격과 달리, 이 작품에서는 서사의 배경으로만 국한하고 있다. 그의 노력은 소년소설과 다르게 성공적이다. 그것은 그가 할아버지 세대와 손녀 세대의 문화적 계승과 화해라는 주제의식을 잊지 않아서 획득할 수 있었던 가외의 소득이다.

영감님은 순정에게 옛날이야기를 해주는 대신에, 순정은 학교에서 배운 내용을 알려준다. 순정은 영감님에게 비행기 나는 법이나 비 오는 원리 등을 들려준다. 영감님은 하늘의 용이 비를 내리게 한다고 우기면서도 다소곳하게 순정의 설명을 받아들인다. 그러던 어느 날, 이웃마을에 발동기 돌아가는 소리가 들리면서 방아 찌으러 오는 사람들이 줄어들고 만다. 이에 순정은 목수 아버지를 동원하여 사태를 진정시키며 적극적으로 대응한다. 그녀의 행동은 소학생답지 않을 정도로 성숙한 것이 흠결이다. 이러한 단점은 그의 소년소설에 빈번하게 표출되는 영웅적 자질과 상통한다. 그렇지만 이 작품에서는 서사의 전개에 크게 영향을 미치는 것은 아니고, 일제에 의해 주도된 근대화의 그늘을 드러내는 일에 어울리기에 나무랄 만큼 큰 과오는 아니다. 이런 점을 보면, 노양근은 소년소설보다는 동화에서 성취수준을 높인 작가로 분류해야 맞다.

그날부터 물방아는 여전히 핑글핑글 돌아갑니다. 해빛에 빛어 번쩍거리며 찌쿵찌쿵 돌아갑니다. 쿵당쿵당 소리 대신에 돌, 돌, 돌 소리가 내신 나기는 하지만.

발동기를 쓰면 거기 휘발유(揮發油)가 만히 들어가 미천이 만히 먹게 되는데 영감님네 방아는 미천이 들지 안흐니까 방앗세를 읍의 사람들보다도 더 싸게 받을 수가 잇엇습니다.

그리구보니까 읍의 기게방아 사람들은 그 이튿날은 모두 짐을 떠싯고 어디 론지 달아나버렷습니다.

방아는 돌아갑니다. 영감님네 방아는 쉴새없이 돌아갑니다.

영감님은 다시 기쁜 낯으로 일어나 열심히 일을 하기 시작햇습니다. 다시 방 아노래도 들려왓습니다. 영감님은 분주해젓습니다. 그 모양을 보고 순정이는 기뻔 견딜 수가 없엇습니다.

그러나 그것도 잠깐.

방아를 다시 찟기 시작한 그 댐댐날. 영감님은 또다시 자리에 누엇습니다.

며칠 전에 걸린 감기가 아주 낫기 전에 또 일어나서 분주히 일을 하시기 때 문에 병이 더친 것입니다.

할아버지는 이때까지 별로 몹시 앓어본 일이 없으나 인젠 그만 해도 할아버 지의 나이도 만코 몸이 만히 약해젓으니까 조곰만 해도 자리에 눕습니다.

이 날은 순정이는 특히 즈이 반 담인 선생님과 함께 이 물방아깐 구경을 왓 습니다.

순정이가 선생님께 물방아깐 자랑을 굉장히 떠들엇기 때문에 선생님도 산보 겸 물방아 구경을 온 것입니다.

그러나 방아는 돌건만 영감님은 누어 잇지 안습니까?

순정이는 핑글핑글 돌아가는 방아를 물끄럼이 바라보며 서서

『방아는 도는데…….』

하고 혼자 생각하다가 그만 눈물이 쑥 쏟아질려구 하는 것을 억지로 참고

『어서 할아버지가 나어서 또 방아노래를 부르며 일을 하세야지!』

하고 푸른 하늘을 치어다보앗습니다. 푸른 하늘 우에는 누군지 꼭 할아버지 를 어서 낫게 하실 양반이 게실 것만 같엇든 것입니다.[39]

---

39 노양근, 「물방아는 돌건만」 (8), 『동아일보』, 1939. 3. 1.

작가는 물방앗간이 근대화에 따라 들어온 기계방앗간에 밀리는 대목을 순차적으로 묘사한다. 그런 측면에서 이 작품은 이태준의 「돌다리」 (『국민문학』, 1943. 1: 원제 「石橋」)와 유사하다. 다른 점이 있다면, 이 작품에서는 구문물이 신문물을 구축한 점이다. 인용문에서 확인할 수 있듯이, 순정의 노력에 의해 '읍의 기계방아 사람들은 그 이튿날은 모두 짐을 떠싯고 어디론지' 떠난다. 그렇지만 틈에서 새어나오는 방앗소리는 앞날이 순탄치 않다는 예상을 암시하고 있다. 그것은 영감님의 물방아가 '쿵당쿵당 소리 대신에 돌, 돌, 돌 소리'를 내며 돌아간다는 사실이다. 짐작한 것처럼 '쿵당쿵당'이 역동적이고 현재적 위치를 강조하는 소리라면, 그에 비해 '돌, 돌, 돌'은 무력하게 앞으로 굴러가는 소리이다. 이처럼 노양근은 소리를 내세워 식민지 근대화의 진행 상황을 보고하고 있다. 소리는 속력을 수반한다. 속력은 양감을 자아내는 일에 동원된다. 속력이 수반하는 소리에 따라 전근대의 시간은 사상되고, 그 자리에는 근대의 시간의식이 자리잡는다. 소리가 신식 문물을 데리고 오는 법이다. 그것은 교통수단이라고 해서 예외가 아니었다.

　그들은 그들의 말과 같이 둘 다 똑같이 인력거 끄는 아버지를 둔 아들들이엇습니다. 그들의 집은 철송읍이라고 하는데 잇는데 이 읍내에도 얼마 전까지는 볼 수 없던 자동차가 드러온 후에는 인력거 끄는 사람들의 버리가 퍽 줄어들게 되어서 준식이와 동선의 아버지도 하로종일 번대도 몇 푼씩 벌지 못할 뿐만 아니라 또 어떤 날은 도모지 벌지 못하는 날도 잇엇습니다.
　그러니 어떠케 준식이와 동선네는 살아갈 수가 잇엇겟습니까? 어떤 때는 끼니를 굶는 때도 가끔 잇엇습니다. 그러나 그 부모님들이 준식이와 동선이를 학교에 보내주시는 것만은 얼마나 감사한 일인지 몰랏습니다.
　이날도 눈이 아츰 일즉부터 오니까 버리가 좀 될가 하고 과연 준식의 아버지와 농선의 아버지는 인력거를 끌고 아츰 아홉시 차에 나리는 손님을 마지러 성

거장에 나간 것이엇습니다.[40]

준식이와 동선이는 인력거를 끄는 아버지를 둔 소년이다. 둘은 월사금으로 인해 곤욕을 치루는 등, 경제적 상황이 유사한 탓에 동류의식을 공유하는 사이다. 학비 납부를 둘러싸고 가난한 현실이 드러나는 것은 특이하지 않다. 그러나 이 작품은 아버지들이 살아가는 모습을 원경으로 배치하여 식민지 근대의 처연한 모습을 사실적으로 드러낸다. 소년들이 월사금의 압박을 받게 된 배후에는 '얼마 전까지는 볼 수 없던 자동차가 드러온 후에는 인력거 끄는 사람들의 버리가 퍽 줄어들게' 된 탓이다. 이러한 현상은 이익상의 소설 「생을 구하는 마음」(『신생활』, 1922. 9)이나 현진건의 소설 「운수 좋은 날」(『개벽』, 1924. 6) 등에 등장한 인력거꾼의 비참한 일상을 통해서 확인할 수 있는 바와 같이, 식민지 사회의 도처에 만연되어 있었다. 그것은 단순히 교통수단의 교체에 그치는 것이 아니라, 계급의 재편성을 재촉하는 요인으로 작용한다는 점에서 간과할 일이 아니다. 그런 줄 안 작가들은 근대의 교통수단으로 도입된 자동차에 치어 인력거가 밀려나는 형국을 놓치지 않았다. 1903년 대한제국의 고종 황제가 의전용으로 포드자동차를 들여오면서 열린 자동차시대는 일제가 1908년 전주와 군산 사이에 최초의 포장도로인 전군도로를 개설하면서 식민지의 전역을 속도로 장악해버렸다. 이 시기의 모습은 "오오 高速度로疾走하는 自動車의敏馳―/오오 高速度로늘어가는 貧民窟의統計―"[41]라는 시편에서 극명하게 대조되었거니와, 식민지 원주민들의 계급적 분화를 최촉하면서 그들을 이질화시켰다.

노양근의 동화 「애기 물장수 (1~4)」(『동아일보』, 1939. 8. 29~9. 3)는 보기 드물게 1인칭 화자를 내세운 작품이다. 따라서 이 작품의 서사는 '나'의

---

40 노양근, 「눈 오는 날」 (2), 『동아일보』, 1934. 1. 14.
41 김해강, 「詛呪할봄이로다」, 『동아일보』, 1929. 4. 20.

심리 변화에 초점을 맞출 수밖에 없다. 노양근은 비가 오지 않아 공동수도가 말라버린 어느 마을에서 '언제 내가 커서 어른이 되면 나는 꼭 비 오게 하는 재주를 알아내야 말겠다'고 고민만 하는 '나'와 달리, 인선이는 자기 집의 물을 길어 이웃집에 날라주어 식수 문제를 해결해주는 '애기 물장수'이다. 범박하게 말하면, 작가는 이상적 '나'와 현실적 '인선'의 행동을 대비시키고 있다. 나이 어린 독자들이 감당하기에는 상당히 버거운 문제를 던져주고 있는 셈이다. 당시 경성에 소문이 자자했던 북청 물장수와 모티프상의 겹침을 인정하더라도, 작품이 수소문하고 있는 소년의 물리적 환경은 달라지지 않는다. 인선은 이름이 풍기는 부드러운 인상과 다르게 강인한 성격을 소지한 인물이다. 그의 행동은 자못 영웅적이기도 하다. 이 점은 노양근의 소년소설에서 자주 문제시되는 함정이다. 그는 영웅적 인물형을 앞세워 서사를 이끌어나가도록 지원함으로써, 도리어 서사의 방향을 잃어버리고 함정에 빠지고 만다. 그런 줄 인식했던지 그는 '나'를 등장시켜 인물의 객관적 관찰을 단행한다.

영감님네 대문밖엔 크고 적은 돌맹이들로 울퉁불퉁 뾰죽뾰죽 돌층대를 노핫는데 인선이가 물통을 들고 내뛰다가 아마 그 돌부리에 걸려 너머진 모양이다. 영감님이 물통을 받고 조하하는 것을 보고 인선이 마음도 딱 기뻣던 모양인지 그처럼 깡청깡청 내뛰다가 갑작스레 돌부리에 걸려 너머진 게다.

하여간 영감님과 나는 달려 나가 인선이를 안어 일으키고 먼지를 털어주고 다친 데나 없나 아래우를 훑어보았다. 아나나 갈가 인선이의 무릎에서 피가 두어 방울 주르르 흘러내린다.

무릎이 깨진 것이다. 나는 겁이 낫다.

어찌 햇스면 조흘지를 몰랏다. 영감님도 겁이 낫는지 허둥지둥 안으로 들어가더니 헌겁쪼각을 들고 나와 인선이 무릎을 정성스레 싸맷다. 그리고

『아쓰냐?! 아쓰냐?!』

자꾸 물으면서 가여운 듯이 인선이의 얼굴을 자꾸 쳐다보앗다.

『괜찬하요. 아무러치도 안하요.』

인선이는 정말 아무러치도 안흘 듯이 말햇다. 그러나 내가 가만히 보니까 인선의 눈에 눈물 흔적이 약간 잇는 것을 보면 꽤 아픈 모양이엇다.

그러면 인선이는 저러케 피가 나는데도 참는 것이 아닌가? 나는 다시 한 번 인선이 얼굴을 바라다보앗다. 그리고 생각햇다.

『정말 인선이는 우리 4학년에서, 아니 우리 학교에서 모범생이 될만하다.』고.

인선이는 다시 물통을 주어 들고 절둑절둑 걸엇다. 나는 할말이 없어서 잠자코 인선이 옆에 따라서서 걸엇다.[42]

'나'가 '정말 인선이는 우리 4학년에서, 아니 우리 학교에서 모범생이 될만하다'고 추인하는 것은 수치심의 비밀한 고백이다. 수치심은 "즉자존재로 전락했다는 것, 다시 말해서 나의 존재를 남에게 의존해야만 한다는 사실"[43]에서 생겨난다. 인간이 대자존재로서의 초월성을 상실하고 즉자적 존재로 머물러 있을 때, 수치심은 그의 가장 깊숙한 내면에서 솟아나온다. 수치심은 시선을 상대에게 뺏겨버리고, 상대의 발화나 행위에 굴복하는 순간에 발아한다. 그로 인해 그는 직면한 사태를 승인하지 않으면 안 되는 찰나에 내몰린다. 인용문에서 '할말이 없어서' 인선의 옆을 따라가는 '나'처럼, 수치심은 상대에게 우위를 점령당한 자의 슬픈 감정이다. 그런 까닭에 인선에 대한 '나'의 수치심은 행동의 광정을 수반할 것이다.

이런 측면에서 보면, 작가는 인선의 영웅적 행동을 따라가며 서사를 전개하고 있다. 환언하자면, 상황을 서술하고 있는 '나'야말로 작가의

---

42 노양근, 「애기 물장수」 (4), 『동아일보』, 1939. 9. 3.
43 박정자, 『시선은 권력이다』, 기파랑, 2008, 38쪽.

분신이다. '나'의 시선이 곧 작가의 그것인 셈이다. 그로서는 식민지 민중들이 스스로의 힘으로 난관을 타개하기를 바랐던 듯하다. 그런 바람은 장편소년소설 『열세 동무』의 주인공 시환이와 인선이의 행동이 유사하다는 사실에서도 유추 가능하다. 굳이 다른 점이 있다면, 시환이가 장편소설에 걸맞도록 여러 등장인물들과 함께 일을 해결하는 데 비해서 인선이는 홀로 처리한다는 점일 터이다. 그 점에서 둘은 노양근이 제시한 식민지 소년의 원형이라고 할 수 있다. 그것은 그가 현실의 변혁에 투신한 운동가가 아니라, 어린 소년들을 교화하는 교사 작가였던 사실로부터 유래한 것이다. 그런 탓에 작품에 나타나는 해결 방안들은 동의를 구하기 어렵다. 그로서는 작은 일부터 실행하면 식민지 사회의 문제점들이 해결되리라 기대했을 것이나, 외세에 의해 강제로 점령된 객관적 조건을 타파하지 못할 바에는 그의 바람은 애초부터 반민중적이다. 노양근의 동화들은 대부분 이처럼 현실수리적인 성향을 행간에 은닉하고 있어서 문제이다.

4) 식민지 현실의 수용

황해도의 궁벽한 시골에서 태어나 자란 노양근이 농촌에 관심을 갖는 것은 당연하다. 그의 작품들에 빈번히 설정되어 있는 농촌은 공간으로서의 의미는 물론, 식민지시대라는 특수한 시대적 조건에 어울리는 주제를 드러내기에 기여한다. 더군다나 그가 본격적으로 작품을 발표할 무렵은 카프가 문단을 주도하고 있었다. 당시 카프는 문학대중화론의 일환으로 농민문학에 논의를 집중하는 한편, 아동문학을 새로운 영지로 선정하여 공을 기울였다. 이런 문단 상황은 카프에 우호적이었던 그에게 필연적으로 영향을 끼치기 마련이었고, 그는 카프의 논리에 동조하면서 자신의 동화세계를 구축하기 시작하였다. 그의 동화에서 산견되는 빈농의 무산소년들은 계급의식을 선양하기보다는, 일종의 동반자적 작가의 자질을 현양하는 데 자족할 뿐이다. 이런 탓에 그는 "농촌 소년들이면 학교에 다니는 소년들이거나 못 다니는 소년들이거나 그 차이가 얼마 멀지 않은 만큼 다 같은 가난에 부대끼고 주림에 울며 괴로움에 시달리는 농촌의 가난한 농부들의 아들들로 태어난 이상 방학을 하고 학교를 쉬는 동안 일수록 애초부터 논밭과 산과 들에 나가 일하는 소년들과 꼭 같은 『고투』의 생활을 하는 것이 거짓 없는 사실"[44]을 수리하고, 그들을 형상화하는 데 집중될 수밖에 없었다.

노양근의 동화 「굴러가는 수박 (1~4)」(『동아일보』, 1939. 8. 7~11)은 '농촌의 가난한 농부들의 아들들로 태어난 이상 방학을 하고 학교를 쉬는 동안 일수록 애초부터 논밭과 산과 들에 나가 일하는 소년'의 '고투'를 그린 작품이다. 이 동화에서 작가는 길에 굴러가는 수박을 쫓아가는 옥순이의 해프닝을 다룬다. 그러나 속으로는 길거리에서 수박을 팔아 학비를 마련하지 않으면 안 되는 웅철이의 가난한 형편을 이면에 장치함으로써, 작가의 말하는 바를 은닉하고 있다. 그로 인해 이변이 조성한 웃음은 사라지고, 그 자리에 식민지 소년의 애환이 자리잡는다. 곧, 노양근의 소슬한 주제의식은 서사의 이중 구조에 힘입어 도드라진다. 더욱이 웅철이가 옥순이에게 수박을 건네주는 대목에 이르면, 작가의 서사 의도가 명료해지면서 작품은 결말을 향해 치닫는다. 노양근은 이처럼 식민지의 궁핍한 현실을 외면하지 않고, 거의 전작품에 가난한 소년들을 출현시키고 있다. 그것은 전적으로 그의 성장 배경과 생활환경에서 기인한 것일 터이나, 그 당시의 소년들이 당면했던 현실들을 방불케 하여 사실감을 획득하고 있다.

---

44 노양근, 「혹열과 싸우는 농촌 소년」, 『어린이』, 1932. 8.

웅철이는 올 여름방학 동안에 수박장수를 한다. 집이 어려우니까 방학 동안에 돈 좀 벌어 가지고 개학 때 책도 사고 연필도 사고 할 량으로 수박장수를 한다. 얼마 아니 되는 미천(돈)을 가지고 수박장수를 하노라고 웅철이 앞에는 수박이 그리 만치 못하다. 웅철이는 한참 가만히 서서 옥순이를 가여운 듯이 바라보더니 지가 수박 팔던 자리로 얼른 뛰어가서 아까 옥순이가 떨군 수박과 비슷한 수박을 한 개 안고 옥순이에게로 껑충껑충 뛰어와서 옥순이의 두 손에 들려준다. 그러나 옥순이는 받지 안흐려고 몸을 흔든다. 그래도 웅철이는 기어코 옥순이에게 수박을 들려 주고야 말려고 한다.

옥순이는 한없이 고맙기는 하나 웅철이의 수박을 어쩐지 그냥 받고 싶진 안흔 게다. 그래 될 수 잇는대로 받지 안흐려고 한다.[45]

웅철이는 그는 '방학 동안에 돈 좀 벌어 가지고 개학 때 책도 사고 연필도 사고 할 량으로' 수박장사를 시작한다. 이 무렵 식민지의 경제 상황은 악화되고 있었다. 1929년의 전세계적인 공황의 여파를 식민지에 전가한 일제는 1937년 중일전쟁을 일으켜 식민지 원주민들에게 고통을 가중시켰다. 웅철이는 온전히 부모의 형편 때문에 방학 중에도 노점상을 마다하지 않는 것이다. 그와 같이 소년들은 그 여진을 넘겨받아 생활전선에 내몰렸다. 노양근은 시대의 형편을 굴절없이 수용하고 나서, 웅철이의 따뜻한 인정이 돋아보이도록 서사를 진행하고 있다. 그에 따라 객관적 정세는 원경으로 처리되고, 두 아이의 우정이 전경화되었다. 이 점은 작가가 동화의 본질을 존중하고 있었던 줄 알게 해주는 신표이다. 그것은 수박을 거져 주려는 웅철과 그의 사정을 알기에 받지 않으려는 옥순의 승강이가 계속될수록 증대되는 우정을 돋보이도록 만든다. 동시에 그것은 두 사람의 빈궁한 가정형편을 고스란히 드러내는 데 기여한다.

---

45 노양근, 「굴러가는 수박」(4), 『동아일보』, 1939. 8. 11.

농민들의 빈농 현상은 일제의 강점 즉후부터 촉진되어 왔기에, 농민들은 경제적 궁핍과 함께 일용할 양식조차 구하지 못할 정도로 피폐한 삶을 이어나가고 있었다. 식민지의 농촌은 일제의 농업정책이 발표될 때마다 해체를 가속화하였다. 일제에 의해 착수된 1910년대의 토지조사사업, 1920년대의 산미증산계획, 1930년대의 농촌진흥운동, 1940년에 시작된 공출제도 등은 식민지의 농업 생산 기반을 온통 앗아가 버렸다. 그 와중에 일제는 1931년의 만주사변과 1937년의 중일전쟁 등을 일으키면서 한반도를 병참기지화하고, 본토의 농업생산기지로 전락시켰다. 이러한 일련의 식민농업정책으로 농민들의 빈궁화는 빠르게 진행되어 산속이나 이역의 노동시장을 찾아 삶터를 떠났다. 그리하여 1928년말 화전민은 전국적으로 120만 명에 달했고, 1930년대에는 만주 지방에 백만 명, 연해주 지방에 50만 명 이상이 거주하였으며, 1939년에 경성에는 2만 명의 토막민이 비참하게 살고 있었다.[46] 노양근의 동화 「울지마라 순남아」는 그 무렵의 사회상을 반영한 작품이다.

『울지 마라, 순남아. 우리가 갓다가 인제 또 살어올지 아니? 그리고 씩씩한 사람은 조꼬만 일엔 울지 안는다구 저번에두 내가 이야기해 준 것을 잊어버렷니?』

하구 말햇습니다.

그 말에 순남이는 얼른 눈물을 손등으로 벅벅 씻고 아무러치도 안은 듯이 물엇습니다.

『언제 또 와?』

『글세…….』

그 동안 벌서 이사짐과 사람들은 골목 밖에서도 저만침 멀어집니다.

46 강만길, 『한국현대사』, 창작과비평사, 1985, 100~102쪽.

정동이와 정동이 형님은 골목 밖에까지 거진 나가서는 손을 번쩍 들엇습니다. 잘 잇으라는 뜻이지오. 그때 순남이는 또 눈물이 푹 쏟아질려구 하는 것을 조금 전에 정동이 형님이

『울지마라, 순남아. 씩씩한 사람은 울지 안는단다.』

하고 일러주든 말이 생각나서 꾹 참고 저두 손을 번쩍 들엇습니다.

잘 가라는 뜻이지오.

잘 가서 잘 되거던…… 조혼 때가 되거던…… 또 오라는 뜻이지오. 또 와서 앞뒷집에서 살며 정답게 놀자는 뜻이지오.[47]

노양근은 작품의 전면에 빈농현상을 서술하지 않았다. 그러나 두 소년의 헤어지는 이유를 볼 양이면, 먹고살기 힘들어 떠나는 줄 금세 알 수 있다. 외적으로 보아서 이 동화는 친구 사이의 이별을 다룬 여느 작품과 다르지 않다. 그렇지만 앞서 언급한 사정을 염두에 두면 이야기는 달라진다. 이 시기에는 고향을 떠나는 유이민들의 행렬이 줄을 이었다. 그들은 식민지의 경제가 전쟁 국면에 접어들면서 악화일로에 놓이자 호구할 목적으로 솔가하여 만주 등지의 낯선 땅을 찾아 떠났다. 그들은 토착 지주의 횡포와 일제의 비호를 받는 동양척식회사 따위의 일본 회사가 저지르는 만행을 견디지 못한 무리들이다. 노양근이 근무했던 강원도 철원군 일대에는 일본의 불이흥업주식회사가 무려 8천8백여 정보를 점유하고 있었다. 이 회사는 전국에 걸쳐 거대한 농지를 소유하고 숱한 불법을 자행하여 도처에서 쟁의가 속출하고 있었다. 그와 같은 농촌의 현실을 목도한 노양근은 동화의 장르적 특성에 알맞도록 각종 서사 상황을 조정하고 있다.

정동이와 순남이는 앞뒷집에 살고 있다. 어느 날 정동이가 가정 형편

---

47 노양근, 「울지마라 순남아」, 『동아일보』, 1940. 8. 11.

으로 먼 시골로 이사하게 되면서 둘은 헤어지게 된다. 정동이는 우는 순남에게 '씩씩한 사람은 조꼬만 일엔 울지 안는다'고 제법 어른처럼 말하고 있으나, 그 속은 말하지 않아도 슬픔범벅이다. 작가는 정동이 형까지 동원하여 윗말을 되풀이하며 헤어지는 장면이 눈물마당으로 변하는 걸 제어한다. 다만 '조흔 때가 되거던…… 또 오라'는 말로 이야기의 대단원을 마무리할 뿐이다. 작가는 소년들이 도저히 감당할 수 없는 물리적 환경을 조정할 수 없어서 할말을 잃어버린 것이다. 설령 그들에게 차후의 만남을 예비시켜 둔다고 해도 이루어지기 난망할 뿐더러, 나아가 기약없는 불확실한 미래의 전망을 제시하기에도 현실적 조건이 용납하지 않았기에 사실성을 담보할 수 없었다. 이런 줄 안 작가는 앞이 보이지 않는 현실상황을 말없음표의 반복으로 은유하고 있는 것이다.

노양근의 동화「비 오는 날」은 냉면집 배달부로 있는 억진이의 비참한 처지를 다룬 작품이다. 어느 폭우가 내리던 날에 억진이는 금강상회에서 주문한 냉면 열 그릇을 배달하던 중에, 자동차를 피하려다가 자전거가 넘어지는 바람에 넘어지고 만다. 그 전에 억진이는 과자집과 식료품 상점의 점원으로 일하고, 누나는 제사공장에 다니며 어머니랑 근근이 살고 있었다. 그러다가 어머니가 병환으로 눕자 비싼 약값을 충당할 생각에 남매는 생각 끝에, 누나 억년이는 술집에 몸을 팔아 돈 150원을 변통해서 어머니를 입원시키고, 억진이는 2년 동안 열심히 일해 그 돈을 벌어 누나를 빼오기로 약조하고 냉면집에 취직한 근로소년이다. 남매의 효성에도 불구하고 어머니는 죽고, 애꿎은 남매는 나뉜 채 살아가고 있던 중에 사고가 난 것이다. 자동차는 달아나고 냉면값 2원을 변상해줄 책임에 억진이는 억장이 무너진다.

한참만에 억진이는 국수그릇을 목판에 담아서 들고 힘업시 자전거를 끌고 주인집으로 도라오는 길인데 아까 가튼 자동차가 벌서 도라오는 길인지 쏘다시

달려오드니 갑자기 억진이의 압헤 우쑥 멈춧다.

억진이는 밉살스러워 자동차를 잔쑥 흘겨보며 한편 엽흐로 비켜 갈려고 하는데 누군지 자동차 안으로부터 『억진아!』 하고 부르는 소리가 낫다. 그것은 쑷박게도 그 누님 억년의 목소리엇다.

억년이는 자동차에서 불이나케 나리드니

『정말 너엿섯구나! 어쩐지 얘길 드르니 드럴사 하드라.』

하고 쩔리는 소리로 말하면서 억진이의 손을 단단히 쥐엿다.

그 자동차가 바로 그 누님의 집으로 놀러가든 손님을 태웟섯는데 그 손님들이 하는 얘기를 듯고 그 누님은

『암만 해도 억진이야!』

하는 생각이 나서 자동차를 집어타고 대번에 달려온 것이엿다.

그 누님은 비단옷에 비를 줄줄 맛는 것도 상관치 안코 억진이의 손을 지고 한참이나 물그럼히 억진이를 바라보드니 어느덧 그 고흔 쌤 우에 구슬 갓흔 눈물이 주루루 흘러나렷다. 억진이도 아무 말을 못하고 울기만 하엿다.

그런데 억진이의 손을 잡엇든 그 누님의 손은 무엇인지 억진이의 손에다 넌 즛이 쥐여주더니 슬그먼이 노핫다. 그리고는

『억진아! 난 바빠서 곳 가야겟다.』

하고는 다시 자동차를 타고는 달려가 버렷다.[48]

국숫집 종업원으로 일하는 억진이와 기생으로 전락한 누나의 조우 장면이다. 다소 억지스럽고 작위적인 느낌이 들지만, 부모 없는 가정의 아이들이 자라던 당시의 곤궁한 형편을 형상화하느라 설정한 것이라 판단한다. 억진이는 누나가 준 금반지를 전당포에 맡긴 돈과 가욋돈을 얹어 국수값을 물어주고 나서 '더 정신을 차리고 부르전히 일해서 누님의 반

---

48 노양근, 「비 오는 날」, 『매일신보』, 1936. 7. 12.

지도 찾고 누님의 몸까지 차저서 우리도 부모님의 영혼을 위로하도록 잘 되여야 한다'고 다짐한다. 그러던 중에 비 오는 날 인용문의 사단이 벌어지고 말았다. 이러한 장면은 그의 동요 「심심한 대낮」에서 "비둘기 비둘기 산비둘기 꾹꾹꾹꾹꾹 힌 비둘기/산에서밥먹고 한나절운다 심심한대낮에 꾹꾹꾹운다//(후렴) 숲에서 밥먹는 산비둘기만 꾹꾹꾹 대낮에 심심해운다//언니는 산넘어 오백리가고 돈벌러서울로 오백리가고/누나는고개넘어 샘터에가고 때때옷 빨래하러 일터에가고"[49]라는 대목에서도 확인된다. 그는 비둘기가 심심해서 '꾹꾹꾹꾹꾹꾹' 우는 장면과 언니와 누나가 없는 화자의 외로운 처지를 이 작품에 담았다.

노양근이 1940년을 전후하여 발표한 작품들은 태작이 많다. 대부분 『아이생활』에 발표한 작품이 해당된다. 아마 이 시기에 그의 삶이 안정적이지 않았다는 증거일 텐데, 이 무렵에 그는 만주 등지를 유랑하며 생활한 것으로 보인다. 그의 유년동화 「연은 날아가고」(『아이생활』, 1937. 1)는 이웃에 사는 복남이와 수동이가 서로 지기 싫어한다. 그러던 어느 날 연날리기를 하다가 '정신이 번쩍 나서 연을 찾을 생각으로 냅다 뛰여 달아나다가 그만 둘이 담모퉁이서 딱 마주치면서 이마를 서로 사뭇 드리받았'다는 얘기이다. 그의 다른 동화 「절름바리」(『아이생활』, 1939. 5)는 만놈이가 다리를 잃게 된 이야기이다. 만놈이는 장난꾸러기로, 어느 날 길가에 세워둔 자동차를 보고 운전해 볼 요량으로 욕심을 냈다가 사고를 당한다. 그의 동화 「입 없는 선생님」(『아이생활』, 1939. 4)은 보통학교 2학년생 일화가 '아버지를 그릴가? 어머니를 그릴가? 누나를 그릴가? 동무를 그릴가? 아기를 그리가? 양복쟁이를 그릴가? 그도 저도 아니면 제 얼굴을 그릴가?' 망설이다가 끝내 '입 없는 선생님'을 그리고 만 해프닝이다. 그가 쓴 유년동화 「몰래 두고 간 선물」(『아이생활』, 1940. 1)은 새해

---

49 『동아일보』, 1940. 7. 14.

첫날 일어난 은애에게 동화책이 선물되고, 은애는 성탄절에 '샤푸펜실'을 영식에게 선물로 준 답물이다. 이 작품은 크리스마스에 선물을 받는 순남이 이야기를 취급한 동화 「싼타크로쓰와 순남이」(『아이생활』, 1940. 11)를 잇는다. 동화 「푸른 줄 · 붉은 줄」(『아이생활』, 1941. 1)은 섣달 그믐날 갑득이의 일기장을 훔쳐 본 동생 재득이가 '푸른 잉크 붉은 잉크로 되는대로 몇 군데 그어 놓은 것이 이상하게도 잘한 데는 푸른 줄이 그어지고 못한 데는 붉은 줄이 그어진 것'을 보고 갑득이가 새해에는 '좋은 일을 더 많이 해서 새해 일기에는 푸른 줄을 더 많이 맞도록 해야겠다'고 다짐하는 내용이다.

이처럼 이 시기에 발표된 작품들의 공통적인 특징은 주제의식을 표나게 앞세운 점이다. 이전의 작품에서 장처로 평가되던 것이 단점을 두드러지도록 돕고 있다. 그만치 노양근의 생활은 수기했던 듯하다. 그것은 동화 「끝없는 숨박곡질」(『아이생활』, 1940. 4)에서 보듯이, 그가 '그 담날 또 그 담날 오래 오래도록 오늘까지 햇님은 별님을 찾다가 잠이 들고 햇님이 잠든 동안엔 별님들은 등불을 켜 가지고 나왔다가 졸려서 집으로 들어가면 다시 햇님이 일어나 별님을 찾고 끝없는 숨박곡질이 계속'되는 환경에 노출되어 있었던 듯하다. 그가 이 무렵에 시조 「思鄕」에서 "울어도 갈수없는 가고픈 내故鄕"[50]을 그리워하였듯이, 불안정한 생활

---

50 노양근의 「思鄕」(『사해공론』(1936. 4)은 시조로, 盧洋兒라는 필명으로 발표되었다. 이 작품의 내용은 "내고장 四千餘里 깜아아득 하건만/떨치고 떠나온 옛터전 못잊어/꿈에도 오락가락하다 이한밤을 새우네//얄미운 개소리는 꿈마저 뺏어가고/코고는 어린애는 시름조차 없는데/無心한 달빛만밝어 찬웃음을 던지네//하늘은 낯선하늘 달은 예보든달/故鄕의 그님도 저달은 보올것을/쇠같은 마음이기를 아니녹고 어이리/거치른 胡地인들 꽃이야 없으랴만/어젯날 고은꿈이 이제다시 눈물이라/꽃두 꽃같지않어 쥐어뜯고 앉었네//울어서 간다하면 울어나보올것을/울어도 갈수없는 가고픈 내故鄕/차라리 다리팔걷고 새일터에 나가리"이다. 그런데 그는 1939년 1월 웅계사에서 창간한 『雄鷄』 제1호에 노양근으로 「思鄕」을 발표했다고 한다.(김학동, 『원전 확정과 작가론의 반성』, 새문사, 2006, 358쪽) 이에 『웅계』가 발굴되지 않아 두 작품이 동일 작품인지 여부는 유보하거니와, 그의 작품 서지에 관한 연구가 뒤따라야 할 것이다. 본래 이 작품은 『조선문단』 1936년 1월호에 처음 발표되었으며, 원문은 첫 연의 '四千餘里'가 '五千餘里'로 달라진 것 외에 위 작품과 같다. 그는 한 작품을 세 번 발표한 것이다.

이 그로 하여금 동화라는 원초적 장르에 현실적 국면을 담도록 견인한 셈이다.

3. 결론

한 작가에 대한 평가는 객관적이고 합리적인 논거에 의해 평가되어야 한다. 어느 작가도 문학사적 평가로부터 자유로울 수 없고, 또한 특정한 잣대에 의해 재단되지 않을 권리를 보장받는다. 이때 주의할 점은 문학사도 역사적 자질을 공유하므로, 공시적이고 통시적인 환경을 동시에 고려하며 진행해야 할 터이다. 노양근이 활발하게 작품을 발표하던 무렵은 카프에 의해 문단이 재편되고 있었다. 그의 작품들은 이와 같은 문단사적 상황과 연루되어 있다. 그의 작품들이 대부분 농촌을 배경으로 설정하고 있는 점은 일터나 출신지와 결부시킬 수도 있을 터이나, 카프가 대중화운동을 전개하면서 농민문학을 중시한 사실과 관련하여 논의되어야 소기의 성과를 도출하기에 용이하다. 그것은 동화의 천부적인 속성을 감안하더라도 달라지지 않는다.

노양근은 식민지 농촌의 궁핍한 현실을 제일의 환경으로 차용한다. 그러다 보니 등장하는 주인공들 역시 거개가 순박하고 공동체적 소양을 내면화하고 있다. 이런 인성을 지닌 인물들이기에, 그의 동화 속 소년들은 환경적 요인을 탓하지 않는다. 그들은 전래의 도덕률에 충실히 따르고, 주변 인물들과의 대립보다는 어울림을 지향한다. 그런 성격은 서사의 진행 과정에서 여실히 나타나는바, 노양근의 동화에는 심각한 갈등 국면이 조성되지 않는다. 도리어 인물들이 쉽게 화해하거나 주변의 요소에 쉬 동화된다. 이것은 그가 식민지 현실을 추수하여 작품 생산에 임했다는 결정적 증거들이다. 그는 동화를 통한 의제를 제시보다는, 이미 해결된 사태를 추인하는 태도를 보인다. 스스로 "만일 이 세상에 늘 가을철만 되는 곳이 있다면 나는 그곳을 찾아가서 일생을 지내고 싶다"[51]며 현실로부터 은일하고 싶은 바람을 표출할 정도로, 노양근은 빼어난 동화적 수완을 주저하며 발휘하였다. 그런 까닭에 그의 동화들은 도처에서 산견되는 탁월한 재능에 비해 심미적 성취를 확보하지 못하고 말았다. 이 점은 그의 태생적 한계로 보이며, 가끔 돌출되는 영웅형 인물들로 자신의 그것을 극복하려고 시도하였다. 그렇지만 영웅이란 동화의 장르에 어울리지 않는다. 차라리 그는 환상적 장면들을 수시로 설정하여 식민지 현실과 동화적 현실을 교직시킴으로써, 자신의 말하고자 하는 바를 달성하려고 노력해야 옳았다. 이 점을 미처 헤아리지 못한 그의 동화는 균제미를 확보하지 못하여 어정쩡한 소득을 거두어들이는 데 머물고 말았다.

---

[51] 노양근, 「가을 예찬」, 『아이생활』, 1943. 9.

'생활'동화의 실상과 허상
—이구조의 동화론

1. 서론

이구조(李龜祚, 1911~1942)는 지금까지 한국아동문학 연구사에서 드물게 논의된 작가이다. 그것은 무엇보다도 기존 한국문학사의 오류처럼, 명망가 위주의 논의들이 성행하는 연구 풍토에 기인한다. 그는 평남 강동군 원탄면에서 출생하였고, 연희전문학교 문과를 다녔다. 그가 1933년 아동의 기본 교양을 목적으로 출범한 조선아동예술연구회에 참가한 것을 보면, 아동문학뿐 아니라 문화 전반에 걸쳐 관심을 지녔던 듯하다. 그 덕분에 그는 아동문학에 관심을 갖고 영역을 확장하며 활동하던 1930년대 후반에 주목할 만한 작가의 반열에 올랐다. 그가 첫 창작집 『까치집』을 내놓자, 평단에서는 "처음에는 동요도 썼고 신시도 발표했고 그리고는 동화에 가장 능숙한 분 특히 창작동화에 천재를 가진 분이라는 것 그뿐만 아니라 신문이나 잡지에서 소년소설이라면 먼저 이구조 씨를 연상하게 되는 것 기중에도 장편에서 넓게 알려진 분"[1]이라고 호

---

1 정인섭, 「이구조 작 『까치집』을 읽고」, 『매일신보』, 1941. 1. 11.

평하였다.

그러나 그의 활동은 요절로 인해 계속되지 못하였고, 그로 인해 해방 후의 각종 논의에서 거론되지 못한 불운의 빌미가 되었다. 특히 그가 동화 「나무다리(竹橋) (1~4)」(『만선일보』, 1940. 8. 20~23)를 발표한 의문이 풀리지 않는다. 두루 알다시피, 『만선일보』는 1937년 『만몽일보』와 『간도일보』가 통합하여 출발했으며, 친일적 논조가 두드러진 신문이다. 이 신문의 편집 방침이 '만선일여'와 '오족협화'를 도모한 점은 만천하가 다 아는 사실이다. 그 덕분에 이 신문은 1938년부터 일제로부터 발간비를 지원받아 경성에 지사를 설치하였으며, 해방되기까지 만주 지방에서 나온 유일한 한글신문이었다. 이런 신문에 이구조가 동화를 게재한 사실로 추측해 보면, 그가 만주 지역에 체재했었거나 청탁을 받았을 것이다. 그 중에서 후자보다 전자의 가능성이 높다면, 그의 전기적 생애를 세밀하게 재구성하지 않으면 안 되는 이유가 된다.

이구조는 방정환이 주창하고 나서 아동문단에 지배적이었던 낭만주의적 아동관을 수정하려는 의지를 갖고 있었다. 그의 아동관을 가리켜서 "어린이를 천사로만 모셔 두기보다는, 보다 어린이의 생활 주변에서 얻어지는 갖가지 상황을 통해서 그들의 심상에 투영되는 다기한 형상을 정리하고 표출시킴으로써 아동관에 대한 새로운 해석을 시도하는 데까지 발전"[2]하였다고 본 것이 그 예이다. 그러나 낭만주의적 아동관은 아동문학의 본질적 속성이기에 옹호되어야지 청산할 것이 아니다. 더욱이 그것은 일제의 강점기라는 시대적 특수성을 고려해 보면 현실적이어서 타당성을 추인하지 않을 수 없다. 설령 그런 관점이 수정되어야 할 것이라면, 그 반대 켠의 프롤레타리아 아동관을 승인해야 할 터이다. 그러나 어린이들을 계급적 시각으로 파악한 이후의 문제를 해결할 마땅한 방도

---

2 이재철, 『한국현대아동문학사』, 일지사, 1978, 274~275쪽.

가 없다. 곧, 일제의 탄압 앞에 어린이들을 내몬 후의 책임은 누가 질 것인가. 또 환상이 "부재와 상실로 경험되는 것들을 추구하는 것"[3]이라면, 식민 상태의 어린 독자들에게 환상이 기여할 영역은 상당하지 않겠는가. 따라서 낭만주의적 아동관을 무턱대고 비난하거나 폄하하는 견해는 정당하지 못하고 편파적이며 비현실적이다.

그렇다면 이구조가 등단 후에 "어린이문학의 대상이 아동 독자라는 특수성은 어린이문학은 아동의 심성과 감성 우에 철두철미 뿌리를 박고 형상화하지 아니치 못하게 한다"[4]고 본 자신의 신념을 구현한 작가인지 검토해 보아야 할 것이다. 이에 지금껏 논의가 미진하게 진행된 그의 아동문학 전반을 총체적으로 점검하여 그 특질을 구명하려는 자세가 요구된다. 그러한 노력은 이구조의 견해가 작품에 두루 삼투된 정도를 확인하고, 나아가 아동문학과 관련된 평문들을 대조하는 절차를 따라야 타당성을 확보할 수 있을 터이다. 그것은 이구조의 아동문학에 내포되어 있는 심미적 자질을 추출하여 세상에 보고하려는 움직임이면서, 아동문학이 점차 형성되어 가던 무렵의 징후를 확인시키기에 충분하다.

2. '리얼리즘동화'의 이론과 실제

1) '생활동화'의 진면목

이구조의 동화는 유년용과 소년용으로 구분된다. 이러한 나눔은 전적으로 그의 방식에 따른 것인데, 당시 신문 편집자들에 의해 유행하던 풍조를 추종한 것 외에 특별한 의미를 둘 수 없다. 그는 작품집 『까치집』

---

3 Rosemary Jackson, 서강여성문학연구회 역, 『환상성』, 문학동네, 2001, 12쪽.
4 이구조, 어린이 문학 논의 (1) 「동화의 기초 공사」, 『동아일보』, 1940. 5. 26.

(예문사, 1940)을 발간하면서도 대상에 따른 구별 방식을 취했으나, 그조차 별반 다르지 않다. 이런 태도는 작금의 작가들에게서도 산견되거니와, 굳이 상찬할 일은 아니다. 다만 나이에 따른 구분을 문제기보다는, 정녕 그처럼 나이에 알맞을 정도로 작품을 구분할 수 있는지가 먼저 논의되어야 할 터이다. 이 점은 아동문학의 장르에 관한 특별한 관견이 없이 나눔을 관례화하는 탓에 환영할 일은 아니다. 이 나라의 아동문학 장르들은 매체 편집자에 의해 주도되어 왔다. 지금도 그런 일은 벌어지고 있으니, 소위 1318문고 등이 대표적인 예이다. 말하자면, 13세부터 18세까지의 '청소년'용 도서라는 점을 부각시키려는 상술이 그런 숫자로 된 조어를 만들어냈을 터이다. 이런 구분법은 쉽게 중고등학교 학령기에 초점을 맞춘 것일 뿐, 내용이나 문학적 기준에 따라 가른 것이 아니다. 유년동화라는 것도 매양 한가지이다.

여느 작품처럼, 이구조의 유년동화는 길이가 짧다. 작품의 장단이야 유년기를 염두에 두고 쓴 작품이란 사실을 언표하는 것일 텐데, 과연 유년이 글자를 읽을 수 있는지 궁금하다. 그 시절에는 취학률조차 마땅치 않았을 터인데, 유년기에 속하는 아이들이 동화작품을 읽는다고 상정하는 것은 무리가 아닐 수 없다. 단지 나이어린 아이들에게 적합한 내용이나 분량을 돋보이게 부른 이름에 지나지 않는다. 또 그런 류의 작품들은 대개 학교생활을 소재로 삼고 있다. 그렇다면 이 시기에 통용되던 '유년'은 지금으로 보아 초등학교 저학년 수준을 가리킨다고 보아야 할 것이다. 그 나이의 아이들에게 창작동화가 전래동화의 역할을 감당할 수 있을지 의문이다. 이러한 우려는 지금도 계속되는 것인데, 일부 동화작가들의 욕심 때문에 아이들이 제대로 된 단계를 밟지 않고 문자문학의 세계로 진입하는 듯해 걱정스럽다. 한 생명이 태어나서 번듯한 인격체로 완성되기 위해서는 필수적 단계를 밟기 마련이다. 읽기라고 해서 예외가 아닐 터인데, 어린 양한다고 해서 '유년' 동화라고 할 수는 없다.

그렇게 부르려면 반드시 '유년'에 알맞은 정서적, 언어적, 신체적 발달 단계를 충족시켜야 할 터이다.

　그런 우려를 염두에 두고 이구조의 유년동화를 읽어 보자. 예를 들어서 그의 「체조시간」(『동아일보』, 1937. 7. 9)은 제목과 같이 체조시간에 벌어진 해프닝을 다루고 있다. 체조하기 싫은 임덕재와 엄용호와 박봉태가 숨어 있다가 들켜서 지도교사에게 혼나는 내용이다. 이 시기의 아이들에게는 생활 장면에 밀착된 내용보다는, 전래하는 덕목을 내면화시켜 주는 작품이 어울린다. 더욱이 식민 상태의 원주민 아이라면 타민족에게 국토를 점령당하기 이전의 세계, 즉 원시적 질서가 응결된 선조들의 문화를 형상화한 소재라야 제격이다. 이구조의 동화처럼 창작동화가 전래동화를 구축할 때, 그 자리를 점령한 소위 생활동화는 집이나 골목 그리고 학교생활을 당연한 양 다루기를 그치지 않는다. 그런 태도는 저절로 아이들의 다툼을 필요로 한다. 그것은 동화적 갈등 국면을 취급하기에 적당하다고 볼 수도 있다. 하지만 문제는 다음 작품에서 보듯이, 아이들은 다투지 않고서도 기성인들의 짓이나 사회의 관습을 따라한다.

　　『마나님! 돌가루 바서 왔어요.』

　　『아범두, 돌가루가 뭐야 쌀이라고 해이지.』

　　사내애인 창순이는 소꿉작난이 서툴엇습니다.

　　『마나님! 쌀 찌여 왔어요.』

　　『아범 수구햇네.』

　　대문깐 행낭아범의 딸 갓난이가 주인 안방주인 마님이 되엇습니다.

　　안방주인의 아드님의 아드님인 창순이가 행낭아범이 되엇습니다.

　　『아범! 국꺼리 사와.』

　　동그라케 돌로 베린 돈을 내주엇습니다.

　　『네. 국꺼립죠.』

행낭아범은 국꺼리로 벽에 올라가는 담쟁이 이파리를 뜯어왓습니다.

마나님은 밥을 짓고 국을 끄리엇습니다.

『아그머니! 반찬이 없어…… 아범! 찬꺼리 좀 사오게.』

이번에는 동그라케 베린 새금파리 돈을 내주엇습니다.[5]

창순이와 갓난이가 소꿉놀이를 하는 장면이다. 위 작품은 예나 지금이나 변함없이 계속되는 아이들의 소꿉장난을 다루고 있어서 자연스럽다. 하지만 그것이 문학성을 담보하는 자질은 아니다. 이 정도의 작품이라면 굳이 문학작품으로 구분하지 않아도 된다. 흔한 생활문에 불과하다. 이것을 가리켜서 그가 주창했다는 '사실동화'라고 칭할 수도 없다. 그러한 예는 새 과를 예습해 오라는 담임교사의 말에 따라 공부를 하다가 졸음에 겨워하는 창해의 모습을 다룬 「어머니」(『동아일보』, 1937. 9. 2), 복도에서 장난치다가 교사에게 들켜 벌 받는 아이들을 쓴 「손작난」(『동아일보』, 1937. 9. 9), 전등불을 갖고 형제간에 장난하는 「전등불」(『동아일보』, 1938. 10. 29) 등에서도 확인된다. 이구조가 인식하고 있는 동화의 나눔 방식이 마뜩하지 않은 이유인즉, 그것이 동화에서 환상적 요소를 삭제해버렸기 때문이다.

이 점은 동화 「차돌이」라고 해서 예외가 아니다. 항구에서 생선장사들로부터 놀림을 받는 소년 차돌이는 '부대를 캐먹고 숯을 구어 파는 드메치고도 으뜸가는 드메'에서 태어난 아이다. 그곳을 떠나 항구에서 살아가는 중에 고향이나 가정사를 생각하기는 하지만, 어려운 처지를 당해도 아이답지 않게 울거나 슬퍼하지 않아서 비사실적이다. 도리어 낭만주의적 영웅형 소년이라고 해야 제격이다. 이처럼 담담하게 일상을 영위하는 아이에게서 아이다움을 찾아볼 수 없는 것은 당연하다. 그런

---

5 이구조, 「소꿉작난」, 『동아일보』, 1938. 9. 16.

장면을 보고 감동이 생겨날 리 없다.

　　남한테 깔보여도 잔디밭에 번듯이 눕고 몸이 찌뿌드해도 그러햇고, 심심해
도 역시 잔디밭으로 갓습니다. 그래 번듯이 되어서 하로도 빼노치 안코 잔디밭
에 살다싶이 되엇습니다.
　　잔디밭에 누으면 할일이 없으니까 휘파람을 불고 구름이나 처다보며 마음을
즐기는 것이엇습니다. 하얀 솜송이 같은 송이구름을 보고는 저 구름송이를 뚝
뚝 문질러다가 어느 집 쥐구멍에 틀어막으면 생쥐새끼가 꼼짝 못하리라. 허연
수염달린 노인 같은 구름을 처다보고는 나무 할아버지가 게섯더면 엉석을 피
어서 고무신이나 한 켜레 얻어 신어보는 걸……할아버지가 다 뭐냐? 아버지도
어머니도 모르는 것을……[6]

　　차돌이가 '하얀 솜송이 같은 송이구름을 보고는 저 구름송이를 뚝뚝
문질러다가 어느 집 쥐구멍에 틀어막으면 생쥐새끼가 꼼짝 못하리라'
고 공상하는 모습이다. 그로서는 천부적인 고독을 자가치유할 목적으로
잔디밭에 누워서 하늘을 우러를 터이다. 그러나 그의 모습은 '나무 할아
버지가 게섯더면 엉석을 피어서 고무신이나 한 켜레 얻어 신어보는 걸'
처럼 헛되다. 유년기의 와로움을 이기기 위해 '엉석'을 부리고 싶은 차
돌이의 심정이나 처지를 십분 이해한다고 하더라도, 어린 나이답지 않
게 산전수전 다 겪은 그가 응석받이로 자라지 못한 지난날을 떠올리는
장면은 어색하기 그지없다. 마치 차돌이의 이미지는 '허연 수염달린 노
인'과 흡사하다. 그는 고아다운 초라한 행색에 비해 '수염 달린 소년'처
럼 의젓하다. 이 정도의 소년형이라면, 방정환의 눈물 많은 소년들이 지
닌 사회적 함의조차 부여하기 힘들다. 이와 같이 이구조의 동화적 특질

6 이구조, 「차돌이」, 『동아일보』, 1938. 11. 23.

은 말하다 만 듯한 느낌이 강하다. 그것은 그가 동화의 길이에 맞추어 이야깃거리를 조절하지 못한 탓이다. 그렇다면 그가 추구하는 소위 리얼리즘동화의 정체가 궁금해진다. 다음 작품은 그의 동화관을 확인하기에 알맞다.

　　용해의 언니 봉해는 약이 올랏습니다. 막 동생 용해에게로 껄둑껄둑 왓습니다.
　　『이까짓 끼우러저 넘어간 것이 대장배냐?』
　　한 마디를 던지고 두 발로 질근질근 대장배를 밟고 남어지 졸병배들을 모조리 밟아버리엇습니다. 용해의 언니 봉해의 신발은 그냥 신방이 되어버리고 말앗습니다.
　　봉해의 동생 용해도 약이 올랏습니다. 막 언니의 방아깐으로 상큼상큼 갓습니다.
　　『이까짓 것이 쌀을 찟는 물방아야?』
　　발길로 물레방아를 걷어차고 나서 또랑을 건너막은 방뚝을 화락화락 밟아버리엇습니다. 봉해의 동생 용해의 신발은 그냥 흙탕 신발이 되여버리고 말앗습니다.
　　용해의 언니 봉해는 물탕 신발이 된 채로 대장배를 밟고 봉해의 언니 용해는 흙탕 신발이 된 채로 물방아깐 방뚝을 짓밟고 언니는 동생을, 동생은 언니를 서로 노려보고 잇엇습니다.
　　서로 서로 입술을 깨물고 이빨을 악물고 두 주먹을 불끈 쥐고
　　『이 자식!』
　　『이 자식이!』
　　『죽이기 전에 가만 잇어!』
　　『살려둘 줄 알어?』
　　대문깐으로 아버지가 뛰처나오시엇습니다.
　　『봉해야!』

『얘, 용해야아!』

언니 봉해도 동생 용해도 거세찬 아버지의 주먹으로 한 대식 얻어맞었습니다.

용해의 언니 봉해는 땅을 디려다보며 이 눈 저 눈을 이편 저 편 손으로 눈물을 찍어냈습니다.

봉해의 동생 용해는 두 눈을 두 손으로 가리고 하늘을 향해 『으앙!』 당나귀 우름을 칩니다.[7]

봉해와 용해는 형제간이다. 둘은 비가 그치자 학교에서 배운 바를 활용하여 종이배를 만들어 논다. 봉해는 동생의 배가 잘 나가는 것을 시새워 시비를 건다. 용해도 지지 않고 형에게 맞선다. 이 싸움을 본 아버지는 둘에게 주먹질을 가하고, 형제는 울어버린다. 이 대목을 가리켜 이구조는 아동의 행동과 심리를 충실히 재현한 것이라고 변명할지 모른다. 그가 작품의 주제를 형제애로 설정했다손 치더라도, 그것이 어른의 폭력으로 조장되고 내면화되어서는 곤란하다. 그보다 우애는 형제간의 다툼을 통해서 학습의 과정으로 습득된다고 보는 편이 타당하다. 아버지의 폭행은 어린 자식에 대한 화풀이일 뿐, 주먹으로 아이들을 가르치려는 것이 아니다. 그는 단지 형제간에 우애를 지켜야 한다는 전래의 덕목에 압도되어 자신의 감정을 억제하지 못한 어른에 불과하다. 그의 행위는 스스로 교육시킬 덕목을 체화하지 못한 아버지가 자식에게 범하기 쉬운 도덕적 일탈이다. 그것은 환상이 "실재적인 것들과 충돌하고 그것들을 위반하기 때문에 환상이 된다"[8]는 사실을 인정하지 않은 작가의 과실이다. 이런 장면을 두고 아동 심리의 재현 운운은 어울리지 않는다. 이 작품보다는 「새 새끼」가 그의 동화관을 구체화하고 있는 것처럼 보인다.

---

7 이구조, 「비온 뒤」 (하), 『동아일보』, 1939. 7. 23.
8 Rosemary Jackson, 앞의 책, 34쪽.

영수는 숨엇거던 나오라는 통에

『응.』

또는

『네.』

하고 나오기가 부끄러워지고 부끄러워질스록 더욱 영수의 모가지는 솔포기 밑으로 옴추려 들어갓습니다.

『여기두 안 왓나부다. 영복아! 그만 내려가자.』

『그럼 내려갈까요.』

어머니와 동생은 야속하게 더 찾지를 안흘 모양입니다.

어깨를 쭉 늘어트리고 혼자 집으로 찾어 들어가느니보다 어머니나 동생한테 찾지워저서 들어가는 것이 조흘텐데 자칫하다가는 어깨를 쭉 늘어트리고 집으로 들어가게 되겟습니다.

영수는 킥 킥 웃어 뵈먀 다른 솔포기로 엉기엉기 기여가 숨엇습니다.

『언니가 웃엇서 웃엇서.』

영복이는 두리번 두리번거리며 영수의 솔포기 쪽으로 오고 잇습니다.

영수도 싶으나 브끄럽기도 하고 싱겁기도 해서 입안으로 송알송알

『영복아! 나 여기 잇다.』

어머니는 휘이 휘이 동서남북을 둘러보시며

『영수야! 숨엇거던 빨리 나와, 응.』

영복이는 어느 새에 솔포기 밑에 쭈꾸리고 앉은 영수의 목오지를 덮어 누르고

『언니 여기 잇다. 잡엇다 잡엇다.』

고함을 고래고래 지릅니다.

『큰 아저씨 댁에서 떡 가저오거던 이 녀석 한 개두 안 준다.』

하시고 어머니는 영수의 손목을 잡엇습니다.[9]

영수와 영복이는 형제간이다. 둘은 하교하는 길에 새 새끼를 잡으려다가 앞의 작품과 비슷한 상황에 빠진다. 영복이는 형이 새 새끼를 주지 않자 화가 난다. 그는 형처럼 새 새끼를 잡으려고 나무에 올라보지만, 한 마리도 잡지 못하고 내려온다. 그 사이에 형은 동생을 놀리고, 동생은 풀이 죽은 채 집으로 돌아온다. 집에 온 형은 어머니로부터 동생을 보살피지 않았다고 꾸중을 듣고 집을 나가버린다. 밤이 되자 어머니와 영복이는 영수를 찾으러 숲 속을 뒤진다. 영수는 두 사람에게 미안한 마음에 나가지도 못하고 숨어 있다가 동생에게 들킨다. 어머니는 앞의 아버지가 폭력으로 형제를 처단하던 것과 다르게 '큰 아저씨 댁에서 떡 가저오거던 이 녀석 한 개두 안 준다'고 협박조로 반가움을 표시한다. 두 작품의 상이한 결말 처리 방식은 동화의 장르적 속성과 문학적 기능을 숙고하도록 요청한다.

두 작품에서 추측 가능한 작품상의 편차는 이구조의 동화관과 창작관이 불일치하거나 채 숙성되지 않았음을 보여준다. 이 시기에 그는 전대의 동화가 거둔 성취 수준을 뛰어넘고 싶어서 불만이었다. 그는 한편으로는 동화의 논리를 구축해 가고, 다른 한편으로는 작품으로 구체화한 셈이다. 그러나 그의 갑작스러운 죽음으로 인해 뜻한 바를 달성하지 못하고 말았다. 그가 좀더 시간을 갖고 이론과 실제 간의 거리감을 좁혔더라면 양자의 일치화 정도에 관한 논의가 풍성하게 이루어졌을 텐데 말이다. 더욱이 이구조가 '어린이의 생활 주변에서 얻어지는 갖가지 상황을 통해서 그들의 심상에 투영되는 다기한 형상을 정리하고 표출'하느라 고심했다면, 불일치의 아쉬움은 크다. 그의 동화관과 창작관이 불일치하여 발생한 알력은 시국 상황에서 시사받을 수 있다.

일제는 대륙침략에 이어 세계로 군사적 야욕을 확대하느라 전쟁 국면

---

9 이구조, 「새 새끼」 (4), 『동아일보』, 1939. 9. 8.

을 조성하는 한편, 군국담론을 고의적으로 유포하며 대대적인 사상 탄압을 전개하였다. 그 결과로 이른바 사회주의자 검거 선풍이 식민지를 강타했는바, 카프의 강제해산 이후의 작가들로서는 이념을 삭제한 작품으로 대응할 수밖에 없었다. 또 일제는 1939년 5월 본토에서 '아동 독물 정화' 조치를 강행한 데 이어 식민지에서도 신속히 시행하였다. 그로 인해서 일제의 식민정책에 역행하거나 군국주의에 대항하는 성향은 발표될 수 없었다. 그러면서 일제는 종이의 공급을 통제하여 군국주의에 동조하거나 찬양하는 작품집이나 잡지의 발간을 강제하였다. 이런 마당에서 일제가 창안하여 제시한 것이 '생활동화'이다. 그런 까닭에 생활을 중시하는 동화는 태생적으로 일제의 정책에 부합될 숙명을 안고 태어날 수밖에 없었다.[10] 나아가 문학상으로 생활과 동화는 병치될 수 없다. 동화가 생활에 밀착하게 되면 생활문에 가까워지고, 더 이상 동화의 자질을 지키기 힘들어진다. 따라서 이 구조가 중시한 '생활'동화는 '어린이의 생활 주변에서 얻어지는 갖가지 상황'을 강조할수록 동화의 장르적 속성으로부터 멀어지고, 객관적 정세의 영향권 하에 놓이는 아이러니컬한 상황에 직면하게 되고 마는 것이다.

2) '사실동화론' 비판

이구조는 동화작품을 쓰는 한편으로 평론을 겸행하였다. 그의 행태는 평자들이 절대적으로 부족했던 당시 상황을 고려할 때 바람직한 것이었다. 특히 그가 본격적으로 문단에서 활동하던 시기는 이념의 대립이 완화된 때였다. 이러한 판국에 나선 그는 카프가 해소된 뒤에 전개되던 기존 문단의 모습에 주목했을 터이다. 다들 인정하듯이, 카프가 일제의 압

---

10 일제에 의해 주도된 '생활동화'가 탄생한 배경과 군국주의적 속성에 관해서는 최명표, 『한국근대소년운동사』, 도서출판 선인, 2011, 262쪽 참조.

력을 이기지 못하고 해산되자 문단에는 이념의 퇴조현상이 두드러지게 나타났다. 그 사이를 비집고 생겨난 것이 소위 순수문학이나 모던이즘이거니와, 문단 외적으로는 일제의 군국주의화가 심각하게 제도화되고 있었다. 말하자면, 카프의 해체는 전쟁 국면에 진입하기 위한 사전 정지 작업에 해당하므로 더 이상 이념의 유통을 허락하지 않으려는 일제의 간교한 음모에 휘말린 것이다. 그러므로 그 이후에 조성된 문단 환경은 이 점을 전제하며 논의되지 않으면 안 된다.

아동문단도 크게 다르지 않다. 더욱이 당시의 아동문단은 전형기에 접어든 기성문단과 달리 여전히 형성기에 머물러 있었다. 최남선과 방정환 등의 선구적인 활약에 힘입어 아동문학은 발아하기 시작했지만, 사회주의의 대량 수입으로 문단이 상위의 사회단체로부터 영향을 받았듯이 아동문단도 동일한 경로를 밟았다. 그 점은 그 무렵의 소년운동의 전개 양상을 살펴보며 금세 밝혀진다.[11] 소년운동권은 방정환이 주도하는 천도교 계열에 맞서 정홍교 일파의 사회주의 계열이 조직화되며 활성화되었다. 양 조직의 변별적 준거가 사회주의였다는 사실은 당시의 소년운동이나 아동문단이 그로부터 자유롭지 못한 사실을 입증한다. 더욱이 아동문학은 방정환이 우이를 잡은 탓에 후발주자였던 정홍교 등은 비판적 견해를 내세울 수밖에 없었다. 양측의 움직임은 문학사적으로 참가자수를 늘리고 문단의 외연을 확장한 공이 있다. 그 반면에 기존 문단의 대립상을 그대로 재현했다는 점은 문제이다. 방정환의 아동문학론은 소년운동의 논리를 문학적으로 구체화한 것이므로, 반대세력들은 카프에서 학습한 이념을 무기로 대들며 동조자들을 물색하였다. 말하자면, 방정환은 만인으로부터 협공을 받고 있었다.

이구조는 평론 '어린이 문학 논의' 연작에서 동화를 창작동화와 전래

---

11 소년운동의 전개 양상에 관해서는 최명표, 『한국근대소년운동사』, 도서출판 선인, 2011 참조.

동화로 이분하고, 창작동화는 다시 동화와 소년(녀)소설로 구분하였다. 이어서 그는 동화를 유년동화와 동화로 나누었다. 이러한 방식은 앞서 그가 비판했던 연령을 기준으로 나눈 것과 흡사하다. 그가 유년동화를 신설하게 된 동기를 그 무렵에 상승한 유치원 취원율에서 찾아보더라도 동의하기 곤란하다. 당시에 유치원은 "사회·경제력이 뒷받침되는 유산자 가정의 아이들이 유치원 교육을 선점해 나갔으며 이는 상급학교 진학과도 연결"[12]되었다는 언급을 보더라도, 유치원의 취원은 여전히 부르주아계급의 유아들에게나 해당할 뿐, 절대 다수를 차지하는 식민지 민중들에게는 선망의 대상에 지나지 않았다. 또 그가 구전동화를 민족동화라고 부른 것도 비판받아야 한다. 전래동화에 담겨진 민족 정서를 고려하면, 그의 이름을 타박할 일은 아니다. 그러나 그는 구비로 전승해 내려오는 민족 동화에 대한 흥미가 벽지로 갈수록 아동 감성에 오래 잔류해 있으므로, 그것을 "난숙한 도시풍 문화에로 유도할 필요가 없을 것이니, 전래동화의 재록과 그것을 취재한 창작도 해서 농촌 아동의 흥미 그대로 되살려줌도 옳을 것"[13]이라고 주장한다. 그러고 보면 그는 전래동화를 민족적 차원에서 바라본 것이 아니라, 농촌 아이들에게 필요한 독물로 파악했을 따름이다. 이러한 오류는 그가 종전까지 동화는 '유년소설, 동화, 소년소설, 옛날이야기'로 사분해 왔다는 주장과 함께 지적되어야 할 것이다.

이런 점을 감안하고 굽어보면, 사실 이구조가 주장하는 리얼리즘동화 또는 사실동화의 정체는 불분명하다. 그는 소년들의 생활을 제재로 한 작품을 '리얼리즘동화'로 보는가 하면, 그러한 움직임에 쌍수를 들어 환영하였다. 그가 보기에 기왕의 동화는 도덕동화와 예술동화로 나뉜다. 그때까지의 세계문학사상 도덕동화가 유행하였다고 본 그는 레오

---

12 이윤진, 『일제하 유아보육사 연구』, 혜안, 2006, 108쪽.
13 이구조, 「어린이 문학 론의 (1) 『동화의 기초 공사」, 『동아일보』, 1940. 5. 26.

톨스토이, 오스카 와일드, 방정환은 물론 안데르센까지도 '우애와 노력의 정신' 등을 고취한 작가로 묶어버린다. 이러한 묶음 방식은 동화의 주제적 요소마저 부인하게 된다. 동화는 대상의 특수성 때문에 언제나 문학성과 교육성이 균형을 이루지 않으면 안 되는 숙명을 안고 태어난 장르이다. 그럼에도 불구하고 동화에 '정신'적 덕목이 배어 있다고 해서 마냥 거부하는 이구조의 방식은 수긍하기 힘들다. 비록 그것이 자신의 논리를 개진하기 위한 전략적 판단에서 우러나온 것이라고 할지라도, 장르적 속성까지 인정하지 않으려는 태도에 난감할 뿐이다.

이와 같이 이구조는 초기의 동화문학이 서구의 전통을 성급히 수입한 탓에 초기의 작가들이 '덮어노코 희생 만능의 동화를 쓰거나 연소배의 항예사(恒例事)로 아동을 예독(穢毒)시키는 센티한 동화를 썻엇던 것'이라고 단정한다. 그리하여 '여태까지의 동화작가는 대개가 현실의 사회와 인간을 통찰할 투철한 안목이 부실함에도 불구하고 단숨에 대사상가의 곡예를 부려보려니까 자연의 추세로 선악의 추상적 관찰 유희에 빠질 수밖에 없엇'고, 또 '자아의 교양들도 업이 공연히 교육적 가치만 집요하려니까 진부한 도덕담이 될 수밖에 없'으며, 나아가 '진(眞)에 추구가 없는 이러한 동화들은 저속한 통속 작품으로 결실하고 말게 되엿다'고 반박한다. 그런 뒤에 이구조는 자신의 소위 리얼리즘동화론을 전개한다.

무릇 리얼리즘동화는 아동의 행동과 심리를 가능한 범위 내에서 충실히 재현시키려는 의도로 출발한다. 그러나 누구나 아는 상식화한 말이 되어서 쓰기는 멋쩍으나, 작자는 카메라맨만이어서는 아니 된다. 어린이는 천진하고 난만하며 『어른의 아버지』오 지상의 천사만도 아닌 동시에, 개고리 배를 돌로 끄는 것도 어린이오 물딱총으로 동무의 얼굴을 쏘는 것도 어린이오, 메뚜기의 다리를 하나하나 뜯는 것도 어린이오, 미친 사람을 놀려먹는 것도 어린이다.[14]

이구조에 따르면, 아동의 심리를 재현하는 것이 리얼리즘동화의 출발점이다. 그런 까닭에 리얼리즘동화는 어린이의 악한 면까지 '충실히 재현시키려는 의도'를 드러내지 않으면 안 된다. 이러한 주장은 동화의 대상에 착목하여 순수성을 추구하던 지배적 풍조에 반기를 든 것으로 볼 수 있다. 그로서는 전세대의 작가들과 구분되는 진경을 개척할 욕심에서 제출한 의견일 터이다. 그러나 동화는 생리적으로 아동을 대상으로 상정하여 존재한다. 이 점은 동화의 태생적 한계이자 강점이다. 전자는 대상성을 전제하며 서술되어야 한다는 점이고, 후자는 지상에서 가장 순수한 영혼들을 위한 기성세대의 배려심을 극대화할 수 있다는 점이다. 또 전자는 동화의 형식미를 제한하는 굴레이고, 후자는 동화의 심미적 속성이다. 따라서 동화의 독특한 성격은 이구조라는 특정한 작가의 주장에 의해 부정되는 것이 아니라, 세대를 초월하여 부단히 수용되고 추인되는 것이다. 말하자면 그의 견해에 함의된 바를 수긍한다고 할지라도, 리얼리즘동화란 작품상의 리얼리티를 지적한 것이 아니라면 지양되어야 할 속성인 셈이다.

아울러 이구조가 지적하는 바와 같이, 어린이들의 행동 중에는 '지상의 천사'라고 부르기에 합당하지 않은 점이 있다. 예컨대 '개고리 배를 돌로 끄는 것도 어린이오 물딱총으로 동무의 얼굴을 쏘는 것도 어린이오, 메뚜기의 다리를 하나하나 뜯는 것도 어린이오, 미친 사람을 놀려먹는 것도 어린이'다. 그가 이 점에 착목하여 쓴 작품이 「집오리 (상~하)」(『동아일보』, 1939. 10. 10~11)이다. 영남이는 오리에게 고무총을 쏘고도 모자라 돌까지 던지며 웃는다. 그의 악행은 작가의 개입이 없어서 더욱 사실적이다. 하지만 영남이와 같은 아이가 있다고 해서 딱히 그 점을 포착하여 서술하는 태도에 수긍할 수 없다. 왜냐하면 동화가 아이들의 선행

---

14 이구조, 어린이 문학 논의 (3) 「사실동화와 교육동화」, 『동아일보』, 1940. 5. 30.

만 취택하는 것은 아닐지라도, 악행의 저변에는 환상이 장치되어 있어야 한다. 그렇지 않으면 영남이는 현실세계로 돌아오지 못한다. 그가 성인들이나 시대 상황 등으로 인해 억압되어 있던 것을 해소할 목적으로 악행을 일삼았다면, 반드시 귀환할 만한 여지를 마련해 주어야 한다. 그렇지 않으면 그는 악행으로 서사를 종결하고 만다. 이 작품이 그렇다. 그러면서도 이구조는 '그 자체 내에서 흑종의 희망의 광명을 지속'시키라고 권하고 있다.

> 리얼리즘동화는 인생의 추잡면을 들추던 자연주의 말기의 전철을 밟을 필요가 없다. 우리의 사실동화는 인생의 사실을 묘사 제출함과 아울러, 그 인상을 깊게 하기 위하여 가능한 사실까지 표현하여야 할 것이다. 참다운 리얼리즘동화는 현실의 인생에 직면하면서도 그 자체 내에서 흑종의 희망의 광명을 지속시켜 독자인 어린이에게 공허한 자극을 줄 것이 아닐까 한다.
> 교육동화도 또한 이러한 리얼리즘동화의 개념 우에 별개의 외연을 첨가할 것이 없다. 예술동화가 창가를 극복하듯이 리얼리즘동화가 속된 교육가들의 교육동화의 개념을 수정시켜야 하겠다.[15]

인용문을 통해 짐작할 수 있듯이, 이구조가 배격하고 싶었던 바는 '교육동화', 곧 교육성이 표나게 드러난 동화였다. 그것은 "열 살 내외의 가시내들이야말로 일자리에서 푸대접을 받는 나의 영혼을 기쁘게 해주시는 천사들"이라고 주장하면서 "괜히 우울을 보지할 것이 아니라, 항상 어린이의 환희의 세계와 접촉할 수 있는 습관"[16]으로 이어지기를 고대한 그의 발언에서 확인된다. 단지 자신의 견해를 과격하게 앞세우느라고 그는 동화의 환상성을 교육성의 반대편에 위치시켜 오해를 야기하

---

15 이구조, 어린이 문학 논의 (3) 「사실동화와 교육동화」, 『동아일보』, 1940. 5. 30.
16 이구조, 「기쁨」, 『조광』, 1941. 5.

였다. 그의 배치 방식이 정곡에서 벗어나게 된 사정은 제목을 보면 단박에 알 수 있다. 그는 논리를 선명히 할 목적으로 '사실동화와 교육동화'라고 정하였다. 이러한 이분법적 서술방식은 필연적으로 다른 하나의 희생을 필요로 하기 마련이다. 이구조로서는 미처 감안하지 못한 것이었을 터이나, 논리가 미끈하지 못한 것은 부인할 수 없다.[17]

동화의 교육성과 환상성은 상충하는 것이 아니라, 당연히 상호 병존하지 않으면 안 된다. 양자는 동화가 존재할 근거이고, 어느 것 하나라도 소홀시할 수 없는 기본 요소이다. 전자는 동화가 미성숙한 독자들을 대상으로 태어난 숙명적 사실로부터 연원한 것이라서 제척할 게 아니다. 후자는 동화의 문학적 속성이라서 어떤 경우에도 도외시될 수 없다. 양자는 출현 배경이 다르나 동화라는 장르에서 공존하며 길항하는 운명을 갖고 있다. 따라서 동화라면 모름지기 환상이 개입되어야 한다. 환상이 뒷받침되지 않은 작품을 '사실동화'니 '유년동화'니 부르는 것은 그릇된 것이다. 동화는 장르상 환상을 경시하거나 포기하면 소멸되고 만다. 그것은 환상이 동화의 존립 조건이라는 평범하고도 원초적인 사실을 반증한다.

환상은 현실세계의 억압을 표상한다. 그 억눌린 바를 성취하기 위한 도구로 환상이 동원되는 이유로 반드시 원래의 상태로 회귀할 것을 전제한다. 그러므로 동화작가는 환상이 "실현되기 일보 직전에 정신분석학적 기능에 의해 그 힘을 잃고 무용한 것이 되고 만다"[18]는 점을 잊어서는 안 된다. 환상의 역할은 읽는 이로 하여금 자아를 되찾게 해주는 것이다. 근래의 동화단에서 유통되는 대부분의 작품들이 1910년대의 문단 수준에서 나아가지 못한 채 동화를 '아이들의 이야기'로 받아들이

---

17 이와 관련하여 「달님공주」(『동아일보』, 1939. 11. 27)와 같은 그의 작품들이 성공한 요인으로 환상성의 도입을 꼽은 견해는 주목할만하다.(이재철, 앞의 책, 277쪽)

18 François Raymond · Daniel Compére, 고봉만 외 역, 『환상문학의 거장들』, 자음과 모음, 2002, 16쪽.

'생활'동화의 실상과 허상 193

고 있는 듯하여 착잡하다. 환상이 장치되지 않은 동화는 존재할 이유가 없다. 아이들처럼 미완의 인간들에게는 환상이야말로 자신의 목적하는 바를 모두 이룰 수 있는 유일한 통로이다. 환상은 어린 시절에 반드시 체감해야 될 통과의례적 정서인 셈이다. 이구조의 동화 논의는 그 전세대가 내놓았던 동화론에서 일층 나아간 것은 분명하다. 특히 그가 소년들의 생활을 중시한 점은 주목될 만하다. 하지만 그는 생활에 압도되어 환상의 문학적 가치를 홀대하고 말았다. 곧, 그는 식민 상태의 상황 논리에 압도된 나머지, 환상이 갖고 있는 본질적 의의로부터 일탈한 혐의를 면하기 어렵다.

이처럼 이구조는 미처 덜 여문 논리를 펴다가 말았다. 그러다 보니 동화와 산문을 뚜렷하게 구별하지 않고, 모두 '사실동화'라는 범주에서 파악하였다. 그의 동화를 읽을 양이면, 이 점을 전제하지 않으면 안 된다. 그런 이유인지 그의 동화들은 감동이 없다. 당시의 특수한 조건을 고려하여 미적 형식을 유예하더라도, 문학작품에 감동이 없다면 사정은 심각해진다. 그 원인은 이구조가 동화에 '사실동화' 혹은 '생활동화'라는 낯선 이름을 부여한 순간부터 예비된 것이다. 그는 이 점을 알아차리지 못했거나, 동화가 문학의 한 갈래라는 근본적 사실을 간과했거나, 동화의 새로운 형식을 개척하려고 과욕을 부렸다. 더욱이 그가 '생활동화'를 주장하던 시기는 일제가 전쟁 국면을 본격화하면서 각종 독물을 심의하는 단계에서 '건전한 정서'를 부르짖으며 내걸었던 관제 명칭이다. 이 점은 현 시점에서는 아예 동화단의 유행으로 굳어져버렸는데, 이것은 작가들의 문제의식이 결여된 정도를 증명하기에 모자라지 않다. 동화가 생리적으로 낭만적 장르라면, '생활'에 기초한 '사실'을 추구하기보다는 환상에 터한 사실성은 천부적인 덕목이다. 그러므로 기존에 이구조의 동화를 논하며 앞세웠던 '생활동화'나 '사실동화'의 미덕은 동화의 우선순위를 착각한 논자들의 억견이라 하지 않을 수 없다.

3. 결론

위에서 살핀 바와 같이, 이구조의 작품들은 어린이들의 생활에 초점을 맞추어 서술되었다. 이 점은 그의 동화가 가진 특장이라고 평가할 수 있다. 그는 전대의 동화가 안고 있는 문제점을 생활과의 유리에서 찾아내고 그것을 극복하고자 노력한 셈이다. 그렇지만 그의 동화작품들은 의도와는 달리 미적 성취면에서 부족하다. 그것은 전적으로 동화의 환상적 요소들을 일부러 배척한 그의 작법으로부터 기인한 것이다. 그는 현실에 주목한 동화를 우위에 놓을 줄 알았지, 현실이 환상과 결합되어 자아내는 문학적 결과를 인정하지 않았다. 그런 탓에 그의 동화에서는 환상적 경향을 찾아보기 힘들다. 이 점은 그의 작품들에서 공통적으로 찾아볼 수 있는 문제점이다.

이구조의 동화론은 선배 작가들에 대한 비판적 검토 과정에서 제출되었다. 그는 기성 작품들이 식민지의 비참한 상태를 외면한 것으로 판단하고, 실체적 상황에 부합하는 작품의 생산을 독려하였다. 그러나 그 과중에서 동화의 장르적 속성을 간과한 결과, 그의 동화론은 관제 논의와 중첩되면서 비문학적 견해로 자리잡았다. 그가 어린이들의 생활 장면에 내포된 의미를 중시한 점은 무시될 것이 아니나, 동화의 교육성을 배격하는 단계에서 환상성을 경시한 점은 비판받아야 마땅하다. 그로서는 식민지의 궁핍한 현실에 불만을 가졌을 법하나, 동화의 속성은 시대와 장소를 초월하여 승인되어야 하며 존재한다. 그렇기에 그의 동화론은 작품과의 일치를 지향했음에도 불구하고 채 조서와 함께 미완으로 그치고 말았다.

코나투스의 동화적 발현

―이규희의 동화론

1. 서론

　사람들은 살아가는 기간에 여러 가지 고통에 직면한다. 고통은 자연적인 것이거나 인위적인 것이다. 전자는 만인이 고루 겪기에 개인을 고립시키지 않는다. 하지만 후자의 사례에서 개인은 공동체의 구성원들에게 혐의를 둘 수밖에 없어서 스스로 유폐를 자처한다. 고통은 근본적으로 배타적이어서 당자 아닌 그 누구도 체험할 수 없으므로 사적 차원에 속한다. 그는 고통을 자신의 언어로 표현한다. 언어를 통해서 그의 고통은 공론화되고, 사람들은 그의 고통 행렬에 참여하는 것이다. 그렇지만 그것은 출발점부터 틈이 벌어져 있어서 온전히 동질의 고통으로 체감되지 않는다. 왜냐하면 사람들은 저마다 고유한 방언을 구사하는 까닭에, 그가 서술하는 고통의 강도는 근사치로 추인될 뿐이지 참값이 아니다. 말하자면, 고통받는 "'나'와 마주선 '너'는 평화로운 시선으로 나를 바라보고 나를 도와주고 나의 삶을 값있게 만드는 '너'가 아니라, 아무리 동정해도 '나'의 짐을 져주지 못하는 다른 사람, 나 바깥에 있는 사람, 곧 원망스런 '너'인 것"[1]이다. 사람은 숙명적으로 고통과 결별할 수 없다.

사람들은 고통에 동참할 수 없는 줄 알자, 동정이라는 감정적 표현수단을 개발하였다. 동정은 타인의 고통이나 처지에 대하여 관심을 기울이는 동안에 가치판단을 행한다는 점에서 윤리적이다. 맹자가 측은지심을 어짊의 극치라고 표현한 것도, 동정이 인자의 됨됨이를 분별하는 심급으로 작동하는 사실을 공식화한 것이다. 그러므로 서양의 부르주아지들이 부족한 도덕적 측면을 보강하려고 동정을 발견한 것은 우연이 아니다. 그들은 동정을 도덕 감정의 일종으로 승격시켰다. 그 당시 동정은 부르주아지들의 추악한 이면을 상쇄해줄 목적으로 부각된 것이고, 또한 세계를 향한 사교적 충동을 달리 부른 것에 불과했던 것이다. 그리하여 동정은 사회적 정의보다 우선시되었고, 자아를 중시하는 작가들의 감수성을 자극하였다. 동정이 낭만적 상상력과 결합하면서 비이성적 열정조차 미적 감수성으로 용인되었다. 동정은 낭만주의적 계보에 속하는 것이다. 바야흐로 계몽주의의 대세에 편승하여 동정이 교조화하여 사람들을 억압하기 시작했다. 사람들은 타인의 고통이나 슬픔에 동정을 표하지 않으면 사회적 동물이 아니었다. 그런 견지에서 보면, 동정은 사회적 표현수단이다.

　동정은 타자와 자아의 중첩으로 인해 경계가 허물어지면서 체험하는 환각이다. 그래서 문학작품에서 동정을 추출하려면 "고통의 당사자와 그 관찰자 사이의 연극적 관계 속에서 형성되고 교환된다"[2]는 점을 인식해야 한다. 연극적 관계란 정서상으로는 밀착되나 지적으로는 분리되어야 할 당위성을 내포하고 있다는 사실을 가리킨다. 동정은 고통을 받는 자와 관찰자 사이의 간극을 애초부터 전제한 경우에만 문학적 수용 가능성을 인정받는 것이다. 그런 까닭에 작가는 타인의 고통에 초점을 맞추기보다는, 타인의 고통에 대한 상상력을 재현하여 미학적인 경험으

1 손봉호, 『고통받는 인간』, 서울대출판부, 2008, 71~72쪽.
2 손유경, 『고통과 동정』, 역사비평사, 2008, 23쪽.

로 제시하지 않으면 안 된다. 동정은 문학적으로 윤리적 차원과 미학적 차원에 두루 관여하는 덕목인 셈이다. 독자들은 작품을 읽어가는 도중에 작가가 장치한 동정의 시선을 따라가며 그것을 공유하게 된다. 그 중에서 윤리적 차원에 주목하게 되면, 작품은 미학적 형상물이 아니라 훈화집으로 변질되고 만다. 양가적 감정 상태를 적절히 제어할 줄 아는 작가라야 진정한 의미에서 동정을 사실화한 축에 든다. 동정은 도리어 작가에게 따뜻한 감정의 표출보다는 냉정한 태도를 요구하는 것이다.

이규희는 지속적으로 역사에 관심을 기울이는 작가이다. 그녀의 역사에 대한 관심은 조선조와 국권침탈기 그리고 한국전쟁까지 이어져 시리즈를 이룬다. 그녀의 통사적 접근은 한국의 역사에서 비극적 사건이나 인물에 집중되어 있다. 이러한 경향은 작가로서의 동정심이 문학적으로 드러난 예에 속한다. 기왕의 문학사에서 역사물들은 지배자의 언어로 기술된 정사가 아니라, 민중들의 인구에 회자되는 야사의 인물이나 비운의 주인공들을 다루어 진실을 추구해 왔다. 이 점에서 그녀의 태도는 문학사적 전통에서 어긋나 있다. 그것은 순전히 동화라는 장르의 속성 때문이다. 동화는 독자의 특수성을 우선적으로 고려하는 것이 일차적 과제이므로, 역사의 이면을 다루기 힘들다. 그래도 역사동화는 세대간의 문화 전승을 위해서 꾸준히 생산되어야 한다. 역사는 현재적 모습을 반추할 수 있는 타자이기에, 모든 사람들은 역사를 통해서 자신의 과거를 돌아본다. 그것은 미래의 모습을 추론할 수 있는 근거이기도 하다. 사람들의 이러한 노력은 결국 '원망스런 너'의 자리에 고통받는 '나'를 위치시키려는 몸짓이다. 이규희에게 동정은 현재적 고통으로부터 벗어나려는 내밀한 욕망의 드러냄이다. 곧, 그녀는 역사의 비극적 주인공들에 대한 동정을 초점화하여 유년기부터 억압받는 심리적 저층부를 해방시키려고 시도한다. 그것은 코나투스[3]의 출현이다.

코나투스는 네덜란드의 철학자 스피노자가 세상의 모든 존재에게 내재되어 있는 자기보존본능을 지칭한 용어이다. 말하자면, 코나투스는 천부적인 욕망인 셈이다. 따라서 그것은 적절히 제어되고 부축되거나 자극되어야 할 이유를 태생적으로 지니고 있다. 코나투스가 욕망이기에 정열과 이성이 한데 뒤섞여 있는 것은 새삼스럽지 않다. 코나투스는 생물학적으로는 생식 본능이나 종족번식 본능을 이해하고, 정치학적으로는 정체의 선택과 체제의 지속적인 발전 전략을 수립하는 데 도움을 준다. 또 역사학적으로는 진보의 신념과 연결된다. 코나투스가 소설 속의 인물에게 투영되면, 그는 살아 움직이면서 서사의 리얼리티를 확보하는 데 도움을 준다. 특히 그가 물질적 환경에 포위되어 고통받는 처지에 몰려 있다면, 코나투스는 그에게 객관적 조건의 타파를 위한 힘을 마련해 줄 터이다. 그것은 작가가 유지하는 동정의 시선에 힘입어 서사적으로 재현된다. 본고에서 살피려는 이규희의 역사동화들은 이런 관점에서 파악할 때 유효하다.

2. 환각 체험과 동정의 시선

1) 연민으로서의 문학

동정은 상대의 수용 강도에 따라 헐값으로 매겨질 수 있다. 역사적 사건이나 인물이 소설화될 경우에는 자칫 인물의 희화화나 역사의 천박화를 부추길 수도 있다. 따라서 동정이 역사와 조우하기 위해서는 대중의 시선을 의식하지 않을 수 없다. 그것은 역사를 문학적으로 형상화하기 전 단계부터 작가를 위협한다. 역사소설이 과거의 사건이나 인물을 다

---

3 코나투스에 대해서는 Baruch de Spinoza, 김호경 역, 『정치론』, 갈무리, 2008 참조.

룬다는 사실은 그것이 현재적 맥락에서 의미를 가질 수 있을 때라야 작품도 문학적 평가의 범주에 포괄될 수 있다는 것을 가리킨다. 역사소설은 소재를 과거에서 취하므로, 작가의 역사관에 따라 재해석되기 마련이다. 그것은 동화라고 해도 사정은 달라지지 않는다. 소설적 인물의 전형적 성격은 "흔히 전체로부터 인간들, 인간적 관계들과 제도들, 사물들의 복잡한 상호작용으로부터 점차 표면으로 떠오르면서 서서히 관철되는 경향"[4]을 띤다는 점에서, 동정이 개입할 소지가 적다. 동화일 경우에는 대상의 특성 때문에, 역사적 인물의 전형성을 파괴하기 힘들다. 동정은 사랑으로 변주되어 서사의 정서적 배경으로 작용할 필요가 있는 셈이다. 프랑스의 은둔가 모리스 블랑쇼는 "작가란 언제나 실제의 사건에 속하는 것이 아니라 그 그림자에 속하고, 사물에 속하는 것이 아니라 그 사물의 이미지에 속하며, 단어들조차도 기호나 가치, 진리의 힘이 되지 못하고 이미지들이나 겉모습들이 되게 하는 어떤 것에 속해 있는 것"[5]이라고 말하여 작가의 동정이 놓일 자리를 알려주었다.

이규희의 『어린 임금의 눈물』(파랑새어린이, 2004)은 단종에 대한 동정이 배어 있는 작품이다. 단종은 지금도 많은 이들의 동정을 사고 있는 인물이다. 널리 인정하듯이, 그는 조선조 임금 중에서 가장 역사물에 자주 등장하는 인물이다. 일찍이 이광수는 『단종애사』(『동아일보』, 1928. 11. 31~1929. 12. 11)에서 단종의 비극적 생을 소설화한 바 있다. 그는 이 작품으로 낙양의 지가를 올렸는데, 연재될 당시에 "누계 수천 통의 투서가 들어오니만치 독자군의 인기가 굉장하였"[6]다고 한다. 이 작품은 문학적 성패를 떠나, 식민지 민중들에게 역사물에 대한 붐을 일으켰다는 점에서 문학사적 의의를 획득하고 있다. 또한 독자들은 "소설에서 욕망

---

4 Georg Lukács, 이영욱 역, 『역사소설론』, 거름, 1999, 193쪽.
5 Maurice Blanchot, 박혜영 역, 『문학의 공간』, 책세상, 1990, 22~23쪽.
6 김동인, 「춘원연구」, 『김동인전집』 16, 조선일보사, 1988, 100쪽.

을 실현하느라 전통적인 도덕관념을 교란하는 수양과 그 일파의 반역을 통해 도덕적 갈등을 최소화하면서 최대한의 호기심을 충족시키는 기회를 갖게"[7] 된다. 그것은 역으로 현실 세계에서 불사이군의 명제가 지닌 문화적 의미를 확대하고, 그것을 민족의 정신적 유산으로 자각하도록 부추긴다. 그에 따라 독자들은 일제에게 늑탈당한 주권의 소중함을 깨닫게 되고, 망국민의 슬픔을 단종의 비애와 동가로 치환하여 자위한다. 그것이 이광수의 작품에 호응했던 당대 독자들의 반응이었다. 이처럼 역사소설은 대중들에게 역사를 추체험하는 계기를 제공한다. 게오르그 루카치식으로 말하면, 역사소설은 역사의 대중화를 선도하는 셈이다.

> 그 무렵, 철없이 단종 유적지에서 뛰어놀면서도 나는 '단종이 참 가엾구나' 하는 생각을 많이 했습니다.
> 어쩌면, 집과 재산을 몽땅 잃고 고향을 떠나온 아버지를 따라 황지로, 영월로 떠돌아다니는 나보다 더 불쌍하다는 생각이 들었습니다. 나는 아무리 그래도 식구들과 같이 살고 있었지만, 수양대군에게 왕위를 빼앗기고 첩첩산중 영월 땅으로 유배를 온 단종은 혼자였으니까요.
> (중략)
> 그리고 머리말을 쓰는 지금도 이 동화가 단종 임금의 마음에 들기를 간절히 바라는 마음입니다.[8]

작가의 언급에 의하면, 단종의 유허에서 놀이한 추억은 그녀로 하여금 작가로서의 책무를 불러일으키기에 알맞은 동기를 제공하였다. 그 기억으로 인해 작가는 '이 동화가 단종 임금의 마음에 들기를 간절히 바

---

7 김종수, 「소설 『단종애사』와 영화 〈단종애사〉 비교 연구」, 『현대문학이론연구』 제31집, 현대문학이론학회, 2007. 8, 278쪽.
8 이규희, 「작가의 말」, 『어린 임금의 눈물』, 파랑새어린이, 2004.

라는 마음'을 감출 수 없었으리라. 이규희는 작품을 시작하기도 전에, 이 작품을 동정으로 쓴 줄 고백하고 있다. 동정은 필연적으로 시혜자의 시선을 드러내는 감정행위라는 점에서, 작가의 발언은 무시하기 힘들다. 이런 우려를 알았다는 듯이, 그녀는 1인칭 시점을 동원하여 서사를 진행한다. 그런 이유로 '나'는 서술자의 간섭을 최소화하면서 최후를 향해 나아간다. 그로서 서술자가 베풀지 모를 동정은 행간으로 은닉되고, '나'는 임금의 품위에 어울리는 행보를 계속한다. 그 와중에 '나'는 흔들리는 왕권마냥 나약한 심성을 드러내기도 하고, 한편으로는 선왕에 대한 불충을 자책하기도 하며, 사직의 장래를 걱정하기도 한다. 이런 측면에서 단종은 "자신을 억압하고 있는 바로 그 권력을 구현하는 체제의 후원자이면서 또한 희생자이기도 한 기이한 위치에 처해 있는 것"[9]이다. 그것은 단종에게 부여된 국왕으로서의 권위, 즉 남성성의 양면적 속성이다.

루이 14세의 '짐이 곧 국가다'라는 말에 나타나듯이, 절대 왕조의 왕은 남성성의 표상이었다. 그는 왕의 권위를 빌려 왕국에 존재하는 남자다움의 이상형을 자신의 것으로 수렴해버린다. 그래서 세상에 존재하는 모든 덕목을 자기화하고 사유화한 왕에게서 남자다움을 찾아보는 일은 무료하다. 차라리 절대왕조시대의 임금에게서는 여자다움을 찾는 편이 훨씬 유익하다. 그 보기를 이규희가 제시하고 있다. 단종은 남성성을 구비한 임금이 아니다. 그는 어린 나이에 왕좌에 올라 만조백관들의 지도 조언에 따라 왕권을 행사하는 중에 수양대군으로부터 끊임없이 겁박당하여 백성들의 동정을 자극하는 인물이었다. 작가도 그에 맞추어 1인칭 서술로 세조에게 쫓겨나는 불운과 충신들을 건사하지 못한 죄책감 때문에 괴로워하는 단종의 처지를 서술하였다. 하지만 단종은 사약을 받으

---

9 Emmanuel Reynaud, 김희정 역, 『강요된 침묵―억압과 폭력의 남성 지배문화』, 책갈피, 2001, 178 쪽.

며 행하는 독백 부분에서 결연하고도 단호한 의지를 표백한다. 마치 작가가 이 대목을 마련하느라 한 작품을 필요로 했을 정도로, 단종은 소극적이고 패배주의적인 역사의 평가를 제척하고 자신의 신념을 완성하기 위해 스스로 죽음을 선택한다.

'수양 숙부, 숙부는 나의 자리를 힘으로 빼앗았지만 나는 빼앗기지 않았습니다. 그래요, 수양 숙부, 숙부가 아무리 나를 죽이려 사약을 내렸지만 나는 결코 수양 숙부의 손에 죽지 않을 것입니다. 이렇게 곤룡포를 입고 익선관을 쓴 임금의 모습으로, 나 스스로 이 세상을 떠날 것입니다. 그래서 아주 먼 훗날 언젠가, 나를 위해 죽어간 수많은 사람들의 넋을 위로하기 위해 나는 다시 임금이 되어 이 세상에 올 것입니다. 그래요, 수양 숙부, 숙부는 그깟 몇십 년 동안 임금 자리에 앉아 있다가 이 세상을 떠나겠지요. 하지만 나는 영원히 죽지 않는 임금으로 이 땅을 찾아올 것입니다. 그래서 천년만년 이 세상을 밝게 비추는 임금이 될 것입니다. 그러니 수양 숙부, 숙부는 결코 나의 자리를 빼앗은 게 아닙니다. 나는 잠시 숙부에게 내 자리를 내주고 먼 여행길에 올랐다가 다시 올 것입니다. 그날이 언제인지는 몰라도 반드시 다시 올 것입니다.'
나는 정성껏 곤룡포를 입고 익선관을 썼다. 그러고 보니 금빛 찬란한 용상도, 일월오악도, 병풍도, 시중드는 궁녀 하나 없어도 나는 어엿한 임금이었다.[10]

단종은 비극적 결말을 스스로 준비한다. 그의 마무리는 "고통을 통해 정화를 추구하는 것은 고통을 금욕적으로 인내하는 능력과 남성성의 연결을 강화"[11]하려는 노력과 다르지 않다. 하지만 그는 이미 수양대군에 의해 남성성이 거세된 어린 아이였다. 미성숙한 어린이는 중성이다. 단

---

10 이규희, 『어린 임금의 눈물』, 파랑새어린이, 2004, 199~200쪽.
11 George L. Mosse, 이광조 역, 『남자의 이미지』, 문예출판사, 2004, 193쪽.

종은 남성성이라는 기표를 장착하지 못하여 왕권을 상실한 대신에, 조선이라는 절대 왕조의 사직을 구성하는 선왕으로 자리매김된다. 그는 숙부로부터 왕위에서 축출당한 비운의 임금이지만, 그 뒤를 이은 세조는 조선조 임금군에서 현군으로 평가받는다. 세조는 세종이 이룩한 치적이 무위로 돌아갈 만큼, 혼란에 빠질 수도 있었던 조선의 초기 왕조를 신속히 안정시켰다. 단종은 스스로 제왕의 흉내를 내며 의관을 정제하지만, 자신이 말하듯 '시중드는 궁녀 하나' 없다. 이미 왕의 신분을 삭탈당한 그는 신하들의 호위를 받을 수 없다. 혼자서 임금인 척하여 제거된 권위를 복원하려는 그의 몸부림은 죽기 직전에야 남성성이 없는 줄 알게 된 탓이다. 그의 노력은 소슬한 고백조에 의탁되어 중성적 이미지에 포위되고 만다. 단종의 모호한 위상이 죽음으로 선명해지니 아이러니컬하다. 그는 슬픔으로 자신에게 부여된 기표를 완성하는 것이다.

심리학에서 슬픔을 나타내는 인지적 차원은 숙고-포기로 고안되어 있다. 그것은 "슬픔 정서와 숙고의 인지적 요소는 잃어버린 대상에 대한 지속적인 초점을 반영한다"[12]고 후술한다. 슬픔은 대상을 재통합하려는 반복적 시도에서 기인한 연속적 행동인 것이다. 따라서 재통합의 시도는 기억과 공상 속에서 계속된다. 왜냐하면 그 시도야말로 물리적 환경에 압도된 자아가 슬픔의 순간으로부터 벗어나는 유일한 길이기 때문이다. 인용문은 단종이 세조가 내린 사약을 받지 않고 자진하기 전이다. 그가 되풀이하여 '숙부는 나의 자리를 힘으로 빼앗았지만 나는 빼앗기지 않았'다고 강변하는 것은, 슬픔을 인정치 않으려는 의도적 반동행위다. 그는 현실을 인정하는 대신에, 과거의 재위 기간에 스스로를 유폐시킨다. 그 환각 체험에 한해서 단종은 곤룡포를 입고 익선관을 써 임금 노릇을 할 수 있다. 그가 '금빛 찬란한 용상도, 일월오악도, 병풍도, 시

---

12 김경희, 『정서란 무엇인가』, 민음사, 1995, 177쪽.

중드는 궁녀 하나 없어도 나는 어엿한 임금'이라고 우기는 것은 숙고에 해당하며, 그가 '다시 임금이 되어 이 세상에 올 것'이라고 항변하는 것은 포기에 해당한다. 그것은 비록 남성성이 거세된 현실계의 치욕을 '영원히 죽지 않는 임금'이라는 이상적 남성성으로 재통합하려는 욕망의 발로이다.

이러한 결말을 준비한 이규희의 결정은 전적으로 코나투스의 발현이다. 그녀가 단종의 비사를 사사화하지 않으면서, 비극적 종결을 마련한 속마음이다. 그녀는 왕권을 빼앗기고 귀양 간 비운의 주인공에게 자결이라는 비극적 사태를 제시하였다. 그녀는 어린 단종을 감당하기 힘든 이중적 비극에 노출시켰다. 그녀의 싸늘한 태도는 머리말에서 예고한 가없은 동정이 아니라, 코나투스를 통해서 단종을 거듭나게 해주려는 세심한 배려인 것이다. 이규희의 노력은 동정이 역사적 인물에 투사될 때 파생될지도 모를 우려를 불식한다. 그녀는 단종의 끈질긴 재통합 의지를 유언의 형식으로 재생하여 '잃어버린 대상에 대한 지속적인 초점'을 잃지 않고 있다. 단종의 그 마음을 드러내기 위해서 작가는 동정을 표했던 것이다. 그에 따라 동정은 종말부에서 단종으로 하여금 자기보존본능에 따른 결기를 보이도록 작동하였고, 종래의 소극적이고 상투적인 의미망을 해체하는 데 성공하였다.

이규희의 『왕비의 붉은 치마』(계림북스, 2009)는 명성황후에 대한 연민의 기록이다. 그것은 황후의 신분에 비극적 운명을 피치 못한 그녀를 조문하는 행위에 다름 아니다. 이 작품도 단종처럼 역사적 비운의 주인공을 다루고 있다. 명성황후는 비록 당대 민중들의 힐난을 받았으나, 비참한 최후로 동정을 유발한 여인이다. 그녀를 향한 동정에 주의를 기울여야 할 이유인즉, 그녀가 구한말의 정치적 소용돌이에서 빗겨난 인물이 아니란 사실에 있다. 그녀는 이후의 한국사를 결정한 위기 국면에서 특유의 선택과 배세로 역사의 일부를 사유화하였나. 그런 까닭에 명성황후에 대한 평가는 여전히 조심스럽다. 그녀에게 함부로 동정을 표하기도 어렵고, 그녀를 일방적으로 폄하하기도 곤란하다. 그런데 이규희는 동정을 앞세워 '동화'적 접근을 시도하고 있다. 그녀의 동정은 명성황후의 비극적 죽음에 초점을 맞춤으로써, 일단 논쟁거리를 차단한다. 그것이야말로 굳이 소설적 소재를 '동화'의 범주에서 소화하려고 시도한 근본적인 이유일 터이다.

> '어떻게 남의 나라 왕비를 죽일 수 있었을까?'
> 나는 무언가 마음속에 분노가 일었다. 그러던 1995년 '명성황후 시해 100주년'이 되는 해였다. 신문을 펼쳐 들자 옥과 산호로 꾸민 가체와 떨잠으로 모양을 낸 큰머리에 붉은빛 옷을 입은 명성황후 진영이 보였다. 물끄러미 그 초상화를 들여다보자 왕비도 초승달 같은 눈으로 나를 바라보았다. 그 눈빛이 너무 슬프고 애잔해 보여 내 마음도 슬퍼졌다. 왕비가 나를 향해 그 슬픈 눈으로 이렇게 말하는 듯 들렸다.
> '내 이야기를 써 보지 않겠느냐「'
> (중략)
> '왕비마마, 제 동화가 마음에 드시는지요?'[13]

이규희는 두 편의 갈래를 굳이 '동화'라고 규정한다. 동화가 아닌 작품을 일부러 동화라고 우기는 그녀의 태도는 소설적 양식을 취했으면서도 동화적 결말로 마감하는 데서 찾아볼 수 있다. 그것은 이규희가 소설이건 동화이건 특정한 장르만 고집하지 않은 탓이기도 하지만, 주인공 둘의 운명이 비극적이라는 요인이 더 크다. 그녀의 주장을 따라 이 작품을 읽노라면, 소설과 동화의 질적 차이를 감별할 수 있는 장점이 있다.

---

13 이규희, 「작가의 말」, 『왕비의 붉은 치마』, 계림북스, 2009.

그 반면에 "역사소설의 소재로 되는 과거사는 추상적인 기록의 형태로만 현존하는 것이기 때문에 살아 있는 현실처럼 작가의 상상력을 구속하지는 못하며, 작가의 주관적 의도대로 조직하고 굴절시키기에 한결 용이하다"[14]는 점은 동화작가로서 유의할 과제이다. 그것은 순전히 대상성으로부터 비롯된 것이다. 동화는 생리적으로 교훈적 요소를 추구하지 않을 수 없으므로, 과거사나 인물은 '작가의 주관적 의도'에 따라 자의적으로 재단되어 기술될 위험이 농후하다. 그런 염려를 해소하는 방법은 균형잡힌 역사관 외에 없다.[15] 작가의 역사의식이 사관보다 엄정해야 되는 이유이고, 문학이 역사보다 진실을 추구한다는 진리를 입증할 순간이다.

이런 점에서 이광수가 『단종애사』를 쓴 다음에 『세조대왕』(1939. 5)을 쓰지 않을 수 없었던 사정은 시사하는 바가 크다. 단종과 달리 명성황후는 외적에게 시해당하여 민족의 공분을 자아내게 한 인물이라는 점에서

---

14 강영주, 『한국 역사소설의 재인식』, 창작과비평사, 1991, 63쪽.

15 이 점과 관련하여 이규희의 역사 해석을 지적해 두고자 한다. 작가는 1866년 일어난 병인양요에 대하여 "대원군이 조선으로 들어오려던 불란서 신부를 무참하게 죽이고, 그 일로 불란서가 군함을 이끌고 강화도로 쳐들어오자 총포로 몰아냈다."(이규희, 『왕비의 붉은 치마』, 계림북스, 2009, 98쪽)고 언급하고 있다. 그러나 그녀의 서술은 비주체적이다. 조선의 국내 사건을 빌미로 함대를 앞세워서 일방적으로 공격한 프랑스의 주권침탈행위에 대한 대원군 이하 조선군의 정당한 방어는 옹호되어야 할 역사적 사건이다. 프랑스의 포격은 황해도 연안의 민가까지 확대되었고, 그들은 양헌수가 이끄는 조선군에게 기습을 당하여 정족산성에서 퇴각할 때에는 모든 관아를 불태우고 금괴와 서적 등을 대량 약탈해 갔다. 이 비극적 사건 이후에 척화비가 세워지고 쇄국정책이 강화된 것은 조선의 처지에서 보면 당연한 처사였다. 따라서 이 양요를 작가처럼 대원군의 만행으로 서술하고, 프랑스군의 작태를 비호하는 자세는 온당하지 못하다.
또 작가는 영국인 비숍(Isabella Bird Bishop) 여사에 대한 비판적 시각을 드러내지 않았다. 비숍은 영국왕립지리학회 최초의 여성회원으로 조선을 방문하고 나서 『조선과 그 이웃나라들』을 출판하여 명성을 얻었다. 그녀의 감정이 조선에 체류하는 기간에 혐오에서 안타까움으로 변했다손 치더라도, 한국인의 입장에서는 그녀의 행적을 비판적 시각으로 응시해야 한다. 그녀가 일본의 조선 침략욕을 '개혁'이라고 옹호한 점, 그녀의 보고서가 영국의 제국주의 기획에 기여한 점, 조선에서 러시아의 영향력이 확대해 가는 것을 영국의 이익에 심각한 위협 요인이리고 지적하는 점 등을 보더라도, 비숍의 내한은 제국주의적 행위에 다름 아니다. 그런 까닭에 그녀의 민비 알현(이규희, 위의 책, 164~165쪽)은 긍정적으로 받아들일 수 없다. 일찍이 시인 김수영은 "버드 비숍 여사를 안 뒤부터는 썩어빠진 대한민국이/괴롭지 않다 오히려 황송하다 역사는 아무리/더러운 역사라도 좋다/진창은 아무리 더러운 진창이라도 좋다"(「거대한 뿌리」)고 비판했거니와, 동일인물에 대한 이규희의 태도는 시인과 동화작가의 역사에 대한 접근 자세를 비교하도록 강권한다.

차원이 다르다. 그녀의 죽음은 국운의 쇠퇴현상과 겹쳐지고, 일제에게 무참히 살육된 사실이 전해지면서 백성들의 분노를 불러일으켰다. 그와 다른 차원에서 명성황후는 국정 운영에 개입했다는 점에서 역사적 평가 대상이다. 그녀는 시일이 경과하면서 시부 흥선대원군과 정적관계를 형성하여 대립각을 세웠다. 그녀의 행동은 명분상 국망의 위기로부터 국왕을 도우려고 한 것으로 평가받을 수 있다. 그렇지만 그녀가 민씨 일파의 부패를 방관하고, 외세를 동원하여 왕권을 강화하려고 시도했으며, 서양의 왜곡된 근대 지식을 수용한 점은 비판받아야 마땅하다. 더 자세한 증거들을 들추지 않아도, 그녀에 대한 평가는 상대적인 것이다. 그녀가 일제의 치밀한 계략에 따라 기획된 비극적 죽음을 맞이했을지라도, 역사적 평가는 달라질 수 없다. 명성황후의 일생을 입체적으로 작품화하기 위해서는 고종황제와 이하응의 생애가 뒤따라야 하는 것이다.

다희는 곁에 있던 궁녀들과 함께 부들부들 떨리는 손으로 서둘러 왕비에게 진빨강 비단 치마와 초록 저고리를 입히기 시작했다. 그 순간 문득 임오군란 때 왕비가 궁녀 옷을 입고 궁궐을 빠져나갔던 게 떠올랐다. 만약 그때 왕비 차림새로 갔더라면 단칼에 목숨을 잃었을 게 뻔했다.

"마마, 아니 되옵니다. 지금 그 옷을 입으시면 아니 되옵니다. 어서 쇤네의 옷을 입으시옵소서. 어서요!"

다희는 부리나케 옥색 저고리와 푸른 치마, 초록 견마기를 벗었다. 왕비도 사태가 심각한 걸 알고는 다급하게 다희가 벗어 놓은 상궁 옷으로 바꿔 입었다.[16]

다희가 왕비에게 입히는 '진빨강 비단 치마'는 어릴 적 시내에서 놀다

---

16 이규희, 『왕비의 붉은 치마』, 계림북스, 2009, 190쪽.

가 물에 빠졌던 그 빛이다. 당시 다희는 "자영의 진빨강 치마와 노랑저고리를 입으면 자신이 주인집 딸 자영이 될 것"(20쪽)만 같았다. 그렇게 입고 싶던 빨강 치마를 죽음을 대신하고자 자진하여 입게 된 것이다. 그리하여 빨강은 죽음을 예정한 빛깔이 되고, 푸른 치마는 목숨을 보전하는 빛깔이 된다. 색의 자리바꿈을 통해서 두 여인의 운명이 결정되는 것이다. 이 점에서 색깔은 "기억을 조정하는 원리"[17]이다. 황후와 김 상궁은 단순히 옷을 바꾸어 입는 것이 아니라, 친구처럼 지냈던 유년기의 기억 속으로 돌아가는 것이다. 다희와 자영으로 돌아간 두 사람이기에, 옷을 바꿔 입어 목숨을 바꾸는 일도 어렵지 않다. 이규희는 색깔을 통해서 기억을 조정하여 죽음의 당자를 변경하는 놀라운 장면을 묘사하고 있는 것이다. 옷의 색 변화에 의해 신분을 차별하지 않고 어울려 놀았던 어린 시절로 돌아간 두 소녀지만, 그것은 환상에 의해서만 가능하다. 그에 따라 상궁의 주검이 황후의 것으로 변해도 현실이 아니다. 황후는 상궁의 목숨을 담보로 현실계에서 살아남는 것이다. 다희의 소망은 자영이 아니라 황후로서 이승에 살아남으라는 것, 이로써 그녀의 소박한 바람은 역사적 차원으로 편입된다.

이런 점에서 역사물은 공공재의 성격을 갖는다. 역사물은 독자의 역사 소비 단계에서 동시대의 사람들에게 동일하거나 유사한 역사의식을 공유하도록 강요하게 된다. 작가는 역사의 형성 과정에 깊이 관여하고, 역사물은 집단기억을 형상화하는 것이다. 집단기억은 "단순히 과거의 기억을 회수하는 행위가 아니라, 과거를 현재의 맥락에서 재구성하는 것"[18]이기에, 작가는 사료를 충실하게 동원하여 역사소설에서 역사적 사실성과 문학적 진실성을 아울러 도모해야 한다. 그러나 그것이 문학적 핍진성을 담보하는 것은 아니다. 역사적 사건이나 인물이 문학적으

---

17 Manlio Brusatin, 정진국 역, 『색채, 그 화려한 역사』, 까치, 2000, 17쪽.
18 이승윤, 『근대 역사담론의 생산과 역사소설』, 소명출판, 2009, 26쪽.

로 수용되기 위해서는 반드시 역사의 재해석과 문학적 굴절을 수반한다. 이때 작가의 역사관이 개입하게 되고, 시대 상황이 가세한다. 작가의 선택은 시대적 맥락 속에서 이루지는 까닭에, 역사적 사건이나 인물은 시대의 기의를 부여받는 것이다. 그렇다고 작가는 문학적 진실을 확보할 목적으로 역사적 사실을 종속화해서는 안 된다. 역의 관계도 마찬가지다. 이규희는 구한말의 정치적 단면을 증언하는 명성황후를 선택하여 동정으로서의 집단기억이 함의한 가치를 보여주었다.

2) 분노로서의 문학

분노는 사람들에게 고루 나타나는 감정이다. 분노는 언제나 타자를 향하고 있어서 의식적이다. 그것은 사람들의 말하고자 하는 바를 대체하는 수단이다. 사람들은 분노로서 자신의 감정을 표현하거나 입지를 고발한다. 그것은 분노가 공격적이고 방어적인 심리기제이며, 시간 표지이자 공간 표지라는 사실을 알려준다. 사람들의 원초적 감정조차 양가적인 것이다. 이처럼 복합적인 성격을 지닌 분노이기에, 기존의 문학 작품에서는 분노를 적절히 활용하며 서사를 진행해 왔다. 한편으로 문학이 분노의 표출일 수 있다는 점은 문학이 역사와의 친연관계를 드러내는 정서적 표지이다. 정서가 사람들의 본능에 감추어진 감정의 혼화라는 점에서, 분노는 작품의 배면에 깔려 인물의 행동을 통어하기도 하고, 사건의 진행 방향을 조절하기도 한다. 그만치 분노는 문학과 상관관계를 형성하고 있다. 그렇더라도 분노가 작품의 외면에 드러나는 것은 삼갈 일이다. 작가는 때로 분노에 이끌려 구상을 하기도 한다. 그 와중에서도 분노는 정제되어야 하는데, 그것이 작품의 주제의식으로 삼투되노라면 당초의 의도로부터 일탈되기 때문이다. 환언하자면, 분노는 열정의 배면과 같아서 작가의 활용전략에 따라 공과를 결정한다.

이규희의 『흙으로 만든 귀』(바우솔, 2007)는 분노에 입각하여 왜국에서 고국으로 돌아가기를 고대하는 슬픈 영혼 조각들의 이야기를 쓴 것이다. 귀무덤은 본래 임진왜란 당시에 조선을 침략한 왜군들이 전리품으로 목 대신 베어간 코를 묻은 코무덤이다. 그것을 듣기에 혐오스럽다는 핑계로 귀무덤이라고 부른다. 이름의 바꿈보다도 더 불쾌한 것은 일본인들이 자신들의 선조가 범한 만행을 규탄하는 것이 아니라, 그 명칭이 혐오스럽다고 느낀다는 점이다. 더 가관인 것은 조선인들의 무덤이 전란을 일으킨 도요토미 히데요시의 사당 앞에 자리하고 있다는 점이다. 가해자는 죽어서도 피해자들로부터 베어온 전리품들을 관람하고 있는 셈이다. 근래에 그 중 일부를 사천에 안치하여 넋을 위로하고 있으나, 아직도 대부분의 귀와 코는 돌아오지 못하고 있다. 작가는 이 작품을 교토에 관광하러 갔다가 쓰기로 결심하였다. 그 배면에는 왜군들의 만행에 대한 분노가 꿈틀거리고 있었다.

> "그들은 이 마을 저 마을을 돌아다니며 닥치는 대로 백성들의 귀와 코를 베어 소금에 절여 도요토미 히데요시에게 전리품으로 바쳤다고 합니다. 처음에는 귀를 베었으나 군사들이 자꾸 전리품을 부풀리자 나중에는 사람에게 하나뿐인 코를 베어 간 거지요."
> 안내인의 말에 저절로 분노가 치밀었다.
> 그 뒤로 서울로 돌아와서도 문득문득 귀와 코를 잃고 울부짖는 조상들의 모습이 떠올라 마음이 아팠다. 누군가가 '제발, 잊혀져 가는 우리의 억울하고 슬픈 이야기를 사람들에게 알려 주게나.'라고 속삭이는 것만 같았다.[19]

이규희는 '잊혀져 가는 우리의 억울하고 슬픈 이야기'를 통해서 '우리

---

19 이규희, 「작가의 말」, 『흙으로 만든 귀』, 바우솔, 2007.

들'의 원한을 해원시킬 욕심을 드러낸다. 그녀의 시선은 동정으로부터 발원한 감정이다. 그녀가 동정으로 바라보지 않았더라면, 원혼들의 사연은 관광용 상품으로 진열되는데 그친다. 일본은 그 진열을 통해서 조선 정벌에 대한 추억을 되살리고, 망자들은 죽어서도 원통한 사연을 호소하지 못한 채 살해자의 후손들에게 완롱물로 전락한다. 죽은 혼령에 대한 한없이 너그러운 방치는 일본의 과거와 현재를 고스란히 보여준다. 이성이 발달하면서 '죽어가는 자의 고독'[20]은 제도화되었다. 현대인들은 문명화된 죽음이라는 미명하에 산자와 죽은 자를 철저히 격리시키어 죽어가는 자들은 고독하다. 예를 들어서 죽은 자들을 위한 거주공간이 외각에 설치된 것이나, 그들을 참배하는 횟수가 소수의 기념일로 제한되는 것은 살아남은 자들이 죽어간 자들을 영구히 격리하기 위한 조치이다. 그렇지만 일본은 이국의 원통한 영혼들을 가해자의 곁에 가두어버리고, 그들에게 죽은 자의 고독조차 누릴 기회를 차단해버렸다. 조선서 온 영혼들은 주택가의 소음에 시달리고, 오가는 관광객들의 수다에 부대끼며, 죽어서도 감시하는 가해자의 눈길에 안식하지 못하고 있다.

"얼마 전부터예요. 예전에는 엄마가 하셨어요. 엄마는 여기 계신 분들이 아무도 찾아오지 않으면 슬퍼할까 봐 꽃을 꽂아드리기 시작했대요. 이젠 엄마 대신 제가 맡아 하는 거예요. 참, 저기 계신 시미즈 할아버지는 일본 사람인데 벌써 삼대째 이 무덤을 돌보고 계시대요. 조상들이 지은 죄를 뉘우치는 마음으로 무덤의 풀도 뽑고, 청소도 하고, 문을 열고 닫는 일을 하시는 거예요."[21]

수영이는 어느 날부터 아무 이유도 없이 생긴 이명증 때문에 아버지의 고향 남원에 갔다가 귀무덤에 얽힌 사연을 듣게 된다. 조상의 죽음을

20 Norbert Elias, 김수정 역, 『죽어가는 자의 고독』, 문학동네, 1998 참조.
21 이규희, 『흙으로 만든 귀』, 바우솔, 2007, 97쪽.

대신한 개똥이 할아버지를 가족으로 받아들인 문서를 읽게 된 수정은 아버지와 함께 귀무덤을 찾아 일본 방문 길에 오른다. 윗 글은 무덤 앞에서 꽃을 꽂는 아이로부터 이야기를 듣는 장면이다. 시내는 일제에 징용되어 탄광으로 끌려온 증조할아버지의 후손이다. 시내는 집안에서 한글교육을 받은 탓에 수영이 부녀에게 세세한 사연을 들려준다. 시내의 말에 의하면, 시미즈 할아버지는 삼대째 귀무덤을 관리하는 사람이다. 그의 존재는 시내 엄마의 행동과 유다르다. 시내 엄마가 귀무덤을 돌본 것은 동정의 표시다. 그녀는 '아무도 찾아오지 않으면 슬퍼할까 봐 꽃을 꽂아드리기 시작'했다. 그러나 시미즈 할아버지는 '조상들이 지은 죄를 뉘우치는 마음으로' 행한다. 동일한 행동을 두고도 두 사람의 정서는 미묘하게 균열한다. 동정이 참회와 만나는 순간, 귀무덤에는 잡초가 제거되고, 영혼을 기리는 꽃이 놓인다. 작가는 이 아름다운 순간을 그리느라 고심했을 터이다. 그 순간은 일본이 취해야 할 태도를 시사한다.

그러나 일본은 제국주의로 무장하여 제이의 임진왜란을 획책하였다. 그들은 미국의 식민지가 될 위험을 모면하자마자 미국을 타자로 수용하고, 그 외의 아시아국가들에게 한 수 가르치려고 들었다. 이런 오만한 자세는 호혜를 기반으로 성립되고 유지되는 나라 사이의 외교를 무력화시키기 마련이다. 일제에 의한 국권침탈기에 벌어진 비극적 사건들은 무수하다. 그것은 일제의 군국주의가 지닌 포악한 속성에서 발원한 것이지만, 자국민 우위의 침략담론을 무비판적으로 확대재생산한 지식층들의 책임이 더 크다. 그 동안 인류의 역사에서 식자층이 자행한 범죄는 쉬 드러나거나 문제시되지 않았다. 하지만 조금만 귀 기울이면 세상에서 일어나는 모든 갈등의 배후에 지식이 작동하고 있다는 사실을 눈치채는 일은 어렵지 않다. 지금도 지식은 숱한 논리를 생산하여 정치가들의 권력욕을 채우는 데 동원되고 있다. 한 나라가 군사대국을 추구하는 과정에는 군산복합체가 움직이고 있으며, 지식은 실용화되어 무기도 변환된다. 지식인들은 그것을 공급할 뿐 아니라, 정당성을 주장하기 위한 논리를 제공하기에 머뭇거리지 않는다. 모두 애국이나 산학 협력이란 이름으로 자행되지만, 전문 지식을 내세워 일반인들의 접근을 차단해버리기 때문에 알기조차 쉽지 않다.

일제가 저지른 만행 중에서 지금도 위안부 할머니는 문제거리로 남아 있다. 이 야만적 범죄는 국제적 비난을 초래하였으나, 정작 일본은 지금도 마땅한 보상이나 사과조차 행하지 않아서 문제를 일층 심화시키는 판이다. 차라리 당사자들의 자연스러운 죽음을 기다리는 듯한 일본의 태도에서 국격이나 양심을 찾아보기란 난망하다. 태생 자체가 위선으로 점철된 정치가들의 몸놀림이야 그렇다고 치더라도, 일본의 지식인들이 침묵하여 외면하는 작태는 아무리 양보해도 수긍하기 힘들다. 그것은 일제의 침략 당시에 군부와 결탁하여 제국주의 논리를 체계적으로 제공했던 그들의 행태와 비교된다. 그 당시에 일본의 지식인들은 군국주의를 꾀하는 위정가와 군인집단에 합세하기를 서슴지 않았다. 그들은 이른바 대동아공영권이라느니, 일선동조론 같은 해괴한 논리를 창출하여 군국주의자들의 침략욕을 충족시키느라 부산하였다. 그들은 "전쟁이 정복적 공격적 성격을 띠게 되면 민족의식은 과장되어 민족은 세계의 번영과 평화를 위해 성전을 수행하는 것으로 되고, 이때 내세워지는 이상이나 사명은 그 민족이 아니면 수행될 수 없는 것으로 된다"[22]는 사실을 애써 부인하고, 일본 민족의 우월성과 세계사적 소명이라는 터무니없는 논리를 앞세워 영토 확장에 일조하였다. 하지만 종전 후에는 과거를 반성하는 담론의 생산보다는, 다시금 세계 제패의 야욕을 복제하느라 소란하다.

그럼에도 불구하고 한국의 식자 계급은 침묵을 미덕으로 내세운 채,

---

22 오삼교, 「후진국 민족주의」, 이영희 외, 『현실인식의 논리』, 사계절출판사, 1985, 192쪽.

위안부 문제를 여전히 외면한다. 그들에게 위안부는 단일민족 신화를 오염시켜 민족의 정체성을 훼손한 범법자일 뿐이다. 거칠게 말하면, 위안부는 인도의 '불가촉천민'과 같아서 지식인들의 위엄과 어울리지 않는다. 일찍이 문제작『친일문학론』(평화출판사, 1966)을 간행하여 지식인들의 부왜 행태를 고발한 임종국은『정신대 실록』을 발간하여 지식인 사회를 당혹스럽게 만들었다. 아무도 내놓고 말하기 껄끄러워 하는 위안부 문제를 공론화한 그의 노력은 지식인들의 부르주아화를 경계하면서, 역사에 대한 책임감을 일깨운 사건이었다. 그의 선구적 업적은 자신의 학문적 긴장을 유지하기 위한 식자된 도리이기도 했으나, 이 문제를 도외시하고 있었던 동류 계급에 대한 질타였다. 그가 말하듯 "일본 군대는 20만을 헤아리는 위안부를 가지고 있었는데, 그 중 80%에서 90%가 16세~19세의 한국인 처녀들이었다"[23]는 사실은 지식인들의 의분을 자아내기에 충분하였으나, 그들은 학문적 잇속에 빠져 외면하였다. 무릇 지식인은 시대와 사회에 대한 무한책임을 지닌다. 그들은 당대 사회에 대한 발언뿐만 아니라, 역사적 사건에 대한 의제를 부단히 생산하여 공식적으로 제출하여야 할 책무를 갖고 있다. 작가도 예외가 아니다.

이규희가 이 문제를 문제시한 것이『모래시계가 된 할머니』(푸른책들, 2010)이다. 작가는 황금주라는 위안부 할머니와의 인연을 토대로 이 작품을 썼다. 그런 사정 때문인지 몰라도, 이 작품은 실화인지 허구인지 분간할 수 없을 만큼 사실적이다. 이것은 그녀의 서사전략이다. 소설이 지닌 의의는 보편성의 확보로 극대화되거니와, 사실담이라면 개별적 차원으로 한정되어 독자의 공감을 이끌어내기 곤란하다. 작가의 세심한 배려에 힘입어 황금주의 사연은 민족적 현안과제로 부각된다. 그렇지만 정치가들과 지식인들의 방관 속에서 위안부들은 할머니가 되어 '모래시

---

23 임종국, 『정신대 실록』, 일월서각, 1981, 303쪽.

계'처럼 하나둘 사라지고 있다. 그처럼 무책임한 태도는 위안부의 절규처럼, 일본이 '우리가 죽길 바라는 거'와 진배없다. 세상의 무관심한 시선 속에서 황금주는 꽃을 자식으로 생각하며 정성스럽게 가꾸며 분노를 삭인다.

"저 녀석들이 나만 보면 실실 웃어. 내가 바깥에 나갈 때마다 '엄마 다녀올게. 잘 있어!' 하면 알았다는 듯 고개를 까딱인다니까. 그러니까 내가 꽃 엄마야, 꽃 엄마!"
할머니는 얼굴 가득 웃음을 띤 채 말했다.
나는 그 후 몇 번이나 할머니를 찾아가 이야기를 나누었다. 그러면서 알게 되었다. 그 꽃들은 할머니가 억울하게 끌려가 일본군에게 짓밟히기 전의 어여뻤던 처녀 시절을 떠올리게 해 주고, 그 고통으로 평생 아이를 낳지 못하는 할머니에게 귀여운 아이들이 되어 준다는 사실을.[24]

은비는 새로 이사한 옆집의 황금주 할머니의 행동을 이해하기 힘들다. 그 할머니는 무섭기로 아파트에 소문나 있었다. 하지만 몰래 본 할머니는 아이스크림처럼 부드럽고 다정한 목소리의 소유자였다. 은비는 할머니의 목소리를 따라가다가 말고, 꽃과 얘기를 나누는 모습에 부아가 치민다. 며칠 후, 할머니가 일본대사관 앞에서 시위하는 모습이 텔레비전에 등장하게 되자 은비는 위안부에 대한 궁금증을 갖게 된다. 은비의 호기심은 할머니가 증언을 위해 미국으로 출국하면서 베란다에 놓인 꽃에 물주기를 부탁하면서 가중된다. 꽃은 '할머니가 억울하게 끌려가 일본군에게 짓밟히기 전의 어여뻤던 처녀 시절을 떠올리게 해 주고, 그 고통으로 평생 아이를 낳지 못하는 할머니에게 귀여운 아이들'이다. 황

---

24 이규희, 「꽃엄마를 기억하기 위하여」, 『모래시계가 된 할머니』, 푸른책들, 2010, 125쪽.

금주는 꽃을 매개로 고통스러운 기억으로부터 벗어나 소박한 여자의 일생을 꿈꾸었던 것이다. 그녀는 일제에게 국권을 침탈당했던 햇수와 같은 서른다섯 개의 화분을 기르는 동안에, 몸에 새겨진 치욕의 기억을 가라앉히며 평범한 '여자의 일생'을 영위한다.

은비는 매일 할머니 댁을 드나들면서 할머니의 존재를 알게 되고, 인터넷 검색을 통해서 위안부에 대한 궁금증을 풀게 된다. '꽃엄마' 황금주는 일본 유학을 다녀온 아버지가 병환으로 고생하게 되면서 운명이 바뀌고 만다. 그녀는 아버지의 병환을 위해 거금을 차용한 집에 수양딸로 입적하게 된다. 그 집에서 고생을 하던 중에, 함흥 본가로 다시 가게 되는 과정에서 거간꾼 아주머니가 거금을 가로채게 되어 금주는 금세 빚쟁이로 전락한다. 마침 처녀 공출이 시작되어 금주는 빚을 갚을 욕심으로 딸들을 대신하여 나섰다가 관동군 위안소로 끌려가고 말았다. 방년 스무 살 처녀의 일생이 비극적 운명에 놓이는 찰나이다. 그로부터 그녀의 뇌리에는 선팽이로 돌아가고 싶다는 욕망과 돌아갈 수 없다는 절망감이 충돌한다. 따라서 이 작품은 그녀의 귀소본능을 충족시키기 위해 서사가 진행된다고 해도 과언이 아니다. 황금주가 생전에 선팽이를 찾아가고 싶었던 이유인즉, 환상을 통해서라도 원시적 세계로 진입하고 싶었기 때문이다. 그 세계에서라야 그녀는 위안부 할머니가 아닌 소녀 황금주가 될 수 있다. 더 달콤하게 말하면, 그 시절로 돌아가야만 란도셀을 사온다는 아버지의 귀국을 기다릴 수 있는 것이다.

"여태 있어. 여태 저기 있구먼……. 내가 태어난 집이……."

할머니는 목이 메어 말을 잇지 못했다. 은비는 할머니를 부축해 천천히 집 쪽으로 다가갔다. 할머니는 안채와 사랑채를 둘러보며 떨리는 목소리로 말했다.

"하나도 안 변했어. 초가지붕이 기와지붕으로 된 것 빼고는. 그래, 저기 외양간이 있었는데……. 아버지는 저기 서 사랑채에 앉아 글을 읽곤 했였시. 나는 이 마당에서 동생들이랑 놓았고. 저 건너편 산 밑에 큰집이랑 작은집도 있었는데……."

할머니는 눈시울을 붉히며 여기저기를 둘러보았다.[25]

인간의 공간 감각은 시각을 기초로 구축된다. 공간은 모든 동물의 생물학적 조건이다. 공간은 "인간에게 심리적 욕구이고, 사회적 특권이며, 심지어는 영적인 속성"[26]이다. 그러므로 할머니가 고향 방문에서 어린 시절의 기억을 되살리는 일은 중요하다. 그녀는 고향집에 도착하여 비로소 심리적 안정을 취하며 위안부가 아닌 사회적 구성원으로 편입되며, 영혼의 안식을 찾게 된다. 그것은 어릴 적의 출향으로 인한 분리 체험이 고향집이라는 자궁 속에서 결합되는 찰나이다. 그녀는 고향집에 도착하자마자 의구한 상태를 분별하고, 유년기의 추억을 온전히 복원한다. 그곳에서 금주는 공간마다 각인되어 있는 기억을 찾아낸다. 세상의 온갖 위험으로부터 안전한 장소로서의 집에서라야만 무방비 상태의 어린 딸 금주가 된다. 가스통 바슐라르가 집을 일컬어 "인간에게 안정의 근거와 그 환상을 주는 이미지들의 집적체"[27]라고 명명한 이유이다. 금주는 집의 '여기저기'를 통해서 아버지의 독서 장면과 동생이랑 놀았던 환상을 체험한다.

황금주로 하여금 환각을 통해서만 유년기로 돌아갈 수 있도록 통제하는 현실은 근본적으로 지식인들이 조성한 것이다. 그들이 위안부 문제에 침묵을 견지하는 것은, 유치한 남성우월주의의 발로이다. 그들은 위안부 문제를 달가워하지 않는다. 한국의 지식인들은 "'전통적인' 여성성, 즉 순결·순종·희생·헌신 등을 특징으로 하는 유교주의적 여성성

---

25 이규희, 『모래시계가 된 할머니』, 푸른책들, 2010, 101~102쪽.
26 Yi-Fu Tuan, 구동회·심승희 역, 『공간과 장소』, 대윤, 1999, 100쪽.
27 Gaston Bachelard, 곽광수 역, 『공간의 시학』, 민음사, 1990, 132쪽.

을 재강화함으로써 식민주의자들에 의해 빼앗긴 그들의 남성적 권력을 되찾고자"[28] 하는 것이다. 그러나 좀더 들어가 보면, 남성들이 이 문제를 외면하려는 이유는 좀더 옹졸하다. 남성으로서 여성을 지키지 못했다는, 말하자면 남성으로서 소유물에 해당하는 여성을 지키지 못하고 왜족에게 빼앗겼다는 패배감에 압도되어 책임을 회피하려는 충동 때문에 침묵하는 것이다. 다시 말해서 남성들에게 조국이나 민족은 자신과 동일시되고, 여성의 성은 남성의 재산에 속한다. 이처럼 불순한 식자층의 의도 아래서는 민족주의 담론조차 "(위안부) 여성에 '의한' 담론도, 여성에 '관한' 담론도, 여성을 '위한' 담론도 되지 못"[29]한다. 위안부 문제는 '지금 – 여기'에서 여전히 그리고 오로지 개인적 차원의 담론으로 고립된 채 부유하는 것이다. 이규희의 작품은 이에 관한 동화적 질문이다.

3) 화해로서의 문학

한국전쟁은 국조가 형극을 개제한 이래 최악의 민족사적 비극이었다. 지금도 전쟁의 후유증은 치유되지 않은 채 사회의 구석구석에 만연되어 있다. 동일민족간에 벌어진 미증유의 사태는 이후에 분단시대가 고착화된 기반이었고, 천만 명에 이르는 이산가족을 발생시켜 혈육에 대한 그리움을 세대간의 유산으로 물려주었다. 이처럼 전쟁은 당사자뿐 아니라, 후속세대에게 온갖 고통을 내상으로 각인시켜 준다. 하지만 사회가 발전하고 세대가 교체되면서 전쟁의 비극적 참상은 망각 중이다. 이미 전후세대가 사회의 주축 세력으로 자리잡은 지 오래이고, 베이비 붐 세

---

28 안연선, 『성노예와 병사 만들기』, 삼인, 2004, 217쪽.
29 양현아, 「한국인 '군 위안부'를 기억한다는 것」, 일레인 김·최현무 편, 『위험한 여성』, 삼인, 2005, 169쪽.

대는 노년기를 걱정하는 나이에 접어들었다. 그들은 전쟁 기억에 함락되느니 "대내적으로는 보다 더 민주적인 사회, 대외적으로는 보다 더 민족자주적인 사회의 건설을 지향"[30]하였다. 그 결과 한국 사회는 민주주의의 발전을 꾀할 수 있었다. 그러나 최근에 발발한 연평도의 비극은 한국전쟁이 종전된 것이 아니라, 지금도 휴전 상태라는 엄연한 사실을 각인시켜주었다. 이것은 전쟁의 경험을 잊지 말아야 할 당위성을 확인시켜주었다. 전쟁은 언제나 어디서나 결코 일어나서는 안 된다는 명제에 동의한다면, 한국전쟁은 영원히 기억되어야 할 교재인 셈이다. 그 와중에도 사회의 노후화가 진행되면서 전쟁 세대의 내면에 새겨진 기억들이 역사적 사실로 편입되고 있는 것도 사실이다.

한국전쟁은 문학에도 큰 영향을 미쳤다. 하근찬의 문제작 「수난이대」에 나타나는 신체의 불구와 손창섭의 소설처럼 정신적 질병이 작품 속으로 깊이 들어왔다. 평단에서도 전후의 실존주의적 경향을 둘러싸고 논전이 진행되었다. 또 아동문학계에서도 전쟁은 여러 갈래에 틈입하였다. 문학이 전쟁을 다루게 되자, 이전에 볼 수 없었던 자기분열 증상이 도처에 서술되고, 인간의 폭력성에 대한 탐구가 잦아졌다. 전쟁이 인간의 입체적 접근을 허용해준 셈이다. 그런 작품들에 공통적으로 나타나는 특징은 전후라는 시기를 좇아 후일담 문학의 유행을 가져왔다. 아동문학에서도 전쟁 체험은 빈번하게 다루어졌다. 최근에 이르러서는 시대상을 반영하느라 눈에 띄지 않을 정도로 적어졌으나, 이산가족 문제를 중심으로 간간이 취급되고 있다. 이규희가 발표한 『조지 할아버지의 6·25』(바우솔, 2010)도 후일담에 속하기는 마찬가지다. 다르다면, 그녀의 작품은 전쟁을 기억하자는 직접적 메시지를 표나게 내세우고 있다는 점이다.

---

30 김학준, 『한국전쟁』, 박영사, 1989, 366쪽.

6·25전쟁은 우리나라의 슬픈 역사 중 하나이며, 이긴 사람도 진 사람도 없으며, 양쪽 모두에게 결코 씻을 수 없는 슬픔과 고통만 안겨주었다는 걸 알려주고만 싶었어요.

그러던 어느 날 미국 플로리다에 사는 6·25전쟁 참전용사들이 해마다 '리멤버 7·27' 행사를 연다는 소식을 들었어요. 6·25전쟁 휴전일을 잊지 말며, 전쟁터에서 숨진 참전용사들의 넋을 위로하고, 장차 이 세상에 전쟁이 없는 날이 오기를 바라는 마음으로 여는 행사였어요.

'조지 할아버지의 6·25'는 바로 그 이야기를 소재로 삼아 쓴 동화랍니다.[31]

위처럼, 이 작품의 창작 동기도 기억의 중요성에 있다. 한국전쟁이 자국민들에게 잊혀져가는 판국에, 참전국 퇴역용사들에 의해 '리멤버 7·27'이라는 이름의 행사로 기억되고 있다는 사실 앞에서, 작가는 '이긴 사람도 진 사람도' 없는 전쟁의 비극을 회상한다. 그녀의 기억은 개인적 차원이 아니라 집단기억이다. 한국인이라면 누구에게서나 찾아볼 수 있는 전쟁의 트라우마이기에, 그녀의 기억은 낯익다. 그 점이야말로 굳이 미국 참전용사를 통해서 말하려고 한 그녀의 의도이다. 한국인들은 슬며시 유엔데이라는 날을 없앴다. 그날은 공휴일일 정도는 아닐지라도, 기념일 정도로 기억될 만한 의미가 있다. 외국군에 의해 동족간의 전쟁을 끝낼 수 있었던 것은 부인할 수 없는 사실이고, 모름지기 신세진 나라에 사의를 표하는 자세는 인류에 속한다. 이것은 전쟁의 잊고 안 잊음의 문제가 아니다. 지금의 경제적 성장을 일구어냈다고 해서 어려운 시절에 도움을 준 나라들의 은혜를 잊어서는 안 된다. 이 순간에 나라는 유기체로 변모한다.

유기체로서의 개인과 나라는 기억을 매개로 동질의 감정을 공유한다.

---

31 이규희, 「작가의 말」, 『조지 할아버지의 6·25』, 바우솔, 2010.

전쟁은 생각하기조차 싫은 기억이지만, 그것을 통해서 양자는 각자의 나아갈 바와 취할 태도를 결정하게 된다. 전쟁의 비극적 기억을 잊지 않으려는 양자의 노력은 구체적 후속조치로 실천되어야 한다. 하지만 한국인들은 나라가 유엔데이를 없애기 이전부터 전쟁을 개인적 차원으로 격하시켜버렸다. 그 결과로 전쟁은 이산가족의 좋지 않은 기억일 뿐, 적어도 '나'의 기억은 아니다. 나라 역시 경제 논리에 이끌리어 16개국의 지원을 기리지 않고 경쟁 상대국으로 인정할 뿐이다. 이런 판국은 나라가 범한 과오이다. 나라라는 큰 '나'가 기억하지 않으므로, 개인으로서의 '나'는 그것에 부여했던 가치를 철회한다. 양자는 만남의 기회를 놓치고 각자도생의 길로 접어든다. 이게 참전국에 대한 양자의 부인할 수 없는 현실이다. 이런 마당에서 한국은 배은의 나라가 되고, 국민은 은혜도 모르는 사람이 된다. 기억은 인류의 가치를 오늘에 되살리는 매개물이다. 작가는 '6·25전쟁 휴전일을 잊지 말며, 전쟁터에서 숨진 참전용사들의 넋을 위로하고, 장차 이 세상에 전쟁이 없는 날이 오기를 바라는 마음'을 강조한다. 더욱이 그 행사는 적군끼리의 해후를 마련하고 있어서 기억의 가치를 드높인다. 그것은 사람으로서 반드시 이루어야 할 죽기 전의 화해이다. 그 자리에 후속세대가 증인으로 참가한다면, 화해의 값어치는 제고된다.

영후는 마이클의 집에 놀러갔다가 깜짝 놀란다. 그 집 할아버지는 태극기를 비롯하여 한국 관련 자료들을 대거 수집해 두고 있었기 때문이다. 할아버지는 영후에게 참전 경험을 들려주려고 하나, 영후는 아이답게 마이클과 놀기를 재촉한다. 영후는 집에 돌아와 할아버지로부터 한국전쟁과 관련된 이야기를 듣고 난 후, 인터넷을 통해서 자세히 알아본다. 그 후 학교에 마이클의 할아버지가 자원인사로 초빙되어 한국전쟁에 참가했던 경험담을 들려주자 깜짝 놀란다. 그로부터 영후의 일상은 전쟁에 관한 자료들을 찾거나, 할아버지로부터 훈화를 경청하는 일로 이루어진다. 나날살이가 전쟁 관련 일화로 채워지던 어느 날, 영후는 '리멤버 7·27'에 초대를 받고 애국가를 부르게 된다. 그가 '우리나라의 슬픈 역사 중 하나'로 진입하는 찰나이다. 그는 그 행사장에서 김영준 할아버지를 만난다. 북한군이었던 그의 연설을 들으면서 영후는 전쟁의 양면성을 깨닫게 된다.

"…… 난 아직도 그때 피를 흘리며 죽어가던 동료들의 눈빛을 잊을 수가 없습네다. 지금도 밤마다 동무들이 살려 달라 외치는 악몽에 시달리고 있다면 믿겠소이까? 전쟁은 그렇게 우리 모두에게 상처를 입힌 거외다. 당신들이나 우리 모두에게……."
꽃지 할아버지는 얼굴 가득 굵은 눈물을 주르르 흘렸습니다.[32]

한국의 전후소설에서는 황순원의 「포화 속에서」(『서울신문』, 1952. 1. 15~18)와 몇 작품을 제외하고는, 북한군을 소재화한 것이 드물다. 그것은 종군작가들이 대부분 전선에 투입되기보다는 후방에서 복무한 탓이다. 이규희의 작품도 북한군을 등장시키고 있어서 이채롭다. 꽃지 할아버지는 인민군 출신이다. 그는 탈북하여 미국에서 살고 있으나, 지금도 '밤마다 동무들이 살려 달라 외치는 악몽'에 시달린다. 악몽은 환청을 동반한다. 그의 환상 체험은 피아의 화해를 재촉하면서 눈물을 자극한다. 눈물은 사람이라면 누구나 흘리기 마련이어서 보편적이다. 그런 까닭에 눈물 흘리는 사람을 보면, 사정을 알아보기도 전에 동정을 표하게 된다. 그런 태도는 두 사람간의 화해를 예정한다. 더욱이 그 눈물이 60여 년 전의 전쟁 기억을 동반할 양이면, 바라보는 사람도 그의 기억에 동참하지 않을 수 없다. 동정으로 시작된 기억이 낯선 이들로 하여금 허

---

32 이규희, 『조지 할아버지의 6·25』, 바우솔, 2010, 87쪽.

교하도록 다리를 놓는 것이다.

기억이 매개물로 작용할 때, 기억은 더 이상 감정적 회상작용이 아니라 역사적 실체이다. 역사는 기억의 집적물에 다름 아닌 것이다. 이미 침전된 줄 알았던 어제의 사건이 기억에 의해 되살아나 오늘의 모습으로 재현된다. 일상에 켜켜이 적층되어 있는 기억들의 소중함을 일깨우는 이규희의 노력은 "이미 다른 서사를 살아가고 있는 자에게 틀림없이 완결되었을 서사가 사실은 전혀 끝나지 않았다는 것을, 즉 사건이 다시 현재형으로 계속되고 있다는 것을 증명하는 것"[33]이다. 그녀는 기억을 상기하는 효과적 수단으로 눈물을 장치하였다. 눈물은 고통의 표지다. 눈물은 눈에서 흘리지만, 그것은 흘리는 자의 가슴에서 솟아난다. 그가 눈물을 흘리는 동안, 가슴이 들썩거리는 것을 보아도 눈물은 눈의 물이 아니다. 눈물의 마력은 "이성을 개입시키지 않고서도 도덕적 교훈을 기꺼이 받아들일 수 있게 한다는 것"[34]이다. 우는 사람 앞에서 큰소리칠 수 없듯이, 미국의 노병은 적군으로 맞섰던 북한군의 연설을 감동적으로 듣는다. 이 장면은 노병들의 화해를 수반케 하여 '양쪽 모두에게 결코 씻을 수 없는 슬픔과 고통만 안겨주었다는 걸' 증언하고도 남는다.

그간 제출된 한국의 전후소설이 지닌 문제점은 반전 메시지가 도식적이라는 점이다. 그것들은 "전쟁의 원인 혹은 역사적 성격에 대한 깊이 있는 성찰을 보여주기보다는, 작가 자신의 신변체험 혹은 감상성을 드러내는 데 그치게 된다"[35]는 점에서 한계를 노출시켰다. 그러나 이규희는 동화작가라는 신분을 최대한 활용하여 전후소설이 지향할 바를 구현하였다. 그것은 말할 것도 없이 휴머니즘에 입각한 화해이다. 화해처럼 전쟁을 반대하는 메시지는 없다. 화해는 이미 자신들의 행동에 대한 후

33 岡眞理, 김병구 역, 『기억・서사』, 소명출판, 2004, 126쪽.
34 Anne Vincent-Buffault, 이자경 역, 『눈물의 역사』, 동문선, 2000, 19쪽.
35 신영덕, 『전쟁과 소설』, 역락, 2007, 192쪽.

회를 전제하고 있으므로, 그들의 증언은 설득력을 얻는다. 이규희는 참전 체험이 없는 약점을 동화라는 장르적 속성으로 보전하였다. 그녀가 아이들을 내세워 할아버지 세대의 전쟁 체험을 후일담으로 기록하려고 착수했을 때, 화해는 서사를 추동하는 원동력이었다. 더욱이 그녀가 취한 액자식 구성법은 후일담의 성격에 부합할 뿐 아니라, 세대간의 화해를 모색하여 진전한 의미를 일깨워주는데 이바지하고 있다. 그러한 성과는 기저에 동정을 장치하여 작품의 정서를 지배한 덕분에 거둔 것이다.

3. 결론

스피노자는 사람들이 주위와 교섭하는 동안에 맞닿는 자극의 반응방식을 감응(Affectus)이라고 불렀다. 그의 제안은 사람들이 저마다 지닌 욕구의 일종인 아펙투스를 도덕적이고 이성적으로 제어하여 선한 삶을 영위하기를 바라는 간절한 기대감의 표시였다. 그는 아펙투스를 적극적으로 활용하여 타인과 협력하는 공동체적 이상을 갈망한 것이다. 그가 최고의 삶을 아펙투스에 대한 바른 이해를 바탕으로 행동하는 것이라고 본 것은 동정의 사회적 가치를 음미케 한다. 동정은 타인과의 상호작용이다. 사람들은 동정을 통해 '나'와 마주선 '너', 즉 '원망스런 너'를 '나의 삶을 값있게 만드는 너'로 수용할 수 있다. 그것은 궁극적으로 자기를 보존하고 타인을 포용하며 사회를 보전하려는 코나투스의 구체적 행동화이다. 그 역할을 거의 유일하게 수행할 수 있는 장르가 동화이다. 동화작가는 동정을 정서적 배경으로 장치하여 화해의 국면을 제시할 수 있다. 이런 측면에서 보면, 동화(童話)는 아펙투스를 통한 동화(同化)를 추구하는 장르이다.

앞에서 살펴본 바와 같이, 이규희는 동정의 작가이다. 그녀의 동정은 등장인물에게 환각 체험을 예비시키는 정서적 배경으로 작동하고 있다. 그들은 환각을 통해 훼손되기 이전의 '나'를 회복하고, 나아가 훼손시킨 '너'와 화해를 추구할만한 심리적 기반을 마련한다. 이것이야말로 작가가 동정을 기반으로 역사적 사건이나 인물에 관심을 표하는 동기이다. 그녀는 역사를 통해서 과거로 돌아가려고 시도하지 않는다. 그녀도 현금의 타자로서 역사를 해석하여 형상화하지만, 역사는 자기를 보존하려는 코나투스의 발현에 다름 아니다. 또 그녀가 역사적 인물이나 사건에 관심을 기울인 내역을 살펴보면, 전부 비극적이거나 슬픈 사연을 지닌 인물이나 사건들이다. 그 점은 그녀가 낭만적이고 여린 감수성의 소유자란 사실을 드러내면서, 동시에 역사의 주름에 대한 주밀한 성찰을 행하고 있다는 사실을 알려준다. 이런 측면에서 보면, 이규희의 역사 동화는 동정에 입각한 집단기억의 구체적 성과물이다.

(『아동문학평론』, 2011. 봄호)

제4부 소년소설론

'순수의 시대'를 향한 슬픈 서정

—김유정의 소년소설론

1. 서론

1930년을 전후하여 한반도는 금광 열풍으로 휩싸였다. 이 시기를 일컬어 '황금광시대'라고 칭하거니와, 너도나도 일확천금을 찾아서 광산으로 몰려들었다. 세계적인 대공황의 여파로 금의 가치가 올라가고, 일제에 의해 이식된 자본주의가 토착화되기 시작하면서 금을 찾아가는 행렬은 전국 각지에서 줄을 이었다. 이 대열에는 조병옥이나 설의식을 비롯한 지도층 인사와 작가들도 동참했다. 당대의 비평가 김기진은 금광 덕대 출신의 방응모가 조선일보사를 인수하자 기개를 부리며 사직했으나, 그 역시 평안도의 한 금광에서 덕대 노릇을 하며 살았다. 일본에 유학까지 다녀온 지식인 기자로서 신문 권력이 금권에 접수되는 현실에 울분을 토로했으나, 당장 먹고 살 걱정을 해결하기 위해 금광에 투신할 수밖에 없었다. 채만식도 금광에 손을 대고 난 뒤에, 그 체험을 소설 『금의 정열』(『매일신보』, 1939.6.19~11.19)에 기술하였다. 이처럼 금광은 이 시대에 유행처럼 인구에 회자되던 화두였고, 필부부터 식자층까지 폭넓게 참여한 광풍의 진원지였다. 이 사실을 박태원은 『소설가 구보씨의 일일』에서 '황금광시대 그들 중에는 평론가와 시인, 이러한 문인들조차 끼어 있었다'고 증언한 바 있다.

김유정(金裕貞, 1908~1937)도 예외가 아니었다. 그는 금광 사업의 실패와 질병, 두 번에 걸친 실연과 무질서한 생활 등으로 얼룩진 과거를 지녔다. 이러한 비극적 사연들은 그의 문학작품에 그대로 삼투되어 나타났는 바, 작중인물들의 웃음 속에 슬픈 사연을 내포하도록 작용한 근인이었다. 그는 "하나의 소설적 트릭도 없이, 있는 세계를 그대로 내보임으로써, 그는 그 어떤 작가보다도 식민지 치하의 농촌의 궁핍상을 여실하게 묘파"[1]한 작가로 평가받고 있다. 그는 한국의 소설작품에 보기 드물게 해학의 미학을 추구한 작가였다. 더욱이 식민지시대라는 강포한 환경 속에서 제출된 그의 해학은 불가피하게 웃음의 사회적 성격을 질문하도록 요구한다. 그는 웃음이 슬픔을 함의할 수 있다는 사실을 소설적으로 증명함으로써, 자신의 시대에 드리워진 비운을 구체적으로 보여주었다. 그의 소설적 노력에 힘입어 웃음의 의미역이 더욱 확장된 것이다. 이런 측면을 고려해 보면, 한국의 근대문학사에서 김유정이 차지하는 자리는 독특하다. 그의 문학은 일종의 "향토문학"[2]이다. 그것은 소설적 배경들이 대부분 농촌으로 설정되어 있고, 작중인물들이 강원도 사투리를 능숙하게 구사하는 순박한 성격의 소유자란 사실과 결부되어 있다. 이런 사실은 이민족의 침략으로 손상된 현재적 상황을 반영하면서, 동시에 그의 소설적 열망이 원래적 질서의 회복에 연결되어 있음을 반증한다.

따라서 본고에서는 "문학은 나의 생활의 한 과정"(「병상의 생각」, 『조광』, 1937. 3)이라고 공언하였던 김유정의 소설이 추구하는 궁극적 세계를 재고찰하는 데 역량을 기울일 참이다. 그 과정에서 작품들이 맺고 있는 현

---

1 김윤식 · 김현, 『한국문학사』, 민음사, 1987, 199쪽.
2 김우종, 『한국현대소설사』, 성문각, 1995, 271쪽.

실과의 관련성은 자연스럽게 포착될 수 있을 것이다. 이 점을 강조하기 위해서는 그 동안의 논의에서 거론되지 않았던 작품들을 간과해서는 안 된다. 지금까지 제출된 김유정의 연구사는 소설적 차원을 중심으로 이루어진 탓에, 소년소설의 범주에서 가능한 논의들은 소홀시될 수밖에 없었다. 이에 본고에서는 김유정 작품의 미적 자질들을 구현하는 데 기여하는 웃음의 의미역을 찾아서 재구성하는 동안에, 주제의식과 향토성의 근원적 모습이 소년소설의 영역에서 조명될 수 있는 근거가 확보되기를 기대한다.

2. 웃음의 비극성과 향토의 서정성

1) 인간적 가치의 훼손

사람살이의 가장 기본적인 문제는 의식주다. 그 중에서 먹는 것이야말로 차후의 문제를 미연에 방지하기 위해서라도 최우선적으로 해결되어야 한다. 더욱이 군집생활을 영위하는 사람들로서는 먹는 일이 단순하게 식욕을 충족시키기 위한 소박한 바람에 그치지 않는다. 그것은 집단의 안녕을 보전하는 수단인 동시에, 생활의 영역을 지속적으로 유지할 수 있느냐 없느냐를 판정하는 척도가 된다. 그런 까닭에 1930년대처럼 식민지 경제의 파탄이 노골적으로 드러난 시기에는 먹을 것을 둘러싼 크고 작은 다툼이 빈발할 수밖에 없었다. 이 시기는 전래하던 농작 형태가 외세에 의해 강제적으로 무너져버린 때였으므로, 필연적으로 반외세의 성격을 띠게 된다. 이런 사태를 맞게 되면 먹고 살기가 힘든 사람들에게 최소한의 도덕적 가치를 요구하는 것은 과분하다. 그들은 생의 폭석을 녁거리의 해설에 소섬을 주고, 녁을 섯을 위해서라닌 톰/사시

팔 수 있다는 극단적인 생각을 하게 된다. 그런 판국에는 정상적인 가족 관계가 유지될 수 없고, 식솔들은 각자도생하거나 가장에게 의지하기 마련이다. 그 상황이 악화되면 가족은 해체되고, 급기야 기본적인 윤리마저 저버리고 비인간적인 행태를 보이게 된다. 그 대표적인 사례가 김유정의 소설「떡」(『중앙』, 1935. 6)이다.

이 작품은 '떡이 사람을 먹은 이야기'다. 작가는 '겨우 일곱살 난 게집애로 게다가 겨울이 왔건만 솜옷하나 못얻어입고 겹저고리 두렝이로 떨고잇는 옥이'의 비참한 생활을 강조하기 위해 구술하는 듯한 문체를 구사하고 있다. 옥이는 가난한 집안 형편 때문에 먹고 입는 것도 힘들지만, 그것보다도 아버지의 폭력에 무방비상태로 노출된 아이다. 아버지는 소작인이었던 시절을 위세하면서 '술만 들어가면 세상이 고만 제게되고' 마는 위인이다. 그가 혼자 아침밥을 먹는 순간에, 옥이는 기상했으면서도 '군침을 가만히 도루 넘기고 꼼을거리든 몸을 다시 방바닥에 꼭 붙인채색색 생코'를 곤다. 아버지의 밥상에 달려들었다가는 아버지로부터 '이년아 넌 뭘한다구 벌서 일어나 캥캥거려 하고는 그 주먹 커다란주먹'이 날아오기 때문에, 옥이는 마른세수를 하며 아버지가 나가기를 기다린다. 어느 날 옥이는 개똥어머니가 씨종으로 있는 도삿댁에 따라가서 배부르게 얻어먹게 된다. 평소에 굶기를 다반사로 하던 옥이는 주는 대로 받아먹다가 배탈이 난 채 집으로 돌아온다.

덕히는 이걸빤히 바라보고 잇드니 골피를 접으며 어이배랄먹을 넌 웬걸 그러케 처먹고 이지랄이야 하고는 욕을 오랄지게 퍼붓는다. 그러나 나는 그속을 빤히 보앗다. 저와같이 먹다가 이러케 되엇다면 아마 이토록은 노엽지 않엇스리라. 그 귀한 음식을 돌르도록 처먹고도 애비 한쪽 갓다줄 생각을 못한 딸이 지극히 미웟다. 고년 고래싸 웬떡을 배가 터지도록 처먹는담 하고 입을 삐죽대는 그낯짝에시기와 증오가 력력히 나타난다. 사실로말하자면 이런 경우에는 저도 반듯이 옥이와같이 햇스런만 아니 놈은 꿀바른주왁을 다먹고도 또 막걸리를 준다면 물다 뱃는한이 잇드라도 어쨋든 덥석 물엇으리라 생각하고는 나는 그 얼굴을 다시한번 쳐다보앗다.[3](밑줄: 인용자)

소설의 대단원으로, 김유정 소설의 특징 중의 하나로 운위되는 비대화적 예문이다. 위에서 밑줄 친 부분은 대화문으로 처리해도 무방하다. 그렇지만 김유정은 작중인물을 통해 발설되어야 할 대사까지 지문으로 처리함으로써, 대화의 여지를 삭제해버린다. 그것은 김유정이 일관되게 형상화하고 있는 '아무렇게나 막된 염치없는 사람'의 고유한 자질을 돋보이도록 만든다. 말하자면, 비대화문은 대화가 지닌 소통 가능성을 원천적으로 차단하여 도저히 아버지라고 부를 수 없는 덕히의 반인륜적인 행태를 강조하는 데 기여하는 것이다. 덕히는 딸이 남의 집에 가서 배불리 얻어먹고 온 뒤에 복통으로 고생하자, 그것을 '빤히' 바라보며 '귀한 음식을 돌르도록 처먹고도 애비 한쪽 갓다줄 생각을 못한 딸'에게 '욕을 오랄지게' 퍼붓는다. 동일한 경우라면 '저도 반듯이 옥이와같이 햇스런만', 그는 정작 딸의 끼니조차 해결해주지 못하면서도 언어폭력을 행사하는 것이다. 그는 욕설을 생활화하여 처자식을 윽박지르지만, 그의 행동은 사회적 모순에 불만을 표출하는 것이 아니다. 자신보다 약한 자들을 향해서 완력을 발휘할 뿐이다. 이 점에서 그의 언어는 환경적 요인에 의해 차입된 것으로 판명된다. 이와 같이 김유정은 대화문과 비대화문의 경계를 허물어버림으로써, 일상화된 폭력 사태를 초치한 언어의 배후를 고발하고 있다. 그가 대화문을 일부러 구별하지 않은 예는 소설 「슬픈 이야기」(『여성』, 1936. 12) 등에서도 발견된다.

김유정의 작품에서 욕설은 일상어와 구별되지 않은 채 왜곡된 아버지

---

3 김유정, 「떡」, 전신재 편 『원본 김유정전집』, 강, 1997, 94쪽. 본고의 작품 인용은 이에 따른다.

상이 등장할 적마다 구사된다. 욕설은 아버지를 독선적이고 이기적인 성격의 소지자로 고정시킨다. 그것은 "1930년대 전반기 강원도 산골 마을 사람들의 문명에 오염되지 않은 원초의 야성적 목소리이기에 현대 문명과 외래문명에 물들기 이전의 문화를 체험"[4]해주는 기호이기도 하지만, 그보다는 약자로서의 아이와 여성들을 향한 억압의 언어수행이란 점에 주목해야 한다. 왜냐하면 언어는 사용자의 인격을 드러내는 동시에, 그가 처한 신분의 한계를 보여주기 때문이다. 아버지의 언어폭력은 필연적으로 물리적 폭력을 동반하게 된다. 덕히가 처자식의 배고픔을 걱정하지 않고 혼자서 식사하는 근저에는 가장의 명분이 자리잡고 있다. 덕히는 가장의 권위를 빌려서 사회로부터 좌절당한 절망을 그녀들에게 분풀이하여 보전하는 것이다. 이처럼 작중인물의 언어는 그의 성격화를 드러내는 데 이바지한다. 그러므로 김유정이 하층민들을 작중인물로 동원한 이상, 언어는 그들의 신분에 알맞은 비속어와 육두문자들이 주를 이루게 된다. 덕히처럼 먹을 것을 두고 자신의 본분을 망각하는 아버지상은 「안해」(『사해공론』, 1935. 12)에서 반복적으로 출현한다.

똘똘이는 네살짜리 어린애니깐 한 보시기. 나는 즈 아버지니까 한사발에다 또 반사발을 더먹고 그런데 년은 유독히 두사발을 처먹지 않나. 그리고도 나보다 먼저 홀딱 집어세고는 내 사발의 밥을 한 구텡이 더 떠먹는 버릇이 있다. 게집이 좋다 했더니 이게 밥버러지가 아닌가하고 한때는 가슴이 선듯할만치 겁이 났다. 없는 놈이 양이나 좀 적어야지 이렇게 대구 처먹으면 너 웬밥을 이렇게 처먹니 하고 눈을 크게 뜨니까 년의 대답이 애난 배가 그렇지 그럼. 저도 앨 나보지 하고 샐쭉이 토라진다.[5]

4 전신재, 「김유정 소설과 전통의 재창조」, 『문예연구』, 2008. 겨울호, 16쪽.
5 김유정, 「안해」, 전신재 편, 앞의 책, 173~17쪽.

참으로 기막힌 장면으로, 김유정 소설의 극정을 담보하는 작품이다. 자신은 '아버지니까 한사발에다 또 반사발을 더먹'어도 되지만, 아내가 '두사발'을 먹는 것은 '밥버러지'라고 생각하는 대목을 접하면 말문이 막힌다. 이처럼 반인륜적인 언사를 마다하지 않는 아버지의 행태는 먹고 살기 힘든 현실을 반영하면서, 인간으로서의 최소한도의 생존이 윤리적 덕목보다 우선하는 사회의 실태를 보여주기에 충분하다. 김유정이 빚어낸 몰염치하고 패륜적인 군상들은 자신의 과오나 책임감을 사상해 버리고, 가족들의 먹고사는 문제를 해결하려는 가장으로서의 책임감도 보이지 않는다. 그들은 타인에게 일방적으로 자신의 가치를 강요하면서 자신의 논리 외의 아무것도 인정치 않는다는 점에서 지극히 배타적이다. 그들이 상대나 이견을 인정하지 않는 태도야말로, 사회적 의사소통이 원활하게 이루어지지 못하고 있다는 사실을 방증한다. 이처럼 출구가 막혀버린 세계에서 최후의 수단으로 처자식들에게 실존적 몸짓을 시연하는 그들의 행패가 대화문을 지양하도록 압박한 것이다.

또한 그들은 자신의 잇속을 위해 성매매를 강요하기도 하며, 인신매매조차 망설이지 않는다. 아버지들이 여성들의 성적 가치를 금전으로 환산하는 장면들은 김유정의 소설에서 빈번하다. 예컨대, 출처 모르는 들병이를 아내로 앉혀서 돈을 벌어볼 꾀에 골몰하는 「총각과 맹꽁이」(『신여성』, 1933. 9), 병든 아내의 몸을 돈으로 계산하는 「땡볕」(『여성』, 1937. 2), 아내의 매매계약서를 체결하는 「가을」(『사해공론』, 1936. 1), 아내를 들병이만도 못한 천치로 평가하는 「솟」(『매일신보』, 1935. 9. 3~14) 등, 김유정의 소설에서 여성의 몸은 금전적 교환가치 외에 다른 의미를 갖지 못한다. 이것은 경제적 궁핍으로부터 야기된 것으로, 부부간의 성적 쾌락을 삭제한 작가의 의도에서 유추할 수 있다. 그는 쾌락을 목적으로 한 남녀 간의 성관계를 고의적으로 거세하고, 오직 아내의 성을 팔아 호구책을 노모하려는 남편들을 등상시켰다. 그것은 쾌락원칙에 충실한 성이라기보다는, 경제적 궁핍을 해결하는 수단으로서의 성을 가리킨다. 이런 점을 유념하면, 김유정이 자주 성을 취급하면서도 성희에 관한 묘사가 드문 사정을 헤아릴 수 있다.

이와 같이 김유정의 소설적 주제는 거의 먹고 사는 문제를 해결하려는 주인공들의 몸부림이다. 그들은 먹을 것을 해결하기 위해서라면 자신의 몸을 일부러 망가뜨리는 짓조차 망설이지 않았다. 이처럼 막장 인생들의 모습을 김유정은 금광 체험과 결부시키며 상세하게 묘사하였다. 그 대표적인 사례는 그의 금 연작에서 살펴볼 수 있다. 소설 「노다지」(『조선중앙일보』, 1935. 3. 2~9), 「금」(1935), 「금 따는 콩밧」(『개벽』, 1935. 3) 등은 그가 1931년 충청도의 한 광업소에서 감독으로 생활하면서 얻은 경험담이다. 이 작품들은 소위 '황금광시대'의 실상을 명징하게 증언한다. 금광에 종사하는 이들은 금전적 이익에 혈안이 되어 천부적인 인성이 서서히 파괴되어 갔다. 그들의 파멸 과정은 당시의 소설가들에게 호재였고, 김유정의 작품들도 황금에 눈먼 시대의 광풍을 실감나게 표현하였다. 특히 금광에서 일하는 노동자들이 목숨을 걸고 금을 빼돌리는 장면들이 생생하게 묘사된 대목들은, 그가 견지했던 소설적 주제의 일관성 측면에서 주목을 요한다.

"끙!"

남편은 방벽에가 비스듬이 기대어앉으며 이렇게 안간힘을 쓴다. 그리고 다친 다리를 제앞으로 조심히 끌어댕긴다. 이마에 살을 조여가며 제손으로 푸르기 시작한다.

굵은 사내끼는 풀러제쳤다. 그리고 피에 젖은 굴복 등거리를 조심히 풀쳐보니 어느게 살인지, 어느게 뼈인지 분간키 곤난이다. 다만 흐느적흐느적하는 아마 돌이 나려칠 제 그모에 밀리고 으츠러지기에 그렇게 되었으리라. 선지같은 고기덩이가 여기에 하나 붙고 혁은 저기에 하나 붙고. 발꼬락께는 그 형체좇아

잃었을만치 아주 문질러지고말이아니다. 아직도 철철피는 흐른다. 이렇게까지
는 안되었을턴데! 그는 보기만해도 너무끔찍하야 몸이 조라들 노릇이다.

그러나 그는 우선 피에 흥건한 굴복을 집어들고 털어본다. 억 피가 찌르르
묻은 손벽만한 돌이떨어진다. 그놈을 집어들고 이리로 저리로 뒤져본다. 어두
운 굴속이라 간드레불빛에 혹요 잘못 보았을지도 모른다. 안해에게 물을 떠오
래 거기다가 흔들어 피를 씻고보니 과연 노다지. 금 황금. 이래도 천원짜리는
되겠지!⁶

덕순은 금을 빼돌리기 위해 자신의 몸을 자해하였다. 그 모습은 '선지
같은 고기덩이가 여기에 하나 붙고 헉은 저기에 하나 붙고. 발꼬락께는
그 형체좃아 잃었을만치 아주 문질러지고말이아니다'는 문장에 여실히
드러나 있다. 이처럼 당시에 노동자들은 금을 빼돌리기 위해서 "상투
속에 숨기기, 신발 속에 숨기기, 삼키기, 입속에 감추기, 귓속에 묻기,
사타구니에 끼기, 항문에 숨기기"⁷ 등, 수단과 방법을 가리지 않았다.
스스로 "살기 위하야 먹는걸, 먹기 위하야 몸을 버리고 그리고 또 목숨
까지 버린다"고 세태를 힐난하면서도, 광산 노동자들은 '먹기 위하야'
자신의 몸을 학대하였다. 이 사실이 김유정으로 하여금 「노다지」와 함
께 이 작품에 해학을 장치하지 못하도록 제어하였다. 그것은 덕순이의
금 도둑질을 허용하기 위한 작가의 배려이다. 그는 먹고 살려고 애쓰는
이들의 노력에 소설적 지원을 아끼지 않은 것이다. 나아가 주인공 덕순
이가 욕설을 구사하지 않는 것도 덕히형 인물들과 구별하기 위한 전략
의 일환이다. 이처럼 김유정은 기본적인 윤리조차 파탄난 사람들과 생
존을 위해 헌신하는 사람들을 각기 다르게 다루면서 주제상의 변주를
꾀하였다.

---

6 김유정, 「금」, 전신재 편, 위의 책, 82쪽.
7 전봉관, 『황금광시대』, 살림, 2005, 103쪽.

2) 슬픈 웃음의 파노라마

일찍이 아리스토텔레스는 "인간은 웃을 수 있는 동물이다"(『동물지체론』)고 단언한 바 있다. 이어서 그는 웃음의 다양한 효과에 주목하여 "우스꽝스런 것은 남에게 고통이나 해를 끼치지 않는 일종의 실수 또는 기형"[8]이라고 말하였다. 그의 언급에 의해 웃음은 미학적 자질을 확보하여 서양의 문학사에 편입될 수 있었다. 19세기 말부터 웃음이 사회학적 연구 대상으로 부각되면서, 웃음에 관한 논의는 복잡한 양상을 띠며 전개되었다. 웃음이 단순한 의미를 지닌 일회성 의사표시가 아니라, 관련 구성원 간의 관계에 따라 환호와 배척의 의미를 나타내는 신체적 표지로 승인된 것이다. 웃음은 구성원 사이의 친밀도를 가르는 변별적 기능을 수행하기도 하고, 집단 간의 소통 여부를 승인하느냐 마느냐를 결정하는 심리적 요인으로 작용하기도 한다. 작가가 행간에 장치한 웃음들은 뚜렷한 의도를 지니고 있으며, 문학이 사회의 제도이듯 웃음도 사회적 성격을 함의하고 있는 것이다. 이 점에서 웃음이 담당한 소설적 역할은 만만하지 않다.

한국문학사에서 웃음은 문학작품을 구성하는 본질적 요소라고 해도 과언이 아닐 정도로 아주 오랜 역사를 지니고 있다. 그것은 고대로부터 근대에 이르기까지 여러 작품들에 두루 나타나는 현상인바, 판소리에 삽입되어 있는 웃음들은 그 좋은 사례이다. 서양과 달리 한국문학에서 웃음은 평민들의 삶에 초점을 맞춘 장르에 빈번히 표출되었다. 그것은 웃음이 근본적으로 삶의 애환을 위무하는 성격을 갖고 있음을 나타내는 동시에, 사회비판적 성격을 내포하고 있음을 시사한다. 평민들은 웃음을 동원하여 유교적 질서를 야유하면서, 그들을 괴롭히는 사대부 중심

---

8 Aristoteles, 천병희 역, 『시학』, 문예출판사, 1986, 42쪽.

의 지배체제를 조롱하였다. 판소리에 배어 있는 웃음들이 조롱에 의한 카타르시스를 겨냥하고 있다는 것이야말로, 그에 대한 적절한 반증이다. 이러한 문학사적 전통은 근대소설에 면면히 계승되었고, 김유정은 그 중의 한 사례를 담당하고 있다.

김유정은 "웃음이 환기하는 세계를 통하여 30년대 하층민의 일상화된 비극을 드러내고"[9], 웃음으로 현실에 대응하는 그들의 실체적 모습을 사실적으로 서술한 작가이다. 그의 작중인물들이 언어폭력에 자주 노출되거나, 비인간적 행동을 자행하는 것도 실은 '30년대 하층민의 일상화된 비극'이었다. 그런 사람들에게 고급한 언어나 고상한 생활을 요구하는 것은 사치다. 그들은 하루살이조차 힘들었기에, 도처에서 하시라도 신경증적 반응을 예사로 보였던 것이다. 날마다 최저 수준의 조건에 내몰리는 그들이 삶을 지탱할 수 있는 버팀목은 성이었다. 그러나 그것이 쾌락을 추구하는 본질로 나아가지 못하고 경제적 차원에 국한하여 효용성을 갖게 되자, 성은 육체적 차원이 아니라 거래의 수단으로 전락하게 되었다. 천부적인 성적 욕망조차 쾌락원칙에 따라 작동하지 못할 때, 그들은 욕망의 거세를 웃음으로 자위할 수밖에 없다. 이 점은 당시 들병이들과 동거하며 비극적 사연을 공유했던 김유정이 일상적 비극을 극복할 수 있는 힘으로 웃음을 마련한 배경이다. 그러므로 그의 소설에 편재하는 웃음은 근원적으로 슬프다.

웃음은 소설에서 여러 가지 기능을 수행한다. 그것은 서사의 방향을 결정하기도 하고, 인물의 행동을 지연시키기도 하면서 주제의식의 완성에 기여한다. 그처럼 김유정의 소설에서도 웃음은 저마다 독자적인 결을 지니고 있다. 먼저 명편 「봄·봄」(『조광』, 1935. 12)은 혼례를 미끼로 어리숙한 데릴사위의 노동력을 착취하는 장인과 '나' 사이에 벌어지는 소

---

9 박세현, 『김유정소설연구』, 인문당, 1990, 73쪽.

극이다. 두 사람 간의 갈등은 순전히 성례를 둘러싸고 발발하여 진행되다가 종료된다. 그만치 성례는 작품의 골격을 차지하고 있으며, 하나의 화제를 둘러싼 갈등은 그의 소설에서 자주 출현한다. 그 점이야말로 김유정이 단편소설에 주력하게 된 근인일 것이고, 여러 작품에서 동일 이름이 등장하게 된 원인일 터이다. 이처럼 여러 측면들이 상호 중복하여 출현하는 양상은 웃음이라고 해서 예외가 아니다. 그는 웃음을 도처에 장만하면서도, 그것들이 소설적 맥락 속에서 조화를 이루도록 조직하였다. 그의 섬세한 배려에 의해 웃음은 행간에 잠복해 있다가 소정의 역할을 수행한다.

"장인님! 인젠 저—"
내가 이렇게 뒤통수를 긁고 나희가 찼으니 성례를 시켜줘야 하지 않겠느냐고 하면 그대답이 늘
"이자식아! 성예구뭐구 미처 자라야지—" 하고 만다. 이 자라야 한다는 것은 내가 아니라 장차 내 안해가 될 점순이의 키 말이다.
내가 여기에 와서 돈 한푼 안받고 일하기를 삼년하고 꼬박이 일곱달동안을 했다. 그런데도 미처 못 자랐다니까 이키는 언제야 자라는겐지 짜증 영문모른다. 일을 좀더 잘해야 한다든지 혹은 밥을(많이 먹는다고 노상 걱정이니까) 좀 덜 먹어야 한다든지 하면 나도 얼마든지 할말이 많다. 허지만 점순이가 안죽 어리니까 더자라야 한다는 여기에는 어째 볼수없이 고만 벙벙하였다.[10]

작품의 서두이다. 김유정이 다른 작품과 다르게 대화문으로 시작하는 것이 유별나다. 그가 묘사로 시작하지 않은 것부터 웃음을 준비시키기 위한 서술 전략이다. '나'는 오로지 점순이와 혼인하기 위해서 '돈 한푼

---

10 김유정, 「봄·봄」, 전신재 편, 앞의 책, 156~157쪽.

안받고 일하기를 삼년하고 꼬박이 일곱달동안'참고 기다려왔다. 그렇지만 장인은 사위를 노동력으로 환산할 뿐, 사위로 받아들이기를 유예한다. 그의 미적거림에 의해 서사의 진행 속도는 답답해지기보다, 오히려 '나'의 요구를 반박하는 대답에 의해 촉발된 어처구니없는 웃음으로 극복된다. 그 이면에는 대화체가 작동하고 있다. 이러한 방식은 그가 소설 「만무방」에서 "서술자의 개입으로 작중인물의 시각과 서술자의 시각이 넘나드는 가운데 현실적 언어를 동원하여 소설적 리얼리티"[11]를 살린 것과는 다른 양상이면서 유사하다. 그것은 희망 없는 세상을 비판한 점에서는 흡사하지만, 묘사와 대화의 이질적 성격을 각기 사용했다는 점에서 차이난다. 말하자면, 김유정은 작품에 따라 웃음의 역할을 다르게 부여하고 있는 것이다.

위와 다른 유형의 웃음은 소설 「동백꽃」(『조광』, 1936. 5)에서 살펴볼 수 있다. 김유정은 이 작품에 사춘기 남녀간의 성적 발달의 차이로 인한 웃음을 저변에 장치하고 있다. 마름의 딸 점순이는 무시로 사방에서 '나'를 괴롭힌다. 그녀의 짓궂은 장난은 노골적인 애정 표현이다. 그녀에 비해 성숙이 더딘 '나'는 점순이의 행동을 이해할 수 없다. 웃음은 그녀의 속셈을 눈치채지 못한 '나'의 둔감한 행동으로부터 생긴다. 만약 두 사람 간의 의사소통이 자연스럽게 이루어진다면, 작품의 서사적 묘미는 반감될 터이고 진행 속도도 빨라질 것이다. 말괄량이 같은 점순이의 술책에 '나'가 놀아나고, 두 사람 사이의 의사소통이 엇박자를 자아내면서 계속적으로 웃음이 발생한다. 이러한 방식은 판소리에서 쉽게 찾아볼 수 있어서 "우리의 고전문학 속의 해학과 상통하는 골계의 표출 등에서 그의 단편들은 1930년대의 큰 수확으로 보아야 할 것"[12]이라는 평가를 수반하게 된다. 김유정의 웃음은 돌발적인 현상이 아니라, 역사적

---

11 우한용, 『한국현대소설담론연구』, 삼지원, 1996, 98쪽.
12 조건상, 『한국현대골계소설연구』, 문학예술사, 1985, 57쪽.

맥락에 닿아 있는 것이다.

> 설혹 주는 감자를 안받아 먹은 것이 실례라 하면 주면 그날 주었지 "느집엔
> 이거 없지?"는 다 뭐냐. 그렇잖아도 즈이는 마름이고 우리는 그 손에서 배재를
> 얻어 땅을 부침으로 일상 굽신거린다.[13]

'나'는 점순이의 본의를 파악하지 못한 채, 그녀의 유혹을 개인적 차
원이 아닌 신분상의 차이로 받아들인다. 이처럼 '나'는 신분상의 차이를
전제하며 생각하는 습관을 내면화하고 있어서 주인의 유혹을 순수하게
수용하지 못하고, 그것을 주인의 위세인 양 받아들인다. 그것은 김유정
이 남녀간의 사랑놀음에 필연적으로 연루되기 마련인 출신 성분을 통해
서 계층의 차이로 인한 슬픈 웃음을 장치했기 때문이다. 대개 김유정의
작품에서 여성들은 남성보다 우월하다는 점에서, 점순이의 유혹에 '나'
가 넘어가지 않는 것은 특이한 일이 아니다. '나'는 점순이가 "너 배내
병신이지?", "느이 아버지가 고자라지?"라는 등의 성적 발언을 과감하
게 행사하며 무딘 감각을 타박해도 진의를 파악하지 못할 만큼 판단 능
력이 결여되어 있다. 그녀의 나이에 어울리지 않는 발언들은 '나'의 부
족한 감각을 돋보이도록 움직인다. 말의 반복은 "그것이 정신적인 요소
로 이루어지는 어떤 특이한 놀이를 상징하면서도, 그 자체가 완전히 물
질적인 성격을 띤 놀이의 상징이 될 때 우리를 웃게 할 수 있다"[14]는 점
에서, 점순이의 '나'에 대한 되풀이되는 추파가 웃음을 초래한다. 즉, 두
사람 간의 도저히 접점을 찾을 수 없는 언어의 충돌이 웃음을 발생시키
는 것이다.

---

13 김유정, 「동백꽃」, 전신재 편, 앞의 책, 221쪽.
14 Henri Bergson, 정연복 역, 『웃음─희극성의 의미에 관한 시론』, 세계사, 1997, 67쪽.

"그럼 너 이담부텀 안 그럴터냐?" 하고 무를 때에야 비로소 살 길을 찾은 듯 싶었다. 나는 눈물을 우선 씻고 뭘 안그러는지 명색도 모르건만

"그래!" 하고 무턱대고 대답하였다.

"요담부터 또 그래봐라 내 자꾸 못살게 굴터니?"

"그래그래 인젠 안그럴테야!"

"닭 죽은건 염녀마라 내 안이를테니."

그리고 뭣에 떠다밀렸는지 나의 어깨를 짚은채 그대로 픽 쓰러진다. 그바람에 나의 몸둥이도 겹쳐서 쓰러지며 한창 피여 퍼드러진 노란 동백꽃속으로 푹 파묻혀버렸다.

알싸한 그리고 향깃한 그 내음새에 나는 땅이 꺼지는듯이 왼정신이 고만 아찔하였다.

"너말말아?"

"그래!"

조곰 있드니 요 아래서

"점순아! 점순아! 이년이 바누질을 하다말구 어딜 갔어?" 하고 어딜갔다온 듯싶은 그 어머니가 역정이 대단히 났다.

점순이가 겁을 잔뜩 집어먹고 꽃밑을 살금살금 기어서 산알로 나려간 다음 나는 바위를 끼고 엉금엉금 기어서 산우로 치빼지 않을 수 없었다.[15]

끝부분에 이르러 소년소녀의 화해로 결말되는 듯하여 이채롭다. 그렇지만 두 사람이 신분상의 차이를 극복할 수 없으리라는 사실은 '나'와 점순이가 '산알'과 '산우'로 갈리는 대목에서 예고되고 있어서 비극적 결말에 가깝다. 이것은 반봉건적이고 반근대적인 성격을 벗어나지 못한 당대의 사회상을 고스란히 보여준다. 김유정은 그들의 비극적 사랑이

---

15 김유정, 「동백꽃」, 전신재 편, 앞의 책, 226쪽.

'어머니'에 의해 차단될 것이라는 암시를 통해서 세태를 풍자한 셈이다. 또한 기성세대와 신세대의 가치관이 충돌하는 이 장면을 통해 작가는 과도기에 진입한 사회상을 제시하고 있다. 이 점에서 그가 조성한 웃음은 사회적 성격을 확보하면서 슬픈 정조를 획득하게 된다. 이처럼 "웃음과 눈물을 절묘하게 결합시킬 수 있는 것은 작가의 뛰어난 재능뿐 아니라 건강한 현실 의식의 소산"[16]이다. 김유정이 작품 속에서 만들어내는 웃음들은 현실의 이면을 통찰한 결과물이고, 그로 인한 웃음은 사회적 표지인 셈이다.

세 번째 웃음은 전도된 가치관의 절정을 보여주는 절편 「만무방」(『매일신보』, 1935. 9. 3~14)에 있다. 주인공은 '오라는데는 업서도 갈데는 만'은 '만무방'이다. 그의 동생 응오는 병든 아내의 수발과 장리로 인해 살림이 거덜난 판이다. 그렇지만 그는 '진실된 농군'이어서 응칠과 대조된다. 그런 동생이 응고개의 벼를 훔치다가 형에게 발각된다. 그는 "내 것 내가 먹는데 누가 뭐래?"라며 대들지만, 형은 몽둥이로 응징한다. 가난이 형제간의 의를 상하게 만든 원흉이다. 말미에서 형이 쓰러진 동생을 업고 가는 것으로 마감되지만, 어긋난 우의가 되돌려질 수 있을지 의문이다. 이처럼 가난은 제 논의 벼를 훔치게 만들고, 형제간의 폭력사태를 조성한다. 그 와중에서 형제는 본래의 관계를 상실하고, 재물에 눈 먼 그들은 '만무방'이 되고 만다. 김유정이 서두에 마련한 웃음은 그들의 비윤리적인 행동을 도드라지게 만든다.

산골에 가을은 무르녹앗다.

아람드리 로송은 빽빽이 느러박엿다. 무거운 송낙을 머리에 쓰고 건들건들. 새새이 끼인 도토리, 뼛, 돌배, 갈입들은 울긋불긋. 산토끼 두놈은 한가로이 마

---

16 이선영, 「궁핍한 시대와 자기인식」, 『김유정』, 벽호, 1993, 232쪽.

주 안저 그물을 할짜거리고. 잇다금 정신이 나는듯 가랑입은 부수수, 하고 떨린다. 산산한 산들바람. 구여운 들국화는 그품에 새뜩새뜩 넘는다. 흙내와 함께 향깃한 땅김이 코를 찌른다. 요놈은 싸리버섯, 요놈은 입 썩은 내 또 요놈은 송이—아니, 아니 가시넝쿨속에 숨은 박하풀 냄새로군.[17]

초두에 묘사된 정경으로, '만무방'의 주류에 속하는 인물이 출현하는 장면치고는 너무 서정적이다. 김유정은 주인공 응칠의 행적과는 어울리지 않는 풍경 묘사를 통해서 자연적 질서의 훼손 상태를 시사한다. 산골의 만물이 가을에 맞는 표정을 지니고 있으나, 고향에 돌아온 응칠은 본래의 선한 모습이 아니다. 그는 곧장 집으로 가지 않고 산중을 배회하며 가을 풍경을 만끽한다. 그의 행동은 후속되는 사건과 전혀 이질적인 모습이다. 그는 '싫프면 하고 말면 말고 그저 그뿐'인 한량이기에, 시간을 허비하며 가을이 상기하는 추수철의 분주한 모습과 대비되는 행동을 보인다. 이처럼 웃음은 "매번 다른 어떤 것에서 생성되는 것이 아니라, 하나의 개념과 실제적인 객체(대상)들 사이에서 갑자기 인지된 불일치에서 생성된다"[18]는 사실을 감안하면, 막 되먹은 주인공과 아름다운 가을 풍경의 부조화야말로 웃음을 자아내는 원동력이다. 이와 같이 김유정의 웃음은 언제나 소슬하다.

3) 순수한 자연의 회복 의지

김유정의 소설작품들을 일별하노라면, 외적으로는 투박한 언어를 사용하여 비루한 삶을 형상화한 듯하지만, 내적으로 살펴보면 그런 평가가 표피적이라는 사실을 금세 알 수 있다. 도리어 그는 단순하고 소박한

---

17 김유정, 「만무방」, 전신재 편, 앞의 책, 95쪽.
18 류종영, 『웃음의 미학』, 유로, 2007, 275쪽.

농촌사람들의 성정을 타락시키는 '보이지 않는 손'을 포착하기에 공을 들였다. 말할 것도 없이 그것은 이민족의 강점으로 야기된 것이다. 김유정은 논마지기조차 갖지 못한 가난한 영혼들이 인륜에 반하는 행위들을 스스럼없이 자행하는 현상을 섬세하게 포착하고 있다. 이것은 빈한할수록 선한 성정을 지니고 있다는 전통적인 가치관에 위배되는 것으로, 그들이 물욕과 식탐에 빠지게 된 속사정을 묻는 행위다. 그에 이르러 식민지의 농촌, 구체적으로 강원도라는 산중에까지 침입한 식민 당국의 만행이 만천하에 공개된 것이다. 스스로 낙향하여 야학을 개설하고 농민들의 계몽운동에 복무했던 그였기에, 고향의 훼손된 질서를 선명하게 문자화할 수 있었을 터이다.

이런 관점에서 김유정 소설의 서정적 특질들은 눈여겨 살펴보아야 한다. 그에게 서정이란 원시적 질서가 온전한 세계의 추억이다. 그 세계야말로 서정성이 보존된 자연이고, 자연은 서정적 요소로 구성된 생의 터전이다. 그는 과거적 세계의 원형을 고향에서 찾았다. 그곳은 그에게 물리적 고향이면서, 세계의 폭력성에 의해 가치관이 일그러진 사람들이 살아가는 현장이다. 고향은 그의 과거와 현재를 구성하는 공간적 요소인 셈이다. 그러므로 김유정은 일관되게 고향의 정경들을 소설화하느라 몰두하였고, 그 과정에서 이전의 세계를 허구적으로나마 구성할 수 있었다. 그는 등장인물들의 일그러진 형상을 통해서 고향과 고향사람들에게 내재되어 있는 순수한 자연 상태의 모습을 작품에 구현한 것이다. 실제로 그는 자연과 일체화된 생활을 '시적'이라고 표현하면서 산문 「오월의 산골작이」(『조광』, 1936. 5)에 '시적' 인식의 일단을 피력하였다.

산천의 풍경으로 따지면 하나 흠잡을데 없는 귀여운 전원이다. 산에는 기화이초(奇花異草)로 바닥을 틀었고, 여기저기에 쫄쫄거리며 내솟는 약수도 맑고 그리고 우리의 머리우에서 골골거리며 까치와 시비를 하는 노란 꾀꼬리도 좋다.

주위가 이렇게 시적이니마니 그들의 생활도 어데인가 시적이다. 어수룩하고 꾸물꾸물 일만 하는 그들을 대하면 딴 세상사람들을 보는듯 하다.[19]

인용한 산문에서 김유정은 '하나 흠잡을데 없는 귀여운 전원'을 '시적'이라고 파악하고 있다. 그의 관점은 서양의 전원이라기보다는 동양의 자연이 제격이다. 이 점에서 그의 소설들이 당대의 암울한 형편을 도외시하여 비역사적이라거나, 현실순응적이라는 비판에 직면한다. 그것은 김유정의 등장인물들이 본래적으로 안고 있는 한계, 곧 순박하거나 어리석은 속성과 관련되어 있다. 그들은 영악하지 않다는 점에서 비도시적 인물이고, 재래의 생활 질서를 고수한다는 점에서 농촌형 인물들이다. 즉, 그들은 자연의 환유물인 셈이다. 김유정이 마을 사람들을 일컬어서 '어수룩하고 꾸물꾸물 일만 하는 그들을 대하면 딴 세상사람들을 보는듯'하다고 언급한 이유가 여기에 있다. 그들은 근대적 풍경에는 전혀 관심이 없는 '딴 세상사람들'이다. 그것은 김유정이 "풍경 묘사를 통해 자연의 상징성과 분위기, 위엄을 차용했고, 이를 통해 주객이 혼융되는 물아일체의 상황을 동경했다"[20]는 사실로부터 비롯된 것이다.

그 증거는 그가 들병이를 "애급의 집시—(유랑민)적 존재"(「조선의 집시」, 『매일신보』, 1935. 10. 22~29)라고 파악하여 동거하고, 작품에 끌어들인 예에서도 확인 가능하다. 성은 사람들의 원초적 욕망에 속하므로, 김유정에게는 들병이의 성적 문란초자 지극히 자연스러운 현상이다. 들병이로 그에게 대표되는 여성들은 "예술가의 제재와 구원과 미학적 조화가 이루어지는 모성적 목표인 근원을 뜻하는 관능적 힘, 즉 그의 자신과 융합해야만 하는 자연의 세계"[21]일 뿐, 비난의 대상이 아니다. 또한 김유

19 김유정, 「오월의 산골작이」, 전신재 편, 앞의 책, 423쪽.
20 박헌호, 『한국인의 애독 작품—향토적 서정소설의 미학』, 책세상, 2005, 176쪽.
21 Ralph Freedman, 신동욱 역, 『서정소설론』, 현대문학사, 1989, 58쪽.

정의 작품에서 유독 패륜아들이 자주 등장하는 현상도 동일한 차원으로 수렴된다. 김유정은 그들이 패륜아로 전락하게 된 배면에는 그들의 천부적인 성정을 왜곡시켜 자연 상태로부터 격절시킨 현재적 상황이 개입되어 있다고 보는 것이다. 곧 그의 소설에서 소통의 부재, 인륜의 파탄, 성의 왜곡 등은 외적 압력에 의해 훼손된 자연 상태를 인증하는 표지인 셈이다.

이런 사실을 확장하면, 그가 문단 데뷔 후에 '따라지' 연작을 발표한 점은 눈여겨볼 만하다. 그의 소설 「소낙비」(『조선일보』, 1935. 1)의 원명은 「따라지목숨」이었는데, 신문사에서 당선작 발표시에 개명하였다. 이 작품 외에 그는 「봄과 따라지」(『신인문학』, 1936. 1)와 「따라지」(『조광』, 1937. 2) 등을 통해서 더 이상 타락할 수 없을 정도로 '따라지'같이 비참한 식민지 원주민들의 실정을 증언하고 있다. 따라서 김유정의 작품을 지칭하여 식민지 현실의 수락이라고 비난하는 태도는 철회되어야 한다. 단지 그는 나름대로 특유의 소설문법을 발휘하여 현실의 객관적 조건을 천착했을 따름이다. 그것이 직접적으로 노출되지 않았다고 해서 그의 작품을 일거에 폄하하는 것은 온당치 못하다. 식민지 현실에 대한 그의 안타까움은 소설적 탐구로 이어져서 "밥을 차저 흘러가는 뜬몸"(「산ㅅ골 나그내」, 『제일선』, 1933. 3)에 주목하도록 견인하였다.

밤이기퍼도 술ㅅ군은 역시들지안는다. 메주뜨는냄새와가티쾨쾨한냄새로 방안은 괴괴하다. 웃간에서는 쥐들이찍찍어린다. 홀어머니는쭉쩌러진화로를 끼고안저서 쓸쓸한대로곰곰생각에젓는다. 갓득이나 침침한 반짝등ㅅ불이 북쪽지게문에 뚤린구멍으로 새드는바람에 반득이며 빗을일는다. 흔버선짝으로 구멍을틀어막는다. 그러고증단미트로 반짓그릇을 끌어댕기며 슬음업시 바눌을 집어든다.

산ㅅ골의 가을은 왜이리고적할까! 압위울타리에서 부수수하고절닙은진다.

바로그것이귀미테서 들리는듯 나직나직속삭인다. 더욱 몹슬건 물ㅅ소리 골을
휘돌아맑은샘은 흘러나리고 야릇하게도 음률을읇는다.

  퐁! 퐁! 퐁! 쏘록 퐁![22]

 서두의 세세한 묘사를 통해 작품의 앞날을 예시하는 수법은 김유정의
작품에서 산견된다. 그는 출세작 「소낙비」에서도 서두를 "음산한 검은
구름이 하눌에뭉게뭉게 모여드는 것이 금시라도 비한줄기 할듯하면서
도 여전히 짓구즌 햇발은 겹겹산속에 뭇친 외진 마을을 통체로 자실듯
이 달구고 잇엇다"로 시작하여 당대 농촌사회의 우울한 분위기와 앞으
로 일어날 사건의 복선 기능을 부여하고 있다. 또 그는 「산골」(『조선문단』,
1935. 7)의 시작 부분에서 "머리우에서 굽어보든 햇님이 서쪽으로 기울
어 나무에 긴 꼬리가 달렸"다고 서술하여 이쁜이의 우울한 심사를 반영
하고, 각 장마다 '산, 마을, 돌, 물, 길'이라는 소제목을 부여하여 등장인
물보다는 배경 묘사에 초점을 둘 것을 암시하였다. 이처럼 김유정의 서
술 상황은 서정적 세계를 지향한다. 그것은 "독자가 정서적 환기 효과
를 느끼게 하기 위해 전원의 아름다움을 그려내고 이와 관련된 서정적
분위기를 자아내고 있으며, 이러한 정서적 환기 효과는 김유정 소설의
독특한 문체에서 기원하는 음악적 서정성의 배려와 대상을 대하는 작중
화자의 태도 때문에 가능한 것"[23]이다.
 구체적으로 그는 '퐁! 퐁! 퐁! 쏘록 퐁!' 등의 말놀이를 통해서 서정
적 자질을 강조한다. 또 그는 "팡! 팡!"(「노다지」), "매─음! 매─음!"(「소
낙비」), "퍽퍽퍽─"(「금따는 콩밧」), "고─이! 고이고─이!"(「산골」), "아야야,
으─름"(「심청」)처럼 시늉말을 동원하거나, "아리랑 아리랑 아라리요"
(「만무방」)처럼 민요를 삽입하기도 한다. 원래 이러한 용례는 소설보다는

---

22 김유정, 「산ㅅ골 나그내」, 전신재 편, 앞의 책. 17~18쪽.
23 이익성, 『한국현대서정소설론』, 태학사, 1995, 183쪽.

시작품에 출현해야 제격이다. 그런데 김유정은 여러 작품에서 서정적 요소들을 삽입하여 묘사의 효과를 가중시키고 있다. 그것은 "조선 어휘의 풍부와 언어 구사의 개인적 묘미와는 소위 조선의 중견, 대가들이라도 따를 수 없는 성질의 그것"[24]이라는 고평을 이끌어내면서, 그의 작품들이 세계에 직접적으로 대응하기보다는 정서적 차원을 중시하고 있다는 사실을 입증한다. 그가 정서를 시비하는 태도는 등장인물들이 삶을 영위하는 식민지 현실에 대한 관심의 표명하면서, 동시에 '산ㅅ골나그내'의 비애를 자세히 묘사하게 된 배경적 요인이다. 그것은 김유정을 '향토색이 짙은 작가'로 가르는 자질이 되기도 한다.

김유정의 소설에서 나타난 향토성은 타 작가들의 것과 구분된다. 다른 작가들의 작품들은 시대적 상황에 압도되어 계몽적 성격을 내포하고 있다. 하지만 김유정에게 향토성은 "어떤 의도 아래서 계획적으로 구사되었다기보다는 김유정 자신의 체취"[25]이다. 이 점은 그의 작품에서 당시 사회적으로 유행했던 지식인들의 농촌계몽운동, 곧 브 나로드운동의 징후들이 사상되어 있다는 사실과 관련된다. 사실 김유정은 낙향한 뒤에 '금병의숙'을 설립하거나 '농우회'라는 단체까지 조직하는 등, 농촌의 계몽사업에 투신하였다. 그럼에도 불구하고 그는 금광 체험을 취급한 금 3부작을 비롯하여 자신의 가족사를 다룬 「연기」(『창공』, 1937. 3)와 「형」(『광업조선』, 1939. 11), 연애담을 소설화한 「두꺼비」(『시와 소설』, 1936. 3)와 「생의 반려」(『중앙』, 1936. 8~9) 등과 다르게 향리에서 몸담았던 사례들을 외면하거나, 주제와 무관할 정도로 사소하게 다루었다. 그것은 자신의 운동 경험에 대한 처분이라기보다는, 그것들을 반영하는 과정에서 필히 뒤따르게 될 계몽성을 배제하려는 속셈으로 보인다. 김유정의 의

---

24 김문집, 『비평문학』, 청색지사, 1938, 403~404쪽.
25 이주일, 「향토적 해학과 풍자의 세계—김유정론」, 김용성·우한용 편, 『한국근대작가연구』, 삼지원, 1987, 217쪽.

도는 작품 속에서 충분히 포착된 향토적 요소들에 의해 탕감되는데, 그런 노력들이 작품의 향토성을 제고하도록 일조했다고 보아야 한다. 그에게 향토성은 본연의 자연 상태를 의미하는 까닭에, 그것을 충격할 계몽운동 등 일체의 행위는 관심의 대상이 아니었던 것이다.

그가 이 무렵에 발표한 소설작품들이 거의 강원도의 산골을 배경으로 전개된다는 점은 소년소설의 맥락에서도 긴요하다. 작품의 독자들은 미성숙한 상태로 자신의 삶터가 지닌 여러 가지 의미들을 인식할 필요가 있다. 자신이 태어난 고장과 언어와 사람들을 이해함으로써, 보편적인 인류애를 실천할 수 있는 근거를 마련하는데 향토성은 자양이 된다. 비록 김유정의 소설들은 비록 성 담론이 횡행하고 있으나, 그것이 앞서 살핀 바와 같이 성적 유희가 아니라 생존을 위한 거래수단으로 거론된다는 점에서 수용 가능할 것이다. 그것은 외국의 국권 강탈이 초래한 비극적 사태이기에, 성적 논의보다는 향토의 본래적 질서를 유린한 외세가 그녀들에게 희생을 강요한 것에 논점을 맞춰야 한다. 따라서 김유정의 소설들은 앞서 논의한 작품들을 포함하여 상당량이 소년소설의 영역에 포함될 수 있다. 실제로 그는 '학생소설' 「이런 음악회」(『중앙』, 1936. 4)에 소년들의 생활을 소재로 차용하였다.

연주가 끝나기가 무섭게 우리들은 목이 마른듯이 손바닥을 치기 시작하였다. 이렇게 치고도 손바닥이 안해지나, 생각도 하였지만 이쪽에서
"재청이요!" 하고 악을 쓰면 저쪽에서
"재청! 재청!" 하고 고함을 냅다 지른다.
나도 두귀를 막고 "재청!"을 연발을 했더니 내앞에 앉은 여학생 계집애가 고개를 들고 뒤로 돌리어 딱한 표정을 하는 것이 아닌가.
이렇게 우리들은 기가 올라서 응원을 하련만 황철이는 시무룩허니 좋지 않은 기색이다. 그 까닭은 우리 십여명이 암만 악장을 처도 휑하게 넓은 그 장내,

그 청중으로 보면 어서떠드는지 알 수 없을만치 우리들의 존재가 너무 희미하였다. 그뿐 아니라 재청을 요구함에도 불구하고 이번에는 말쑥이 채린 신사 한 분이 바이오린을 옆에끼고 나오는 것이다.[26]

그가 이 소설을 발표하게 된 이유는 불분명하다. 지면에 표기된 '학생소설'은 잡지의 편집자가 임의로 붙인 것일 테지만, 분명한 것은 김유정이 말기에 다다라서 '학생'들을 위한 작품의 발표에 관심을 표했다는 점이다. '나'는 친구의 간절한 부탁으로 가기 싫은 연주회에 참석하여 '재청'을 연발한다. 그러나 다른 청중들의 호응을 얻지 못해 어색한 판에 '말쑥이 채린 신사 한분이 바이오린을 옆에끼고 나오는 것'으로 국면은 전환된다. '나'는 황철이의 '시무룩허니 좋지 않은 기색'에 당황하면서도 존재감이 없는 현실이 서글프다. '나'는 친구의 부탁만 의식할 줄 알았지, 학예회가 주최측의 계획대로 착착 진행되고 있는 줄 모른다. 그처럼 주위의 분위기에 동조하지 못한 줄도 안다는 점은 의외다. 그러다 보니 김유정 특유의 웃음이 분출될 수 없었다. 그것은 '학생소설'이라는 특수한 조건과 향토가 아니라 도시에서 제재를 찾느라 생긴 여파이다. 그의 소설세계에서 향토성이 지니고 있는 자장을 짐작할 수 있는 작품이다.

이와 비견되는 김유정의 소설 「옥토끼」(『여성』, 1936. 7)는 '옥토끼'를 둘러싸고 벌어지는 해프닝을 다루고 있다. 토끼 하나를 두고 모자간에 벌이는 촌극은 희극적이다. 어느 날 토끼가 집에 들어오자 어머니는 '아마 운수가 좀 필랴는거나 아닐가' 기대를 하고, 나는 나대로 '나의 심평이 차차 필랴나부다'고 기대한다. 모자간의 기대치가 유사수준에 달한 것은 공히 가난으로부터의 탈출은 꿈꾸고 있기 때문이다. '나'는 '숙이'라는 애인에게 옥토끼를 선물로 준다. 토끼를 번식시켜서 돈도 벌 계획에

---

26 김유정, 「이런 음악회」, 전신재 편, 앞의 책, 217쪽.

'나'는 토끼의 안부를 묻는 핑계로 숙이네집을 자주 오가며 사랑을 확인한다. 작품 속에 설정된 '집'과 '숙이집'의 왕복 공간은 김유정의 소설에서 자주 설정되는 방식이다. 이 공간은 "토끼로 인한 희망과 행복이 토끼의 죽음으로 인한 절망과 불행으로, 다시 숙이의 입장을 이해하게 되면서 절망과 불행은 희망과 행복으로 거듭 교체되며 꿈꾸는 공간"[27]이 된다. 그 공간을 내왕하며 사랑을 확인하던 '나'는 숙이가 보신용으로 토끼를 잡아먹었다는 소식을 듣고 실망한다. 나중에 그녀의 아버지가 행한 줄 알고 안심하지만, 옥토끼는 두 사람을 연결해주는 매개물이란 점에서 중요한 구실을 담당한다.

그제서야 바로 말하고 언제 그렇게 고였는지 눈물이 뚝 떨어진다. 그리고 무엇을 생각했음인지 허리춤을 뒤지드니 그 지갑(은 우리가 둘이 남몰래 약혼을 하얏을때 금반지 살 돈은 없고 급하긴하고해서 내가 야시에서 십오전 주고 사넣고 다니든 돈지갑을 대신 주었는데 그것)을 내놓으며 새침이 고개를 트는것이다.

망할 게집애 남의 옥토끼를 먹고 요렇게 토라지면 나는 어떻거란 말인가. 허나 여기서 더 지꺼렸다는 나만 앵한 것을 알았다. 숙이의 옷가슴을 불야살야 헤치고 허리춤에다 그 지갑을 도루 꾹 찔러주고는 쫓아 올가봐 집으로 힝하게 다라왔다. 제가 내 옥토끼를 먹었으니까 암만 즈 아버지가 반대를 한다드라도 그리고 제가 설혹 마음에 없드라도 인제는 하릴없이 나의 안해가 꼭 되어주지 않을수 없을 것이다.

이렇게 나는 생각하고 이불속에서 잘 따저보다 그 옥토끼가 나에게 참으로 고마운 동물임을 비로소 깨달았다.

(인제는 틀림없이 너는 내거다!)[28]

27 유인순, 『김유정문학연구』, 강원대출판부, 1988, 96쪽.
28 김유정, 「옥토끼」, 전신재 편, 앞의 책, 245쪽.

'나'와 숙이는 '둘이 남몰래 약혼'한 사이다. 숙이는 '나'로부터 선물 받은 옥토끼를 본의 아니게 고와먹은 사실로 괴로워한다. 종국에는 약혼선물로 받은 '지갑'을 돌려주며 파혼을 선언한다. 하지만 '나'는 옥토끼를 잃고 숙이까지 잃을 수 없어서 '그 지갑을 도루 꾹 찔러주고는 쫓아 올가봐 집으로 힝하게' 돌아온다. 김유정의 여느 작품과 달리 '눈물'을 흘릴 정도로 순박한 여주인공의 성격으로 볼 때, 그의 반환의지는 수용되었을 것이다. 그것을 작가는 '내 옥토끼를 먹었으니까 암만 즈 아버지가 반대를 한다드라도 그리고 제가 설혹 마음에 없드라도 인제는 하릴없이 나의 안해가 꼭 되어주지 않을수 없을 것'이라는 '나'의 일방적인 해석을 괄호 안의 서술로 뒷받침하여 재확인시켜준다. 이 작품의 주인공들은 타작과 갈등 국면을 쉽게 봉합하고 화해에 이른다는 점에서 신선하다. 그것은 두 사람 사이의 소통관계를 명확하게 부여하고, 대화와 지문을 적절하게 배분한 서술 전략에 힘입은 것이다. 그는 화해에 이르는 도정을 통해서 소망하는 원시적 세계의 단면을 보여주려고 노력한 셈이다. 그것은 구술문화적 세계를 재현한 동화로 실천되었다. 동화 「두포전」(『소년』, 1939. 1~5)은 김유정이 5회까지 연재하던 중에 급서하고 난 뒤에 현덕에 의해 마무리된 미완성 유작이다.

옛날 저 강원도에 있었던 일입니다.
강원도라 하면 산 많고 물이 깨끗한 산골입니다. 말하자면 험하고 끔찍끔찍한 산들이 줄레줄레 어깨를 맞대고, 그 사이로 맑은 샘은 곳곳이 흘러 있어 매우 아름다운 경치를 가진 산골입니다.
장수꼴이라는 조그마한 동리에 늙은 두 양주가 살고 있었습니다.
그들은 마음이 정직하여 남의 물건을 탐내는 법이 없었습니다. 그리고 개새끼 한번 때려보지 않았드니만치 그렇게 마음이 착하였습니다.
그러나 웬일인지 늘 가난합니다. 그건 그렇다 하고 그들 사이의 자식이라도

하나 있었으면 오작이나 좋겠습니까. 참말이지 그들에게는 가난한 것보다도
자식을 못 가진 이것이 다만 하나의 큰 슬픔이었습니다.[29]

김유정은 허두에서 '옛날 저 강원도에 있었던 일입니다'라고 전제하
여 소설보다도 환상적 요소가 강한 동화의 사실성을 담보하려고 시도한
다. 이 작품의 사단은 무자의 착한 노부부에게 느닷없는 아들이 생기면
서 일어난다. 작가는 그 아들이 노부부가 정직하게 살아온 삶에 대한 부
처님의 선물이라는 점을 강조하기 위해 정성스럽게 시주하는 모습과 의
문투성이의 스님을 등장시킨다. 두포는 자신의 출생 비밀을 파헤치려는
동네 건달 칠성이를 놀라운 괴력으로 퇴치하기를 반복한다. 김유정은
이 동화에 권선징악의 주제와 함께 두포의 양 어깨에 호랑이 두 마리를
앉히고, 노승과 두포가 타는 용마를 등장시키는 등, 설화적 요소들을 풍
부하게 삽입하고 있다. 이런 방식은 잡지의 성격을 고려한 그의 배려이
면서, 당대의 우울한 상황을 척결하려는 잠재적 욕망의 발현이기도 하
다. 즉, 그는 동화를 통해서 현실세계에서 좌절된 욕망을 대리충족하고,
구전되는 문학적 유산들을 전승하는 효과를 거두고 있는 것이다. 그 점
은 작가가 이 작품에 소설 「산골」(『조선문단』, 1935. 8)에서 차용했던 아기
장수 설화를 모티프로 재활용하고 있다는 사실로부터도 추측 가능하다.
이 점에서 공간적 배경으로 설정된 '장수꼴'은 무병장수와 용맹한 장수
가 사는 고을을 함께 가리키는 은유가 된다.

이처럼 김유정은 후기에 이르러 자신의 내면에 잠재되어 있던 욕망을
은밀하게 드러냈다. 그것은 "쪼이스의 「율리시스」보다는, 저, 봉근시대
의 소산이던 홍길동전이 훨적 뛰어나게 예술적 가치를 띠이고 있는 것"
(「병상의 생각」)이라는 확언과 '새로운 문학의 목표'라는 설문에서 "무엇

---

29 김유정, 「두포전」, 전신재 편, 위의 책, 346~347쪽.

보다도 우리의 정조와 교배(交拜)"(「설문」, 『풍림』, 1936. 12)할 것을 주문한 한 사실로 미루건대 그의 문학적 신념에서 비롯된 것이라고 보아야 한다. 그는 자신의 소설적 작업들이 지향하는 향토성을 '우리의 정조'를 계승하는 것으로 파악하였고, 그것을 이족의 지배하에서 고생하는 민족 구성원들에게 제출할 수 있는 자신의 소임으로 받아들인 것이다. 이런 관점에서 김유정의 동화 발표는 평가되어야 한다. 그는 동화가 생리적으로 지니고 있는 장르상의 속성에 의탁하여 일제에 의해 왜곡되기 이전의 '순수의 시대'를 향한 내밀한 욕망을 표현한 것이다. 이것은 그가 '흠잡을데 없는 귀여운 전원'이라고 찬미했던 고향의 '시적' 풍경들을 자연의 본모습으로 인식하고 주목한 결과이다.

3. 결론

김유정은 1930년대 농촌의 궁핍한 모습을 사실적으로 묘사한 작가이다. 먼저 그는 식민지 지배 체제에 강제로 편입되어 농토를 상실하고 유랑민으로 전전하는 '만무방'들의 비참한 신세에 주목하였다. 김유정은 그들의 착한 성정이 극심하게 뒤틀리는 과정을 드러내기 위한 모티프로 '먹을 것'을 채택하였다. 그의 선택은 작중인물들의 반인륜적이고 비도덕적인 행동에 의해 여실히 입증되었고, 그 결과로 기본적인 욕구조차 차단당한 식민지하의 사회상을 세밀하게 묘파할 수 있었다.

둘째, 김유정은 웃음의 다양한 의미를 형상화하는 데 공을 들였다. 그는 시대적 조건 때문에 조성된 비극적 상황을 소설 장면에 도입하고, 세 가지의 웃음을 장치하여 현실의 모순을 고발하고 있다. 그 웃음은 판소리의 전통을 계승했다는 점에서 역사적이고, 자연의 질서를 왜곡시킨 '보이지 않는 손'의 실체적 국면을 드러내는 도구로 활용했다는 점에서 사회적이다. 그의 작품들은 웃음이 사회의 비극적 현실을 함의할 수 있다는 문학사적 사실을 확인시켜준다.

셋째, 김유정의 작품에 두드러지게 드러나는 점은 향토적 서정이다. 그는 이 덕목을 소설적 지향으로 설정하고, 여러 작품에서 디테일하게 재현하였다. 그가 구사한 능청스러운 강원 방언은 작중인물들의 계급적 특성을 드러내기에 이바지하였고, 소설적 공간으로 설정된 산골은 묘사체를 동원하기에 제격이었다. 그가 식민지 상태에 접어들어 본연의 모습을 상실한 고향의 다양한 풍경들을 집중적으로 포착한 이면에는 원시적 자연 상태의 회복 의지가 작용하고 있다. 이 점에서 그의 '향토적 서정'이 지닌 정치적 의미는 만만치 않다.

이상에서 요약한 바처럼, 김유정은 식민지 농촌의 곤궁한 형편을 특유의 해학적 요소들을 곳곳에 투입하여 활용하였다. 그의 노력에 힘입어 당시의 농민들이 감내했던 갖가지 상황들은 지면에 활자화될 수 있었다. 이런 측면에서 그가 비대화체를 원용하여 식민지 원주민들의 현실을 가감없이 수용한 것, 행간마다 웃음을 장치하여 그들의 비극적 운명을 희화화한 것, 향토적 서정성을 추구한 것 등은 식민지 이전의 '순수의 시대'를 욕망하는 소설적 발언으로 승인되어야 한다. 나아가 그것을 소년소설의 영역에 수용하여 김유정 소설의 고유한 자질들을 공유하고, 소년소설의 외연을 확장하려는 노력이 뒤따라야 할 것이다.

(『시와 동화』, 2010. 여름호)

주제와 형식의 도식화
―노양근의 소년소설론

1. 서론

한국의 근대문학사에서 농민문학과 아동문학에 관심을 촉구한 이는 황석우였다.[1] 비록 논리적 언급은 아니었으나, 그의 뒤를 이어 "참으로 조선을 사랑한다면 또 참마음으로 흰옷 입은 사람 잘 되어 가기를 바람으로써 붓대를 든다하면 조선의 일천 사백만 농민으로 하여금 흙에 친하고 자연에 봉사하며 조국애와 향토애와 생활의 자유를 위하여 울고 부르짖고 노래하고 춤추게 하라"[2]는 주장이 개진되는 등, 작가들로부터 소외되고 있던 농민과 아동에 대한 관심이 높아졌다. 이 중에서 먼저 중시되고 주목받은 대상은 농민이었다. 이것은 당시 식민지 원주민들의

---

1 "―가히 인간에 즉하여―아쉰대로―1. 주의를 부정하라(주의는 여하한 형식에 재(在)한 자(者)됨을 막문(莫問)하고 그는 산 인간의게 취하여는 일개의 질곡이며 관이니라.) 1. 인간의식에 입각한 세계인, 자유인의 예술을 고조하라. 1. 기성의 신을 가진 모든 종교를 박멸하라(신은 원래 인간이 그 마음을 일헛슬「 잠시 그 일시적의 후처로서 영래(迎來)한 자(者)이다. 지금의 자각은 한 인간의 집에는 그 마음이 임이 도라와 잇다.) 1. 농민문학을 이르키라. 1. 노동자문학을 이르키라. 1. 아동문학을 이르키라. 1. 창작에 실행을 겸하라. 1. 비평을 성히 하라. 1. 인간 의식에 눈「 민중운동, 혁명운동에 대하여는 그의 가장 책임있는 동정자, 이해자, 변호자가 되라. 아니 그의 가장 이해있는 친한 벗이 되라."(황석우,「신년 문단에 바람」,『동아일보』, 1923. 1. 1)
2 이성환,「신년 문단을 향하여 농민문학을 일으키라」,『조선문단』, 1925. 1.

절대다수가 농업에 종사하고 있었던 현실을 참작하면 자연스럽고 당연한 결정이었다. 더욱이 식민지에 통감부를 설치한 이래, 일제는 농토를 수탈하기 위한 전략을 착실히 진행하고 있었으므로 작가들의 기민한 대응이 요구되는 시점이었다. 일제의 일방적 농업정책으로 인해 식민지 전역에는 소작농이 속출하고, 그들은 도회지 빈민층으로 재편되면서 커다란 사회문제를 야기하였다. 특히 1929년에 발생한 경제대공황은 농민들을 강력히 타격하였고, 그로 인해 식민자본주의에 예속되어 있던 경제구조는 여러 가지 모순을 일시에 노출하였다. 워낙 구조적으로 취약한 상태에서 세계적인 불황의 여파를 감당하지 않으면 안 되었던 식민지의 경제는 전세계적인 공황기에 앞가림할 여력이 없었다.

일제가 식민자본을 앞세워 농지를 빼앗아가자, 농민들은 결사체를 만들어 맞서기 시작하였다. 농민운동의 선편은 1924년 4월 조선노농총동맹과 이듬해 4월 조선공산당을 발족시킨 사회주의 계열에서 장악하였다. 이에 운동의 주도권을 상실할지도 모른다는 위기감을 느낀 민족주의 계열에서 1925년 10월 조선농민사를 창립하여 "권익투쟁을 통한 농민운동보다는 경제협동사업과 농민교양교육사업을 주로 하는 온건한 방법"[3]으로 일관한 것은 대타적이다. 그들은 최대의 민족종교였던 천도교 조직을 이용하면서도 비신자였던 이성환을 영입하여 『조선농민』 (1926)을 발간하는 한편, 전국을 순회하며 강연회를 열어 계몽의식을 전파하느라 분주하였다. 조선농민사의 노선은 민족지에서 전개한 농촌계몽운동과 상관하면서 강력한 분파를 형성하게 되었다. 그에 힘입어 『농촌』(1926), 『농민생활』(1929) 등의 잡지도 발간되기에 이르렀다. 이처럼 농민용 잡지가 속속 발간되면서 농촌개량과 농민생활 개선을 표방한 계몽담론은 세력을 확장할 수 있었고, 다른 한편으로는 농민문학을 발아

---

3 이우재, 『한국농민운동사연구』, 한울, 1991, 56쪽.

시키며 독자의 대중화와 문학의 외연을 확대하는 효과를 가져왔다.

그로부터 1930년대에 농민문학이 유행하게 된 배후에는 신문매체의 영향력이 막강하게 작용하고 없다. 한 예로 『조선일보』는 1929년 3월부터 농촌생활 개선운동을 시작하였고, 계속하여 문맹 퇴치를 위한 문자보급운동에 열심이었다. 이 사업은 학생들의 대거 참여로 활성화되었는데, 1934년 6월 29일 열린 동원식에는 "92개 중학교와 33개 전문학교 및 일본 유학생을 포함한 대학생 5,078명이 참가"[4]할 정도로 성황을 이루었다. 『동아일보』는 학생 하기 브나로드운동(1931~1934)을 펼치면서 식자층의 동참을 격려하였다. 문학사적으로는 이익상이 장편소설 『그들은 어대로』(『매일신보』, 1931. 10. 3~1932. 9. 22)에서 소설적 이상향을 형상화하고,[5] 노천명이 「샘골의 천사 최용신 양의 반생」(『중앙』, 1935. 5)을 발표하여 심훈으로 하여금 『상록수』를 쓰도록 충동하였다. 식민지의 작가들은 문단 외적 상황에 의해 농촌의 실상을 주목하게 된 것이다. 그것은 이광수의 『흙』이 지닌 한계이자 미덕에 해당하는 계몽성이 재생되는 형국이었다.

특히 기성작가 심훈이 현상문예에 응모하여 문명을 날리게 된 『상록수』는 언론기관의 농촌계몽운동에 탄력을 붙여주었다. 흔히 이 작품은 『흙』과 함께 논의된다. 그렇지만 "두 작품이 차지하는 문학사적 비중과 그 성가에 비해서는 실질적으로 농민문학의 내실적 발전에 기여한 바가 오히려 적다"[6]는 사실을 간과해서는 안 된다. 그 이유는 각각의 주인공들이 농민이 아니라 농촌계몽운동가이고, 서사의 초점이 그들의 활동에 맞춰진 점과 관련되어 있다. 그런 결과로 두 작품은 농민에 대한 작가의

---

4 조선일보사 사료연구실 편, 『조선일보 사람들: 일제시대 편』, 랜덤하우스중앙, 2004, 217쪽.
5 『그곳이 성공되면 거긔에다 우리 조선 사람으로 굴머 죽게 된 이의 만분의 하나라도 수용을 합세다 그려. 그리고 족으마한 유토피아를 건설해 봅시다 그려. 그리고 우리가 오늘까지 복잡한 이 사회에서 어든 약간의 지식과 경험을 거긔에다 여러 주린 사람을 위해서 기우립시다.』(이익상, 『그들은 어대로』 176, 『매일신보』, 1932. 5. 20; 최명표 편, 『이익상문학전집』 Ⅲ, 신아출판사, 2011, 339쪽)
6 김준, 『한국농민소설연구』, 태학사, 1990, 85쪽.

식의 우월성을 드러내게 되었고, 그것은 실체를 묘사할 수 없는 추상적 민족주의라는 관념의 성채에 갇히고 말았다. 즉, 두 작품은 더 이상의 나아갈 길을 제시하지 못한 채, 민족주의나 농촌계몽의 이데올로기를 강조하려는 작가의식만 강조하고 만 것이다.

노양근의 소년소설은 위와 같은 상황 요인에 의하여 생산된 것이다. 따라서 그의 작품이 제출된 배경을 헤아리지 않으면, 작품에 배어 있는 주제의식이나 등장인물의 형상화 기법을 이해하기 힘들다. 그의 작품들이 대부분 농촌의 소년을 대상으로 삼고 있거나, 농촌을 배경으로 설정한 이유도 그에 따른다. 그것은 작가가 농촌 출신이고, 농촌 지역에서 교편을 잡고 있었던 개인사적 요인을 감안하더라도 변하지 않는다. 아울러 노양근이 활발히 작품을 발표하기 시작한 1930년대는 문학상으로 카프가 농민문학론을 전개하던 시기에 해당한다. 카프는 식민지 원주민들의 대부분을 차지하는 농민들에게 관심을 갖고 대중문학론의 실천 전략을 모색하는 한편, 1933년『농민소설집』(별나라사)을 간행하여 구체적 방법론을 제시하기도 하였다. 그것은 조선농민사를 앞세운 천도교 측의 개량주의적 농민문학론에 맞서 정치적 성격을 강조하며 진행되었다. 그러므로 카프가 개입하며 활성화된 1930년대의 농민문학론은 "무엇보다도 민족민중해방운동과 관련된 문학운동론이었다는 점에서 강렬한 정론성을 띠는 동시에 매우 중요한 비평사적 의미"[7]를 획득하고 있다. 이와 함께 카프는『별나라』,『어린이』,『신소년』등의 접수 의사를 공식화하며 아동문학에 대한 관심을 표하였다. 이 사실은 앞에서 언급한 변인들과 함께, 노양근의 작품을 분석하는 단계에서 필히 전제되어야 한다.

노양근의 문학작품에 삼투되어 있는 여러 요소들도 전술한 사정과 무관하지 않다. 그에게 유명세를 안겨준 장편 소년소설『열세 동무』도 예

---

7 류양선,『한국농민문학연구』, 서광학술자료사, 1994, 177쪽.

외가 아니다. 노양근은 이 작품을 『동아일보』(1936. 7. 2~8. 28)에 장기간 연재하다가 중단되자, 뒷부분을 마무리하여 1940년 한성도서에서 발간하였다. 이 소설집은 "현실이 요구하는 가장 지도적 농촌인물로서 우리는 춘원의 『흙』 속에서 허숭을 발견했고, 이제 다시 『열세 동무』의 주인공 시환을 얻었다"[8]는 과찬을 받았다. 그렇지만 이 작품에 그 정도로 문학사적 의의를 부여할 수 있는가에 대해서는 회의적이다. 그것은 두 가지 측면에서 불만족스럽다. 하나는 지나친 교화의식이고, 다른 하나는 도식적 구성이다. 전자는 주제를 억압하고, 후자는 형식을 구속한다. 두 가지는 명확한 문제점인 동시에, 작품 세계를 규정하는 명료한 자질이다. 이러한 특질은 그가 농촌 출신으로 보통학교 교원으로 재직한 경력과 관련된 것으로 보인다. 그의 소설에서 빈출하는 교사의식은 등장인물들에게 특출한 조건을 부여하고, 그들로 하여금 문제사태를 주도적으로 해결하도록 능력을 부과한다. 마치 이광수의 소설 인물들과 방불할 정도로, 그가 내세우는 인물들은 서사의 주도권을 놓지 않는다. 또 빈농 출신이라는 신분상의 한계는 그에게 농민문학에 대한 관심을 소홀히 하지 못하도록 압박하였고, 농촌의 비참한 현실을 개혁하려는 소설적 욕망으로 분출되었다.

그럼에도 불구하고 작금의 평단에서 그를 고평하는 이유인즉, 그가 해방 후에도 이북에 남아서 접근하기 용이하지 않은 탓에 형성된 호기심 덕분인 듯하다. 그가 활발히 작품을 발표한 것은 부인할 수 없는 사실이지만, 문학사적으로 많은 지면을 할애할 만큼 유의미한 작품을 남긴 것은 아니다. 앞서 언급한 두 가지 문제점은 내용과 형식에 고루 적용되므로, 노양근의 문학적 성과에 관한 그간의 평가는 객관성을 담보한 것이 아니다. 설령 그의 작품을 가리켜 "사회적 관심의 밑바닥에는

---

8 박흥민, 「노양근 저 『열세 동무』」, 『동아일보』, 1940. 3. 13

강렬한 민족의식이 깔려 있었"[9]다고 평가할지라도, 그것이 문학작품의 미적 성취수준을 정당화할 수 없다. 작가의 의식이 주제의 향방을 결정하는 주요 요인인 것은 분명하나, 그것이 형식적 요소와 조화를 이루지 못하면 작품의 성취도는 저하되고 만다. 본고는 이런 문제적 인식으로부터 출발하여 그의 소년소설을 비판적으로 검토하고자 한다.

2. 작가의식과 교사의식의 마찰

1) 작가의식의 과잉

일제의 농업수탈정책이 노골화되면서 식자층에서는 이상향을 건설하려는 움직임이 일어났다. 그 움직임은 기미독립운동 이후의 농촌계몽운동으로부터 시작하여 농사 개량 운동, 농민 야학, 조선농민사가 주축이 되어 추진한 공생조합을 포함한 협동조합 운동 등을 잇고 있다. 곧, 이상 농촌 건설 운동은 소박하게 먹고 사는 문제에 초점을 맞추어 출발하였다. 또 이상촌 건설 운동의 이면에는 일제의 사상 탄압이 놓여 있는 줄 간과하면 안 된다. 일제는 경제공황으로 격화된 식민지의 흉흉한 민심을 물리력으로 제압하려 들었다. 특히 일제는 절대 다수를 차지하고 있던 농민들을 대상으로 각종 투쟁을 지도하던 사회주의자들을 우선적으로 검속하였다. 이에 운동가들은 농민운동의 방향을 선회하게 되었는데, 그때 대두된 과제가 이상촌 건설 운동이었다. 실제로 전라북도 정읍의 화호농민동맹에서 개설한 제1회 '화호강좌'의 주제로 '이상향'을 선정하였다.[10] 이처럼 이상 농촌의 건설을 위한 식민지민들의 몸부림은 전

---

9 이재철, 『세계아동문학사전』, 계몽사, 1989, 61쪽.
10 『동아일보』, 1927. 3. 20.

역에서 살펴볼 수 있다.

그 중에서 1937년부터 시작된 강원도 춘천군 신북면 천전리의 이상촌 건설 운동은 춘천고보의 상록회 운동에 자극받아 일어난 운동이었다. 농민들은 수양단을 조직하고 "①야학을 통한 문맹 퇴치, ②공동작업을 통한 자립 기초 수립, ③농한기 부업, ④독서를 통한 사상 교양, ⑤금주·금연운동"[11] 등을 추진하였다. 그러나 1938년말부터 일제가 이 운동을 사상운동으로 규정하고 탄압하여 이듬해부터 중단되고 말았다. 또 하나의 사례는 1936년부터 경기도 양평군 봉안에서 일어난 이상촌 건설 운동이다. 이 운동은 기독교 사회주의의 실현을 목표로 내건 김용기와 여운혁 등이 주도하였는데, 나중에는 항일투쟁으로 격화되었다. 봉안촌 주민들은 "가축 같은 부업을 거의 의무화했고 협동조합, 소비조합, 공제조합 등을 만들어 농민의 경제적 권익을 보호하고 신장시켜 나갔다"[12]는 점에서, 역사적으로는 두레와 계를 계승한 민족공동체 운동의 일환이었다. 이런 사실에 입각하여 이상촌 건설 운동은 "호상부조의 원리 아래 생존권 확립을 기하는 이상향을 건설하기 위하여 농민단체를 조직하고 농민운동을 전개하였던 것"[13]으로 보아야 맞고, 특정 지역에 한정하거나 종교적 시각으로 접근하기보다는 식민지 전역에서 일어난 민족운동의 차원에서 접근해야 타당하다.

이와 관련하여 살펴볼 것이 각 교회에서 추진했던 생활 개선 운동이다. 당시 기독교는 기미독립만세 후에 쇠락해진 천도교가 정신적 구심점을 잃은 틈에 편승하여 민중들에게 다가가면서 각지에서 교세를 확장하던 차였다. 그것의 특징은 기존 운동과의 차별화를 꾀하였다는 점이다. 기독교단은 운동권으로부터 이탈을 고무하면서 독자적인 결사체의

---

11 조동걸, 『일제하 한국농민운동사』, 한길사, 1980, 307쪽.
12 조동걸, 위의 책, 311쪽.
13 홍영기, 『1920년대 전북 지역 농민운동』, 한국학술정보, 2006, 219쪽.

조직에 심혈을 기울였다. 예컨대 기독교면려청년회니 기독교청년회 등이 그 방증이다. 또 소년운동의 기독교화를 추구하여 독립화를 시도했다. 각종 유관단체들을 앞세운 기독교는 비정치적 생활 개선 운동에 총력을 경주하였다. 그것이 식민지 전역의 교회에서 전개했던 절제 운동이거니와, 기성인 뿐 아니라 소년들까지 금연과 금주 그리고 면려 등을 표방하고 나섰다. 하지만 이 운동은 생활 개선에 초점을 맞추어 진행된 탓에, 일제의 식민 전략에 흡수될 위험을 내포하고 있었다.[14] 실제로 충청북도는 소년소녀 금주금연 운동을 농촌진흥정책과 병행하여 추진할 방침이라고 공언한 바 있다.[15]

기독교 계열의 잡지 『아이생활』은 소년들의 절제운동 소식을 전하기 위한 특별란을 설치하여 성원하였다. 그 보기로 월정리기독소년회의 사업 요령에는 '조기회, 공동경작의 비료'[16]가 명시되어 있고, 월탄기독소년면려회의 사업에도 '농업 실습'[17]이 사업으로 설정되어 있다. 기독교가 주도하여 전개한 일련의 절제운동은 선교의 목적이 분명하다. 그러나 그 무렵은 일제의 사상 통제와 탄압으로 인해 변혁운동의 기세가 꺾인 상태였다. 소년운동계도 1936년 말 일제의 후원으로 조선아동애호연맹이 결성되고 경성소년단이 출범하는 등, 이미 관변운동으로 수거된 형편이었다.[18] 그로 인해 식민지 내의 사회운동은 일제의 식민 경영 전략에 부합하는 단체 외에 존립하기 힘들었다. 이에 사회운동가들은 기

---

14 1930년대 일제의 농촌진흥정책은 자주적 이상촌 건설 운동을 관 주도로 변질시켜 농민들을 통제하고, 전쟁 준비에 필요한 덕목들(소비절약, 저축, 공동작업, 지도촌 건설, 진흥청년단 조직, 납세의식, 부업 장려, 미신타파, 가정의례의 간소화, 생활 개선 등)을 강조하며 추진되었다. 그에 관한 구체적인 내용은 당시 전라북도 고창군청 내무주임으로 재직한 이용택의 「농촌진흥책에 취하야」(1~13), 『매일신보』, 1932. 12. 16~1933. 1. 29 참조.

15 『매일신보』, 1937. 3. 12.

16 『아이생활』, 1932. 5, 47쪽.

17 『아이생활』, 1932. 8, 37쪽.

18 일제에 의한 소년운동의 철폐 상황에 관해서는 최명표, 『한국근대소년운동사』, 도서출판 선인, 2012, 211~285쪽 참조.

존의 정치적인 회합을 삼가고, 이상촌 건설 운동 등의 탈정치적 부문으로 선회할 수밖에 없었다. 또한 일제의 줄기찬 약탈로 인해 피폐해진 농촌의 곤궁한 현실도 생활개선으로 운동의 초점을 이동하도록 작용한 배경 요인이다. 그러므로 기독교에서 후원한 절제운동은 식민지 원주민들의 낙후된 생활을 개선하려는 구체적 실천운동인 동시에, 종교적 차원을 초월한 이상촌 건설 운동의 하나라는 양가성을 지닌다.

이처럼 식민지의 궁핍한 물질적 조건을 극복하려는 이상촌 건설 운동은 시공간상으로 확산되어 있었다. 그것을 실천하기에 알맞은 공간으로 전통적 덕목이 남아 있던 농촌이 호출된 것은 당연하다. 노양근의 장편 소년소설 『열세 동무』는 이와 같은 배경에서 출현한 작품으로, 그를 유명 작가의 반열에 올려주었다. 그는 이 작품의 1회분을 연재하기에 앞서 본문 앞에 "해마다 봄이면 각 학교에서 쏟아져 나오는 수만흔 졸업생들 중에 더욱이 농촌에서 보통학교나 마치고 상급학교에도 갈 수 없는 소년들이 울며불며 갈팡질팡하는 것을 나는 늘 보게 됩니다. 그럴 때마다 나는 늘 마음으로 울엇습니다. 그들도 울기도 하고 한숨도 만히 쉬엿겟지오! 그러나 여기에 울지도 안코 낙망도 하지 안코 오직 꽃피는 앞날을 위하야 할 수 잇는 범위에서 씩씩하게 일하는 소년 소녀들이 잇음을 보고 나는 참을 수 없어서 그들의 얘기를 적어 수만흔 소년들(특히 보통학교 졸업 정도로 고보 일이학년 될 만한)과 함께 웃고 울며 생각하여 보려는 것이 감히 이 『열세 동무』의 붓을 든 목적입니다."[19]라는 「작자의 말」을 붙였다. 그로서는 작품을 집필하게 된 동기를 전제하려는 의도에서 군말을 앞에 두었을 터이다. 그런데 이 문장은 1962년 2월 장시화가 자신이 대표로 있던 경천애인사에서 재판하면서 크게 훼손되었다.

---

19 노양근, 「작자의 말」, 『동아일보』, 1936. 7. 2.

①…이 소설에 주인공은 어려서부터 이상촌 건설에 헌신했던 장시화(張時華) 목사의 어렸을 때 시절을 그린 것인데, 작품에는 그가 나아가 일하던 신흥동(新興洞)은 그대로 나오나 작품의 주인공은 장시환(張時煥)으로 나오는 것을 이곳에 말해둔다… 저자의 이 글을 쓴 정신으로 더불어 한국의 13도를 상징하여 쓴 열세동무는 자라나는 앞날의 새일꾼들에게 길이 길이 두고 전해지기를 바라고 우리 한국이 참되고 선하고 아름답고 굳센 나라가 아루워지는데 큰 도움이 될 줄을 믿는다.(초판에 쓴 서문에 다소 수정해 두는 바이다.)[20]

②… 현재는 말할 수 없으나 신흥동에 장시환이란 실재 인물을 주인공으로 하여 이 『열세 동무(한국 십삼도 상징)』의 이야기…[21]

①은 전영택이 쓴 글 중에서 발췌한 것이고, ②는 장시화가 「글쓴이의 말」에 밑줄 부분을 임의로 추가하여 마치 노양근의 말인 양 보이도록 삽입한 대목이다. ①과 ②에서 글쓴이들이 특수한 현실에 따라 작가의 동의를 구하지 않은 채 자의적으로 원문을 훼손한 이면에는, 이 작품이 한 기독교 농촌운동가의 실화를 바탕으로 썼다는 점을 강조하려는 과욕이 작용하고 있다. 설사 그것이 사실일지라도 『열세 동무』는 문학 작품에 불과할 뿐인데, 그것을 독자들이 전기로 받아들이기를 바라는 욕심은 필연적으로 허물을 낳기 마련이다. 특히 ①처럼 현역 작가가 문학 외적 사실에 현혹되어 소설을 평전으로 읽기를 바란 점은 아쉽다. 문학의 자율성이란 작가가 스스로 확보하려고 노력할 때에 담보되는 것이다. 그런 측면에서 한 작가가 다른 작가의 작품집에 '초판에 쓴 서문에 다소 수정해 두는 바이다'라는 단서를 붙이면서까지, 굳이 췌사를 얹은 행태는 바람직스러운 모습이 아니다.

---

20 전영택, 「머리말」, 『열세동무』, 경천애인사, 1962, 4~5쪽.
21 「글쓴이의 말」, 위의 책, 6쪽.

이 작품은 노양근 소설의 특징으로 지적할 만한 영웅적 면모를 지닌 주인공이 서사를 지배하고 있다. 그는 작가의 발언을 전달하는 역할을 수행할 뿐, 주체의 의지에 따라 소년다운 행동을 행하지 않는다. 말하자면, 그는 "올타고 생각하는 일이면 태산이라도 드리부시고 나갈만한 용기와 담력을 길너야 하는 동시에 한편으로는 곱고 쌔끗한 맘을 가지고 또 힘쓰기를"[22] 부탁하는 작가의 신념을 대행할 따름이다. 주인공 장시환은 능력이 출중하여 학교나 동네에서 '별사람'으로 불린다. 그의 유별난 능력은 보통학교를 졸업하고 나오면서 상급학교에 진학하지 못하는 친구들과 모여서 앞날을 얘기하는 자리에서 유감없이 발휘된다. 그의 고향 신흥동에는 그 말고도 윤걸, 준수, 개돌, 점숙, 순달, 춘식, 웅권, 문흥, 성집, 옥례, 쾌득, 광철 등, 13명의 졸업생이 있었다. 이들은 시환의 의사에 찬동하여 상조회를 조직하고, 서울 유학생을 한 명 선발하여 나머지 친구들이 학비를 지원해주기로 결정한다. 유독 광철이 시환에게 반론을 펴나, 숫적 열세에 막혀서 그의 주장은 무력화된다. 오히려 소설이 아니라 전이라고 불러야 맞을 정도로, 이 작품은 시환의 종횡무진한 활동에 따라 서사가 출렁인다. 그를 빛내기 위해서 여러 인물이 동원되고, 사건이 마련되어 있다고 해도 과언이 아니다. 조선조 영웅소설이나 영웅전의 재출현에 버금갈 정도로, 『열세 동무』는 근대소설의 형식에서 크게 어긋나 있는 것이다.

영웅은 시대가 곤란에 처했을 때 민중들의 대망에 의해 출현한다. 영웅의 아우라는 민중들이 그를 도덕적으로 완벽하고 흠결이 없다고 승인하는 순간에 발생한다. 민중들은 그를 숭배함으로써 정신적 안녕과 귀속감을 얻게 되고, 집단의 일원이라는 자각 속에서 영웅을 숭배하게 된다. 그가 존재하는 이유는 "무질서하고 혼돈한 것을 규칙적이고 질서

22 노양근, 「새해 부탁」, 『매일신보』, 1937. 1. 13.

있는 것으로 만드는 데"[23] 있다. 그는 질서의 사도인 것이다. 따라서 그에게 복종하는 일은 마비된 즐거움이며, 그의 지시는 가장 현명한 결단이고 무이한 가르침이다. 이 작품에서 친구들이 시환의 의사에 집단적으로 순종하는 행태도 이와 다르지 않다. 그들에게 시환은 또래가 아니다. 이미 자신들이 범접하지 못할 수준에 도달한 영웅이다. 언제나 매사를 걱정하고 계획하는 것은 시환의 몫이다. 그의 비범한 능력은 신흥동에 새로운 '질서'를 창출하여 배치하는 일에 집중되어 있다. 더욱이 그는 윤리적으로 우위를 점하고 있어서 다른 소년들은 감히 반론을 제기하지 못한다. 작가는 이처럼 시환을 영웅시하여 여타 인물들의 행동반경을 구속하고, 서사의 진행 방향을 구속해버린다. 그러한 수법은 자신을 곤경에 빠뜨렸던 '미운 놈'이 물난리를 만나 물결에 휩쓸려 떠내려가자 갈등하다가, 어린 나이답지 않게 "고런 조고만 생각 째문에 네 동무를 저 물속에 쌔트려버려서는 안 된다"[24]는 대의를 떠올리고 물 속으로 뛰어드는 쾌동이의 영웅적 행동을 드러내기 위해 '미운 놈'의 이름조차 밝히지 않는 장면에서도 확인할 수 있다.

『열세 동무』의 배경에는 국권침탈기라는 시대적 상황이 연루되어 있지만, 주인공의 낭만적 활약상은 작품의 서사를 헐겁게 만드는 요인이다. 특히 상조회가 회원들의 탈퇴로 위기에 처했을 때, 그것을 벗어나는 장면은 너무 안이하다. 상조회원 성집이와 개돌이는 만주로 이민을 가게 되고, 광철이는 끝내 합류를 거부한다. 상조회가 존폐의 기로에 처했으므로, 작가는 시환이가 그 난국을 타개하려고 고민하는 모습을 서술하느라 공을 쏟아야 맞다. 그렇지만 그 자리는 장설, 영기와 6학년생 정자가 추가로 가입하여 열세 명의 회원수는 변함없이 유지된다. 이 점은 억지스럽다. 작가가 군이 13명을 고집하거나, 숫자를 채우려고 보통학

---

23 Thomas Carlyle, 박상익 역, 『영웅숭배론』, 한길사, 2005, 315쪽.
24 노양근, 「미운 놈」(2), 『매일신보』, 1936. 10. 25.

교 재학생까지 입회시킬 필요는 없었다. 그것은 마치 작품집의 소갯말처럼 이 작품이 '한국 십삼도'를 상징한 양, 문제를 심각하게 만든다. 정작 시환의 영웅적 행동에 압도당하여 12명의 존재감은 가려져 있는데, 작가는 쇄말사에 품을 들이고 있다. 그것은 인물의 무게에 압도당하여 소설과 전기의 차이를 망각했거나, 소설의 형식적 문법을 알지 못한 채 서사의 진행을 재촉한 작가의 과오이다.

"첫째는 우리 열세 사람이, 아니 열두 사람이 부칠만한 논이나 밭을 얻어서 날을 꼭꼭 정해 가지구 갈구, 심꾸, 김매구 해서 가을에 추수하는 것으로 땅임자 얼마 주구 남는 것은 몽땅 털어서 서울 간 사람에게 보내면 되겠다고 생각했고, 그래두 부족할 테니까

둘째는 우리 힘으로 우리 신흥동 아래 웃마을 중간 쯤 목간통(목욕하는 집)을 짓고 누구든지 목간하구 싶은 사람에겐 목간세를 얼마씩 받으면 적지 않음직하니 그것두 모아서 서울로 보내고……."[25]

윤걸이를 서울로 유학시킨 상조회원들은 앞으로 할일을 도모한다. 인용문을 보면, 소년들이 실천할 수 있는 일이라고 보기 어렵다. 이 사업은 계속해서 여러 사람의 힘으로 유학생을 보내는데 필요한 할 일이기에, 소년들이 자체적으로 해결하기보다는 어른들의 장기적인 도움이 절실하다. 시환이 일행이 결행하는 사업은 필연적으로 금전적 문제와 결부되어 있다. 아무리 궁벽한 시골이라 할지라도, 사업을 추진하는 과정에서 돈 문제는 반드시 돌출하기 마련이다. 이 점이야말로 노양근이 소년소설이 소설의 하위 장르라는 문학사적 사실을 증명할 기회였다. 동화와 달리 소년소설은 어린 독자들이 소설로 진입하는 단계에 소용되는

---

25 노양근, 『열세 동무』, 경천애인사, 1962, 39쪽.

장르이다. 따라서 비록 일제에 의해 강제로 이식된 것이더라도, 작가는 식민자본주의가 조성한 추악한 사태에 당면하여 갈등하는 인물의 형상화에 진력해야 옳았다.

하지만 노양근은 그러한 노력을 의도적으로 배제하고 있다. 상조회원 두 명이 먹고 살길을 찾는 아버지를 따라 만주로 떠나가는 줄 알면서도, 그는 돈이 지닌 소설적 역할을 외면하고 만다. 또 시환이가 일하다가 넘어져 입원하자 전국 각지에서 답지하는 독지가들의 성금도 지나치다. 특히 시환이가 급전이 필요한 경우마다 돈을 마련하는 뛰어난 자금 조달 능력은 소년들의 경제력이나 당시의 사정과 동떨어졌다. 1933년 말 서울시 내에는 고아 164명, 기아 117명, 미아 147명이 조사되었으며,[26] 1936년 1월 전주에서는 소년 50여 명이 시내를 배회하고 있었다.[27] 식민지의 수도와 전통적인 농도의 형편이 이러할진대, 궁벽한 강원도의 소읍에서 어머니랑 살아가는 소년이 소요자금을 손쉽게 장만하여 건네준다는 설정은 동의하기 힘들다. 그보다는 시환이가 필요한 돈을 만들기 위해 이리저리 바쁘게 움직이며 고생하는 모습이라야 사실적이다. 그 자체가 소년소설의 주제에 알맞을뿐더러, 상조회의 활약상을 돋보이게 해줄 터이다.

또 돈이 넉넉하지 못한 부류들은 범죄의 유혹으로부터 자유롭지 못하다. 이전과 전혀 다른 생활을 강요하는 자본주의 아래서 소년은 돈의 부족으로 인한 도덕적 위기에 부딪치며 방황해야 자연스럽다. 그런 소설적 상황은 사회적 현실과 유사하므로, 소년의 윤리의식을 검증하거나 작가의 주제의식을 검출하는 징후가 된다. 소년이 사회적 악으로 규정된 범죄행위를 통해서 지배 질서에 대항하는 행태를 보이더라도, 그는 종국에 가서 범죄자가 되는 것이 소설의 문법이다. 그 경로를 밟아가는

---

26 『동아일보』, 1934. 4. 6.
27 『동아일보』, 1936. 1. 10.

과정에서 소년은 악의 실체적 국면을 체험하게 되고, 사회를 응시하는 안목을 길러 장차 행동을 예비하게 될 터이다. 그러므로 윤걸이가 지루하기 그지없는 시골에서 올라와 서울의 은성한 거리에 호기심을 보이는 것은 서사의 진행상 자연스럽다. 그러나 노양근은 윤걸을 유흥공간에 노출시키기는 하였으나, 그곳에서 방임하는 자유를 부여하지 않은 탓에 결말부에 이르러 '신흥동의 윤걸이 티'를 벗고 서울 생활에 익숙해져 가는 대목을 사실적으로 묘사하지 못하였다. 이것을 두고 시환이 주도하는 공동체운동에 초점을 맞추느라고 소홀하였다고 변명할지 모르나, 그런 발언은 차원이 다를 뿐더러 작가의식의 결손 부위를 가려주지는 못한다.

> "아니다. 나는 몸과 마음을 다 바쳐서……."
> 하고 다시금 정신을 차리곤 하였다.
> 얼마동안은 그렇게 지내왔지만 마침내 윤걸이는 한두 번 동무들과 활동사진관(영화관)에도 가게 되었고 공원에도 가끔 나가 보았다. 또 어떤 때는 명동이나 종로로 공연히 일도 없이 오락가락 하며 싸대보기도 하였다.
> 거기 재미를 붙인 윤걸이는 집에 들어앉아 있는 날보다 밖에 나가 다니는 날이 차차 더 많아갔다.
> 말하자면 촌놈이 보로소 서울맛을 붙인 모양이리라.
> 이때까지 촌에서 나서 촌에서 자라온 윤걸이가 서울이란 이런 데로고나…하고 느끼기 시작했을 때 윤걸이는 벌써 신흥동의 윤걸이 티를 벗기 시작한 것이다.[28]

이처럼 노양근은 인물의 성격화에 실패하고 있다. 국권침탈기에 발표

---

[28] 노양근, 『열세 동무』, 경천애인사, 1962, 158~159쪽.

된 농민소설들이 대개 그렇듯이, 이 작품도 인물보다는 주제의식의 과잉으로 일관되어 있다. 한 비평가가 "단순한 농민소설 혹은 사회소설을 넘어서려면 주어진 현실에 대한 역사적 증언도 중요하지만, 그 단계를 넘어선 또 한번 넘어선 가난이나 이념의 상극으로 인한 외로움이나 공포, 특히 범죄를 통한 자각의 길을 터야 할 것"[29]이라고 농민소설의 문제점을 지적했던 것처럼, 노양근의『열세 동무』는 소년소설에 함의되어 있는 성장소설의 자질을 드러내지 못한 채『상록수』의 공과를 고스란히 반복하고 말았다. 이 작품이 당시 독자들에게 인기가 있었다는 것은, 결국『상록수』가 누렸던 그것의 되풀이에 지나지 않은 것이다. 윤걸이의 비행을 가리켜서 '촌놈이 보로소 서울맛을 붙인 모양'이라고 조롱하려거든, 작가는 철저히 학비를 유흥비로 탕진하는 그의 행태를 서술하지 않으면 안 되었다. 그 과정에서 '서울맛'이 '돈맛'으로 귀결되는 자명한 사실이 폭로됨으로써, 이상 농촌을 세우려는 상조회의 당위성이 확보될 터이다.

그러나 작가는 시환이와 만남을 통해서 금세 과오를 반성하는 윤걸을 보여줌으로써, 감수성이 예민한 사춘기의 시골소년이 '서울맛'을 포기하고 원래의 모습으로 금세 돌아가는 도식을 완성하였다. 그 도식은 앞서 언급한 바대로 '가난이나 이념의 상극으로 인한 외로움이나 공포, 특히 범죄를 통한 자각의 길'을 밟도록 우회로를 마련해두지 않은 작가의식의 결여이다. 이처럼 노양근은 판에 박힌 도식을 사용한다. 말하자면 작가는 각종 유혹에 노출된 윤걸이 찰나적 향락에 함락되어 경제적 궁핍을 겪는 고통스럽고 힘든 경험을 통해서 서울이 함의하고 있는 식민 자본주의의 폐해를 고발하는 한편, 상대적으로 시환이 주도하는 공동체 생활운동이 지닌 의의를 부각시킬 수 있는 기회를 차단해버리고 만 것

---

29 이보영, 「농민소설을 넘어서」, 신경림 편, 『농민문학론』, 온누리, 1989, 105쪽.

이다. 이러한 점은 노양근의 생리적 한계이다. 그의 서울 생활이 전무했다손 치더라도, 객관적 정세의 추이와 식민경제의 모순에 대한 과학적 인식을 선행하지 못한 작가의 잘못이다. 그런 점에서 노양근은 소년소설이 소설의 다른 이름에 불과하다는 장르론적 사실을 깨닫지 못한 "예술의십자로에서 방황타 지처너머진사나히"[30]였다. 그가 『열세 동무』를 이전의 이광수 작품이나 『상록수』의 영향으로부터 벗어나지 못하도록 제지한 이유도, 결국 이 작품이 연재되었던 1936년의 식민지 농촌 현실을 응시할만한 비전을 지니지 못했기 때문이었다.

식민지가 일제의 식량기지로 전락한 시기에 발표되는 작품이라면, 우선적으로 객관적 현실에 대한 엄정한 분석을 단행하여야 한다. 그러므로 노양근은 설령 작품의 모티프가 장시환의 선행이었을지라도, 문학과 전기적 사실을 구별하려는 변별력을 발휘했어야 옳았다. 그러나 그는 '농촌에서 보통학교나 마치고 상급학교에도 갈 수 없는 소년들이 울며불며 갈팡질팡하는 것'에 압도되어 '울지도 안코 낙망도 하지 안코 오직 꽃피는 앞날을 위하야 할 수 잇는 범위에서 씩씩하게 일하는 소년 소녀들이 잇음'을 보여줄 욕심을 앞세웠다. 그의 태도는 교사와 흡사하다. 교사가 서사가 나아갈 바를 지시하다 보니 먹을 것이 없어서 칡뿌리를 캐는 소년들의 눈물겨운 장면을 묘사하여 식민지 원주민 소년들의 곤궁한 삶을 증언할 목적으로 장치했던 주제는 증발해버리고, 종국에는 "왜 좀더 어떻게 하면 잘 살아가는가를 연구하고 개량하며 남의 나라 사람 같이 적은 토지를 가지고 산전과 들작밭을 가지고도 좀더 살 도리를 생각지 못해봅니까?"[31]라고 힐난하는 철쇠형 인물의 상투적인 교훈만 잔존물로 부유하고 말았다. 그와 같은 주제의식의 과잉이 노양근으로 하여금 '예술의 십자로에서 방황'하는 모습을 노출시키도록 견인한 제일

---

30 노양근, 「선언」, 『동아일보』, 1935. 2. 19.
31 노양근, 「칡뿌리 캐는 무리들」, 『어린이』, 1932. 6.

의 결함이다. 이러한 사례는 노양근의 작품에서 빈번하게 표출되는바, 주제를 모호하게 만들거나 당초의 의도로부터 일탈하는 악순환을 낳기도 한다.

1. 윤걸이가 방학 때마다 집에 돌아오면 우선 열두 동무들과 또 다른 동무들에게 저 아는 것만큼이라도 가르쳐줄 것.
2. 그리하자면 집(場所)이 하나 있어야 할 테니 그것은 내년 봄이 되면 시환이가 서둘러서 큼직하게 하나 짓도록 할 것.
3. 윤걸이가 자기가 제일회 유학생으로 하고 계속해서 여러 사람의 힘으로 유학생을 꼭 보내도록 할 일[32]

윤걸의 방황은 시환과의 하룻밤 이야기로 정리된다. 노양근이 좀더 문학성을 추구한 작가였다면, 윤걸이를 식민자본주의 체제의 희생양으로 삼아서 시환에게 곤경을 헤쳐 나갈 기회를 마련해주었을 것이다. 그렇지만 시환은 윤걸의 비행을 대범하게 용서하고, 윤걸은 학업에 매진할 것을 다짐하면서 "아무쪼록 성공해야 한다"(171쪽)는 공허한 다짐을 나누며 헤어진다. 이런 결말은 시환이 착수한 사업의 본질, 즉 계몽운동과 교육운동은 동전의 앞뒤처럼 상호 긴밀하게 연계되어 점진적 개량주의로 귀결된다는 자명한 사실을 확인시켜 준다. 실제로 식민지의 두 부문의 변혁운동은 일제의 강고한 탄압에 직면하자 근본적인 한계를 노정하면서 식민담론에 포섭되고 말았다. 그 자리는 일제가 유포한 전쟁담론으로 도포되었거니와, 작가 역시 소년을 주인공으로 내세워 막연한 기대와 결의를 표명하여 서사를 종결시킬 수밖에 없었다. 그만치 노양근이 지닌 인식론적 범주는 협소하였고, 그것이 작품에 전이되며 제한

32 노양근, 『열세 동무』, 경천애인사, 1962, 168쪽.

적으로 작용한 것은 당연한 수순이었다. 이런 측면에서 그의 작가의식
은 서사의 긴밀도를 허술하게 부추긴 원동력이라고 할 수 있다.

2) 교사의식의 기승

노양근의 작품을 읽을 적에 전제하지 않으면 안 될 전기적 사실은 교
사 체험이다. 그는 철원 관내에서 교편을 잡으며 작품 활동을 한 까닭
에, 성인을 대상으로 한 문학보다는 아동문학을 선택하였다. 그가 당초
신춘문예의 시 부문에 응모하기 시작하다가 아동문학으로 방향을 바꾼
것만 보아도, 그의 직업이 끼친 영향력은 무시할 수 없다. 그 증거들은
그가 발표한 대부분의 소년소설에 배어 있다. 그는 소설이라는 장르적
속성에 의탁하여 자신의 생각을 적극적으로 드러내려고 시도하였다. 이
런 점에서 그의 소설은 "교육자 의식이 소설의 세계 전체에 구조를 부
여하는 '진정한 가치'로 작용하며, 그 의식이 소설의 중심 주제로 발현
되고, 그 의식이 보편적인 삶의 한 양상을 제시되며, 교육적 환경이 지
배적이면서도 이들 제 요소들이 소설미학 구조의 자족성을 충족시키는
소설"[33]로서의 교육소설에 해당한다. 하지만 그의 노력에 비해 문학적
으로 성공작이라고 보기는 어렵다. 그는 소설의 형식적 속성에 착목하
여 말하고자 하는 바를 행간에 장치하고, 소설의 문법에 충실히 따라야
옳았다. 말하자면, 소설의 형식미를 드러내는데 더 치중하고, 그것을 교
훈성으로 인식했더라면 당대의 소년소설이 확보한 경지를 한층 높일 수
있었을 터이다. 그러나 그는 미성숙한 대상에게 교훈적 요소를 과도히
강조하고 말았다. 이런 점을 보면, 노양근은 자신의 신분상의 한계를 벗
어나지 못한 축에 든다.

---

[33] 장윤수, 『한국근대교육소설연구』, 보고사, 1998, 21쪽.

노양근의 작품에서 이광수류의 교사의식을 검출해내는 일은 어렵지 않다. 이광수가 교사의식에 압도되어 끝까지 계몽담론의 전도사로 일관하였듯이, 그 역시 세상의 모든 인물들을 가르치려 든다. 그러다 보니 그의 소설에 등장하는 인물들은 영웅적이고 전지적인 능력을 갖고 있다. 그처럼 완전한 조건을 갖춘 인물들이므로, 서사의 통일성을 도모하기 수월하다. 또 예정된 주제의식을 노골화하기에도 용이하다. 이 점에서 두 작가의 시선은 교차된다. 그들이 소년을 주인공으로 내세운 의도는 분명히 잃어버린 조국의 내일을 담보할 가능성을 제시하려는 속셈이었다. 하지만 그들의 시도는 "'소년'이 교사의 역할을 자처하면서 의식상의 균열이 발생하기 시작하였다"[34]는 점에서 문제를 초래한다. 다른 점이 있다면, 소년이 고아였는지의 차이일 뿐이다. 곧, 노양근은 이광수의 소년상이 지닌 시대적 기표를 미처 헤아리지 않은 채 작품에서 재생하는 데 그쳤다. 그러다 보니 소년이 갑자기 성인이 된 양 학비를 중단한 아버지에 대한 원망이 아니라, 중퇴하는 자신보다 부유한 또래들에게 적개감을 숨김없이 표출하고 만다. 이러한 모습은 "엇더튼지 참고 이를 악물고 주먹을 단단히 쥐고 꾸준히 굿건히 할 수 있는 데까지 배울 수 있을 때까지는 아프로 아프로 나갈 것이다"[35]던 충고와 배치된다.

　『그러타! 중학을 맛친다고 더 수가 업다! 오히려 그 꼴 보기 실흔 갓자 학생 놈들이 보기 실허서라도 어서 나는 내 갈 곳으로 가자. 가증한 곳을 써나서…… 참말 나는 이만큼이라도 알게 된 것이 얼마나 다행한 일이며 은혜로운 일이냐? 부모님의 은혜인 것은 물론이나…… 지금 내 고향 우리 동니에는 보통학교 졸업도 못하고 퇴학한 동무들이 얼마나 만흐냐? 그들은 나만큼도 모르지 안냐? 무지에 울고 배움에 주려 잇지나 안혼가? 그리고 어쩌케 할 바를 아지

34 최명표, 「'소년'의 고백과 '교사'의 변명」, 『한국근대소년소설작가론』, 한국학술정보, 2009, 47쪽.
35 노양근, 「농촌 소년의 학교 생활기」, 『어린이』, 1931. 12, 30쪽.

못하야 헤매고 잇지 안흐냐?

올타! 그러타! 나는 어서 도라가서 그들과 악수하고 나 아는 것만콤이라도 그들을 깨우지 안흐면 안 된다! 그리하야 우슴과 우름을 가치 하는 가운데 그들과 함께 바테 나가 심고 김매고 거두고 하야 한데 뭉치지 안흐면 우리는 크나큰 일을 이룩하지 못하고 말 것이다! 그러는 가운데 우리의 아페도 광명이 암담을 헤치고 광명의 비치 비치리라.』[36]

주인공 용철이는 '전도유망한 수재의 소년'이다. 인용문은 그가 더 이상 학비를 댈 수 없으니 학업을 중단하라는 아버지의 편지를 받고 고민하는 대목이다. 그는 창졸간에 낙향하라는 아버지의 분부를 따라 '갈 곳'으로 가기로 결심한다. 지금까지의 학생 신분을 탈피하면서 그는 동료 학생들을 '쌀 보기 실흔 갓자 학생놈들'로 매도한다. 이러한 국면 전환을 가리켜서 "강렬한 비판적 리얼리즘에 바탕을 둔 사회주의적 경향의 것"[37]이라고 둘러댈 수 없다. 그것이 '비판적 리얼리즘'이라면 식민지 사회의 모순에 대한 과학적 비판에 입각하여야 할 터이고, 또 '사회주의적 경향'을 지니려면 선명한 사회주의 이념을 내세워 식민자본주의의 폐해를 고발하여야 할 것이다. 그러나 작가는 느닷없이 제시한 문제 사태에서 용철이로 하여금 '보통학교 졸업도 못하고 퇴학한 동무들'의 곁으로 돌아가는 명분을 서술할 뿐, 정작 그 사태를 야기한 당국의 식민 담론을 폭로하지 못하고 있다. 노양근은 어린 용철의 입을 빌려 비판적인 논조를 취한 듯하면서도, 내적 논리화를 단행하지 못한 것이다. 그런 오류는 사회주의 계열의 평자가 유사한 그의 소설 「빗치는 서광」(『어린이』, 1931. 1)을 반동 작품으로 규정하면서 "이런 작품을 배격하고 이런 작가를 매장하자"[38]고 선동하는 요인으로 작용하였다.

---

36 노양근, 「광명을 차저서」, 『신소년』, 1931. 3. 16~17쪽.
37 이재철, 『한국현대아동문학사』, 일지사, 1978, 293쪽.

작가는 '있는 자'에 대한 반감의 묘사에 치중하느라, 인물의 감정이 변화하는 과정을 묘사하는 일을 경시하고 있다. 그에 따라 작품은 '우리의 아페도 광명이 암담을 헤치고 광명의 비치 비치리라'는 연설조로 서술되고 말았다. 그러기에 앞서 용철이는 '그들과 함께 바테 나가 심고 김매고 거두고 하야 한데 뭉치지 안'은 과거를 반성하거나, 또 '그들과 악수하고 나 아는 것만큼이라도 그들을 깨우지 안'은 과실을 자책했어야 맞다. 그러지 않다보니 스스로 '갓자 학생놈들'처럼 '이만큼이라도 알게 된 것'에 자족하는 위언을 발하고 만다. 이것은 전적으로 용철이가 작가의 의지에 조종되는 '인형'이란 사실을 알려주는 표지이다. 그 배후에는 작품의 주인공으로 영웅이나 수재를 즐겨 등장시킨 노양근의 교사의식이 움직이고 있다. 소년보다 우위의 교사를 대신할 인물은 그들이다. 작가에게 주변인물들은 소품에 불과하여 서사의 다양성을 방해하는 '미운 놈'일 뿐이다. 곧, 노양근의 소년소설에서는 '미운 놈'들이 설자리가 없다.

『자! 꺼십시오!』

하고 어깨로 떠받들고 두 팔로 밀었습니다. 그 바람에 그 사람은 힘을 내여 구루마를 껄려고 하였으나 거기까지 껄고 올라가느라고 벌서 힘이 빠저 있든 차이라 오히려 구루마 힘에 껄려서 차츰 뒤로 밀려 내려오기 시작했습니다. 그러니까 용진이는 있는 힘을 다해서

『엥차! 엥차!』

소리를 치며 얼굴이 시뻘게서 구루마를 미노라고 야단스레 굴었지만, 자꾸 내밀리는 힘을 당해낼 수가 없어서 필경 한 편 옆으로 비켜나려고 한 발을 내놓는데 벌서 구루마 바퀴는 사정도 없이 용진이의 오른발 잔등을 눌르고 굴러

---

38 현송, 「신년호 소설평」, 『신소년』, 1931. 2. 24~25쪽.

넘어가 길 한 편 옆에 쓸어박혀버렸습니다.

　용진이의 발잔등은 터지는 것처럼 아팠습니다. 하지만 아무렇지도 않은 듯이 꾹 참고 그 사람과 함께 부서지고 흩어져 떨어진 볏단을 구루마에 다시 실어서 기어히 그 언덕을 넘겨주고야 말았습니다.

　『아! 참 수고했네. 고마우이!』

　그 사람은 큰소리로 용진이에게 거듭 고마운 인사를 하면서 구루마와 함께 언덕 아레로 내려갔습니다.

　그러나 천금같이 애껴야 할 용진이의 발이 자기 구루마 바퀴 밑에 깔렸든 줄은 몰랐습니다. 용진이는 그 사람이 알면 미안해 할가 보아서 끝까지 태연한 빛을 보이고

　『천만의 말슴을……. 어서 먼저 가십시오.』

　점잖게 인사까지 하였습니다.

　그리고 두어 발 걸음을 걸어보니 쑥쑥거리고 아픈 것은 둘재로 도무지 발을 마음대로 옴겨 놓을 수도 없었습니다. 그는 할 수 없이 길 옆 잔디 우에 털석 주저앉어 쑥쑥거리는 발을 들여다보며 어루만지며 가만히 생각합니다.

　『그까짓 좀 아픈 것은 어쨌던 며칠 남지 않은 대항 경기회에 나가지 못하게까지 되었다가는 학교와 선생님과 동무들에게 면목이 없어서 어쩌나!』

　하는 커다란 걱정이 머리 속을 휙 스치고 지나갔습니다.[39]

　용진이는 육상대회에 참가할 선수이다. 어느 날 연습을 마치고 집으로 돌아가던 길에 만난 수레를 밀어주다가 사고를 당하였다. 학교 대표로 선발된 용진이는 수레바퀴에 깔린 발 때문에 학교에도 가지 못한다. 그처럼 중상을 입었으면서도 그는 '그 사람이 알면 미안해 할가 보아서 끝까지 태연한 빛'을 유지한다. 소년답지 않은 어른스러운 용진의 표정

노양근, 「우승기」, 『아이생활』, 1943. 3, 15~16쪽.

관리는 인물의 성격화를 훼방한다. 그렇지만 노양근은 아랑곳하지 않고 용진에게 '학교와 선생님과 동무들에게 면목이 없'는 짓을 못하도록 제어한다. 용진이는 작가의 제지로 아픔을 참고 대회에 참가하여 우승기를 획득한다. 이와 같이 그의 소년소설에 등장하는 인물들은 영웅적 면모로 일관하고 있다. 여느 소년들과는 비교할 수 없을 정도로 탁월한 능력의 소유자이므로, 소년들은 서사의 고비에서 망설이지 않고 정해진 과제를 수행할 뿐이다. 노양근은 이광수처럼 소년들을 향해서 일말의 주저나 머뭇거림을 허용하지 않으며, 오로지 소정의 결말을 완성하기 위해 서사의 위기 국면조차 축소하기를 마다하지 않는다. 이것은 전적으로 소년들보다 우위에 서서 서사의 방향을 끌어가려는 작가의 교사의식이 낳은 부작용이다.

그런 욕심은 노양근으로 하여금 주인공의 탁월한 능력에 의지하여 서사를 진행하도록 견인하고 있다. 그러다 보니 서사의 전개 과정이 도식적이어서 후속담을 금세 알아차릴 수 있다. 이처럼 판에 박힌 구도는 소년소설의 위상을 저하시키고, 나아가 작가의 서사 능력에 대한 의문부호를 달게 한다. 이런 견지에서 보면, 노양근의 소년소설은 전대의 문학적 성과를 계승하기는 하였으나, 그보다 나아진 진경을 개척하지는 못했다. 그것은 그를 억압했던 당시의 문단 풍토와 흡사하다. 카프의 농민문학론은 대중문학론의 한 갈래에 속한다. 그 이면에는 프롤레타리아문학의 과도한 관념성을 벗어나려는 문학 내적 목표가 있고, 일제의 강압에 무력한 현실적 조건을 극복하려는 문학 외적 목표가 동시에 작동한다. 그러나 카프 작가들은 농민들보다 우위라고 할 수 있는 식민지의 현실적 모순에 대한 과학적 인식을 앞세웠을 뿐, 농민들의 구체적 요구조건을 소설적으로 수락하려는 진지한 노력이 결여되어 있었다. 그와 같이 노양근도 외세에 의해 강점된 식민지의 농촌 현실에 분노하면서도, 그것을 극복할 만한 전방을 제시하지 못하였다. 전자는 작가가 아니더라도 표출 가능한 정서이나, 후자는 작가에게 부여된 시대적 숙명이었다. 노양근은 이 점을 통찰할 만한 직관적 능력을 갖추지 못한 작가였다. 그렇다고 해서 그는 이념상으로 튼튼한 논리를 갖춘 축도 아니었다. 그의 작품들이 카프의 기관지 역할을 수행한 『별나라』보다는, 주로 일간지와 『어린이』를 통해서 발표되었다는 사실만 보아도 카프와 상거를 띠고 있었던 것을 유추할 수 있다.

노양근은 분명히 현실비판적 성향을 지닌 작가이다. 그러나 그는 주제의식에 압도당해 소년소설의 장르적 특징을 살리지 못한 채 식민지 소년들의 비극적 참상에 관심을 기울였다. 그의 관심은 현실적 문제를 거시적으로 조망하거나 미시적으로 접근하지 못한 동정의 발로에 지나지 않았다. 그 결과로 그의 소설적 성과는 당대의 사회현상을 수용한 것에 국한될 뿐, 그것을 소설의 형식에 부합되게 변주하지 못한 과오로부터 자유롭지 못하다. 특히 그는 소년답지 못한 주인공을 내세우기를 반복함으로써, 인물의 성격화를 달성하지 못하여 리얼리티를 확보하는 데 실패하였다. 그는 전지전능한 인물을 동원하여 문제사태를 해결하고자 시도했으나, 이것은 그 무렵에 장기간 연재되어 식민지 민중들에게 인기를 끌던 『임꺽정전』(『조선일보』, 1928. 11. 21~1939. 3. 11)과 대비해 보아도 흠결투성이다. 이 작품은 흥건한 사투리와 작가의 능란한 서사 진행에 힘입어 영웅을 기다리는 독자들의 기대심리에 부응할 수 있었다. 하지만 노양근의 소년소설은 독자들이 선호하는 선악의 대결 구도나 피아가 명확하게 구분되는 의적소설이 아닐뿐더러, 임꺽정처럼 하층계급의 언어를 거침없이 구사하여 사실성을 확보할 수 있는 장르도 아니었다. 그는 이 점을 헤아리지 않은 채, 현실에 대한 성근 접근으로 소년소설의 형식적 특성마저 훼손하고 말았다. 그의 과오는 소년소설의 본질에 대한 검토 과정을 생략한 순간부터 예비된 것이었다.

3. 결론

위에서 살핀 바와 같이, 노양근의 작품들은 대부분 농촌을 배경으로 설정되어 있다. 그 이면에는 1920년대부터 불기 시작한 농민문학에 대한 관심이 작동하고 있으며, 특히 당시 문단을 장악한 카프 농민문학론의 영향을 입고 있다. 카프 작가들의 활약은 문단 세력의 교체를 가져왔고, 작품의 성향을 바꾸어 놓기도 하였다. 노양근이 문단의 주류적 경향을 추종하게 된 것은 출신 성분과 신분상의 조건으로부터 말미암은 것이다. 그는 농촌에서 태어났고, 농촌에서 교직생활을 영위하고 있었다. 상급학교도 진학하지 못할 만큼 궁벽한 그의 물질적 조건들이 그에게 농촌에 대한 애정을 문학적으로 반영하도록 부추겼던 것이다. 또 그 무렵 식민지의 절대다수가 농업에 종사하고 있었던 사실도 그의 문학적 기호에 영향을 미쳤을 터이다.

그렇지만 노양근의 소년소설 작품들은 도식성에 함몰되고 말았다. 대표작 『열세 동무』를 포함하여 여러 작품에서 확인한 바와 같이, 농촌 소년들이 당면한 문제 국면에 관심을 보이면서도 객관적인 해결 방안을 제시하지 못한 채 등장인물에게 과도한 능력을 부여하는 행태를 반복하였다. 주인공 소년들은 전혀 소년답지 않은 윤리관과 탁월한 행동으로 다른 소년들을 압도하면서 서사의 전 부면을 장악하고 있다. 그러다 보니 서사의 진행 과정에서 필수적으로 조성되어야 할 갈등 사태조차 쉽게 타개되고, 소설의 기본적 문법조차 무시되는 역효과를 낳았다. 이러한 한계는 작가의식의 과잉에서 시원한 것이며, 소년들을 지도하는 교사의식을 폐기하지 못한 그의 허물이다. 그러다 보니 노양근은 이광수의 소년들이 지녔던 문제점을 무료히 재현하고, 주인공 소년의 월등한 능력만 부각시키는 오류에 빠지고 말았다.

(『우리말글』 제54집, 우리말글학회, 2012. 4)

미완의 작품과 논리의 미완

—이구조의 소년소설론

1. 서론

문학과 현실의 관계는 항상 문제적이다. 혹자는 양자의 거리를 일치시키려고 열을 내는가 하면, 다른 축에서는 양자의 거리를 강조하느라 부산하다. 양쪽의 견해는 나름대로 타당한 논리에 터해 있어서 어느 쪽을 일방적으로 두둔하거나 편들기도 힘들다. 더욱이 해당 작품이 외세에 의해 강점되었던 시기에 발표된 것이라면, 논의는 상당히 달라질 수밖에 없다. 아무리 감추어도 그 속에는 감정적 대처의 흔적을 발견할 수 있어서 튼튼한 입론을 제일로 치는 글에서도 논란이 일기 쉽다. 아동문학의 경우에도 크게 달라지지 않는다. 지금까지의 한국 아동문학은 방정환이 주장한 바가 지배적이다. 그의 의견이 정당하지는 않더라도 타당한 것은 분명하다. 자신의 주장을 내세우기 위해 방정환을 비판하거나 폄하할 수는 있으나, 그의 언행은 보기 드물게 일치하여 함부로 범접하거나 비방하기 힘들도록 제어한다. 비록 세상의 풍향이 바뀌어 이념이 팽배하던 시기가 있었으나, 그들의 주장이 방정환 개인을 따라잡기조차 힘에 부치는 것도, 결국 거의 무이하게 언행일치의 전범을 보이면서 어린이를 수단이 아닌 목적으로 추구한 데서 찾아볼 수 있다.

　방정환의 주장 중에서 아직도 영향력이 큰 것은 동심천사주의이다. 그것을 가리켜 반대 켠에 섰던 논자들은 혹평하느라 떼를 지어 달려들었고, 해방 후의 혼란한 틈에도 송완순을 내세워 재론하기를 서슴지 않았다. 그것은 문단의 주도권 다툼과 연루되어 있는 것이나, 어린이를 계급적 시각에서 취급한 것은 달라지지 않았다. 하지만 동심은 순수하다는 방정환의 논리는 여전히 위력적이고, 당대의 현실적 상황을 대입시키더라도 주장의 타당성을 훼손하기 힘들다. 어린이를 무산계급의 해방 수단으로 보는 관점의 실체는 아이러니컬하게도 일제에 의해 구체적으로 실증되었다. 일제가 1930년대에 이르러 건아단처럼 소년운동을 관제화하고, 총후국민에서 나아가 소년병으로 징집한 것이 그 보기이다. 이처럼 어린이를 특정한 이념이나 주장을 구현하는 수단으로 파악하게 되면, 종국에 어린이는 산화되어버리고 그 자리에는 무익한 이념의 부산물만 형해로 남는다. 이른바 리얼리즘을 내세운 문학에서도 이런 관점은 불변하다. 그것이 사회주의 리얼리즘이 아닌 바에, 아동문학의 작가들은 "성인이 생산한 모든 작품에는 성인의 손에 길러진 아동이 체험한 실제 관계가 어느 정도 반영되어 있기 때문에 아동기 이야기는 아동문학을 초월한다"[1]는 점을 유념하지 않으면 안 된다. 아동은 기성문화와 기성인들의 이데올로기적 기표로 '만들어진 아동'이므로, 작가들이 그들에게 이념을 덧입히는 일은 이중적 행위이다.

　이런 측면에서 논의할 만한 작가가 이구조이다. 그는 방정환이 주장한 어린이형에 반론을 제기하였고, 리얼리즘동화론을 주창하며 논리를 구체화한 바 있다. 그는 지금까지 한국아동문학 연구사에서 드물게 논의된 작가이다. 그것은 무엇보다도 기존 한국문학사의 오류처럼, 명망

---

1 Joseph L. Zornado, 구은혜 역, 『만들어진 아동』, 마고북스, 2011, 14~15쪽.

가 위주의 논의들이 성행하는 연구 풍토에 기인한다. 그는 1933년 아동의 기본 교양을 목적으로 출범한 조선아동예술연구회에 참가하면서 아동문학뿐 아니라 문화 부문에까지 활동 반경을 넓혔다. 그는 1941년 첫 창작집『까치집』을 내놓으면서 주목받는 작가로 부상하였다. 그러나 요절로 인해 그는 각종 논의에서 소외되고 말았다.

본고는『까치집』(문천사, 1974)을 대상으로 이구조가 등단 후에 "어린이 문학의 대상이 아동 독자라는 특수성"[2]에 입각하여 신념을 구현한 작가인지 검토하기로 한다. 지금껏 논의가 미진하게 진행된 그의 소년소설을 점검하여 그 특질을 구명함으로써, 한 작가의 아동관이 작품에 삼투된 정도를 확인해 볼 계획이다. 그 과정에서 이구조가 발표한 작품들이 두루 언급될 터이고, 군데군데 아동문학과 관련된 평문들을 대조하는 절차를 따를 것이다. 그러한 노력은 이구조의 아동문학에 내포되어 있는 심미적 자질을 추출하여 세상에 보고하려는 노력이면서, 아동문학이 점차 형성되어 가던 무렵의 징후를 확인하려는 욕심에서 비롯되었다. 아직도 한국의 아동문학 연구는 일천하기 그지없기에, 논의의 장을 확장하려는 의도를 굳이 감추지 않았다.

2. '리얼리즘 아동문학'의 실체

1) 인식과 묘사의 허술

소년소설은 어린 독자들이 동화에서 소설로 진입하는 도정에서 만나는 필수적인 교육자료이다. 독자는 동화의 마법적 세계에서 풀려나와

---

2 이구조, 어린이 문학 논의 (1)「동화의 기초공사」,『동아일보』, 1940. 5. 26.

사람이 살아가며 부딪치고 체험하는 바를 사실적으로 보여줌으로써, 그가 어른이 되어갈 준비를 할 수 있도록 도와주는 기능을 수행한다. 이점에서 소년소설의 교육성은 유별한 것이고, 작가들이 유념해야 할 요소이다. 작가는 소년소설 속에 허구적 현실을 재현하는 동안에 소설적 문법에 충실히 따라야 한다. 그의 배려 속에서 독자는 본격적인 소설기에 접어든다. 이 점도 소년소설이 내포하고 있는 교육성이다. 따라서 소년소설의 작가들은 누구보다도 소설의 형식을 준수하지 않으면 안 된다. 그런 자세가 독자를 향한 어른의 배려이고, 작가로서 의당 견지해야할 신념이다. 문학의 교육성이란 내용의 전달에 방점을 찍는 것이 아니라, 형식성을 강조하면서 도드라지는 것이다.

이구조의 작품을 읽노라면 디테일 면에서 소홀하다는 느낌을 감출 수없다. 한 예로 그의 소년소설 「새집」은 '1. 집, 2. 학교, 3. 새집'으로 구성되어 있다. 공간은 기억의 생생한 재현을 위해서라도 중시되어야 한다. 더욱이 일제의 발호가 날이 갈수록 극심하던 무렵에 발표된 작품이므로, 식민지라는 시대적 공간 속에서 '새집'이라는 장소가 함의한 바는 만만치 않다. 1920년대 이후 경성의 주택난은 지금보다도 훨씬 심각했다. 당시 신당리의 경우에 "2,700여호의 절반 이상이 가연 이곳에서 사람이 거처할 수 있는가 싶은 토막"(『별건곤』, 1929. 9)이었는데, 일제는 그곳에 소위 문화주택을 조성한다는 평계로 토막민들에게 이주를 명령하였다. 또 이촌동 주민들은 1925년 7월의 잔인한 을축대홍수로 한강이 범람하여 집을 잃고 토막 생활을 하던 중, 조선총독부가 위험지구로 지정하며 떠날 것을 명령하자 도화동의 산속으로 이거하였다. 그러나 경성부는 도화동에 임야를 조성한다며 나갈 것을 요구하여 주민들은 다시 정릉 일대로 강제 이주되었다. 이것만 보아도 일제의 강점기에 '새집'이 지닌 의미가 어떤 줄 금세 짐작 할 수 있다.

그러나 이 작품은 새집과는 선혀 관련이 없는 내용이나. 부모가 아이에게 동생을 돌보라고 부탁하며 호구하는 형편이라면, 학교에 아이를 보내는 일은 난망하였다. 1920년 제정된 조선학교비령에 의해서 보통학교의 운영비는 학부모가 부담하도록 강제되었다. 그에 따라 1년간 월사금과 학용품비 등을 합친 보통학교 학생 1인당 교육비는 16원 정도가 소요되었다. 이 무렵 쌀 한 가마니가 20원쯤이었으니, 웬만한 집에서는 아이 하나 건사하기가 힘들었다. 그래서 남은 유습이 장남을 학교 보내기 위해 다른 형제들이 희생하는 것이다. 이처럼 작품이 사회적 현실을 매개하지 않은 탓에, 공감을 자아내기 힘들다. 그것을 차치하고라도, 대부분의 독자들은 제목을 보고 새로운 집에서 벌어지는 사건을 떠올리기 마련이다. 그러나 작품의 내용은 제목과 딴판이다. 이 작품의 공간 이동은 '집 – 학교 – 집'이어서 차라리 귀로형 소설에 가깝다. 공간은 개인의 실존적 조건이란 점에서, 작가의 어설픈 작명은 지적되어야 한다.

또 이 작품이 인물의 성격화 측면에서도 불만족스럽기는 마찬가지다. 주인공 신남이는 '어머니가 남의 집 일을 가시게 되는 날'이면 어린 동생을 돌보느라 학교에 가지 못한다. 겨우 가는 날에도 지각하기를 밥 먹듯이 한다. 그런 신남이는 동생을 돌볼 적마다 "어린 것이 젖 떨어진 것도 불쌍한데 게다가 긴긴 날에 엄마 품에 안겨도 못 보니까 내가 잘 봐 줘야겠다"(121쪽)고 제법 어른스러운 말을 하며 동생을 어른다. 그러다가도 동생의 변덕에 짜증내며 동생 보기를 싫어한다. 이 정도면 신남이도 어린 아이이므로 마음이 금세 바뀐다고 옹호할 수 있다. 그러나 2학기 방학식날에 받아든 통신표를 보고 그는 실망한다. 그는 "신남아, 네가 공부 잘 해서 우리 집을 다시 잡아야 한다"(127쪽)는 아버지의 말씀이 떠올라, 그는 집에 들어가지 않고 길거리에서 배회한다. 그는 어느덧 나타난 부모에 의해 발견되어 집으로 간다. 이처럼 부모가 자식을 찾는 노력이 전혀 언급되지 않았고, 신남이를 꾸짖거나 안아주는 부모의 노력도 보이지 않는다. 그러다가 아버지는 사라지고, 느닷없이 어머니가 신남에게 맛있는 반찬과 밥을 차려준다.

어머니가 국을 떠다 먹이신다. 반찬을 화로에서 내놓으신다. 애들을 재우신
다고 하고 부리나케 돌아가시는 것을 볼 때 신남이의 눈에는 눈물이 핑 돌았습
니다.

신남이는 좋은 김에 밥을 아구아구 먹으면서 처음부터 끝까지 쭈욱 시원스
럽게 말씀드렸습니다.

"그저 우리 신남이지. 학교에서 배운 것을 그대로 외워 바쳐서 첫째를 한 것
보다 오늘 우리 신남이의 마음은 몇 배가 낫단 말이야."

어머니는 행주치마에 손을 문지르면서

"시장할 텐데 물에 놓아 먹어. 우리 신남이 같은 애 어디 또 있나."

어머니는 신남이의 옷을 지으시려고 등잔불에 다가앉으셨습니다.[3]

인용문을 보노라면, 어머니의 행동이 일관되지 못하다. 그녀가 신남
에게 동생을 돌보도록 하는 이유인즉, 남의 집 일을 도와 품삯을 받아야
먹고 살 수 있기 때문이다. 그런 설정이기에 신남이는 작품이 시작하자
마자 학교에 가지 못하고 동생을 돌보며 혼자 산수 문제를 풀고 있었다.
따라서 어머니는 동생들을 아니 돌본 신남이의 방황을 책망하여야 옳았
다. 그것이 아니고 추운 밖에서 집에 못 오고 떨었던 신남에게 따뜻한
국밥을 챙겨주는 사랑을 체현하려거든, 자신의 신세에 겨워 신남에게
미안한 마음을 표해야 그럴 듯하다. 그러나 그녀는 앞서 말한 과정을 생
략한 채 '학교에서 배운 것을 그대로 외워 바쳐서 첫째를 한 것보다 오
늘 우리 신남이의 마음은 몇 배가 낫단 말이야'라고 신남이의 방황을 너
그럽게 포용하고 있다. 이런 행동이 자연스럽게 이어지기 위해서라도,

---

3 이구조, 「새집」, 『까치집』, 문천사, 1974, 130쪽.

어머니의 성격은 처음부터 인자하고 자상한 측면에 맞추어 서술되어야 맞은 것이다. 작가는 신남이가 귀가하지 않은 장면이 최고의 갈등이었을 텐데, 작가는 힘 안들이고 일거에 해결해버렸다. 말하자면, 작가는 인물의 개성을 전혀 의식하지 않았다.

그러한 결점은 신남이의 경우에 더 심하다. 문학작품이 사회적 현실에 대한 형상적 인식이라면, 신남이가 학교에 제대로 다니지 못하는 상황은 극대화되어야 한다. 작품의 발표 시기가 일제의 식량 수탈이 자심해지던 때였으므로, 양식을 구하려는 부모의 노력이 가중되었을 것이다. 그들은 힘겨운 일상 때문에 신남에게 희생을 강요할 수밖에 없다. 그로 인해 신남이의 결석은 장기화되고 잦아지고, 신남이의 등교육은 자극될 것이다. 그 와중에 신남이와 부모 사이의 갈등 요소는 쌓이게 되고, 나중에 초래될 심각한 갈등 국면을 예비할 터이다. 이 점이야말로 "인물이란 개념은 부차적인 것으로, 전적으로 플롯에 종속적인 것"[4]이라는 소설적 기능을 증명하는 것이다. 그렇지만 작가는 작중 상황을 객관적 현실로부터 독립된 것처럼 설정함으로써, 인물의 성격화에 실패하여 종국에는 주제의식을 드러내지 못하고 말았다.

2) 범죄의 사회학

범죄는 한 인간을 성숙시킨다. 소설에서 각종 범죄가 횡행하고, 작가들이 예나 지금이나 즐겨 다루는 이유이다. 인물은 범죄를 통해서 사회에 진입한다. 그의 범죄 행위는 세상이 만만치 않다는 사실과 자신의 뜻대로 살아갈 수 없다는 사실을 체험시켜준다. 범죄는 그만 몰랐던 세상의 법칙을 알려주면서, 세상의 이웃들과 함께 살아가는 데 소용되는 덕

---

4 오양호, 「소설의 인물」, 한국현대소설연구회 편, 『현대소설론』, 평민사, 1994, 136쪽.

목을 인지시켜준다. 그는 범죄를 통해서 세상과 소통하기보다는, 사람들과 먼저 소통해야 한다는 명확한 사실을 깨닫는다. 그는 세상의 악과 충돌하는 동안에 선의 모습을 보게 되고, 사회에서 악이 축출되어야 하는 이유를 알게 된다. 그는 세상에 존재하는 악에 유혹되어 패배하게 되고, 자신의 실패를 통해서 세상을 살아가는 법을 배우게 되는 것이다. 그의 인식론적 변화는 범죄를 통한 사회의 입문 과정에 다름 아니다. 이런 측면에서 범죄는 소년소설에서 중시되어야 한다. 그것은 소년소설이 본질적으로 입사식담이라는 속성에서 기인한다. 소년은 범죄행위를 통해서 사회의 제도를 익히게 되고, 그로부터 일탈하면 사회적으로 징치된다는 사실을 학습하게 된다.

이런 점에서 이구조가 범죄를 작품에 적극적으로 도입한 것은 주목받아야 한다. 그의 소년소설 중에는 범죄를 다룬 작품들이 많다. 먼저 「과자벌레」는 힘 있는 아이가 힘없는 아이를 윽박질러 월사금으로 과자를 사먹은 이야기이다. 그 시절로는 보기 드물게 교내 폭력을 다룬 작품에 해당한다. 말하자면 "어린이는 천진하고 난만하며 『어른의 아버지』오 지상의 천사만도 아닌 동시에, 개고리 배를 돌로 끄는 것도 어린이오 물딱총으로 동무의 얼굴을 쏘는 것도 어린이오, 메뚜기의 다리를 하나하나 뜯는 것도 어린이오, 미친 사람을 놀려먹는 것도 어린이다"[5]는 자신의 아동관을 작품화함으로써, 이구조는 방정환의 동심천사주의를 수정할 서사적 기획으로 본 것이다. 주인공 황수복은 부잣집 귀동이고, 민태호는 면서기의 아들이다. 남들보다 유족한 형편의 아이들이 수업료를 내지 못한 것이 사건의 발단이다. 수복이는 '힘센 애들에게는 꿈쩍도 못하지만 저보다 힘이 약해 보이기만 하면 덤벼드는 성질'을 가진 아이다. 태호는 '수복이와 나이는 동갑이만 키가 작고 워낙 몸이 약해서 암쭉 못

5 이구조, 어린이 문학 논의 (3) 「사실동화와 교육동화」, 『동아일보』, 1940. 5. 30.

하고 부하 노릇만 해오던' 아이다. 수복이는 교무실로 불려가기 전에
'선생님께 바른대로 말하면 뼈다귀를 부셔준다'고 태호를 협박한다.

"그까짓 것 빌어 줄까?"
태호는 풀이 죽어서 이렇게까지 생각하였습니다. 그러나 다음 순간에는 수
복이한테 떳떳하지 못한 것이 무엇이 있길래 빌기까지 해야 되는가 하고 생각
하였습니다.
"이 자식! 왜 대답하라는 대로 안 하고 우물쭈물하는 거야?"
"선생님 앞에서 당장 거짓뿌렁이 나와야지."
"무엇이 어쩌구 어째?"
수복이는 태호의 멱살을 걸어쥐며
"아까 교실에서 내게 덤벼들었겠다."
하고 어두컴컴한 학교 창고 안으로 끌고 들어갔습니다.[6]

이구조는 동심천사주의를 수정할 욕심에 여러 인물형을 생산하였다.
이 작품의 태호는 요샛말로 하면 학교 폭력에 노출된 아이다. 그는 수복
이를 통해서 약자를 괴롭히는 어린이가 있다는 현실을 말하고 싶었을
터이다. 그러기 위해서 수업료를 과자로 바꾸어 먹는 아이가 필요했다.
작가의 주제의식을 구현하기 위해 등장한 수복이는 때와 장소를 가리지
않고 완력을 행사하여 자신의 욕심을 채운다. 그의 무력 앞에서, 인용문
에서 보듯이 태호는 월사금까지 내놓고 순종하여 평화를 선택한다. 속
으로는 '수복이한테 떳떳하지 못한 것이 무엇이 있길래 빌기까지 해야
되는가' 자문하고 있으나, 그것을 실행할 엄두도 내지 못하는 나약한
인물이다. 그는 학교에 호출된 아버지에게 전후 사정을 고백하고 꾸중

---

6 이구조, 「과자벌레」, 『까치집』, 문천사, 1974, 99쪽.

듣기를 강청한다. 하지만 아버지는 남의 월사금으로 과자를 사먹은 태호를 일러 '그 녀석이 과자벌렌 게야'라고 말할 뿐, 사건을 해결할 의지를 보이지 않는다. 그의 방기 속에서 태호는 '과자벌레'란 별명을 얻고 사건은 마감된다.

이와 같은 결말은 이구조의 서사 능력에 의문을 품게 한다. 범박하게 말하여 그는 소설에서 기본적으로 요구되는 긴장이나 반전을 마련하지 않는다. 학교에 불려온 아버지가 태호의 행동에 판단을 유보하고, 그의 내교 이후에 벌어진 사태의 결과를 제시하지 않아 수복이의 존재는 숨어버린다. 이구조는 마땅히 폭력과 수업료의 횡령이라는 범죄가 지닌 의미를 서술해야 옳았다. 태호나 수복이는 두 가지 범죄행위에 대한 추궁을 받으며 악의 실체를 볼 수 있었다. 그러나 이 작품에서는 기성인으로 나온 교사나 아버지가 그 문제에 대하여 침묵함으로써, 결국 기회를 상실하고 말았다. 작가는 애초부터 결말을 예상하지 않은 것이다. 그로서는 아이들에게도 선하지 않은 면이 있다는 점을 부각시킬 욕심을 부린 것이나, 소설적 조건을 경시한 것은 부인할 수 없다. 이런 실수는 「조행 '갑'」에서도 산견된다.

이 작품에서 이구조는 여느 작품처럼 품행이 대비되는 두 소년을 등장시키고 있다. 예컨대, 작가는 '산수를 귀신같이 푸는 학구'와 '키가 아깝다'고 핀잔을 듣는 덕재이다. 당연히 '덕재의 통신부에 조행이 병이라고 쓰여 잇으면, 학구의 통신부에는 의례히 갑'이라고 적히어 있다. 그러자니 자연스럽게 덕재가 소설의 주 인물로 설정되기 마련이다. 동네에서는 '나이가 많고 힘이 세고 걸설걸석한 덕재'가 꼬마대장이다. 그는 학구의 품행 성적이 정으로 떨어지기를 바란다. 친구의 나락을 기대하는 덕재의 욕망은 학구를 유혹하여 오이 따먹는 일에 나소도록 부추긴다. 학구는 덕재의 꾐에 빠지지 않고 잘 버티다가, 밥을 먹지 않은 어느 날에 스스로 오이서리에 나선다. 그 싯을 사주 안 녁구는 블기시 않고, 하필 단 한 번 서리한 학구는 주인에게 들키고 만다. 학구는 그 사건으로 동네아이들에게 놀림감이 된다. 덕재가 좋아라하며 학구의 조행 등급이 낮아지기를 바란 것은 당연하다.

덕재는 제 통신부를 본 김에 학구의 것도 보고 싶었다.
"어디 네해 좀 보자."
학구는 아무 말도 없이 덕재가 하자는 대로 내밀어주고 하염없이 주저앉았다.
덕재는 부리나케 펴보니 난데없는 '조행 갑'이 흐리게 씌어 있지 않은가? 덕재는 갑자기 놀랐다. 눈이 휘둥그래졌다. 그리고는 얼굴이 파래지며 약이 올랐다.
"내 잘못을 숨겨 가며 우등을 해?"
"너는 마음이 약하다."
"내일은 선생님께 여쭙기로 하자."
"훌륭한 사람이 되려면……"
이런 말들을 일기에 가득 되풀어 가면 적어 놓던 학구였다. 이런 학구가 여태껏 우물쭈물하다가 오늘의 덕재의 이 얼굴을 보다니!
벌떡!
학구는 엉덩이의 먼지를 털면서 총총걸음으로 온 길을 되집어 학교로 가고 있었다. '얌전이'니 '계집애'니 하고 놀리우던 학구만이 참다운 학구가 아니었던 것이다.
학구는 말끔히 말끔히 선생님께 말씀드려서 속을 시원하게 만들 작정이다. 꼴찌? 첫째? 그 따위 것들은 지금의 학구에게는 문제도 되지 않았다.[7]

---

7 이구조, 「조행 '갑'」, 『까치집』, 문천사, 1974, 117~118쪽.

조행은 품행을 가리키는 일본어 'そう-こう(操行)'이다. 학생의 품행이 방정한 정도에 따라 급수를 매겨 서열화하는 관행은 일제의 여습이다. 지금도 학교 현장에서는 학생들의 품성을 기성인의 잣대로 재단하기를 서슴지 않는다. 그것을 보노라면, 한번 제도화된 관습이 얼마나 척결되기 난망한 줄 알 수 있다. 학구의 오이서리가 교내에 소문이 났는데도 불구하고, 조행 등급이 떨어지지 않은 것은 교사의 평가가 주관적인 사실을 증거한다. 학구는 품행이 모범적이고 학업 성취도가 높은 편이라서, 실수에도 평가 결과는 달라지지 않는다. 이것은 교사의 기계적 평가가 지닌 부정적 측면이나, 학구에게 거는 기대심리가 손상되지 않기를 바라는 학교측의 의사에 힘입은 것이다. 이유를 불문하고, 학구처럼 공부 잘하고 품행이 바른 아이가 작물 절도에 가담했다는 사실은 학교측을 당황시키기에 충분하다. 이에 학교는 학구의 잘못을 묻지 않고, 학구에게 상급학교 진학 문제를 상담하는 척하며 사태의 본질을 호도한다.

덕재가 학구의 통신표를 보고 놀란 것은 당연하다. 작가는 그의 약오른 표정을 서술하지 않고 곧장 덕구의 자기반성으로 넘어간다. 이처럼 부자연스러운 진행은 서사의 긴밀도를 헐겁게 만들어줄 뿐 아니라, 주제의식의 달성 과정에 의구심을 품게 한다. 소년소설의 주인공은 갖은 난관을 통해서 사회에 편입된다. 그가 경험하는 바야말로 사회에서 맞닥뜨려야 할 무수한 문제들이다. 그는 문제적 사태에 내몰린 채 타락을 경험한다. 그 과정을 통해서 주인공은 세상의 악을 발견한다. 즉, 소년소설은 "어린 주인공에게 주변 세계나 자기 자신에 대한 인식이나 성격 또는 그 두 가지에 다 중대한 변화가 일어났다는 것을 깨닫게 해준다"[8]는 점에서, 인식을 통한 성숙에의 추락이다. 그러나 이 작품의 학구는 자신의 잘못을 인식하고 있으면서도, 정작 그것을 바로잡으려는 노력을

---

8 Mordecai Marcus, 「이니시에이션소설이란 무엇인가」, 최상규 역, 『단편소설의 이론』, 예림기획, 1997, 287쪽.

기울이지 않는다. 겨우 대단원에 이르러 느닷없이 일기에 적은 내용을 꺼내어서 내면의 방황을 토로한다. 인용문이 결말부에 해당하므로, 그의 회오는 사건을 마무리하는 역할을 수행하고 있다. 이와 같이 작품의 끝을 서둘러 종결하는 태도는 이구조의 습관인 듯하다.

중편소년소설 「오누이」의 마무리도 흡사하다. 제목처럼 이 작품의 주인공은 영남이와 영희 남매이다. 그 중에서 서사를 끌어가는 역할을 영남이가 맡고, 영희는 영남이가 서사의 방향을 잃지 않도록 도와주는 임무를 수행한다. 두 남매의 곁에 영남이의 친구 봉순이가 있다. 영남이는 빈곤 가정의 장남이다. 그의 아버지는 장님이고, 어머니는 병석에 누워 있다. 그러니 집안 살림은 강습소 4학년에 다니는 영희의 몫이다. 영남이는 가정 사정으로 인해 신문배달을 하면서 학교를 다니고, 어머니 병 구완에 신경 쓰느라 학교를 거르는 날이 많다. 그러다가 졸업을 맞아 상급학교에 진학하는 문제를 두고 갈등한다. 그러다가 담임교사의 도움으로 입학시험을 치르고 합격하나, 하숙비와 등록금을 감당할 수 없어 가게의 점원으로 취직한다.

이때부터 영남이의 입사식은 진행된다. 먼저 그 가게에서 영남은 기존 점원들의 질시를 받다가, 급기야 그들의 작당에 빠져 도둑으로 내몰려서 주인에게 쫓겨난다. 그가 첫 직장에서 나오게 된 이유는 주인으로부터 편애를 받았기 때문이다. 영남의 성실한 태도를 높이 산 주인의 태도가 다른 점원들의 미움을 불러오게 되었다. 영남이는 거리를 배회하다가 다리 밑에서 만난 아이들이 제공한 처소에서 유숙한다. 그러나 그들의 호의는 도둑질에 필요한 동조자를 구하기 위한 수단으로 판명되고, 영남이는 아이들의 하는 일을 알고 도망한다. 그러다가 낯선 아저씨를 만난다. 그는 영남에게 구두를 비롯한 선물을 사주며 환심을 샀다. 영남이는 기쁜 나머지 영희에게 이런 소식을 알려주고자 했으나, 아저씨는 편지 쓰는 일을 가로막는다.

"선생님에게나, 동무에게나, 집에나 아저씨는 왜 편지를 못하게 하십니까?"

"그건 차차 알아도 좋다."

영남이가 움집 대장 아이에게 무엇들을 하며 사느냐고 물었을 때에 대답하던 것이 생각났다. 움집 대장 아이도

"그건 차차 아는 게 좋다."

하지 않았던가? 움집 아이들도 저희들의 하는 일을 입 꼭 다물고 말하지 않던 것은 도둑질을 하던 탓이었다.

선생님의 편지 가운데의 말씀도 머리에 떠올랐다.—마음 착한 시골 아이를 좋지 못한 애들이 꾀는 수도 있고, 어른들도 먼 데로 종종 꾀어 가지고 가는 일이 있다고 하신 말씀이 생각났다.[9]

영남이가 아저씨의 행동에 의심을 품고 묻는 대목이다. 그는 세상 물정에 어두운 시골아이들을 꾀어 팔아넘기는 조직이 있다는 사실을 들어서 알고 있다. 그가 기억하듯이, 그의 서울행을 권유한 선생님은 편지에서 '마음 착한 시골 아이를 좋지 못한 애들이 꾀는 수도 있고, 어른들도 먼 데로 종종 꾀어 가지고 가는 일이 있다'고 일러주었다. 영남이는 이 점을 알고 낯선 아저씨의 과한 친절에 의혹의 눈길을 보낸다. 하지만 그는 더 이상 아저씨의 정체를 알아채지 못하고, 영순이마저 불러들이라는 아저씨의 권유를 받아 편지를 쓴다. 아저씨는 영남이에게 잘해주는 척하면서, 봉순이까지 공부를 시켜주겠다는 감언으로 영남이를 속여 불러오게 한다. 청진에서 만난 세 사람은 봉천으로 떠나간다. 영남이는 아저씨의 행동에 동조할 뿐이다.

만일 소설론에서 말하는 이니시에이션이 "이야기가 진행되어 나감에 따라서 작중인물이 지금껏 알지 못했던 것이나…… 자신이 이제 알게

---

9 이구조, 「오누이」, 『까치집』, 문천사, 1974, 228쪽.

된 것을 세상의 많은 사람들이 이미 알고 있거나 공통적으로 가지고 있다는 사실을 알게 될 때 일어난다"[10]는 주장이 사실이라면, 영남이는 여러 번의 의심 속에서도 아저씨를 따라나선 이유가 밝혀져야 한다. 그렇지만 작가는 영남에게 그런 역할을 부여하지 않았다. 그저 그의 의심은 단발성 질문으로 끝나버리고, 영회마저 아버지의 눈을 뜨게 해주고 끼니 걱정하지 않도록 해주겠다는 방울장수의 유혹에 빠져 집을 떠나려 한다. 그 찰나에 영남이가 귀가하겠다고 봉천에서 부친 전보가 도착하고, 영회를 꼬드긴 할멈은 떠나며 막을 내린다. 이처럼 이구조는 우연성에 기대어 작품을 서둘러 봉합하여 스스로 미적 성취 기회를 차단해버린다. 곧, 그의 소년소설들은 전대의 요소를 완전히 청산하지 못하고 말았다.

이 작품에서 이구조는 영남이 남매의 처지를 이용하여 유괴하고 팔아넘기는 현실을 다루고 있다. 어린이 유괴를 포함한 아동 학대 문제는 식민지 기간 내내 사회문제였다. 방정환이 소년운동을 일으킨 근본 이유 중의 하나도 거기에 있었다. 1926년 류영준은 아동 살해, 매매, 유기의 역사를 조감하면서 아동학대의 근절을 촉구하였다.[11] 또 1921년 당국의 조사에 의하면 소년 해원(海員) 30여 명이 어선에서 노동력을 착취당하고 있었고,[12] 1933년 말 경성부 내의 고아는 164명, 기아는 117명, 미아는 147명으로 집계되었다.[13] 1938년 10월에는 종로권번의 기생 박정혜의 아우를 유괴한 사건이 벌어졌고,[14] 1939년 11월에는 대구에서 소년을 유괴하여 살인한 사건이 일어났다.[15] 이처럼 아동학대 문제가 날이 갈수록 심각해지자 조선소년총연맹의 간부를 지낸 경력을 지닌 곽복산

10 Mordecai Marcus, 「이니시에이션소설이란 무엇인가」, 최상규 역, 앞의 책, 286쪽.
11 류영준, 「아동학대의 역사」, 『시대일보』, 1926. 6. 6.
12 『동아일보』, 1921. 5. 29.
13 『동아일보』, 1934. 4. 6.
14 『매일신보』, 1938. 10. 13.
15 『동아일보』, 1940. 2. 22.

은 「어린이를 학대 말고 보호합시다」를 발표하고,[16] 『중앙일보』는 사설 「아동학대 방지안에 대하야」를 실어 이슈화하기에 이르렀다.[17] 이런 추세는 범죄의 소설적 수용에 알맞은 기회로 활용될 수 있었다. 그 시기의 경성은 식민자본주의의 모순이 총체적으로 드러나던 시기였다. 범죄소설이 "자본주의의 산물인 대도시의 탄생과 함께 등장한 장르"[18]라는 점에서, 식민지 수도 경성에서 일어나는 아동 관련 범죄를 소설적으로 형상화하는 작업이 요구되었다. 그러나 식민 기간 동안 아동문학가들은 탐정소설에 내재된 범죄의 사회학적 기원을 깨닫지 못한 채, 외국 작품을 번역하거나 번안하느라 바빴다.

이런 측면에서 이구조의 작품은 아쉽다. 그는 식민지에 만연된 아동학대 문제를 유괴 모티프로 수용하면서도, 정작 범죄의 자본주의적 발생 배경이나 유괴 후의 상황을 도외시해버렸다. 이구조가 이 작품을 착상한 동기가 어디 있었는지 묻게 만든다. 그는 어린이를 유괴하여 국경 외로 팔아넘기는 사태에 대한 인식이 불철저했을 뿐 아니라, 관련 사실의 수집을 위시한 사전 작업조차 단행하지 않고 작품 생산에 착수한 것이다. 그러다 보니 서사의 나아갈 방향을 제대로 진척시키지 못하고 조속히 결말을 맺어버리고 말았다. 그것은 곽복산이 어린 시절부터 자발적으로 소년회를 결성하고 소년운동에 뛰어든 사실을 감안하면, 이구조의 세상 인식이 허약한 정도를 증표한다. 이구조는 한번도 구체적인 소년운동에 가담하지 않았을 뿐더러, 전문학교에 입학한 후에야 아동문학에 관심을 가졌다. 운동 참여 여부가 한 작가의 세계관을 결정하는 것은 아닐지나, 적어도 아동 문제의 심각성이나 원인 등을 파악하는 단계에서 유용할 것은 뻔하다. 이구조는 소년운동의 체험을 더하거나, 범죄의

---

16 곽복산, 「어린이를 학대 말고 보호합시다」 (1~6), 『동아일보』, 1935. 2. 9~21; 최명표 편, 『전북 문학 자료집』, 신아출판사, 2012, 84~91쪽.
17 『중앙일보』, 1932. 4. 7.
18 김용언, 『범죄소설─그 기원과 매혹』, 강, 2012, 252쪽.

발생 요인 등에 대한 다각적인 관찰과 심도 있는 인식을 결여한 채 서사화에 나선 것이다.

3) 미완의 논리

이구조는 "연희전문 재학 시절부터 아동문학평론가로서 뜻을 굳혀 평론을 활발하게 발표하였다"[19]고 한다. 사실 그는 빈약한 아동문학 평단을 개척한 선구자에 속한다. 그 시절만 해도 아동문학 자체가 형성기였기에 평론이 출현하기를 기대하기는 난망하였다. 그의 합류는 앞서 평필을 든 김태오 등의 인맥을 잇고, 아동문단을 활성화하는 데 기여한 것이 사실이다. 그 무렵에는 주요한을 위시한 기성작가들이 아동문단에서 철수한 마당이었으므로, 새로운 평론가의 데뷔는 분명히 각광받을 만했다. 그러나 그가 평론에 나설 때는 카프의 해소로 시작된 문단의 침체가 가속화되고 있었다. 이런 판국에 그가 주장할 수 있는 바는 적었다. 문학의 순수나 계급성을 주장하기에도 마땅치 않았고, 김기림처럼 문학 전공자들이 유력자로 행세하는 마당에 본격적인 비평을 진행하기에는 역부족이었다. 실제 이구조의 평론은 기타하라 하쿠슈(北原白秋)의 동요론을 인용하거나 "아동이 그 독창의 감정을 스스로 독특하게 즉출한 시형에 담는 것을 허해주지 아니 하면 아니 된다"는 사이조 야소(西條八十)의 이론을 소개하는 정도에 불과했다.[20]

그는 "동화(광의)를 유년소설, 동화, 소년소설, 옛날이야기로 사대분하는 종래의 견해는 개념의 혼동으로 인한 구분 원리의 파악이 오류엿다는 것을 지적해낼 수가 잇다"고 말하였다. 그런 뒤에 동화를 창작동화와 구전동화(민족 동화)로 이분하고, 다시 창작동화를 동화와 소년소설로

19 이재철, 『세계아동문학사전』, 계몽사, 1989, 270쪽.
20 이구조, 어린이 문학 논의 (2) 「아동시조의 제창」, 『동아일보』, 1940. 5. 29.

나눈 뒤에, 동화를 동화와 유년동화로 세분하였다.[21] 그는 "장르 한계의 불명료는 그 자체의 불명료에만 머므르는 것이 아니고 작품의 테마의 불명료를 초치하는 작용이 잇는 것"이라고 언급하면서도, 정작 자신은 장르의식의 불철저를 드러내었다. 그러면서 이구조는 '우리 동화문학의 전통이 너무나 종교와 도덕 만능에 치우친 것'을 비판하고, 그 예로 안데르센과 와일드류의 예술동화가 끼친 폐해를 들었다. 이러한 지적은 그가 방정환류의 아동문학론을 식민지 현실과 동떨어진 것으로 규정하고, 그것을 비판하기 위한 입론으로 설정한 탓이다. 하지만 방정환의 논리는 무조건 배격할 것이 아니다. 그가 한국의 아동문학을 이른바 동심 천사주의로 선도한 것은 공과가 공존할 뿐더러, "일제의 지배 담론과 충돌하지 않으면서 어린이들의 '식민주의적 소외'를 감소할 수 있는 방안"[22]으로 제출한 것이란 점도 수긍하지 않으면 안 된다. 따라서 이구조의 견해는 선배 세대와의 변별성을 강조할 요량으로 개진한 것이라 할지라도, 그것을 일정 부분 수용하면서 자기의 논리를 체계화했어야 옳았다.

무릇 리얼리즘 동화는 아동의 행동과 심리를 가능한 범위 내에서 충실히 재현시키려는 의도로 출발한다. 그러나 누구나 아는 상식화한 말이 되어서 쓰기는 멋쩍으나, 작자는 카메라맨만이어서는 아니 된다. …… 리얼리즘 동화는 인생의 추잡면을 들추던 자연주의 말기의 전철을 밟을 필요가 없다. 우리의 사실동화는 인생의 사실을 묘사 제출함과 아울러, 그 인상을 깊게 하기 위하야 가능한 사실까지 표현하여야 할 것이다. 참다운 리얼리즘 동화는 현실의 인생에 직면하면서도 그 자체 내에서 혹종의 희망의 광명을 지속시켜 독자인 어린이에게 공허한 자극을 줄 것이 아닐까 한다.[23]

21 이구조, 어린이 문학 논의 (1)「동화의 기초 공사」,『동아일보』, 1940. 5. 26.
22 최명표,『아동문학의 옛길과 새길 사이에서』, 청동거울, 2007. 32쪽.

논자들에게 널리 수긍되듯이, 리얼리즘은 정의하려는 의도조차 무모할 정도로 다양한 의미를 거느리고 있다. 그런 사정을 감안하고 범박하게 말하면, 리얼리즘이란 "당대 현실의 객관적 묘사"[24]이다. 이것은 이구조가 '아동의 행동과 심리를 가능한 범위 내에서 충실히 재현'하는 것을 리얼리즘 동화의 출발점이라고 말한 것과 크게 다르지 않다. 곧, 그의 리얼리즘론은 작가적 태도로 수용되는 리얼리즘이라고 보아도 틀리지 않다. 그것은 그가 작가들에게 '참다운 리얼리즘 동화는 현실의 인생에 직면하면서도 그 자체 내에서 혹종의 희망의 광명을 지속시켜 독자인 어린이에게 공허한 자극을 줄 것'을 기대한 것을 보면 명확해진다. 그가 '리얼리즘 동화는 인생의 추잡면을 들추던 자연주의 말기의 전철을 밟을 필요가 없다'거나 '인생의 사실을 묘사 제출함과 아울러, 그 인상을 깊게 하기 위하야 가능한 사실까지 표현하여야 할 것'이라고 주장한 바도 크게 다르지 않다.

리얼리즘을 계급적 관점에서 수용하지 않은 이구조의 태도는 어린이관에서도 징후를 찾을 수 있다. 초기에 그는 어린이들도 사람이므로 선과 함께 악의 성향도 있다고 보고, 친구를 괴롭히거나 약한 생명을 짓밟는 예를 들었다. 그의 주장은 "어린이를 천사로만 모셔 두기보다는, 보다 어린이의 생활 주변에서 얻어지는 갖가지 상황을 통해서 그들의 심상에 투영되는 다기한 형상을 정리하고 표출시킴으로써 아동관에 대한 새로운 해석을 시도하는 데까지 발전"[25]하였다는 평가를 낳았다. 당시까지 방정환이 주창하고 다른 작가들이 동의한 낭만주의적 아동관이 문단에 지배적이었던 것을 부인할 수 없으므로, 어린이를 다면적으로 이해하려는 그의 시점은 주목할 만하다. 그러나 낭만주의적 아동관 혹은

---

23 이구조, 어린이 문학 논의 (3) 「사실동화와 교육동화」, 『동아일보』, 1940. 5. 30.
24 유종호, 『문학이란 무엇인가』, 민음사, 1989, 302쪽.
25 이재철, 『한국현대아동문학사』, 일지사, 1978, 274~275쪽.

동심천사주의는 지금도 기성인들에게 만연되어 있고, 일제의 강점기라는 시대적 특수성을 고려해보면 타당성을 추인하지 않을 수 없다. 설령 그런 관점이 수정되어야 할 것이라면, 그 반대 켠의 프롤레타리아아동관을 승인해야 할 터이다. 그러나 어린이들을 계급적 시각으로 파악한 이후의 문제, 곧 일제의 탄압 앞에 어린이들을 내몬 책임은 누가 질 것인가. 따라서 낭만주의적 아동관을 무턱대고 비난하거나 폄하하는 견해는 정당하지 못하고 편파적이며, 반대를 위한 반대일 뿐이다.

날마다 일을 끝내고 주인을 반겨 맞는 개도 한 마리 안 치는 집으로 돌아올 때, 같은 동리에 사는 가시내들을 맞나는 것처럼 좋은 것이 없다. 같은 동리에 사는 머슴애들과는 기껏해야

『옛날 얘기 해줍쇼.』

『그래그래.』

『언제 해 줘?』

『틈 있거던……..』

그저 이런 정도의 문답뿐이다. 어떤 아이들은 나를 엄격한 학교 선생인 줄로 오신하고 절을 다라지게 한다. 재미없다.

열 살 내외의 가시내들이야말로 일자리에서 푸대접을 받는 나의 영혼을 기쁘게 해주시는 천사들이다. 나를 보자마자 낄낄 웃으며 슬금슬금 피해 가다가, 내가 앞서기만 하면 『아아…… 웃어와요.』 하는 아이가 있고, 바라보기만 하면 새침이를 따고 있다가 거름만 빨리 걸어도 웃으며 다라나는 아이가 있고, 달려와서 매달리는 아이가 있는가 하면, 업어달라고 조르는 아이가 있고, 혀를 날름날름 놀리는 아이가 있고, 피 피 웃기만 하다가도 발만 굴면 질거불을 하는 아이가 있고…….

괜히 우울을 보지할 것이 아니라, 항상 어린이의 환희의 세계와 접촉할 수 있는 습관으로 제판 익어지면 좋으련만…….[26]

인용문에서 보듯이, 이구조는 '항상 어린이의 환희의 세계와 접촉'하기를 바랐다. 그러한 생각은 그가 동요론을 전개하면서 "뛰뛰고 노래부르고 그리고 작난치는 것은 저애들에게 있어서 세 때 끼니와 같은 영혼의 양식이다"[27]고 말한 바와 일치한다. 그렇다면 어린이는 천진난만한 것만이 아니라 악의적 성질도 갖고 있다고 본 그의 어린이관은 어린이를 다양한 측면에서 바라보기를 주장한 것이지, 무산계급론의 견지에서 바라본 것이 아닌 줄 알 수 있다. 그런 어린이관에 기초하여 이구조는 리얼리즘론동화론을 주장하게 된 것이다. 그것을 동화에 구체화시키려고 시도했으나, 그의 노력은 의지와 다르게 삼투되지 못하였다. 이것이 그의 한계였고, 그 원인은 시대와 사회를 응시하는 객관적 안목이 부족한 데 있었다. 그는 이 점을 알아차리지 못한 채 운명하였고, 그 결과로 그의 문학은 미완의 상태로 남고 말았다.

3. 결론

위에서 살핀 바와 같이, 이구조는 1930년대 후반 아동문단에 나와서 여러 편의 소년소설을 발표하였다. 그는 방정환의 동심천사주의가 지닌 단면성을 지적하고, 어린이들의 속성을 다면적으로 이해하기를 바랐다. 그의 주장은 작품은 물론, 리얼리즘동화론으로 구체화되었다. 그는 작가들에게 어린이들의 여러 가지 측면을 포착하여 형상화하기를 요구하였다. 스스로도 어린 주인공을 내세우며 갖가지 인물형을 선보였다. 그의 노력 덕분에 어린이의 선한 점에 착목하거나, 어린이를 계급 해방의 수단으로 채택한 작품들이 지닌 단선적 경향이 지양될 수 있었다. 이 점

---

26 이구조, 「기쁨」, 『조광』, 1941. 5.
27 이구조, 아동문예시론, 「동요 제작의 당위성」 (3), 『조선중앙일보』, 1936. 8. 9.

은 그가 이룩한 아동문단에 기여한 바이다.

그에 비해 이구조의 작품들은 여러 가지 면에서 함량 미달이었다. 무엇보다도 그에게는 논리와 실제 간의 괴리가 컸다. 이것은 그가 식민지 시대라는 특수한 조건을 제대로 응시하지 못한 채 단순 논리로 의견을 개진하고 작품화한 탓이다. 그의 주장대로 리얼리즘동화가 '아동의 행동과 심리를 가능한 범위 내에서 충실히 재현'라는 것이라면, 그에 앞서 사회적 현실에 대한 과학적 인식이 선행되지 않은 안 된다. 그러나 그는 미처 이 점을 헤아리지 않았기에, 이론과 실천의 유리현상이 벌어지고 말았다.

제5부 아동문학과 디아스포라

길손의 귀향의식
—강용흘의 소년소설론

1. 서론

한민족의 미국 이민사는 1902년 12월에 10명이 인천항을 떠나는 미국 상선 갤릭호에 승선하여 호놀룰루에 도착하면서 시작되었다. 그 뒤 1905년 일제가 자국의 노동자들을 보호할 목적으로 미국과 결탁하여 이주를 금지하면서 중단되었다. 이처럼 구한말에 시작된 이민은 그야말로 국운의 부침과 함께 해 왔다. 하와이의 사탕수수 농장에 배속되었던 초창기의 이민들은 외교권을 강탈당한 나라의 국민이었기에 기본적 권리조차 보장받을 수 없었으며, 열악한 노동 조건에 무방비 상태로 노출된 채 이국에서의 고단한 삶을 견뎌야 했다. 그 후에 이루어진 미국 이민은 하와이가 아닌 본토에 집중적으로 증가하는 추세를 나타냈다. 그들 중에는 독립운동가와 학생들이 상당수를 차지하고 있어서 이전과 달라진 양상을 띠었다. 그들은 주로 "기근, 압제, 식민지 통치와 같은 모국의 배출 요인에 의해 이주"[1]하게 되었는데, 경제적 이유보다는 조국

---

1 윤인진, 『코리안 디아스포라』, 고려대출판부, 2005, 12쪽.

의 광복을 열망하는 정치적 동기가 주된 이민 사유였다. 강용흘도 그런 범주에 속한다.

강용흘(姜鏞訖, 1898~1972)은 미국 이민 1세대를 대표하는 작가이다. 그는 함북 홍원군 송둔지에서 출생하여 1919년 기미독립만세운동에 가담한 죄로 일경에 체포되어 영어생활을 하다가 캐나다로 건너갔다. 그는 미국의 보스턴대학교 등에서 의학, 문학 등을 공부하였고, 여러 대학과 사회단체에서 동양학을 강의하며 작품 활동을 병행하였다. 1931년 소설 『초당(The Grass Roof)』(1931)의 성공으로 그는 전 미국에 문명을 알렸으며, 이 책의 전반부를 발췌하여 청소년용으로 『행복한 숲(The Happy Grove)』(1933)을 발간하기도 했다. 그는 구겐하임재단의 지원으로 가족과 함께 유럽을 여행하던 중에 독일에 거주하던 이미륵을 만나 소설 창작을 권유하기도 했다.[2] 그 후 『초당』의 후속편에 해당하는 『동양선비 서양에 가시다(East goes West)』(1937)를 출간하였다. 1946년 여름에 미 군정청의 요청으로 귀국했던 그는 미국으로 돌아갔다가, 1970년 6월에 한국을 방문한 뒤에 영면하였다.

강용흘이 발간한 두 권의 장편소설은 생애를 압축적으로 요약한 자서전이라고 해도 무방할 만큼, 실제와 허구의 경계가 모호하다. 그것은 그의 문학이 지니고 있는 특장이자 한계이며, 동시에 강점이자 약점이다. 그의 소설작품은 한 소년의 성장 과정을 고스란히 재현하고 있어서 성장소설의 요소들을 두루 갖추고 있다. 이런 측면에서 그의 작품들을 소년소설의 범주에 수용하려는 적극적인 자세가 요구된다. 어린 독자들은 그의 소설을 통해서 성장기의 다양한 경험들을 습득할 수 있다. 특히 그들은 나라 잃은 시기의 동세대가 겪어야 했던 온갖 고통을 절실하게 체험할 수 있을 뿐만 아니라, 역경을 극복하는 주인공의 행동을 통해서 생

---

2 이에 관해서는 최명표, 「기억의 서사화와 상징화한 기억—이미륵의 소년소설론」, 『한국근대소년소설 작가론』, 한국학술정보, 2009, 82~105쪽 참조.

의 의지를 내면화할 수도 있다. 또한 미국 이민자들의 고된 생활을 유추하면서, 전 세계에 걸친 한민족의 이산 현상에 대해서도 관심을 갖게 될 것이다. 이러한 장점들이야말로 본고에서 그의 작품을 분석하게 된 직접적인 동기다. 본고에는 현단계의 아동문학 연구자들이 관심을 기울이지 않는 이산문학의 내용을 살핌으로써, 연구의 외연을 확장하려는 의도를 내재하고 있다. 아울러 본고는 지금까지 선행연구에서 언급되지 않았던 그의 문학관까지 함께 살피어, 여느 작가에 비해 논의가 활성화되지 못한 강용흘 문학의 총체적 모습을 제시하려고 한다.

2. '새것'을 찾아 떠난 '길손'의 행정

1) '유배지'로 떠난 소년

이민 1세대 작가들의 작품에는 대개 유년기를 회상하는 추억담이 주를 이룬다. 독자들은 작가들이 자신의 서사가 내포한 자서전적 성격을 고백하지 않더라도, 세대의 특성 때문에 허구물로만 파악하려 들지 않는다. 따라서 그들은 사라져버린 과거의 '황금시대'를 회억하면서 현재적 생을 반추한다. 그들의 회고는 유년기에 대한 예찬으로 일관되기 마련이어서 비교적 치밀하고 세세하게 서술되는 특징을 보인다. 이런 점들로 인해 그들의 고백은 생리적으로 '집단기억'의 기록으로 보존될 필요성을 획득하게 된다. 근래에 들어서 거대서사 대신에 '기억'의 가치를 고평가하게 된 저변에는 이런 관점들이 작동하고 있다. 그들의 경험은 질량 면에서 이민을 전후하여 극명하게 갈리기 때문에, 필연적으로 문화적 차이로 인한 갈등과 소외현상들을 취급할 수밖에 없다. 그 와중에서 그들의 정체성은 자연스럽게 노출될 수밖에 없으며, 자신들의 기록이 문화충돌을 극복해가는 과정의 기록인 줄 인식하게 된다. 이런 측면에서 그들의 서사는 근본적으로 지배담론에 대한 저항적 성격을 함의하고 있다.

강용흘의 『초당』[3]도 예외가 아니다. 그가 일제의 강압 정치를 피해 미국으로 이민을 간 사실은 이 작품이 지닌 저항담론의 지위를 보장해준다. 구체적으로 그가 기미독립만세운동에 가담한 '독립운동가'였고, 그로 인한 두 번의 수감 경력은 작품의 정조를 짐작케 하는 단서이다. 이러한 전력들은 작품의 도처에서 회상하는 고향 풍경과 맞물리면서 사실성을 담보하는 기능을 수행한다. 구체적으로 강용흘은 유년기의 추억들을 세밀하게 묘사하면서, 원시적 공동체의 궤멸 과정에 안타까움을 표하고 있다. 그의 서술은 외침 이전의 세계에 대한 그리움의 표출인 동시에, 야만국으로 분류되었던 일본의 폭력성을 공식화하려는 의도의 발현이다. 그들의 침략 때문에 강용흘의 고향을 지탱하던 유교적 질서는 붕괴되고 말았다. 말하자면, 모든 문제점들은 일제의 강점으로 인해 파생되었고, 그렇지 않았다면 그는 집안에서 소망하던 '박사'가 되어 전통적인 윤리를 옹호하고 유지하는 임무를 수행했을 것이다. 이처럼 강용흘은 과거적 질서를 재현하여 유구한 역사를 훼손시킨 일제의 만행에 대한 분노를 행간에 잠복시키고 있다. 그런 까닭에 그가 제시하는 성장기의 장면들은 반복될수록 저항의 강도를 강화한다.

『초당』은 크게 2편으로 구성되어 있다. 강용흘은 1편에서는 태어나서 일제에게 나라를 빼앗기기까지의 시기를 다루고, 2편에서는 주인공 청파가 출향하여 서울과 일본을 거쳐 신대륙에 도착하기까지의 과정을 다루고 있다. 이러한 접근 자세는 불가피하게 연대기적 서술을 지향하도록 강권하여 작가로 하여금 장성한 화자를 내세우도록 압박한다. 이 점은 이 작품의 성장소설적 성격을 모호하게 만든다. 그 우려는 주인공이

---

3 강용흘, 장문평 역, 『초당』, 범우사, 2002. 본고에서의 작품 인용은 이에 따르고, 인용시에는 쪽수만 표기한다.

성장하는 과정을 서술하되, 어른의 입장에서 일정한 시점에 입각하여 주석을 가할 수 있다는 점으로부터 초래된 것이다. 그것은 작품의 서두에서 "나는 당연히 이 이야기의 저자다"(15쪽)라는 선언으로 확인할 수 있다. 그의 발언에 의해 『초당』은 성격이 불분명해지면서 분명해진다. 그 불분명한 분명함은 이 작품이 허구적 '이야기'이면서, 동시에 자서전적 요소를 포함하고 있다는 사실로부터 비롯된다.

관례상으로 자서전은 자신의 생애가 후손들에게 귀감이 될 수 있을 것이라는 작가의 우월적 판단을 승인해주는 장르이다. 그런 이유로 자서전은 대부분 자신의 삶을 정당화하는 수단으로 활용된다. 이 점은 자서전에 자의식이 과도하게 분비될 수밖에 없는 저간의 사정을 짐작케 해준다. 이런 약점을 호도하기 위해 작가들은 허구적 요소를 도입하여 텍스트의 맥락으로부터 자신을 타자화하려고 노력한다. 그의 시도는 자서전이라는 장르를 차용하는 순간부터 예정된 것이다. 그러나 그가 작품에서 벗어난다고 한들 소기의 목적을 달성할 수는 없다. 왜냐하면 그가 작품의 문맥으로부터 비껴나게 되면, 그것은 허구물로 규정되어 초기의 의도가 상쇄되어버리기 때문이다. 따라서 강용흘이 '저자'인 양 허세를 부리더라도, 이 작품은 자서전의 성격으로부터 완전히 자유롭지 못할뿐더러, 허구적 성격으로부터 벗어나지도 못한다. 그 순간에 작가는 텍스트의 맥락에 관여하게 되고, 그의 타자지향적 서술은 작품의 상황으로부터 소외된다. 이 점을 간파한 강용흘은 자신의 입장을 밝히며 서술을 시작한다.

내가 이 글을 쓰는 것은 누구를 깨우쳐주기 위해서도 아니요, 어떤 속물근성이 아니요, 어떤 새로운 진리를 퍼뜨리기 위해서도 아니다. 나의 목적은 다만 한 가지, 즉 사랑·증오·웃음 그리고 눈물 등의 잡동사니로 이루어진 한 사나이의 생애, 그의 인간적인 내력을 이야기하려는 것이다.(16쪽)

인용문은 자서전이 "우리 모두가 생각하듯이 일련의 고유명사로 주조된 '나'의 것이 아니라 오히려 소외된 담론"[4]이라는 사실을 확인시켜준다. 강용흘의 말처럼 이 작품이 소설이 아니라 '사랑·증오·웃음 그리고 눈물 등의 잡동사니로 이루어진 한 사나이의 생애, 그의 인간적인 내력'이라면, 별로 의미를 가질 수 없다. 그것은 단지 우울한 시대를 살아간 '한 사나이'의 이면을 기록한 일기에 불과할 뿐이다. 따라서 그것보다는 강용흘이 집필 의도를 분명하게 밝히면서 주변부에서 살았던 자신의 생애에 관심을 기울여줄 것을 촉구한 지점으로부터 논의는 출발되어야 한다. 그는 자신의 발언에 권위를 부여하기 위해 "다른 사람들처럼 먹고 마시고 자고 사랑하고 증오했을 뿐"(16쪽)이라는 러스킨의 말을 인용한다. 그는 계속하여 서사의 진정성을 확보하기 위해 '누구를 깨우쳐주기 위해서'도 아니고 '혹평하기 위해서도' 아니며 '진리를 퍼뜨리기 위해서도' 아니라고 거듭 강조하면서, 자신의 서사에 주목할 것을 요구한다. 그의 발언이 거듭될수록 도리어 소설적 주체가 '소외된 담론'의 주재자란 사실이 정면에 부각된다.

이에 비해 그의 '인간적인 내력'은 공감을 자아내지만, 감동으로 승화되지는 못한다. 그 점은 미국 독자들과 한국의 독자들이 갖고 있는 정서상의 차이로부터 파생된다. 그의 심리적 내상은 미국인들의 정서를 움직여서 식민지로 전락한 동아시아의 소국이 갖고 있었던 유구한 문화에 호기심을 기울이도록 추동한다. 그렇지만 식민지시대를 경험한 대부분의 한국인들에게는 문화적 충격의 강도가 새삼스럽게 전해지지 않는다. 그들은 다만 강용흘이라는 '한 사나이'의 역정을 동포적 차원에서 수용할 뿐이고, 그가 이룩한 이민문학사적 차원의 성취를 인정할 뿐이다. 대개의 저자들은 자서전에서 "자기성찰이 그들의 주된 관심사"[5]라는 점을

---

4 Philippe Lejeune, 윤진 역, 『자서전의 규약』, 문학과지성사, 1998, 50쪽.
5 Richard van Dülmen, 최윤영 역, 『개인의 발견』, 현실문화연구, 2005, 166쪽.

표나게 드러내지만, 그 점은 독자들에게 거부감을 초래하는 원인이기도 하다. 그들로서는 식민 상태의 생을 돌아볼 만한 심리적 여유가 없었을 뿐만 아니라, 작가의 이민 체험과 그들 사이에 형성된 단층을 극복하기 힘들다. 이런 사실은 그를 이중적으로 소외시키는 원인으로 작용한다. 성장 후에 고국이 아닌 타국에서 생을 살았던 강용흘은 그 사실을 알고 있었다. 그러한 의식은 작품의 초입부에서 공공연하게 표출되어 있다. 예컨대 "나는 집도 없이 평생 온 세상을 떠돌 팔자를 타고났다"(17쪽)고 인식하는 생각들이 자주 출몰한다는 점에서 강용흘의 '떠돌 팔자'는 내면화되어 있었다. 그는 '팔자'에 의탁한 도식화를 예방하기 위한 서술상의 전제조건을 모두에 제시한 것이다.

이런 차원에서 강용흘이 작품의 도처에서 시인 숙부를 추앙하고, 한시를 비롯한 여러 편의 시작품들을 인용한 점은 예사롭지 않다. 시는 태생적으로 낭만적 속성을 지니고 있어서 그의 방랑벽을 비유적으로 드러내기에 적합하다. 그에게 시란 "진리가 아니라 쾌감을 그 직접 목적으로 내세움으로써, 과학 작품과 구별되고, 또 (그 목적을 공통으로 갖고 있는) 다른 모든 작품과는, 전체를 구성하는 각 부분으로부터 얻게 되는 확실한 만족감과 모순되지 않는 기쁨을 전체에서 얻게 되는 그런 기쁨을 얻으려고 시도하는 데서 구별되는, 그런 종류의 작품"[6]이다. 따라서 강용흘이 시작품들을 다량으로 인용하거나, 스스로 시인이기를 자처하는 모습은 시를 썼던 조부와 시인 숙부 등으로부터의 영향인 동시에, 인용시를 소설의 구성요소로 인식하고 있음을 방증한다. 그는 소설이라는 '전체를 구성하는 각 부분으로부터 얻게 되는 확실한 만족감'과 함께 시인의 감수성을 소설 속에 드러내어 '모순되지 않는 기쁨'을 누리고 싶었던 것이다. 그의 이런 시도는 이 작품뿐만 아니라 『동양 선비 서양에

---

6 Samuel T. Coleridge, 김정근 역, 『문학전기』, 한신문화사, 1995, 50쪽.

가시다』에서도 산견된다. 이것은 그가 어린 시절부터 시를 선비가 갖추어야 할 필수 덕목으로 교육받은 경험이 각인된 것이다.

서당에서 한학을 수강하던 강용흘이 서양의 지식을 처음으로 접한 것은 아라비아숫자였다. 그는 숙부로부터 그것을 처음 접하고 나서 "아름답고 매혹적이며 또 약간은 음흉한 마술 같다"(43쪽)고 회고하였다. 이후로 그는 수학을 가르치던 박수산의 영향을 받아. '아름답고 매혹적'인 서양의 학문에 매료된 나머지 '음흉한 마술' 속으로 빠져들게 되었다. 그는 박수산을 따라 머리를 깎고 나서 단발이 "전통의 속박에서 벗어남을 상정하며, 또 내가 서양의 학문이라든지 서양이 내게 줄 것과 가르칠 것 등을 향하여 나 스스로 나아가려는 결의를 상징"(191쪽)한다고 자부한다. 그의 모방 심리는 계속되어 "장차 선비의 출세 길은 직선상에서의 가장 가까운 두 점의 거리처럼 미국을 향해 그어져 있다"(190쪽)는 유학 의지로 이어진다. 그의 집요한 유학욕은 이 작품을 가리켜서 "대표적인 한국인의 자화상이라기보다는, 상당히 예외적인, 남다른 꿈과 야망을 가진 야심만만한 개인의 일생으로 읽혀진다"[7]는 평가를 초래한 빌미가 된다. 그것은 작가가 자신의 도미 계획이 일제의 폭압으로부터 벗어나기 위한 수단이라기보다는, 어릴 적부터 소망하던 '박사'가 되기 위한 출세의 방편이란 점을 수시로 강조한 데서 기원된 것이다.

미국으로 유학 갈 욕심에 강용흘은 선교사 부부에게 무릎을 꿇으며 앙청하지만, 그들은 "이 지상의 왕국과 하나님의 왕국을 혼동하고 있다"(230쪽)고 그를 핀잔하며 거절한다. 이 만남에서 그는 자신이 이교도라는 사실과 미국에 가기 위해서는 이교도여서는 안 된다는 사실을 깨닫게 된다. 그는 국적보다도 기독교도냐 아니냐의 여부가 심급으로 작용하는 미국인들의 판단 기준을 알게 된 것이다. 스스로 미션계 학교에 진학한 이

---

7 최윤영, 『한국문화를 쓴다―강용흘의 『초당』과 이미륵의 『압록강은 흐른다』 비교 연구』, 서울대출판부, 2006, 55쪽.

유를 "영어를 국어로 사용하는 사람들에게서 직접 배우고 싶은 것과, 대학 진학을 위해 미국으로 갈 수 있는 방도를 찾기 위한 것"(317쪽)이었다고 고백했듯이, 그의 생애에 "기독교는 무력감과 원한을 품고 있던 젊은 이들의 '권력 의지'를 전도된 형태로 만족시켰"[8]던 일본 청년들의 경우와 흡사하게 수용되었다. 강용흘은 미국과 기독교를 동일시하고, 전 세계적으로 기독교가 행사하고 있던 영향력에 자신의 '권력 의지'를 의탁하여 향학열을 완성시키려고 노력한 것이다. 이런 그의 계획은 마침내 선교사들의 도움을 얻어서 미국행 장도에 오르는 밑바탕이 되었다.

사실 강용흘은 "나의 부친은 유교를 신봉했고, 미치광이 시인 숙부는 도교에 가까웠고, 오직 조모만이 자비하신 부처님의 설화와 말씀을 몹시 좋아하였다"(24쪽)고 술회할 만큼, 기독교 외에 다양한 사상문화적 배경 속에서 성장하였다. 그가 기독교에 호감을 표하면서 기독교도가 되었다고 할지라도, 그 역시 대부분의 한국인들처럼 유교적 질서와 도교적 상상력 그리고 불교적 생활관 등을 함께 지니고 있었던 것이다. 그러다가 숙부가 기독교도가 되고, 서양 학문의 진보를 역설하는 박수산의 영향으로 그는 도미 계획과 신학문을 습득하려는 열성을 충족시킬 수 있는 유일한 방안으로 기독교를 받아들이게 되었다. 강용흘의 유학을 향한 의지가 외래종교인 기독교에 대한 인식까지 호의적으로 변화시킨 것이다. 그러나 그의 수락은 훗날 유색인에 대한 미국식 심급에 저촉되면서 미국 사회에 대한 비판적 인식으로 연결되었다. 더욱이 "오, 미국의 기백이여, 나 역시 너에 대해서는 놀라움을 느낀다."(375쪽)고 고백하면서 들뜬 마음으로 미국행 배에 올랐던 그로서는, 같은 기독교인에게 피부색을 문제시하는 그들의 태도에 당황할 수밖에 없었다. 그의 심리적 혼란을 서술하기 위해 후속작품은 예고되어 있던 셈이다.

---

8 스즈키 토미, 한일문학연구회 역, 『이야기된 자기』, 생각의 나무, 2004, 74쪽.

강용흘이 미국행에 필요한 영어의 습득에 최우선의 목표를 설정한 것은 현실적이고 타당한 선택이었다. 그렇지만 한 언어공동체의 구성원들은 "공통의 언어를 근거로 해서 동종의 내용과 형식에 의해서 사유할 수 있으며, 그 때문에 그들은 서로 간에 의사소통"[9]을 할 수 있다는 점에서, 그의 언어생활이 식민지 종주국의 언어와 영어로 계속된다는 점은 간과할 성질의 문제가 아니다. 그가 제국의 언어를 선택하게 된 배면에는 신학문을 배우기 위한 학구열이 작동하고 있는 것은 분명한 사실이나, 제국의 구성원들과 '동종의 내용과 형식'을 학습하고 소통할수록 조국의 구성원들과 '의사소통'할 가능성은 낮아진다. 그렇다고 그들이 망국민의 후예와 동등하게 '동종의 내용과 형식'을 공유할 리 만무하기 때문에, 강용흘이 미국에 체류하는 동안은 민족적 정체성에 당면하게 될 터이다. 나아가 이미 조국을 강점한 세력과 물리적 충돌을 경험한 그로서는 귀국하기도 힘들게 되어 미국과 조국의 경계선에 선 자신의 정체성을 반추하게 될 것이다. 이런 측면에서 선망의 나라였던 미국은 그에게 '유배지'로 인식되고, 그곳에 정착하지 못한 채 조국으로 돌아갈 날만 기다리던 강용흘은 자신의 신분을 '길손'으로 규정하기에 이른다. 그의 장편소설 『초당』은 이와 같은 정체성의 위기 국면에서 자연스럽게 토로된 서술이라고 해도 과언이 아니다.

2) '망명'지로부터의 회귀의식

강용흘의 『동양 선비 서양에 가시다』[10]는 미국에 도착한 이후의 삶을 다루고 있다. 주인공 한청파는 이 작품에서 미국의 하위계층이 감당해야

---

9 Johann Leo Weisgerber, 허발 역, 『모국어와 정신 형성』, 문예출판사. 2004. 113~114쪽.
10 강용흘, 유영, 역, 『동양 선비 서양에 가시다』. 범우사. 2002. 본고에서의 작품 인용은 이에 따르고, 인용시에는 쪽수만 표기한다.

할 갖가지 곤란에 직면한다. 이런 사실에 주목하면 "『초당』이 빌둥스로만(성장소설) 전통에 속한다면,『동양 선비 서양에 가시다』는 피카레스크소설(악한소설) 전통에 속한다"[11]는 주장은 수용 가능하다. 이 양식은 스페인의 뿌리 깊고 고유한 인종 갈등에서 비롯된 것으로서, 근본적으로 주관적 속성을 지니고 있다. 19세기에 스페인의 이사벨라여왕은 서인도 항로를 개척하려는 크리스토퍼 콜럼버스의 야망을 지원하여 아메리카대륙을 식민지로 거느리게 되었다. 이로서 막대한 부를 축적한 스페인은 황금시대를 구가하게 되었고, 그 와중에서 수많은 도시 빈민들이 생겨났다. 스페인의 독특한 피카레스크소설은 이 시기의 모순이 배태시킨 소설로 "소외되고 멸시받는 빈자 계층의 새로운 풍속도를 주인공들의 이율배반적 사고와 행동을 통해 풍자적으로 그려내고"[12] 있다. 곧, 이 양식은 화려한 궁정문화와 극심한 빈곤층의 유랑이 대비를 이루면서 발생한 것이어서, 필연적으로 사회의 이면을 반영할 수밖에 없었던 것이다. 이런 소설사적 사실을 폭넓게 적용하면, 강용흘의 『동양 선비 서양에 가시다』는 앞의 논자가 분류한 대로 피카레스크 계열로 범주화할 수 있다.

작가가 이 작품을 가리켜서 "내 초기 탐구의 기록이요, 그 목표를 향한 내 발사체의 초입문"(13쪽)이라고 말했듯이, 이 소설은 미국 사회의 주변인으로 살아가는 작가-주인공의 시선을 유지라며 전개된다. 강용흘은 『초당』에서의 미성년 시절을 정리하고, 소망하던 신세계에 도착하여 소기의 삶을 꿈꾼다. 하지만 그의 '목표를 향한' 열망은 견고한 백인사회에 의해 절망으로 바뀌고 만다. 그가 "한 세계가 해체되는 것을 보는 것이 내 운명이었다"(12쪽)고 선언한 것도, 사실은 자신의 삶이 지니고 있는 곤혹스러운 입장을 표명한 것에 불과하다. 그는 '대한제국-식민지-미국'에서 살아가는 동안에 세 번의 국적 변경을 거친다. 이것은

---

11 김욱동, 『강용흘—그의 삶과 문학』, 서울대출판부, 2004, 198쪽.
12 김찬진, 『스페인 피카레스크소설』, 아르케, 1999, 36쪽.

그의 세대가 감당해야 할 '운명'이었으며, 조국이 처한 복잡한 정치적 환경을 고스란히 노출시켜준다. 그의 조국은 구질서를 제때에 폐기하고 신질서를 수용하여 냉엄한 국제사회에서 생존의 방도를 모색할 시대적 소명을 다하지 못한 채 그의 생을 충격하여 고등난민으로 살아갈 것을 강요한 것이다.

우리는 두 세계 속에 끼여 있어 뿌리 없이 떠도는 사람들의 관습에 따라 불안하게 떠돌았다. 고국에서는 언제나 비극과 불안한 처지에 있기에 우리에게 산다는 것은 중국인보다는 훨씬 더 가냘픈 실로 조국에 매여 있으므로 숨이 넘어가며 헐떡이는 한국 문화와 더불어 어딜 가나 일본인에게 목을 졸릴 수밖에 없다. 한국인들은 스스로를 이민이 아니라 망명객으로 생각했다. 우리가 서양에 오자 이곳에서는 과학이 중요시되었다. 과학, 경제, 사회문제 그리고 20세기의 모든 어려운 주제들이 중요할 뿐 문학은 '관심 밖'이었다.(88쪽)

미국에서 신학문을 공부하여 '박사'가 될 것을 결심했던 강용흘로서는 '20세기의 모든 어려운 주제들이 중요할 뿐 문학은 '관심 밖'인 현실 앞에서 당황한다. 예로부터 문을 숭상하는 양반문화의 전통 속에서 성장한 그에게 '과학, 경제, 사회문제' 등은 탐구 영역이 아니었다. 자신보다 신분이 낮은 사람들이 종사하는 실용 학문을 우대하는 미국 사회의 분위기는 그에게 당혹감을 안겨주었다.[13] 그는 자신의 처지를 '두 세계 속에 끼여 있어 뿌리 없이 떠도는 사람'이라고 규정했거니와, 그것은 막연하게

---

[13] 당시 미국에 유학 중이던 학생들이 조직한 '북미한국학생회'에서 발행한 『우라키(The Rocky)』는 창간호(1925. 9)부터 종간호(1936. 7)까지 과학에 관한 논의를 빠뜨리지 않고 수록하였다. 강용흘은 동료 학생들이 식민 상태의 극복을 위한 방안으로 과학에 관심을 기울이는 이유를 알면서도 의도적으로 외면하였다. 하지만 그 역시 미국의 과학 기술에 놀라움을 금할 수 없었고, 그로 인한 혼란은 인용문처럼 작품 속에서 문학과 현실 간의 갈등으로 나타났다. 미국 유학생들의 과학 중시 경향에 대해서는 장석준, 「북미 유학생의 내면과 미국이라는 거울─북미 유학생 잡지 『우라키』」, 『한국 현대문학의 수사학』, 월인, 2006. 55~72쪽 참조.

동양과 서양의 차이를 인식하던 관점을 충격하였다. 그는 미국에 도착해 서야 '언제나 비극과 불안한 처지'에서 '어딜 가나 일본인에게 목을 졸릴 수밖에 없'는 한민족의 국제적 지위가 학문의 관심 영역까지 침범한 사실을 깨닫게 된 것이다. 따라서 그가 뉴욕에서 "드넓은 세계주의의 물질적인 부로부터 신선하고 풍요한 정신적인 발산으로 철철 넘치는 것"(107쪽)을 발견하고 놀라워하는 모습은 예정된 수순이었다. 그는 미국의 '물질적인 부'와 '정신적인 발산'에 압도당하기 시작한 것이다.

이런 이유로 강용흘은 '새것 콤플렉스'로부터 자유롭지 못하였다. 그는 본의와 상관없이 급변하는 국제정세에 포위되어 있었으므로, 그 난국에서 생존하기 위해서라도 '새것'을 신속히 받아들이고 서둘러 익혀야 했다. 스스로 "내가 갈망한 것은 빠른 것과 자유스런 활동과 탄력과 '새것'이었다"(14쪽)고 고백할 만큼, 그는 '새것'에 대한 호기심을 곳곳에서 노출할 수밖에 없었다. 그의 '새것'에 대한 관심은 일본, 기독교, 미국으로 집약할 수 있다. 이 중에서 '하야시 야로쿠'로 변명하고 일본에 밀항하여 새로운 문물에 압도당한 내력은 『초당』에 서술되었고, 다른 두 가지는 『초당』과 『동양 선비 서양에 가시다』에 분산되어 수록되었다. 그는 일본 유학 중에 서양의 문물을 복제하느라 분주한 일본의 한계를 파악하고, 신문명의 중심 국가인 미국으로 도항하려는 결심을 서둘렀다. 그에게 기독교와 미국은 동일체였으므로, 이교도가 아니라면 미국에서 원하는 공부를 할 수 있으리라 기대했다. 당시의 미국인들에게 "이교도는 이른바 현대적인 사람 못지않게 야만인"(263쪽)으로 분류되던 터라, 기독교도가 되어 미국 유학과 일본을 뛰어넘으려고 시도한 그의 의도는 일면 수긍할 만하다.

그러나 그의 바람은 생각하지도 않았던 피부색에 의해 여지없이 좌절되고 말았다. 미국은 "처음부터 '제국'의 관념, 즉 인구와 영토를 확장하고 힘과 권력을 증대시키는 지배와 주권 위에 기초해 세워진 나라"[11]

였지, 열여덟 살의 강용홀이 생각하듯 "기회와 기획과 번영과 성공이라는 힘들고 냉담한 마술적인 말씀들로 구체화 된 것"(15쪽)이 아니었다. 미국은 제국의 기준에 부합하지 않는 여타의 존재에게 관용을 베풀 정도로 너그럽지 않았던 것이다. 이 사실을 알게 된 강용홀은 자의에 의해 찾아간 미국에서 자신의 소망을 이룰 수 없다는 사실에 절망하게 된다. 미국인들에게 피부색이 다른 가난한 나라의 유학생에 불과한 그는 "말 없는 삶, 움직임 없는 삶, 찬미 없는 삶 그리고 이제 결국은 전적으로 분별없는 어려운 삶—이기주의 속에서 살고, 마음의 꿈속에서 살아온 삶, 마음속에 꿈이 있는지 바깥 현실 속에 있는지도 모르는 삶, 현실의 세속성을 받아보지 못하고 이민이 된 것인지 아니면 절망적으로 망명한 것인지도 모르는 삶"(426쪽)을 반복적으로 반추하면서 식민지인의 비애를 절감하였다. 그가 아무리 노력해도 미국인들에게 내면화된 오리엔탈리즘적 시선을 극복할 수는 없었던 것이다.

"그리고 내가 당신에게 말해 두겠는데," 하고, 그녀는 다시 느닷없이 입을 열었다.

"동양 청년이 아메리카 여성을 데리고 다니는 일은 현명하지 못해요. 동양인은 동양인과 결혼을 해야 하고, 동양 여성은 동양 남자와 해야 해요."

엘시는 우리를 따라 서재에 들어왔다가 이것을 모두 들었다.

"오호" 하고, 그녀는 놀라서 입을 크게 벌리며 소리쳤다. "어머니, 만일 중국인이 미국인과 결혼하면 어떤 아기가 태어날까?" 하고 엘시는 낄낄거리고 있었다. "어머니, 그거 재미있지 않아요? 그것을 보고 싶은데."

라이블리 부인은 곧 나가서 남편에게 모든 이야기를 했다. 그러자 남편 또한 할 말이 더 있었다. 눈을 아주 동그랗게 뜨고 노려보더니, 내가 캐딜락 차의 운

---

14 Edward W. Said, 김성곤 · 정정호 역, 『문화와 제국주의』, 창, 2002, 54쪽.

전대를 잡았을 때처럼 얼굴이 흥분되었다. 그는 내게 퍼부었다.

"이보게, 젊은이. 나는 자네를 내 친자식처럼 사랑해. 그런데 자네는 그릇된 생각을 가지고 있어. 나는 자네가 미국 여자와 결혼하는 것은 보고 싶지 않고, 또 엘시가 동양인과 결혼하는 것도 보고 싶지 않아. 점잖은 사람은 모두 그래. 그것은 주님께서 원하시는 바가 아냐."

나는 매우 숙연해져 말문이 막혀 감히 무슨 말이고 대꾸할 수가 없었다.(180~181쪽)

두루 알려졌다시피, 강용흘은 프랜시스 킬리라는 미국 여성과 혼례를 올렸다. 그녀는 강용흘의 미국 정착에 적잖은 도움을 주었고, 남편과 함께 한용운의 시집 『님의 침묵』(1970)을 번역하였다. 그는 켈리에게 두 권의 소설을 헌정하여 그녀의 인종을 초월한 헌신적인 사랑에 감사를 표시하기도 하였다. 위 대목은 그 과정에서 상심했던 그의 내면을 기록한 것이다. 그는 '동양 청년이 아메리카 여성을 데리고 다니는 일은 현명하지 못'하기 때문에 '동양인은 동양인과 결혼을 해야 하고, 동양 여성은 동양 남자와 해야' 한다는 미국인들의 오만한 결혼관 앞에서 망연해진다. 미국인들에게 "'하나를 반대함'이란 하나의 원칙 혹은 하나의 명분에 대한 치명적인 추구를 반대"[15]하는 것이므로, 그는 미국인들의 관습화된 결혼관을 해체하기가 힘들었다. 만약 그가 그들을 설득하기 위해서는 조국이 막강해야 하고, 그를 응원해 줄 수 있는 동포들을 확보하고 있어야 한다. 하지만 동방에서 온 청년은 한국인이 아니라 '중국인'이었다. 그에게는 국적이 없었을 뿐더러, 도와줄 만한 친구나 동료도 마땅치 않았다. 곧, 미국인들에게 한국인은 중국인의 범주에 뭉뚱그려도 무방할 정도로 하찮은 망국민에 지나지 않았던 것이다.

---

[15] Edwy Plenel, 김병욱 역, 『정복자의 시선』, 마음산책, 2005, 57쪽.

그는 한국을 전혀 몰랐다. 그저 내가 중국에서 오지 않았다는 것을 믿으려 하지 않는다. 사실 내가 그를 안 뒤 죽 그에게 한국을 이해시킬 수가 없었다.(나는 계속 중국에서 온 한 현이요, '중국인'이었다.)(386쪽)

미국인들에게 멸망한 대한제국은 거론할 만한 나라가 아니다. 그들은 정치판의 영향을 받아서 중국이나 일본처럼 자국의 국익과 직접적으로 관련된 나라에만 관심을 가졌을 뿐, 외국에게 주권을 빼앗긴 나라의 안위에 무관심하다. 그들에게 대한제국은 세계사적 조류에 편승하지 못하여 우승열패의 각축장에서 도태된 변방의 소국일 뿐이다. 따라서 미국인들이 그 나라에서 온 강용흘을 '중국인'으로 오해한다손 대수로운 일이 아니다. 이런 상황은 그에게 극심한 심리적 공황 상태를 안겨 주었다. 또한 강용흘의 독특한 성격은 유학생 사회에서도 유별날 정도였으므로, 그는 내면의 충격을 완화시켜 줄 이완장치가 없었다.[16] 그는 아무리 노력해도 백인 중심의 주류 사회에 진입이 불가능하고, 또 식민지에서는 외세에 강점당한 조국을 떠나온 처지였기에 원주민들로부터도 동정받을 수 없는 이중적 난관에 봉착하였다. 왜냐하면 식민지의 동포들로서는 식민 상태의 비극적 참상을 외면하고 미국으로 떠난 강용흘에게 관심을 기울일 여력이 없었기 때문이다. 그에게는 돌아갈 조국이 없었을 뿐만 아니라, 자신의 이민 생활을 이해해 줄 미국의 친구조차 거느리지 못한 것이다. 이처럼 진퇴양란에 처한 그가 신세한탄에 겨워 귀국 의지를 피력하는 것은 당연하다. 그렇지만 불행하게도 조국은 그를 맞이할 정치적 해방을 마련하지 못한 상태였다. 이 사실은 그에게 심각한 내상을 입히면서 서사를 미완의 기획으로 종결하도록 이끌었다.

---

16 강용흘에 대한 유학생들의 평판에 대해서는 김욱동, 앞의 책, 31~33쪽 참조.

내 망명은 끝난 것 같다. 그러나 나는 돌아가지 않았다. 기회가 오지 않았다. 아버지 집안은 모두 죽거나 흩어졌다. 나 자신의 초과된 시간, 시간 여행의 인연은 아메리카 땅에서 이루어졌다. 더구나 고국 땅에 돌아가는 한국인을 에워싼 정치적인 난관이 있었다. 아마도 정신적으로도 전심전력으로 돌아간다는 것은 어려운 것이기에, 나는 아메리카의 망명객으로 여기에 남으리라.(436～437쪽)

강용흘은 미국에서의 삶을 '망명'이라고 단언한다. 그는 미국에서의 이민 생활을 '초과된 시간'으로 지정하여 출국 이전의 시간에 방점을 찍는다. 그에게는 돌아갈 고국이 없었을 뿐더러, 스스로 '정신적으로도 전심전력으로 돌아간다는 것은 어려운 것'이라고 인정하고 있다. 그는 자서전의 형식에 의탁하여 자신을 성찰하는 과정에서 정체성의 위기 징후를 발견한 것이다. 그의 태도는 '망명객'에 함의된 비극성을 표나게 드러내고 있지만, 속으로는 고국으로 돌아가고 싶은 근원적인 욕망을 절망적으로 강조하는 몸부림이다. 그는 '기회'가 온다면 기꺼이 '시간 여행'을 중단하고 싶었으나, 소망하던 '기회'가 오지 않았던 것이다. 그러므로 그의 미국 이민 생활은 돌아갈 기약없는 '망명'이 아니라, 돌아갈 '기회'를 끊임없이 회구하는 '여행'이었다. 그런 측면에서 그가 "나는 끝없이 정신적 고향을 찾아가는 길손이 되었다"(382쪽)고 고백한 사실에 주목해 보면, 이 작품은 '망명'이라고 규정한 미국에서의 생활을 청산하고 '정신적 고향'을 찾아가는 '길손'의 여정을 담은 것이다.

이런 회귀의식은 작품의 대단원에 이르면서 구체화되어 강용흘로 하여금 이 작품의 끝 문장을 "죽음은 불교 철학에서는 성장과 재생 그리고 더욱 행복한 모습으로의 환생을 상징하기 때문이다"(438쪽)로 마감하도록 견인하였다. 그의 귀향 의지는 '죽음'이라는 상징적 제의를 통해서라도 실현되기를 바랄 정도로 절실했던 것이다. 그는 이교도 시비를 무릅쓰고 자신의 회귀 본능의 실현을 위해 불교의 '환생'을 차용할 정도로 원초적 욕망을 노골화하고 있다. 그러므로 이 작품은 어린 시절에 나라가 망하는 모습에 분개하여 독립만세를 외치던 한 소년이 이국에서 생활하는 과정에서 심화되는 향수의 기록인 셈이다. 그렇지만 그의 바람은 '나는 아메리카의 망명객으로 여기에 남으리라'는 처연한 발언에 의해 차단되는데, 그것은 '아버지 집안은 모두 죽거나 흩어졌다'는 가족사적 사정과 '나 자신의 초과된 시간, 시간 여행의 인연은 아메리카 땅에서 이루어졌다'는 이민생활의 역정에서 기인한다. 그는 조국과 이국의 경계에서 살아갈 수밖에 없는 자신의 처지를 '망명객'으로 비유하면서 귀향의식을 드러낸 것이다.

이와 같이 강용흘의 장편소설 『초당』과 『동양 선비 서양에 가시다』는 자아의 성장 과정을 정면에서 다루고 있다. 작가는 동일한 주인공을 등장시키어 두 작품이 연작이란 사실을 의도적으로 드러내었다. 그는 한 청파를 시대와의 대결 국면에 노출시킴으로써, 자아의 행적을 직선적으로 재구성하였다. 이러한 서술 태도에 의해 자아의 성장을 촉진시키거나 저해하는 미국 사회와의 갈등상이 돋보일 수 있었다. 특히 미국에서 그를 당혹시켰던 민족적 정체성의 문제는 개인의 차원을 초월하는 동시에, 그로 하여금 자아의 실체적 모습을 응시하도록 작용하여 "성장소설의 주인공의 교양은 발전하는 문화가 그렇듯이 원환적이면서 직선적으로 전진하는 형성 과정을 거치며, 그 목표는 보다 높아진 차원에서의 자기 자신에의 복귀"[17]라는 성장소설의 성격에 부합도록 작용하고 있다. 작품이 진행되는 동안에 한청파는 사회와 갈등하면서 자아를 단련시키며, 미국 사회에 노출된 자아의 모습을 발견하기에 이른다. 그것은 한국인도 아니고 미국인도 될 수 없는 '길손'이었다. 그의 모호한 정체성은

---

17 이보영 외, 『성장소설이란 무엇인가』, 청예원, 1999, 14쪽.

분단 상태를 해소하지 못한 민족의 비극으로부터 비롯된 것이기에, 강용흘의 작품들은 한 개인의 서사에 그치지 않는다. 이 사실이야말로 그의 두 장편소설을 성장소설의 범주에 포함시켜야 할 당위성이다.

3) 예술지상주의적 문학관

을유 해방은 정치적 가능성과 함께 혼란을 가져다주었다. 이민족의 지배로부터 벗어난 해방의 감격은 잠시, 민족 앞에는 민주주의 국가 건설과 정부 수립이라는 초유의 대사가 기다리고 있었다. 이런 판국에서는 정치뿐만 아니라 사회의 전 부면에 걸친 폭넓은 의견 수렴에 이은 신속한 행동이 뒤따르지 않으면 안 된다. 문학판이라고 해서 예외가 아니었다. 이 시기의 작가들은 저마다 독자적인 정치적 신념에 입각하여 이합집산을 거듭하면서 새로운 국가 건설 사업에 동참하느라 부산하였다. 문제는 문학 외적 세력에 의해 조종되고 있던 당시의 문단이었다. 문학이 사회의 한 제도인 한, 정치적 압력으로부터 자유로울 수는 없다. 그러나 당시의 작가들은 문학의 본질적 차원을 둘러싸고 대립하거나 토론한 것이 아니라, 전적으로 정치적인 입장에 따라 피아를 구분하며 갈등하였다. 그 모습은 마치 헤게모니를 선점하려는 정치판의 그것과 흡사했다. 문학에 종사하면서도 정치판의 흐름을 추종하던 그들이었기에, 문단의 대립 국면도 정치 세력을 대신한 다툼으로 일관하였다.

강용흘은 문단이 이처럼 내홍을 겪고 있던 시기에 귀국하였다. 그는 1946년 여름 미군정의 요청으로 해방된 조국에 돌아와서 군정청의 출판국장으로 재직하였다. 그로서는 식민지시대에 떠났다가 성공한 작가가 되어 화려하게 돌아온 셈이었다. 그는 1948년에 남한만의 단독정부를 수립하기를 염원하는 이승만과 의견 충돌을 일으키고 미국으로 돌아가기 전까지, 신문 기고와 대담 등을 통해서 자신의 문학관을 피력하여

나 미국 문단의 경향을 소개하였다. 그의 활동은 당시에 신문과 잡지에서 다투어 기획한 외국문학, 특히 미국문학의 흐름을 조감하려는 의도와 상관된 것이다. 각 매체들은 외국의 문학 이론을 소개하거나 작품을 번역함으로써, 해방으로 확보된 표현의 자유를 최대한 활용하면서 이론적 기반을 확장하려는 일련의 특집을 기획하였다. 그들의 시도는 전승국으로 주둔한 미군의 문학적 배경에 대한 궁금증과 해방기 정치 지형의 결정권을 지고 있는 미국에 대한 지식의 부족을 보강하려는 시대적 움직임이었다.

1946년 8월 23일 『가정신문』에서 마련한 '미국 문단의 신방향'이란 제하의 대담에서 강용흘은 미국 문단의 현황을 1930년부터 마르크스주의에 입각한 부류와 예술지상주의에 대한 반항으로 정치와 문학의 상관성을 강조하는 부류로 이분하여 정리하였다. 이어서 그는 미국이 미래의 문예부흥을 주도할 것이라는 세계사적 흐름을 소개하고, 조국의 작가들에게 "세계 사조에 뒤떨어지지 말고 우리 민족문화의 수립에 매진"[18]할 것을 주문하였다. 그 판단의 근거로 그는 "구주문화를 최상의 것으로 생각하고 있던 Lost Generation은 원래 소극적이고 파괴적이었으나 현재 미국에 대두하고 있는 New Generation은 미국을 중심"[19]으로 생각하는 경향을 들었다. 그의 발언은 종전 후에 세계 최강국으로 부상한 미국의 국력을 직접 목격한 미국 시민권자로서의 발언이자, 주도권을 차지하려고 다투는 국내 문단이 미국에서 시작될 문예부흥운동이나 '세계 사조에 뒤떨어지지 말'기를 바라는 동포 작가의 충고이다. 특히 그는 국내 작가들에게 '우리 민족문화의 수립에 매진'할 것을 당부하고 있다.

나는 조선 사람인데도 불구하고 조선인의 생활을 영문으로 써 온, 말하자면

---

18 강용흘 대담, 「문예부흥에 대하여」, 『가정신문』, 1946. 8. 23.
19 강용흘, 「미국의 예술계」, 『예술신문』, 1946. 8. 24.

영문학자라 말할 수 있다. 그러나 사용하는 언어에 구애되지 않고 자기가 만족할 예술품을 완성하는데 노력하고 있지만, 내가 미국에서 출판한 소설 『The Grass Roof』와 『East goes West』 또 『The Happy Grove』의 3편은 미력으로나마 조선을 세계에 소개하고 인식시키려는 의식에서 발표한 작품들이다. 내가 가지고 있는 문학론이란 어데까지나 과학적이고 객관적이고 또 정정당당하여야 된다는 것이다. 이것이 없다면 아모리 애국자라 하드래도 옳은 애국자가 될 수 없는 것이다. (중략)

조선에는 문학에도 좌우가 대립된 듯하나, 그것이 큰 문제가 될 것은 없다. 미국에는 작가에 따라 자유적(Liberal)인 사람과 급진적(Radical)인 사람으로 구별을 하나, 커다란 대립 상태는 없다.

결국 과학적이고 객관적인 사람이 역사적으로 보아 조선을 사랑하는 사람이다. 더구나 작품이란 발표 당시에 그 가치를 발견하기보다, 수년 후 어떤 시기를 경과해야만 그 진가를 알게 되는 것이다.

민족문학이란 용어로 싸우는 것 같으나, 나는 이 민족문학을 민중의 대다수를 포함한 것으로 생각할 때 진정한 조선 문학이 생기리라고 생각한다. (중략) 내 민족밖에 없다고 한다면, 인류 전체의 행복과 평화는 구하기 곤란하리라 생각한다. 그러나 독립하는 날까지 임시적으로 민족적인 생각 밑에 모일 수 있다면, 그는 물론 좋은 일이 아닐 수 없다. (중략)

우리 문학은 어데까지나 과학적이고 객관적이고 또 정정당당한 문학이 되어야만 세계적 무대에 활동할 수가 있다. 특히 문학에서는 생(Life)이 없어서는 안 된다고 생각한다. 쉑스피어가 세계적으로 가장 유명한 것은 그의 작품 속에 라이프가 있기 때문이다. 그 라이프가 없는 예술은 거짓이오, 비록 그것이 윤리적이라 해도 거짓 예술에 지나지 않는다.

(중략)

한 가지 끝으로 제언하고 싶은 것은 협소한 민족적 생각을 고집말고, 세계적으로 활동할 순비를 해날라는 것이다. 일본이 우리의 가상 승오하는 석이라 알

지라도, 그들이 가진 미(美)가 있다면 우리는 그 미를 아름답다고 시인할 마음
자리가 있어야 할 줄 안다.[20]

먼저 그는 '조선인의 생활'을 외국어로 쓰는 자신의 처지를 표명하고
나서, 미국에서 발표한 자신의 작품들은 '조선을 세계에 소개하고 인식
시키려는 의식에서 발표한 작품들'이라고 합리화하였다. 이어서 그는
관념의 유희보다는 '생'을 중시하는 문학관을 전개하고 있다. 그는 당시
문단에 유행하던 민족문학 논쟁을 겨냥하여 '내 민족밖에 없다고 한다
면, 인류 전체의 행복과 평화는 구하기 곤란하리라'고 비판하고, 작가들
에게 민중의 삶과 유리된 이론 투쟁보다는 민중들의 구체적 생에 주목
할 것을 요구한 것이다. 그의 기대는 '협소한 민족적 생각을 고집말고,
세계적으로 활동할 준비를 해달라는 것'으로, 그것은 민족문학 논쟁이
자칫 국수적인 민족주의에 갇혀 세계문학의 경향을 반영하지 못하게 될
것을 우려한 것이다. 그는 심지어 '일본이 우리의 가장 증오하는 적이라
할지라도, 그들이 가진 미(美)가 있다면 우리는 그 미를 아름답다고 시
인할 마음자리가 있어야' 한다고까지 주장하여 민감한 시기에 용감한
발언을 마다하지 않고 있다. 아울러 그가 문학은 '과학적이고 객관적이
고 또 정정당당하여야 된다'고 주장한 이유인즉, 공허한 이념을 추구하
기보다는 민중들의 생을 중시하면서 외국 문학의 장점을 과감히 수입하
는 현실적인 접근 태도에 있다. 이런 자세는 오랜 미국 생활에서 내면화
된 것으로, 명분보다는 실리를 앞세우는 '예술지상주의적' 문학관이라
고 할 수 있다. 곧, 그는 작가들에게 문학적 개성을 추구하면서도 문학
의 보편성을 아우르는 노력을 요구한 셈이다.

<hr>

20 강용흘, 「객관적인 문학의 독창을」, 『경향신문』, 1947. 1. 1.

삼백년간의 미국 역사의 거의 절반에 영국의 주권이 존속되었으므로, 이에서 미국문학의 특징이 생기고 전통이 세워졌던 것이다.

즉, 다시 말하면 미국문학의 형성에 있어서 영국문학이 지대한 영향을 주었다는 것이다. 사용하는 언어는 물론이오, 사상이나 관찰이나 사고방식까지도 영국 그대로의 본을 땄었다. 환언하면, 영국문학의 연장이오, 그 노예이었다. 그리고 그 다음에 큰 영향을 입은 것은 불란서, 독일, 이태리 등 구주 제국(諸國) 문학인데, 미국은 아는 바와 같이, 이러한 구주 제국인이 이입 형성된 나라이다. 문화인의 이주도 상당히 많아서 그들이 끼친 영향은 장래할 미국문학의 혈육을 형성했던 것이다. 말하자면 형성기의 미국문학은 이와 같이 구주문학의 천박한 모방이었으며, 착잡한 이식이었다. 그러므로 미국 사람들도 이 과거의 문학이란 것에는 일분의 가치도 주지 않는다. 그러나 문학사적 입장에서 볼때, 이 식민지시대의 초창기적 문학의 피줄기가 이후 미국문학에 면면히 흐르고 있음은 부인치 못한다.

이와 같은 식민지적 문학을 버서나지 못하던 미국문학에 일대 서광이 보이기 시작한 것은 독립전쟁 전후부터다. 이 지음부터 미국문학은 미국의 피로써 씨워지고 살로써 그려졌으며, 미국 독자의 정신과 미국 자신의 사상을 발견하게 되었다.[21]

강용흘이 진단하고 있는 미국 문학의 요체는 영국을 위시한 유럽으로부터 이입된 것이다. 그것은 '구주문학의 천박한 모방이었으며, 착잡한 이식'이었고, 미국문학의 특징이 드러나기 시작한 것은 독립전쟁 이후부터이다. 미국인들은 유럽으로부터 이식된 문학에 '일분의 가치'도 부여하지 않지만, 그것은 '장래할 미국문학의 혈육을 형성했던 것'으로 문학사적 토대를 구축하는데 기여하였다. 곧, 미국문학은 식민지시대부터

21 강용흘, 「전쟁 전후의 미국문학」, 『신천지』, 1947. 9, 106~107쪽.

전래된 이식문학의 전통이 전후에 이르러 '미국의 피로써 씌워지고 살로써 그려졌으며, 미국 독자의 정신과 미국 자신의 사상을 발견'하는 밑거름이 되었다. 강용흘의 견해는 미국문학사에 대한 정확한 이해 여부를 떠나서 해방기의 국내 문단을 응시하는 시각을 여지없이 드러낸다. 그에게는 '모방'과 '이식'을 통해서 새로운 한국문학의 '전통'을 수립하는 일이 긴요했던 것이다. 따라서 그가 이 무렵에 피력한 일련의 주장들은 좌우 문단으로부터 동조세력을 확보하기에는 명분이 약했다. 다만 그의 이식문학적 관점은 당대의 비평가 임화의 것과 유사한 맥락에 놓여 있었기에, 두 사람은 상호간에 친밀감을 공유할 수 있었다.[22]

이러한 강용흘의 문학관은 좌우 대립과 민족문학 논쟁을 안타깝게 목도하면서 제출된 것이다. 당대 문단의 권력 판도와 작가들과의 친소관계로부터 자유로운 그의 제언은 문제점을 내포하고 있다. 해방기의 시급한 과제 중의 하나는 식민 잔재의 청산이었고, 그것은 신생 조국의 국가적 정체성을 수립하기에 앞서 단행되어야 할 시대적 소임이었다. 이러한 조건을 간과하면서 문학상의 이식론을 긍정하고, 일본의 미조차 수용하자는 그의 주장은 예술지상주의적 문학관이라 칭할 수 있을 것이다. 그것을 그는 '과학적이고 객관적이고 또 정정당당한 문학'으로 합리화하였으며, 문학의 본질적 측면에 중점을 두면서 인류의 보편적 가치를 긍정하는 열린 시각이야말로 '협소한 민족적 생각'을 뛰어넘어 '세계적으로 활동할 준비'를 하는 작가의 자세라고 보았다. 강용흘의 제안이 지닌 의의는 정치적 이념의 대결에 치중하던 문단이 나아갈 바를 제시했다는 점에서 일정 부분 인정할 만하다. 그것은 미국이라는 신흥 강대국에 장기간 체류하면서 습득한 체험에서 우러나온 것으로, 국내의 작가들에 비해 객관적 우위를 점하고 있었던 그의 자신감이 예정한 문학

---

22 해방기 강용흘과 임화의 교유 가능성에 관해서는 김욱동, 「강용흘과 임화의 문학론」, 『비평문학』 제29호, 2008. 8, 75~100쪽 참조.

적 견해이다.

3. 결론

앞에서 살펴본 바와 같이, 강용흘의 장편소설『초당』과『동양 선비 서양에 가시다』에는 유배의식이 짙게 배어 있다. 그는 기미년의 독립만세운동에 참가하여 수감되었을 정도로 일제의 침범에 항거의식을 지닌 인물이었다. 점차 객관적 정세가 악화되면서 그는 학업에 뜻을 두고 서양의 근대 문물을 배우고자 노력하였다. 그는 계획을 실행에 옮기어 일본으로 밀항했다가 귀국하고 나서는 미국으로 유학하였다. 그 과정에서 기독교도가 되었고, 미국에 도착한 뒤에는 학업을 마치고 활발히 강연 활동을 펼쳤다. 그러나 그의 의도와는 달리 백인 중심의 미국 사회는 완전한 정착을 거부했으며, 그로 인해 신학문과 새 문명의 주도국이었던 미국은 그에게 '유배지'로 변모하게 되었다.

강용흘의 소설들은 구한말에 태어나 미국으로 유학했던 경험을 기술한 작품이다. 그는 두 소설에서 자신이 태어나서 성장하는 과정과 도미하여 생활했던 이민 사회의 여러 가지 모습들을 사실적으로 형상화하였다. 그의 노력에 힘입어 한 소년의 성장, 교육, 이민생활에 개입한 국가의 역할이 드러날 수 있었다. 그는 망국민의 한 사람으로서 고국을 강점한 외국세력에 대항하기도 했으며, 기독교의 영향력에 편승하여 '박사'가 되려고 기도하였다. 그러나 헌신적으로 노력했음에도 불구하고, 그는 미국 사회의 백인 우월주의를 극복하지 못한 채 '망명객'을 자처하면서 조국과 이국의 접경에서 살아야 했다. 이런 측면에서 강용흘의 소설들은 미국 이민사회의 단면을 정직하게 투영하는 한편, 고국으로 돌아가고 싶은 원초적 욕망을 문자화한 자서전적 기록이라고 할 수 있다.

그리고 강용흘의 문학관은 실용주의적 문학관이라고 부를 수 있다. 그는 해방기를 맞은 작가들이 좌우의 이념 대결이나 국수적 태도를 버리고 세계문학사의 흐름에 부응하기를 기대하였다. 강용흘의 이런 관점은 협소한 민족문학의 범주를 초월하여 세계문학의 반열에 오를 만한 문학적 성취를 요구하게 되는바, 그러기 위해서 작가들은 타국의 선진적인 문학이론을 적극적으로 수용하여 한국 문단의 물질적 토대를 윤택하게 만들려는 '과학적이고 객관적이고 또 정정당당'한 문학에 진력할 필요성을 인식해야 한다. 그와 같은 제안은 이식문학론에 대한 긍정적 승인으로 이어지고, 한편으로는 민족의 현실을 외면한 혐의로부터 자유로울 수 없다. 곧, 그의 문학관은 미국에서 장기 체류하는 동안에 체득한 경험의 산물이었다.

(『시와 동화』, 2009. 겨울호)

정체성, 차이 그리고 화해
—린다 수 박론

1. 서론

　한국의 이민사는 매우 오랜 역사를 지니고 있다. 대부분의 한국인들은 인정하기 싫어하지만, 역사적으로 국난을 당했을 적마다 수많은 사람들이 타국으로 압송되어 갔다. 백제와 고구려의 멸망, 고려시대의 외침, 조선시대의 양란 등을 거치면서 외국에 끌려간 사람들은 부지기수이다. 또 그 당시는 국경, 국가, 국민, 민족 등의 개념이 채 형성되지 않았던 시대라서 자의에 의한 월경이 훨씬 잦았다. 그러나 그들은 근대 이전에 자국을 떠났다는 무지한 이유만으로 역사에서 열외된 채, 한국의 이민사는 식민지시대부터 거론된다. 그것은 사료의 부족으로 인한 것이기도 하지만, 역사의 그늘을 인정하기 싫은 왜곡된 자존심이 근본적인 이유라고 할 수 있다. 무릇 역사가 승자의 기록이라고 할지라도, 어느 민족이나 국가가 항시 승자란 법은 없다. 그러므로 이민사는 자의나 타의를 막론하고 공평하고 객관적으로 거론되어야 한다. 그렇지 않으면 이민 생활의 어두운 측면들이 은폐되어 버리고, 극소수의 성공한 이민 사들을 중심으로 이민사가 기록되는 오류를 범하게 된다. 그것은 인세나 약자의 편을 들어주는 문학의 본분을 망각하는 일이다.

　근래에 들어 와서 외국에 거주하는 한국계 작가들에게 관심을 기울이는 연구들이 늘어나고 있다. 작금의 연구 경향은 그간 편파적이라고 할 정도로 진행되어 왔던 국내 작가들에 대한 연구에서 벗어나려는 반동이다. 물론 지금까지 국력이 약하여 그들에게 관심을 쏟지 못한 과거에 대한 반성의 의미도 갖고 있다. 또한 종전에는 한국어로 쓴 작품만 한국문학사에 편입시키는 등, 한국문학의 범주를 문자적 자질에 한정했던 것이 대세였다. 그러다 보니 이민자들에 의해 외국어로 발표된 작품들은 설자리를 확보할 수 없었다. 지금은 이런 논의조차 촌스러울 만큼 연구자들은 한국문학의 외연을 확대하는 데 암묵적으로 동의하고, 전 세계에 산재한 한국계 작가들의 작품을 이산문학의 범주에서 아우르려는 노력을 진행중이다. 아울러 국제 교류가 활발해지면서 이민을 결행하는 사람들이 증가하고, 국내적으로 외국인들과의 결혼이 늘어나면서 국외의 한국계 작가들에게 관심을 기울이려는 움직임이 자연스럽게 일어난 것이다. 이러한 접근 성과들을 일별하노라면, 한국계 작가들을 한국계 외국인으로 취급하기보다는 한국인으로 받아들이는 것을 당연하게 여긴다. 연구자들은 적어도 국적상으로 분명한 사실조차 '한민족'이라는 분류 기준을 무비판적으로 수용하는 것이다. 그러다 보니 작품의 본질적 측면은 논외로 밀려나고, 민족적 특질을 드러냈느냐의 여부에 초점을 맞추게 된다.

　이런 문제점들을 고려하더라도, 외국에 거주하는 한국계 아동문학가들에 대한 평단의 관심을 찾아볼 수 없어서 아쉽다. 그것은 말할 것도 없이, 성인 대상의 문학과 아동 대상의 문학을 달리 가르는 문단 풍토에 기인한 것이다. 한국의 문단에는 일제시대의 폐습이 남아 있어서 지금도 아동문학과 성인문학을 전혀 다른 것인 양 분류하고, 양 문단의 작가들은 상호 간에 교류하지 않는 것을 당연시하고 있다. 이러한 풍토는 가까운 장래에 개선될 소지가 거의 없을 듯하다. 더욱이 요즘에 와서는 아동문학을 주제로 설정한 학위논문들이 제출되는 실정이어서, 도리어 양자 간의 간극이 더욱 벌어질 것으로 예상된다. 그렇다고 하더라도, 한국계 아동문학 작가들을 소홀시한 책임은 면하기 어렵다. 이런 문제점들은 서둘러서 비판적으로 점검되어야 할 것이고, 그 동안의 오류에 대한 보상으로 이제부터라도 연구 태도를 바꿔야 할 시점이다. 국자의 사용 여부도 시비하지 않는 판에, 비본질적인 문학의 대상성을 근거로 연구자가 책임을 방기하는 태도는 시급히 교정되어야 한다.

　본고는 최근 미국에서 각광받고 있는 한국계 작가 린다 수 박(Linda Sue Park)의 작품 세계를 분석할 목적으로 기획된 것이다. 그녀는 『널뛰는 아가씨(Seesaw Girl)』(1999), 『연싸움(The Kite Fighter)』(2000), 『사금파리 한 조각(A Single Shard)』(2001), 『내 이름이 게오코였을 때(When My Name was Keoko)』(2002), 『비빔밥(Bibimbob)』(2005), 『내 친구 주몽(Archer's quest)』(2006), 『뽕나무 프로젝트(Project Mulberry)』(2007) 등을 발표했다. 그녀는 2002년 『사금파리 한 조각』으로 미국 아동문학계의 권위 있는 '뉴베리상'을 수상함으로써, 전 미국에 문명을 알리면서 주목할 만한 작가로 부상하였다. 2006년에는 『내 친구 주몽』으로 'ABC 어린이 도서상'을 수상하는 등, 그녀의 작품집은 발간될 적마다 언론의 관심을 받으며 작가적 재능을 확인시켜 주고 있다. 그녀의 성공은 미국 내에서 한국계 작가들의 위상을 높여주었을 뿐만 아니라, 소수 민족에 불과한 한국 문화에 대한 관심을 제고하는 데 기여하였다. 그녀의 작품집들은 미국에서의 성공을 발판으로 한국에서 발매될 때마다 선풍적인 인기를 끌면서 다량 판매되고 있다. 그녀는 홈페이지(www.lindasuepark.com)를 통해서 전 세계의 독자들과 활발히 소통하기도 한다. 이에 본고는 국내에서 발간된 린다 수 박의 근작들에 나타난 서사 전략과 미적 특질들을 살펴보려고 한다.

2. 코리안 아메리칸의 동화적 시간과 소설적 공간

1) 현재에서 과거로

흔히 한국적인 것이 세계적인 것이라고 말한다. 더욱이 전 세계적으로 제3세계의 문학에 대한 관심이 증폭된 이래, 한국문학의 세계화를 지지하는 발언들이 속출하고 있다. 이런 추세를 바탕으로 한국 작가들의 국제적 위상이 제고되고, 외국에서 한국 작가들의 작품집이 번역 출간되는 일이 잦아졌다. 그렇다고 하더라도 '한국적인 것이 세계적인 것'이 되기 위해서는 세계인들의 정서를 충격할 만한 보편적인 전언을 함의하고 있어야 한다. 이런 측면에서 눈여겨볼 작가들이 있다. 곧, 외국에 거주하는 한국계 작가들의 작품들이다. 그들은 주로 조국에 대한 향수를 취급하던 이전 세대들과 달리, 자신들의 모국과 부모들의 모국 사이에서 균형감각을 발휘하며 뛰어난 업적을 이루고 있다. 그들은 흔히 말하는 정체성의 위기를 다루면서도, 그것을 국지적 문제로 한정하지 않는다. 그들의 노력에 값하는 평가가 뒤따라야 하고, 국내 평단에서 주목해야 하는 이유이다.

그렇지만 외국에 거주하는 작가들이 한국적인 내용을 다룰 때, 가장 먼저 부딪히는 난점은 자료 수집의 어려움이다. 이민 1세대 작가들은 떠나 온 조국의 정서와 문화에 익숙하여 그런 문제로부터 자유로울 수 있었으나, 그들의 후세대들은 전 세대의 잇점을 승계하지 못하여 곤란을 겪게 된다. 작품에서 한국적 소재를 인용하는 린다 수 박도 예외가 아니어서, 각종 자료들을 섭렵하느라 판 품을 작품집에 고백하기도 했다. 물론 이것은 한국의 독자들을 위한 것이어서 작품 속에 나오는 자료들에 관한 양해를 구하려는 의도도 포함하고 있다. 그렇다고 하더라도, 작품을 집필할 적마다 적지 않게 손발을 동원하여 객관성을 담보하려는 그녀의 노력은 값지다. 린다 수 박의 수고를 확인할 수 있는 작품이 제일 먼저 썼다는 『널뛰는 아가씨』다. 그녀는 이 작품의 집필에 앞서 다양한 관련 자료를 취합하고 분석하는 노고를 마다하지 않았다. 한 작품의 집필을 위해 갖은 노력을 감수하는 그녀의 열정에 힘입어 서사의 진정성은 배가된다.

> 저는 조선시대를 그리기 위해 한국에 관한 많은 책을 읽어야 했습니다. 많은 그림도 보았고, 건축과 풍경을 공부했으며, 시도 읽었습니다. 한국의 미술품과 공예품을 모아 놓은 박물관에도 가 보았습니다.[1]

위 언급은 작가가 한국어판의 출판을 맞아 별도로 붙인 췌사이겠으나, 이 작품의 배경 자료로 동원된 여러 가지 '책'과 '그림'과 '건축'과 '풍경'과 '미술품'과 '공예품' 등은 17세기의 조선시대를 재현하기에 충분하다. 한 작품의 집필을 위해 풍부한 자료를 섭렵하는 린다 수 박의 치밀한 준비 자세는 이 작품 외에도 두루 찾아볼 수 있다. 더욱이 부모의 나라에 대한 사전 지식이 전혀 없는 상태에서 사실성을 확보하려는 노력은, 단순히 작가적 태도의 소산이라고 치부하기 힘들다. 그 증거들은 작가가 묘사한 한국의 옛 풍경을 살펴보노라면 단박에 확인할 수 있다. 작가는 옥화의 시선을 따라가며 조선의 모습을 세밀하게 그려낸다. 이 점은 작가가 옥화의 출신 성분에 유의한 사실과 결부되어 서사에 진정성을 담보해준다. 그것은 빨래와 옷 간수하기, 자수, 미류의 혼사, 장터의 모습, 오라버니 호심이의 서당 풍경, 동양화 그리기, 양인의 억류를 둘러싼 조정의 의견 대립, 윷놀이, 널뛰기 등으로 구체화되었다. 그녀의 바지런한 행각은 작품의 행간에 고스란히 삼투되어 사실성을 제고

---

1 린다 수 박, 「한국의 독자들께」, 『널뛰는 아가씨』, 서울문화사, 2003.

하고, 독자들의 감흥을 불러일으키는 데 기여한다. 다음의 예문은 작가의 묘사력과 자료 해석의 적절한 사례이다.

빨랫감은 우선 솔기와 단을 모두 뜯어내야 합니다. 옷을 그대로 빨기보다는 각 부분을 조각조각 떼어 빨면 더욱 깨끗이 빨 수 있고 다림질도 제대로 할 수 있기 때문입니다. 그래서 따로 떼어 낸 다음 깨끗이 빨아 빨랫줄에 널어 말립니다.

다 마른 옷은 주름을 없애기 위해 두들겨 주어야 합니다. 옥화는 이 다듬이질이 제일 싫었습니다. 조각조각 떼어 낸 옷을 판판한 돌 위에 얹어 놓고 둥근 나무 방망이 두 개로 두들겨야 합니다. 옥화는 팔이 아프고 손이 저릴 때까지 다듬이질을 해야 했습니다. 한씨 집안에서는 또그락또그락 다듬이질 소리가 끊이지 않았고, 때로는 그 소리가 한밤중까지 이어지기도 했습니다. 다듬이질이 끝나면 따로 떼어 냈던 옷을 원래의 모양대로 다시 꿰맵니다.[2]

작가는 '조선시대를 그리기 위해 한국에 관한 많은 책'을 읽은 경험을 살려서 전통적인 빨래 풍경을 재현하고 있다. 그녀의 치밀한 묘사는 탁월한 자료 해석력에 힘입은 바 크지만, 부모의 나라에서 벌어졌던 여자들의 안방문화에 대한 관심의 서사화이다. 그녀는 특별히 여자들의 삶을 집중적으로 묘사한다. 그것은 제목의 '널뛰는' 아가씨에서 예견된 것으로, 당대의 제도 하에서 욕망을 억제하지 않으면 안 되었던 여자들의 운명적 삶을 해방시켜 주기 위한 후대의 배려이다. 그녀의 의도는 여주인공 옥화를 천방지축의 규수로 등장시킨 사실에서 유추 가능하다. 그녀는 쟁쟁한 반가의 처녀에게 개구쟁이 같은 성격을 부여하여 작품에 웃음을 선사한다. 옥화는 부모님의 나라에 대한 작가의 호기심이 창조

---

2 린다 수 박, 『널뛰는 아가씨』, 17~18쪽.

한 인물이다. 옥화는 고모 미류와 함께 오라버니 호심이를 골탕 먹이는 등, 조선시대의 아녀자답지 않은 말괄량이다. 그렇다고 해서 옥화가 마냥 장난꾸러기인 것은 아니다. 옥화는 '늘 곁에서 집안일을 같이 하고, 일이 끝나면 뜰에서 즐겁게 함께 놀던 친구'의 혼례를 맞으며 생애 처음으로 이별을 준비한다. 그녀는 '오늘이 지나면 미류를 다시 볼 수 없을 거라는 사실'을 담담하게 받아들이면서도, 그녀와의 생활 장면을 부단히 추억하여 서사의 진행 방향을 암시한다.

이 점에서 미류의 혼례식은 유교적 식순에 따라 진행되면서 옥화의 감정선을 자극하고, 장차 그녀와의 재회를 기약하는 복선의 기능을 떠맡는다. 옥화의 동선은 미류의 혼례를 기점으로 해후를 도모하는 움직임으로 집중된다. 그녀는 미류와의 만남을 성사시키기 위해 하인들의 장바구니에 숨어서 미류의 시집에 당도한다. 비록 문전에서 박대를 당하여 미류와의 재회는 이루어지지 못하였지만, 옥화는 미류 고모를 만나러 가는 과정에서 장터를 구경하며 사람 사는 세상의 풍경들을 감상하게 된다. 그 순간의 경험은 옥화에게 집 밖으로 나가려는 외출 충동을 부단히 자극하는 계기로 작용한다. 그렇지만 옥화의 내밀한 욕망은 당시의 사회제도를 체현하는 어머니에 의해 제지당한다. 딸의 장래가 걱정스러운 어머니의 입장에서는 외부를 향한 딸의 공공연한 욕망을 단속할 필요가 있었던 것이다. 그것은 딸이 완고한 제도의 희생양으로 전락하기 이전에, 평범한 생활 속에서 허락된 행복을 보장해주고 싶은 어머니의 소박한 바람이다.

"하루가 저물 때쯤, 빨래하고 밥하고 집안일을 돌보느라 피곤할 때면 나는 여기 이렇게 서서 밖을 내다본단다. 식구들 모두 배불리 먹고 깨끗한 옷을 입었지 않니? 이젠 모두 깨끗하게 정돈된 방에서 잠이 들겠지. 모두 이 어미 손을 거쳐 그렇게 된 거란다. 한씨 집안이 편안한 것도 이 어미가 집안일을 돌본

덕이기도 하지."

어머니는 옥화를 내려다보며 머리를 쓰다듬어 주셨습니다.

"그걸 생각하면 마음이 흐뭇하단다. 너도 언젠가는 알게 될 거다. 암, 그래야지."[3]

옥화의 외출욕을 알아차린 어머니가 자신의 경험담을 얘기하는 장면이다. 모녀간의 대화는 아녀자들의 바깥출입이 금지되었던 시대를 살아가는 지혜를 전승하는 현장이다. 생전 문밖출입이 허락되지 않은 여자로서 어머니는 밖을 향한 욕망을 안살림의 보람으로 대체하며 인내한다. 그녀의 회고는 평민 출신 여자들의 자유로운 외부 출입에 비해 안방마님으로 살아야 했던 양반가의 규수들에게 부과된 숙명의 토로이다. 어머니는 '너도 언젠가는 알게 될 거'라는 기대감을 표시하여 옥화의 외출 충동이 억제되기를 바란다. 그것은 전적으로 경험으로부터 우러나온 것이며, 사회를 지탱하는 문화의 특질을 드러내준다. 자신의 욕망을 사회의 시스템에 적응시키고, 그로서 욕망의 준동을 예방하는 지혜는 다 경험자만이 지닌 수 있는 덕목이다. 어머니의 가르침에 따라 출타를 억제한 옥화는 널뛰기를 통해서 외출 충동을 간접화한다. 옥화는 사촌동생 옥숙이와 널뛰기를 하면서 외부 세계를 향한 욕망을 충족시킨다. 그것은 부분적인 만족에 불과할지라도, 옥화의 시도는 영악할 정도로 신선하고 집요하다.

이런 측면에서 조선시대 여자들의 외부세계에 대한 호기심을 옹호하고 싶었던 작가의 의도를 짐작할 수 있다. 또한 그녀의 시도는 부모의 나라가 청산하지 못한 역사의 주름을 확인하면서, 자신의 문화적 근본을 점검하고 확인하려는 은밀한 욕구의 발현이기도 하다. 이처럼 린다

---

3 린다 수 박, 『널뛰는 아가씨』, 86~87쪽.

수 박은 자잘한 소설적 세목을 통해서 과거적 풍경을 사실적으로 재현한다. 처음에는 단순한 호기심의 발로였으나, 그녀의 지극한 공부에 의해 호기심은 뚜렷한 관심으로 초점화된다. 시선의 미세한 이동은 작가로 하여금 자신의 민족적 정체성을 극명하게 인식하도록 견인한 촉매이다. 말하자면, 그녀는 옥화의 철부지 같은 옥화의 발랄한 행동을 묘사하는 과정에서 '너도 언젠가는 알게 될 거'라는 어머니의 훈계를 이해할 만한 문화적 관점을 습득하게 되는 것이다. 그 깨달음의 순간이 작가의 정체성이 발견되는 순간이고, 린다 수 박이 옥화로 탄생하는 찰나이다.

린다 수 박의 『사금파리 한 조각』은 『널뛰는 아가씨』를 쓰느라고 수집한 재료들을 재활용한 작품이다. 작가는 『널뛰는 아가씨』에서 조선시대를 다루고, 이 작품에서는 12세기의 고려시대를 다루고 있다. 그녀는 연대기적 편차에서 불가피하게 파생되는 시대 재현의 어려움을 무릅쓰면서도 "고려청자의 빛깔은 천하제일 비색"(서긍, 『고려도경』)이라는 평판을 이끌어낸 도공들의 장인정신을 촘촘하게 형상화하였다. 도자기를 굽는 과정을 볼 때 서구의 작품 제작 과정이 단계적 훈련의 산물이라면, 한국적 과정은 장인정신의 계승이다. 서구에서는 형체를 훼손하지 않는 데 초점을 두지만, 한국에서는 철저히 정신적 측면의 계승을 강조한다. 이 점이 다인종국가인 미국의 평단에 어필한 점일 터이다. 그녀는 가장 한국적인 소재로 미국의 이질적인 독자들을 사로잡은 것이다. 작가는 이 작품집을 쓰게 된 동기를 한국 문화에 대한 호기심의 연장이었음을 분명히 밝히고 있다.

우리 가족은 집에서 한국 음식을 먹고 한국 명절을 지내면서 한국의 전통과 가치 기준을 계속 유지해 나갔지만, 나는 한국말을 배우지 못했고, 부모님도 한국에 대해서는 특별한 얘기가 없었다. 나는 스탠퍼드대학에 다니면서 영어를 전공했으며, 더블린대학에서 영국 아일랜드 문학 석사 학위, 런던대학에서 영국 근대문학 석사 학위를 받았는데, 내가 받은 이런 교육 또한 서구 문학의 전통에 상당히 집중되었던 셈이다.[4]

박의 부모는 미국에 이민 간 대부분의 부모들처럼 미국 문화에 신속히 적응하기를 바라는 소박한 마음의 소지자였던 듯하다. 그들은 '집에서 한국 음식을 먹고 한국 명절을 지내면서 한국의 전통과 가치 기준을 계속 유지'하도록 교육하였으나, 자녀들이 '한국말을 배우지 못했고, 부모님도 한국에 대해서는 특별한 얘기가 없었'던 것으로 미루건대, 자식이 미국 사회에 조속히 적응하기를 바라는 이민 세대로서의 부모가 지녔던 덕목을 실천하였다. 그들은 당대의 현안과제였던 이민 사회에 적응하는 것을 최우선 목표로 설정한 나머지, 자식들이 당면하게 될 정체성 문제는 미처 의식하지 못했던 것이다. 이것은 이민 1세대 가정에서 흔히 돌출되는 문제점이다. 작가는 부모의 바람에 따라 영미문학을 전공할 수 있는 대학에 진학하였고, 자신의 학습 이력을 가리켜 '서구 문학의 전통에 상당히 집중되었던 셈'이라고 밝히고 있다. 그녀는 성장 후에 가정을 꾸리고 아이들을 양육하면서부터 부모의 나라에 관심을 갖게 되었다.

이민 후세대로서 린다 수 박은 『사금파리 한 조각』에서 궁금했던 부모의 나라에 고유한 문화를 탐색한다. 그녀는 이 작품에서 고려시대 도공의 이야기를 다루었다. 전라도 줄포에 사는 민 영감은 소문난 고집쟁이다. 그는 마음에 드는 '잘 빚어진 항아리'를 얻기 위해 수많은 시행착오를 거듭한다. 타인의 범접을 허락하지 않은 채 홀로 작업하는 그에게 목이라는 소년이 찾아온다. 주인공 고아 소년 목이는 도예가가 되는 것이 꿈이기에, 작품의 서사는 목이의 긴 수련 과정을 그대로 반영하고 있

---

4 린다 수 박, 「머리글」, 『사금파리 한 조각』 1, 서울문화사, 2002.

다. 목이는 다리 밑에서 두루미 아저씨와 곤궁하게 살아간다. 그는 민 영감의 도예 작업을 훔쳐보다가 꾸중을 듣는다. 그래도 목이는 물러서지 않고 민 영감을 졸라 견습생으로 들어간다. 마음이 앞선 그는 매번 실수를 범하여 민 영감의 축출 위협에 몰린다.

"한번만 더 기회를 주신다면 다시는 실망시키지 않을 게요."
"흠."
하고 민 영감은 몸을 돌리더니 집 옆으로 걸어갔다.
민 영감은 더 참을 수 없다는 듯이 목이를 돌아보았다.
"그래? 거지 녀석 같으니라고, 네가 지금 걸어오고 있는 거냐, 아니면 발이 얼어서 몸이 땅바닥에 붙은 석상이 된 거냐?"
목이는 그렇게라도 용서를 받아서 기뻤다. 그러나 그 기쁨은 순식간에 연기 한 줌이 되어 날아가고 말았다. 민 영감이 목이한테 그 날 하루 동안 시킨 일 때문이었다. 오늘도 어제처럼 수레에 나무를 가득 채워서 가마터에 부려 놓으라는 것이다.[5]

도예를 배우고 싶은 목이는 민 영감에게 사정하고, 민 영감은 그의 진정성을 알아차리고 나서 새로운 과업을 할당한다. 민 영감의 용서는 서구인들처럼 명료한 발화가 아니라, 새로운 일감의 부과로 시행된다. 이러한 행태는 한국인들에게 만연된 문화적 특징으로, 작가가 한국인들의 관습화된 언어 사용까지 이해하고 있다는 사실을 입증한다. 대부분의 학창 시절을 '서구 문학의 전통'을 습득하느라 소비한 그녀의 입장에서 알아차리기 힘든 대목일 텐데도 불구하고, 작가는 날카로운 감수성을 발휘하여 한국 작가처럼 섬세하게 묘사하였다. 그녀의 언어 포획 능력

5 린다 수 박, 「머리글」, 『사금파리 한 조각』 1, 62~63쪽.

은 마치 '나뭇잎을 닮은 귀'라는 뜻의 목이처럼, 언어적 용례의 미세한 국면을 포착하는 데 소용된 것이다. 그녀의 태도는 작품의 막판에서 민 영감의 슬하로 편입되는 목이가 같은 항렬의 이름을 받은 장면에서 '돌림자가 같은 이름이었다!'로 서술한 데서도 확인된다. 유난히 혈연관계를 중시하는 한국인들에게 항렬이 같다는 사실이야말로 가족의 일원으로 인정받는다는 것과 동일한 징표라는 것을 린다 수 박은 놓치지 않은 것이다. 그녀의 언어적 촉수에 의해 목이의 감동은 형언하기 힘들 만큼 강렬하게 표출된다.

> "목이야, 지금 이 순간부터 우리와 함께 살 마음이 있다면 너에게 한 가지 부탁하고 싶은 게 있구나."
> 목이가 꾸벅 절하며 대꾸했다.
> "뭐든지 말씀하세요."
> 그러자마자 설핏 어지럼증이 일었다.
> "우리가 너한테 이름을 새로 지어 주려고 한다. 지금부터 너를 형필이라고 부르려는데 괜찮겠느냐?"
> 목이가 우선 고개부터 끄덕였다. 그러고 나서야 민 영감의 아들 이름이 형구였다는 게 떠올랐다. 돌림자가 같은 이름이었다!⁶

목이는 민 영감의 심부름을 성공적으로 완수하고 돌아온다. 그는 왕실의 감도관을 만나 얘기를 자랑스럽게 늘어놓지만, 민 영감은 그에게 두루미 아저씨의 죽음을 알린다. 그 후에 민 영감은 진실한 마음의 속살을 그에게 보여준다. 목이를 '형필'이라고 부르겠다는 것이다. 작가의 설명에 따르면 "목이의 새 이름은 전형필에 대한 경의를 드러내는 의미

---

6 린다 수 박, 「머리글」, 『사금파리 한 조각』 2, 134쪽.

에서 택한 것"(「작가의 말」)이라고 한다. 그는 식민지시대에 사재를 털어 값비싼 미술품과 공예품을 사들여 일본으로 유출되는 것을 막은 사람이다. 린다 수 박은 그의 공덕을 기리는 충정에서 목이로 부활하도록 작명한 것이다. 이처럼 그녀는 등장인물을 성격화하는 단계에서부터 역사적 맥락을 개입시킬 정도로, 한국사에 대한 인식이 예사롭지 않은 것이다. 그녀의 탄탄한 역사관은 도자기 굽던 바닷가의 작은 포구 줄포를 소설적 공간으로 호출하였고, 도자기 굽는 과정을 현재적 장면인 양 묘사하였으며, 전형필을 소년 목이로 등장시켜 역사적으로 망각되지 않도록 부각시킨 원동력이다.

인용문에 나타난 결말부에서 민 영감은 목이를 자식으로 거둬들이고, 도자기 굽는 방법을 전수시키기로 결심한다. 서사의 시작부터 목이와 대결하던 그의 장인정신은 목이의 진심을 받아들이면서 대를 이어 승화된다. 그가 목이의 이름을 형필이라고 고쳐 부르는 것이야말로, 가업의 승계이면서 정신의 계승을 의미한다. 민 영감의 소원은 형필이가 '청자 상감 구름 학 무늬 매병'을 빚게 된다는 서사적 암시로 완성된다. 이와 같이 린다 수 박은 간송박물관에서 감상했던 매병을 모티프로 자신의 과거적 근원과 조우한다. 그 만남이 황홀한 환각 상태에서 이루어졌을 터이나, 그녀는 고집불통 영감을 내세워 서사를 지탱해 가면서 그의 고집이 꺾일 날까지 기다리는 놀라우리만치 견고한 인내심을 보여준다. 그에 따라 작가는 현재적 시점에서 과거적 상황을 불러내어 미래적 서사를 기획한다. 그것은 부모의 나라가 갖고 있는 문화적 전통에 입각하여 독자적인 정체성을 견지하는 태도이다.

위와 같이, 두 작품은 린다 수 박이 한국계 작가로서의 정체성을 탐색하는 과정의 산물이다. 그것이 남다른 의미망을 형성하고 있는 이유인즉, 코리안 아메리칸들의 현재와 관련되기 때문이다. 미국에서 한국계 이민 후손들은 쁘띠 부르수아에 속한다. 이른바 경제력은 어느 정도 확보하였으나, 아직 정치적 영향력을 확보하지 못한 계층이다. 이것이 부인할 수 없는 코리안 아메리칸의 객관적인 현주소이다. 백인 사회와 흑인 사회로부터 협공을 당할 수밖에 없는 중간지대에 놓인 그들의 위상은 정체성의 문제를 쉼없이 자문하도록 자극한다. 위에서 살펴본 린다수 박의 두 작품은 그에 대한 적절한 답이다. 그녀는 미국 사회에 성공적으로 안착한 모범적인 소수민족의 일원으로서 코리안 아메리칸의 근본을 탐색하는 과거로의 시간 여행을 선택하였다. 그것은 한국계 이민사회를 지탱하는 정서적 연대감을 확인하는 행위이며, 그에 토대하여 다인종사회의 모순을 정시하려는 모습으로 나타났다. 그것이 내적으로 향하면 코리안 아메리칸의 정체성을 확인하게 되고, 외적으로 향하면 다른 이민사회와 화해하게 된다.

2) 차이에서 화합으로

미국은 태생적으로 인종차별 국가이다. 1790년에 제정된 미국의 귀화법은 '자유의 몸이 된 백인만이 미국 시민이 될 자격이 있다'고 공포하였다. 당시에 실시된 인구조사에서는 인종을 백인 남성, 백인 여성, 노예(흑인), 기타(인디언)로 사분하였다. 미국의 건국사업에 앞장선 지도층 인사들에 의해 인종차별적 시선은 합법적 조치로 보장되었던 것이다. 이후에 그들은 유럽에서 정초된 백인우월주의에 입각하여 흑인의 열등한 지위를 공식화한 뒤에, 흑인과 아시아 인종 사이를 분리하는 정책을 노골화하였다. 그들은 언어소통 능력의 부족과 유교적 문화에 익숙한 아시아 민족들이 미국 사회의 모순을 감내하는 모습을 강조하면서 흑인들과 이간시키기 시작했다. 미국 정부의 교활한 이민정책에 의해 "흑인들은 특히 아시아인들이 모범 소수민족이라는 고정관념을 갖고 있고 미국 정부가 아시아인들에게 특혜를 베풀고 있다"[7]고 믿게 되었다. 그들의 이중적 책동에 의해 양 인종 간의 갈등은 점차 심화되고 확대되는 추세를 보였다.

이런 양상과 함께 미국의 이민사를 검토해 보면, 한국인에 대한 미국인들의 저평가 원인을 추측할 수 있다. 미국에는 소위 '아시안 아메리칸'으로 불리는 아시아계 이민들의 대다수는 중국인, 일본인, 인도인들이다. 아직도 한국인은 숫적으로 소수민족이다. 아시안 아메리칸들의 역사는 미국 자본주의의 침략사와 맞닿아 있다. 1848년 당시 하와이는 사유재산제를 승인하면서 미국 본토의 자본가들에게 무방비 상태로 노출되었다. 그들은 값싼 노동력을 확보하기 위해 중국인들을 대거 고용하여 농장의 생산성을 향상시켰다. 이에 고무된 농장주들은 메이지 유신 이후 서구 자본주의 체제로 편입된 일본의 경제적 희생자들이었던 남서부의 극빈층 농민들을 불러들였다. 아시아인들의 근면한 노동에 매료된 농장주들은 1903~1905년 사이에 한국인 노동자 7,000여 명을 수입하였다. 그러나 1905년에 을사늑약이 체결되면서 외교권을 박탈당한 한국인들은 일본의 방해 공작 때문에 더 이상 이주할 수 없었다. 그것은 자국 노동자들의 권익을 보호하기 위해 한국인들의 하와이 이주 금지정책을 후원한 일본의 교묘한 책동 탓이었다. 그 조치로 인해 일본인들의 이주 숫자가 늘어나는 반면에, 한국인들의 이민은 상당 기간 허용되지 않았다. 이와 같은 사정은 미국 이민사에서 한국인들의 지위를 다른 아시안들에 비해 상대적으로 낮게 설정하도록 견인하였다.

따라서 미국에서 활동했거나 현재 활동 중인 한국계 작가들의 작품에서는 불가피하게 이민사회의 우울한 정경들이 묘사될 수밖에 없었다. 그러나 최근에 발표된 린다 수 박의 『뽕나무 프로젝트』는 인종차별적인 미국 사회의 일단을 보여주면서도 통합을 역설하는 전언을 도처에 장치

---

7 장태한, 『아시안 아메리칸』, 책세상, 2007, 131쪽.

한 작품이다. 이 작품이 주목할 만한 이유는 "동양적인 소재나 한국의 전통적인 소재를 단순히 소재로 차용하거나 미국 등 서구적인 시선에서 전유하지 않고, 오히려 그들 소재를 사용하여 거기서 서구와 다른 차이를 읽어내고, 또 그 차이에 대한 인식을 인종차별 등 미국 주류 사회의 문제를 비판하는 기제로 활용하고 있다"[8]는 점이다. 나아가 작가의 주장이 호소력을 발휘하게 된 근거는 무엇보다도 남의 탓을 하기에 앞서, 한국인 어머니의 입을 빌려서 차별적 시선이 작동하는 현장을 보여주고 있다는 사실이다. 한국계 미국인들은 로스앤젤레스의 흑인 폭동에서 보았듯이, 흑인을 비롯하여 백인들과 상시 긴장 국면을 유지하고 있다. 물론 황인종들인 중국계, 일본계, 인도계, 동남 아시아계와도 갈등 국면을 형성하고 있다. 말하자면 한국계 미국인들은 주위의 모든 인종이나 민족과 갈등관계를 유지하면서 살아가고 있는 셈이다. 이런 실체적 국면을 극복하기 위해서는 냉정하게 현실을 인정하고, 그로부터 해결 방안을 도출하려는 진지한 노력이 필요하다. 린다 수 박은 인종차별이라는 문제사태를 해결할 수 있는 방안의 하나로 이 작품을 제출하였다.

저는 다행스럽게도 모든 인종이 똑같이 평등하다고 굳게 믿는 가정에서 태어나서 성장했습니다. 하지만 어른이나 아이들이나 할 것 없이, 동양인들과 흑인들 사이에 수많은 인종차별이 자행되는 것을 직접 목격해 왔습니다. 그 중에서도 가장 제 마음을 아프게 했던 것은 1990년대 로스앤젤레스에서 벌어진 두 인종 사이의 폭력 사태에 대한 뉴스였습니다. 어떤 문제이든 대화와 인식은 치유를 위한 첫 번째 단계입니다. 부디 이 책이 치유를 향한 아주 작은 첫 걸음이 되기를 희망합니다.[9]

---

8 이상갑, 「전통에서 길어 올리는 차이의 미학」, 『현대문학이론연구』 제36집, 현대문학이론학회, 2009. 3, 354쪽.
9 린다 수 박, 「작가 후기」, 『뽕나무 프로젝트』, 서울문화사, 2007, 306쪽.

인용문은 린다 수 박이 이 작품을 쓰게 된 동기를 분명하게 밝혀주고 있다. 그녀는 한국어 번역판에서 "우리 반 아이들과 내가 너무 다르다고 느껴져 힘든 적도 있었어요"(「친애하는 한국의 독자님께」)라고 밝히고 있거니와, 여느 이민 가정의 아이들처럼 어린 시절부터 자신의 정체성을 고뇌한 경험을 지니고 있다. 인종차별은 미국 사회에 만연된 치유하기 힘든 질병이다. 작가처럼 그것의 당사자가 된 사람이라면, 문자적 논의보다 더 실감나게 다가서는 일상사이기도 하다. 그러므로 작가와 같은 한국계 이민이나 그 후손들에게 인종차별 문제는 업죄와 같이 내면화되어 있다고 보아도 과언이 아니다. 차라리 미국을 비롯한 전 세계 국가에서 인종차별 문제가 척결되기를 바라는 것은 무망한 꿈이다. 이 문제는 정치 지도자들의 공소한 장광설에 기대기보다는, 인종간의 어울림을 통해서 맨몸으로 부딪쳐 해결하는 수밖에 없다. 그러기 위해서는 먼저 다른 인종끼리 가식없이 허교하는 상호 존중의 태도가 몸에 배어야 한다.

미국 내에서 한국계 이민들에 대한 인종차별 사례 중에서 흑인과의 갈등은 기득권을 둘러싸고 진행되는 양상을 보였다. 초창기의 한국계 이민들이 언어적 열등감 속에서 상업이나 노동에 종사하는 과정에서 배태된 갈등의 씨앗은 흑인들에게 이권을 앗아가는 징후로 받아들여졌고, 흑인들은 한국계 이민 사회인의 성장에 위협의식을 느끼게 되었다. 그 와중에서 한국계 이민들은 흑인들에게 배타적 의식을 갖게 되었고, 백인들에게는 타협하거나 굴종적인 태도를 견지하였다. 그들로서는 주류 사회를 장악하고 있는 백인들의 지위와 권위를 인정하면서 자신들의 이익을 보장받기를 소망하는 편이 훨씬 현실적이었기 때문이다. 이러한 접근 자세를 힐난할 수는 없다. 그것은 비단 한국계 이민들이 아니더라도, 미국에 이민 간 사람들이라면 그런 선택을 시도할 개연성이 풍부하기 때문이다. 다만 문제는 백인 사회와의 친밀한 관계를 형성하기 위해 흑인들을 끊임없이 타자화하는 성향이다. 린다 수 박은 그것을 어머니의 인식을 통해서 공식화한다.

"그래, 전화를 했어야지! 아니, 지금 한 말은 취소야. 모르는 집에서 그렇게
오래 있으면 안 돼! 엄마가 걱정하는 걸 모르니? 게다가 그 아저씨에게 성가시
게 굴면 안 된다고 분명하게 해두지 않았니."

"엄마! 우린 아저씨에게 성가시게 군 게 아니에요. 엄마에게 말씀드린 것처
럼 우린 아저씨를 도와 드렸다고요. 아저씨의 마당에서요. 그래서 아저씨가 우
리에게 부라우니 쿠키를……."

"줄리아, 변명하지 마라. 너는 네가 어디 있는지 알리지도 않고 두 시간 동안
이나 사려졌어. 앞으로는 뽕잎을 따러 그 집에 가더라도 20분 안에 돌아와야
해, 알겠니?"

엄마는 너무나 불공정했다. 무엇보다도, 엄마는 우리가 어디 있었는지 잘 알
고 있었다. 우리는 분명히 딕슨 아저씨네 집에 갈 거라고 말을 했다. 둘째, 엄
마는 내 말을 귀담아 들으려고 하지 않았다. 엄마는 두 번이나 내 말을 막고 나
의 설명을 듣지 않았다. 그리고 셋째…….

"못 들었니? 알았냐고?"

"네."

나는 마지못해 대답했다.

엄마는 몸을 휙 돌려서 주방으로 들어갔다. 나는 몇 초 동안 그 자리에서 서
있다가 내 방으로 올라갔다. 그리고 방문을 닫고 침대에 주저앉았다.

셋째는 바로 그것이었다. 어쩔 수 없이 자꾸만 그런 생각이 들었다.

셋째, 만일 딕슨 아저씨가 백인이었다면 엄마가 나에게 이렇게까지 화를 냈
을까?[10]

---

10 린다 수 박, 『뽕나무 프로젝트』, 168~169쪽.

줄리아 송은 과제를 해결에 도움을 받을 목적으로 잭슨의 집을 방문하여 즐거운 시간을 보내고 귀가하였다. 엄마는 그 사실을 이미 알고 있으면서도 줄리아를 야단친다. 그녀의 질책은 심정적으로 허용된 시간의 범위를 벗어난 아이의 행동에 국한되어 있는 것처럼 보이나, 실은 흑인 가정의 방문을 허락한 자신의 결정에 분노를 표출하는 것이다. 그것은 '엄마는 내 말을 귀담아 들으려고 하지 않았다'는 줄리아의 불평에서 드러나는바, 엄마는 '흑인' 잭슨에게 호감을 보이는 줄리아의 행실에 정체가 불분명한 위험을 감지하고 경고한다. 그녀의 자동화된 반응은 '지난날 한국에 서 있었던 흑인 병사들에 대한 엄마의 감정' 때문에 누적된 것으로, 흑인에 대한 인식의 실체적 모습이다. 엄마는 딸이 '흑인'과 친교를 맺는 과정에서 불미스러운 일을 당하지 않을까 염려하고 있는 것이다. 그녀의 불안감은 백인에게도 공히 적용되어야 마땅하지만, 인종적 선입견을 앞세워 흑인에게만 한정적으로 표출된다. 줄리아 송의 '만일 딕슨 아저씨가 백인이었다면 엄마가 나에게 이렇게까지 화를 냈을까?'라는 자문 속에 함의된 것이야말로, 한국계 이민들의 내면에서 채 삭제되지 않은 흑인에 대한 공포심을 점검할 수 있다.
　엄마와 달리 줄리아 송은 인종으로 호오 여부를 판단하지 않는다. 엄마 세대와 달리, 인종을 차별하지 않도록 학습된 세대답게, 딕슨은 그녀에게 과제물을 해결하기 위해 도움을 받을 이웃집 아저씨일 뿐이다. 그녀는 소속한 위글클럽의 회원으로서 표어를 따라 아저씨의 농장일을 도왔던 그녀의 노동이 지닌 가치는 엄마에 의해 거절된다. 그렇다고 해서 딕슨 아저씨가 줄리아 송의 견해에 동의해주는 것도 아니다. 한국계로서 그녀가 갖고 있는 정체성은 흑인 딕슨에 의해 여지없이 무너진다. 그는 그녀를 중국인으로 알고 있었던 것이다. 그것은 딕슨을 위시하여 대다수의 미국인들에게 관습화되어 있는 오해이다. 줄리아 송의 불평대로 동양인들은 대다수의 미국인들에게 '중국인 아니면 일본인, 둘 중 하나'였다. 한국인이 설자리는 없었던 것이다. 작가는 미국 사회에 노골화된 한국인에 대한 그릇된 인식을 우회적으로 반박하면서 서사의 진행 방향을 암시한다. 그 이면에는 서사의 주제를 간직하고 있기도 하다.

"어머니께서 유용하게 쓰실 수 있을 게다. 중국인들은 요리에 고추를 많이 이용하지 않니?"
  잠깐 동안 나는 아무 말도 하지 못했다. 얼굴이 화끈 달아오르는 게 느껴졌다. 패트릭이 다시 나를 구원해 주었다.
  "줄리아는 중국인이 아니에요. 딕슨 아저씨, 줄리아의 부모님은 한국인이에요."[11]

  딕슨은 줄리아 송의 노고에 사의를 표하는 물품으로 고추를 선물한다. 하지만 이것이 예기치 않은 갈등을 조성하게 되고, 줄리아 송은 패트릭의 도움으로 자신의 혈통을 인정받는다. 자신의 정체성을 둘러싸고 진행되는 타인에 의한 타인의 설득 과정을 지켜보면서 줄리아 송은 '그런 말을 들으면 한국인이 너무 하찮게 느껴져서, 아무도 생각하지 않을 만큼 중요하지 않은 존재'라는 열등감에 빠지고 만다. 엄마와 딕슨의 오해 사이에서 줄리아 송 세대의 고민이 발생한다. 그녀는 부모 세대와 다르게 인종 문제로부터 자유롭기를 기대하지만, 그녀의 바람은 현실적 장벽에 부딪치면서 도리어 사회적 실체와 조우하게 된다. 이 지점이야말로 작가가 심혈을 기울인 곳이다. 그녀는 줄리아 송이라는 한국계 여자 아이를 등장시켜서 한국계 이민들의 흑인에 대한 차별의식을 정면으로 다루는 한편, 세대차를 통해 그런 의식이 퇴색되는 현상을 문자적 편차로 서술하고 있다. 아울러 줄리아 송의 세대가 지니고 있는 양가감정,

---

11 린다 수 박, 『뽕나무 프로젝트』, 196쪽.

곧 다른 아시안들과의 차별성을 인정받고 싶으면서도 한국계가 안고 있는 본질적인 요소를 솔직하게 드러내었다.

내가 한국 사람이 아니라면 얼마나 좋을까라고 생각하게 되는 때는, 뭔가 나를 난처하게 만들 때였다. 나는 우리 집에서 김치 냄새가 나는 것이 싫었다. 또한 아이들이 나를 "꼴라 꼴라 짱꼴라"라고 놀리는 것도 싫었다. 그리고 위글클럽에서 동양인 티가 팍팍 나는 괴상한 과제를 하기도 싫었다.

나는 뭔가 근사하고 평범한 것, 지극히 미국적인 과제를 선택하고 싶었던 것이다.[12]

작품은 주인공 줄리아 송이 또래 패트릭과 함께 어린이들에게 농장 일을 가르치는 것을 목적으로 하는 위글클럽(WGGL; Work-Grow-Give-Live!)에 가입하면서 시작된다. 그녀는 평소에 한국계 후손이라는 사실에 괘념치 않으며 생활하지만, 자신을 '난처하게 만들 때'에 이르면 한국계라는 사실을 부정하고 싶은 충동을 느낀다. 그때는 '우리 집에서 김치 냄새가 나는 것'과 친구들이 '꼴라 꼴라 짱꼴라'라고 놀릴 때이다. 전자는 한국인의 음식문화를 대표하는 기표이고, 후자는 딕슨이 줄리아 송을 중국계라고 오해한 인식의 연장선상으로 중국인들을 비하하는 기표다. 양자는 이 작품의 배후에서 서사를 추동하는 근본적인 동력이다. 줄리아 송이 동료들로부터 놀림을 받는 김치와 딕슨이 중국 요리를 운운하며 고추를 건네는 것도 '꼴라 꼴라 짱꼴라'의 음식문화로부터 비롯된 것이다. 이것은 아이들의 먹성에 알맞은 기호로서 양국의 음식이 지닌 차이점을 드러내주지만, 딕슨으로 대표되는 미국인들에게는 유사점으로 인식될 뿐이다. 줄리아 송의 과제는 이 사실을 딕슨에게 확실히 구

---

12 린다 수 박, 『뽕나무 프로젝트』, 50쪽

별시키는 일이다. 그녀의 '동양인 티가 팍팍 나는 괴상한 과제'보다는 '뭔가 근사하고 평범한 것, 지극히 미국적인 과제'를 선택하고 싶은 소망은 패트릭이라는 백인 아이와의 혼종 속에서 무화된다. 그녀의 소원은 '동양인 티가 팍팍 나는 괴상한 과제'인 '누에 기르기'를 수행하기로 결정하면서 이색 인종 간의 협동학습으로 충분히 달성된다.

나는 엄마에게 한국 음식 만드는 법을 적어 달라고 부탁했다. 그리고 딕슨 씨에게 가끔씩 만들어 보시라고 가져다 드렸다. 결국 딕슨 씨는 한국 음식이 중국 음식과는 전혀 다르다는 걸 깨닫게 될 것이다.

우리가 딕슨 씨댁을 찾아가는 걸 승낙했다고 해서, 우리 엄마가 결국 인종차별주의자가 아니라고 말할 수 있는지는 아직도 잘 모르겠다. 난 잘 모르지만 어쨌든 내가 모른다는 사실만큼은 알고 있다. 설사 엄마가 인종차별주의자였다고 하더라도, 이제는 달라지고 있는 게 분명했다. 적어도 약간씩은 말이다. 엄마는 오디를 무척이나 좋아했다. 그걸 먹으면 한국에서 지내던 어린 시절이 생각난다고 말했다. 언젠가는 반드시 엄마에게 혹시 딕슨 씨를 저녁 식사에 초대하면 안 되느냐고 여쭤 보고 싶다. 물론 한동안 시간이 지난 뒤에 말이다.[13]

대단원에 이르러 린다 수 박이 줄리아 송에게 '뽕나무 프로젝트'를 부과한 의도가 드러난다. 그녀는 한국계 이민자들이 당면하고 있는 인종차별 문제를 해결할 수 있는 방안을 모색하고 있었던 셈이다. 그녀의 면밀한 계획은 소설적 음모로 구체화되었고, 말미에 다다라서야 본의를 드러내며 긍정적 징후들을 제시한다. 줄리아 송은 한흑 간의 갈등을 완화하는 '전체적인 커다란 그림'을 완성하기 위해 '아주 작은 일들'일지라도 망설이지 않겠다고 결심한다. 그것은 우선 패트릭과 과제를 공동

---

13 린다 수 박, 『뽕나무 프로젝트』, 297쪽.

으로 수행하면서 상호 이해의 폭을 넓히게 되었고, 이어서 엄마와 딕슨 사이의 관계를 개선하는 일로 확대되었다. 작가는 줄리아 송처럼 후세 대들과 흑인의 어울림을 통해서 미래적 전망을 제시하고 있는 것이다. 그 와중에서 줄리아 송은 '설사 엄마가 인종차별주의자였다고 하더라 도, 이제는 달라지고 있는 게 분명'하다는 확신을 얻게 되고, 마침내 '언 젠가는 반드시 엄마에게 혹시 딕슨 씨를 저녁 식사에 초대하면 안 되느 냐고 여쭤 보고 싶다'는 바람을 통해서 엄마와 딕슨의 화해를 도모한다. 비록 줄리아 송의 기획은 '한동안 시간이 지난 뒤'에 시도될 터이지만, 현실적 상황의 개선을 위해서라도 성사되어야 한다. 그것이야말로 린다 수 박이 동화적 시간과 달리 소설적 공간을 문제 삼은 이유이다.

3. 결론

한국은 여전히 강대국에 둘러싸여 있는 분단국가이다. 국제사회에서 한국의 위상을 거론할 적에는 이 사실이 언제나 전제되어야 한다. 무릇 정치가들의 허황한 발언에 도취되어 한국의 입지를 고평가하게 되면, 한국계 이민들의 실상을 제대로 파악하기 힘들다. 그동안 정부는 인종 간의 충돌이 발생할 적마다 상대 국가와의 외교관계를 고려한다는 명분 을 앞세웠으나, 자국민을 보호하지 못하는 무력한 모습으로 질타를 받 았다. 더욱이 미국처럼 다인종 국가에서 살아가는 코리안 아메리칸에게 인종차별 문제는 절박한 과제이다. 그렇지만 그것은 하루아침에 해결될 수 없다. 당사자들끼리 흉금을 털어 놓고 함께 어울리면서 개선 방안을 모색하는 것 외에 묘수가 없다. 이 점에서 린다 수 박의 소설은 주목할 만하다.

예건대, 그녀는 '모든 인종이 똑같이 평등하나'는 신리를 구현하는 빙

안으로 음식을 제시하고 있다. 그녀의 소박한 바람은 단순히 '한국 음식이 중국 음식과는 전혀 다르다'는 사실을 통해서 문화의 다양성을 인식시키는 것이다. 그녀는 한국계와 흑인들이 음식처럼 세계의 인종 구성이 여러 가지라는 평범한 사실을 인정하게 된다면, 인종차별이라는 야만적 사태를 예방하여 갈등 국면을 해소할 수 있으리라 기대한다. 이런 측면에서 한국적인 소재를 적극 차용하여 소기의 성과를 도출한 린다 수 박의 소설적 성취는 값지다. 그녀는 코리안 아메리칸으로서의 정체성을 직시하고, 그에 바탕하여 다인종사회의 모순을 해결하려는 소설적 노력을 기울이고 있다. 그녀의 서사 방향이 내부로 향하면 코리안 아메리칸의 정체성을 확인하게 되고, 외적으로 향하면 다른 인종과의 화해를 모색하게 된다. 비록 그녀의 소설이 고질적인 인종차별 문제의 '치유를 향한 아주 작은 첫 걸음'에 불과할지라도, 음식을 나눠먹는 줄리아 송의 실천에 힘입어 시나브로 화해에 이르게 될 것이다.

(『시와 동화』, 2009. 가을호)

몸, 기억과 정체성의 장소
— 유미리의 소년소설론

1. 서론

재일 한국인들의 불안감은 정체성의 불안에서 야기된 것이다. 그들의 모국은 한국도 일본도 아니다. 최근 일본 국적을 획득한 축구선수 리 타다나리(이충성)가 사방의 시선을 의식하며 말했듯이, 그들은 '조국이 둘이다'는 사실을 숙명으로 받아들이고 살아간다. 그들은 생의 변방에서 부유하는 이방인인 것이다. 어느 나라에서도 소속감을 느낄 수 없는 그들의 몸은 불안하다. 그 불안은 현존재를 끊임없이 방황하도록 재촉하고, 공간상으로는 물론 시간상으로 그 어디에도 속할 수 없도록 만든다. 그들은 도저한 불안 속에서 몸 둘 바를 모른다. 몸이 존재를 규정하는 셈이다. 그러나 존재의 기표인 몸마저 기의를 온전히 구현할 수 없는 까닭에, 몸은 여전히 과거의 공간과 시간을 그리워한다. 몸의 회귀적 속성은 그로 하여금 자신의 몸을 구성하는 자질들을 알아보려는 탐구 의지를 내포하고 있는 것이다. 즉, 그가 몸을 이루는 성분들을 찾아보는 의도인즉, 몸에 새겨진 기억의 층위를 확인하려는 데 있다. 이처럼 몸은 인간의 장소감과 깊이 연결되어 성체성 시비를 낳는다.

고래로 동양에서는 인간의 몸을 억압해 왔다. 그들은 마음으로 인간의 몸을 은폐할 수 있다고 믿었다. 일본에서는 나쓰메 소세키의 『마음』처럼 몸보다 마음을 드러내어 하나의 '형(型)'을 찾아내려고 노력하였다.[1] 일본문학의 전통으로 굳어지던 이 현상은 패전 후에 여지없이 파괴되었다. 자신들이 세계 제일이라고 믿어 의심치 않았던 오만한 자긍심은 연합국, 특히 미국의 월등한 군사력 앞에서 창피한 굴욕으로 변하였다. 그 여파는 젊은이들의 사고방식에 영향을 끼쳤고, 그들은 마음의 물질적 토대에 해당하는 몸을 사유화하면서 주체로 거듭났다. 기성세대는 그들의 몸 가벼움을 경솔하다고 힐난하며, 자신들과는 종족의 자질부터 다르다는 뜻에서 '신인류'라는 달갑지 않은 별명까지 붙여주었다. 그러나 젊은이들은 자기 몸의 주체로서 새로운 문화 트렌드를 형성하면서 기성세대와의 차별화를 기도하였다. 몸이 일본 문학의 기표로 떠오른 것이다.

유미리(柳美里, 1968~)는 두 가지 추세를 작품화하여 성공한 재일교포이다. 그녀는 한국 출신의 계보로는 3세대 작가에 속한다. 그녀는 1993년 「물고기의 축제」로 기시다구니오(岸田國士) 희곡상을 수상하고, 1996년 소설집 『풀하우스』로 이즈미교카(泉鏡花) 문학상과 노마(野間) 문예 신인상을 받았다. 1997년 그녀가 「가족시네마」로 아쿠타가와(芥川)상을 수상하자, 일본 문단은 비로소 재일 한국인들의 문학적 성취에 관심을 기울이기 시작하였다. 그녀 이전에 작품을 발표한 작가들이 엄연히 있었건만, 일본인들은 유미리에 이르러 관심을 표명하기 시작한 것이다. 그녀의 성공은 재일 한국인으로서의 정체성을 찾아가는 과정을 여실히 드러내는 것이 사실이고, 그것이 성공의 요인 중의 하나인 것도 부인하기 힘든 사실이다. 그렇지만 그녀가 이전 세대에 속하는 작가들보다 쉬

---

[1] 일본 문학에 나타난 '형'의 형성과 해체 과정에 관해서는 요로 다케시, 신유미 역, 『일본문학과 몸』, 열린책들, 2005 참조.

일본 문단에 진입할 수 있었던 직접적인 요인은 위에서 살펴본 문화적 변화 과정에 있다. 그녀의 가벼운 문체는 전쟁 책임과 민족문제라는 거대담론이나 '마음'과 같은 경직된 이념형과는 거리가 멀다. 도리어 현대 젊은이들에게 긴급하고 소용되는 몸을 망설이지 않고 소설화하는 태도에 일본 독자들이 호응한 것이다.

유미리는 쉼없이 자신의 몸을 탐구한다. 그녀의 몸은 재일 한국인의 몸이고, 일본 젊은이들의 몸이며, 그녀의 몸이다. 그녀는 몸의 복합적인 기의를 드러내고자 소설 작업에 몰두한다. 그녀의 몸은 반드시 거쳐할 공간을 필요로 한다. 그 공간은 기억 속의 장소이며, 일본이라는 현재적 삶의 터전이다. 그녀의 몸은 이처럼 장소라는 공간적 의미를 각인한 채 움직이고 존재하며 발언한다. 유미리의 소설세계는 곧 몸이고, 소설은 몸의 갖가지 반응을 형상화한 것이다. 그것들은 일정한 기억을 전제로 존재하여 그녀의 소설적 작업들을 일본 특유의 사소설 담론으로 귀착시키는 데 기여한다. 더욱이 진정한 의미에서 사소설이 "작가가 사생활상의 경험을 쇄말적으로 기술한 것이 아니라 '한 사람의 인간이 하나의 운명을 만나 어떻게 좌절했는가, 어떻게 그 운명과 싸우려고 했는가 하는 그런 기록을 가능한 한 정직하게 쓴' 귀중한 글"[2]이라면, 유미리의 작품들은 이 범주에 정확히 들어맞는다.

이에 본고는 유미리 소설집 『여학생의 친구』(열림원, 2000)를 텍스트로 삼아 몸이 기억의 저장 공간이고, 기억이 몸을 빌려 서사화되는 실례를 살펴보기로 한다. 이 작품집에는 「여학생의 친구」와 「소년클럽」이라는 두 편의 소설이 수록되어 있다. 전자는 원조교제를 다루었고, 후자는 청소년들의 성충동을 다루었다. 그녀는 이 작품들을 통해서 일본 사회의 현재적 문제점을 폭로하는 데 그치는 것이 아니다. 그녀는 개인의 성적

---

2 스즈키 토미, 한일문학연구회 역, 『이야기된 자기』, 생각의나무, 2004, 106쪽.

정체성을 훼손하는 문제가 자기정체성의 혼돈을 가져온다는 점을 알려준다. 그것은 타인의 삶에 대한 존중이 선행하지 않고서는 자신의 삶이 보장받지 못한다는 평범한 진리의 소설적 검증 과정이다. 그녀가 유난히 몸에 집착하는 속사정은 그것이 현단계의 자아를 절실하게 표백하기에 알맞기도 하지만, 본질적으로는 몸이 자아정체성과 함께 민족적 정체성을 체현하는 장소라는 사실에 있다. 이 점은 한국에서 그녀의 소설적 성취를 점검할 적마다 되풀이하여 거론되어야 한다.

2. 기억의 공간과 시간의 기억

1) 몸, 기억의 빌미

몸은 근대의 흔적이다. 현대인들은 자신의 몸에 과도할 정도로 관심을 쏟는다. 그들의 노력은 몸 담론의 유행을 가져왔고, 몸 관련 상품의 폭발적 증가로 이어졌다. 더욱이 텔레비전과 인터넷의 발달은 시각적 이미지를 집중적으로 생산하여 소비자들에게 몸의 중요성을 세뇌시키고 있다. 몸은 건강, 미용, 화장, 의복뿐만 아니라 여러 영역에서 수요를 창출하며 주요 산업으로 자리잡은 실정이다. 현대인들의 일상을 지배하고 있는 미디어에서 몸 관련 기사와 광고는 하루도 빠지지 않고 등장하여 소비자들의 구매 충동을 자극한다. 이러한 사회현상은 필연적으로 부작용과 역기능을 수반하기 마련이다. 전 세계적으로 문제되는 매춘산업의 창궐, 인신매매, 마약 등은 폭력조직과 연루되어 사회체제를 위협한다. 또 몸 산업의 등장으로 인한 과다 지출은 가계뿐 아니라 국가 경제에서도 상당한 비중을 차지하고 있다. 지금까지 아무 대책없이 소비하느라 정신없던 세계는 몸 담론에 의해 사회적 안전망까지 위험한 수준에 몰려 있는 것이다.

이러한 추세는 학교라고 해서 예외가 아니다. 기존의 학교는 보수적 질서에 입각하여 선세대의 문화를 전승시키는 일에 진력해 왔다. 학생들도 교육의 목적을 인지하고 충실한 학습으로 자신의 생을 개척하고, 인류의 삶을 고양시키려는 의지로 충만하였다. 하지만 고도산업사회에 접어들면서 학생들의 인식체계도 급속히 변하고 말았다. 그들은 더 이상 사회의 움직임에 무관심하지도 않고, 출생기부터 시각적 이미지에 압도당하면서 몸 담론의 주요 소비층으로 부상하였다. 거대담론이 소멸되면서 자본주의 사회의 주요 소비계층으로 편입된 청소년층은 몸의 중요성을 자각한 세대라고 불러야 제격이다. 고래로 사춘기는 제이의 탄생이라 불릴 정도로 몸에 관심을 크게 기울일 시기다. 청소년들의 범죄가 대부분 성과 관련되어 일어나는 것도 그 때문이다. 학교는 지금까지의 교육과정에서 '널 커리큘럼'이라 칭하며 다루지 않았던 성교육을 제도교육 속에 수용할 수밖에 없었다. 그렇지만 성교육은 특성상 교육 내용을 위계화하기도 힘들거니와, 가르치고 배우기조차 무안하여 소기의 성과를 거두기 어렵다.

가정이나 학교 혹은 특수기관에서 에서 이루어지는 성교육 프로그램은 대개 해부병리학적인 고찰이나 이타주의적 도덕으로 채색되었거나, 아니면 정신분석학이 약간 가미된 논술 사이를 왔다갔다하기 마련이므로, 별다른 효과를 기대하기는 어렵다. 성교육의 목표는 완전하고 열려 있는, 잘라 말하자면 에로티즘의 지위로 승격된 성을 알고자 하는 것이 아니라, 이미 결정된 문화적 범주, 그러니까 교육 당시의 이데올로기적 양상에 맞추어 관용과 억압, 방임주의와 엄격주의 사이를 적당히 오가는 데 있다.

성교육은 모호하긴 하지만 모든 사회에 존재하는 일종의 입문의식과 관련되어 있다. 이러한 의식은 종종 폭력적이고 공격적이며, 절단하는 방식으로 개인

의 성적인 지위와 운명, 생식기관에 개입해 궁극적으로 개인을 집단에 통합하는 것을 목표로 한다.[3]

성교육은 항상 학습자의 기대를 배반한다. 학교로 대변되는 기득권 세력은 교육의 힘을 빌려 청소년들의 몸을 통제하려고 시도하고, 학생들은 사회의 변화 속도에 부응하는 내용을 요구하며 효용성을 앞세운다. 양자는 출발선상부터 마찰을 예비하고 있는 셈이다. 그것은 지금의 아이들에게만 국한된 것이 아니라, 과거와 미래의 세대들에게도 공히 적용된다. 당대적 시점에서 기성세대의 성 관념 혹은 성적 기준은 언제나 고루하다. 작금 학교에서 실시되는 성교육은 '대개 해부병리학적인 고찰이나 이타주의적 도덕'에 치중되어 성적 호기심을 충족시키기 원하는 학습자의 기대에 부응할 수 없다. 차라리 성교육은 그 어긋남의 사이에 존재하고, 이루어지는 것인지도 모른다. 그 어긋남이 성교육의 본질인 셈이다. 성교육이 추구하는 입문의식은 '궁극적으로 개인을 집단에 통합하는 것'을 목표로 삼기 때문에, 아이들은 어긋난 채 사회 구성원으로 통합된다. 말하자면 어긋나지 않으면 사회의 일원이 될 수 없는 것이다. 그런 까닭에 세대간의 성교육 체험은 어긋난 상태로 켜켜이 적층된다. 이런 모순을 해결할 도리가 없어서 성 문제는 예나 지금이나 사회적 문제 거리로 남아있다.

유미리 소설 「여학생의 친구」는 성교육이 처한 현실을 고스란히 보여준다. 이 작품은 사회적 이슈로 공론화되었던 원조교제를 다루고 있다. 일본에서 유행하다가 한국에까지 이입되어 커다란 문제를 일으켰던 사안이다. 주인공 겐이치로는 대학을 졸업하고 대규모 식품회사에 입사하였다가 예순 살에 퇴직한 후 정년퇴직증후군에 시달리는 인물이다. 그

---

3 Roger Dadoun, 신정아 역, 『에로티즘』, 철학과현실사, 2006, 207쪽.

는 직장생활을 마무리하고 나서 "이 세상에서 가장 무서운 것은 아무 일도 일어나지 않는다는 것과 아무 할 일이 없다는 것"(16쪽)을 깨닫고, 무료한 일상에 지쳐 자살을 꿈꾸기도 한다. 어느 날 손녀의 친구들과 합석하면서 그는 소문으로만 듣던 원조교제에 관해 알게 된다. 그는 여학생들의 일상화된 성 개방 풍조에 당황하면서도, 한편으로는 호기심을 발동하여 이율배반적 태도를 드러낸다. 하지만 이해하기 힘든 여학생들의 언어나 행동을 접하면서 그는 세대차를 절감하고 고독감에 휩싸인다.

그녀들은 수면 밖으로 입을 내밀고 있는 어항 속의 금붕어 같다. 노래하면서 누군가를 기다리고, 노래하면서 무슨 일인가 일어나기를 기대하고 있는 것이다. 겐이치로는 아무도 오지 않고 아무 일도 일어나지 않는다, 그것을 견디는 것이 삶이라고 말해 주고 싶은 충동에 사로잡혔지만, 그러나 그녀들도 이미 알고 있을 것이다. 누군가를, 무언가를 갈망한다는 것, 그것이 젊음이다. 이제 곧 아무것도 기대하거나 기다리지 않게 될 테니까 라고 생각하며 입을 다물고 있었다. 겐이치로에게는 루즈 속스나 그녀들 사이에 유행하는 모든 것이 기다리고 있다는 신호로 여겨졌다. 노래방은 소름끼치도록 고독한 축제다.[4]

겐이치로는 '누군가를 기다리고, 노래하면서 무슨 일인가 일어나기를 기대하고 있는' 여학생들과 '아무도 오지 않고 아무 일도 일어나지 않는' 자신의 삶을 비교한다. 그의 시선은 여학생들과 '수면 밖으로 입을 내밀고 있는 어항 속의 금붕어'를 등질화한다. 그것은 양자간의 세대차만큼이나 큰 이해 부족이다. 그는 성교육론자들처럼 여학생들의 가벼운 몸놀림을 안타깝게 바라보지만, 그녀들은 자신의 몸에 관한 선세대의 우려를 도외시한다. 그는 애초부터 '젊음'이라는 물리적 강을 건널 수

---

4 유미리, 김난주 역, 『여학생의 친구』, 열림원, 2000, 87쪽.

없었던 것이다. 이에 그는 '곧 아무것도 기대하거나 기다리지 않게 될 테니까'라고 자위하나, 그것마저 '루즈 속스나 그녀들 사이에 유행하는 모든 것'에 밀려나고 만다. 그는 손녀 친구들과 한때를 보낸 노래방을 '소름끼치도록 고독한 축제'라고 명명함으로써, 마침내 자신의 존재론적 고독에 다다른다. 노래방이 그로 하여금 존재의 현주소를 정확하게 알려준 셈이다.

갈고리처럼 길게 길러 네일 아트란 것을 한 손톱, 귓불에 몇 개씩이나 뚫은 귀고리 구멍, 미니스커트와 루즈 속스, 검은 스트레치 부츠, 블리치를 넣은 갈색머리, 1년 내내 선탠을 하여 태운 갈색 피부, 복장, 헤어스타일, 말투, 어디를 보나 누가 보나 완벽한 고 갸루인 그녀들에게 겐이치로는 수치심과 증오심을 느끼면서 '이 아이들 중 누가 원조교제를 하고 있을까' 하고 멍하니 생각하였다. 원조교제는 여중고생의 매춘 행위라는 인식밖에 없는데, 그러나 그녀들을 매춘으로 치닫게 하는 것은 명백한 사회적 요청이다. 사회는 노골적으로 그녀들의 소비욕을 부추기고 있다. 여중고생들의 경제생활에서 지출이 과다하다면 필연적으로 수입을 생각해 봐야 한다. 지금까지 세상을 경제적인 면으로만 바라본 겐이치로는 몸을 파는 소녀들이나 자금을 융통하느라 허둥대는 영세기업의 경영자나 다를 바 없다고 생각하였다.[5]

겐이치로의 수정 논리는 현실을 개선할 수 없는 무력한 기성세대의 타협의지가 예정한 결과이다. 그는 자본주의 체제의 유지에 공헌한 전후세대답게 '몸을 파는 소녀들이나 자금을 융통하느라 허둥대는 영세기업의 경영자나 다를 바 없다'고 파악하여 시야의 한계를 보여준다. 예컨대, 그는 원조교제를 '여중고생의 매춘 행위'라고 알고 있어서 그것의

---

5 유미리, 김난주 역, 『여학생의 친구』, 열림원, 2000, 83~84쪽.

속살을 제대로 파악하지 못한다. 그는 원조교제의 발생 원인과 유행현상에 대한 다각적이고 입체적인 통찰을 단행할 만한 사회적 전망을 갖고 있지 않다. 원조교제는 전후 경제발전으로 인한 자본주의의 팽창이 도덕적 타락과 맞물리면서 필연적으로 발아할 수밖에 없었다. 일본은 유사 이래 칼의 위협으로부터 벗어난 적이 없었기에, 개인의 규범을 내면화할 기회를 갖지 못하였다. 또 다른 나라처럼 주자학적 질서를 지배 이데올로기로 채택한 것도 아니어서, 국가적으로도 갑작스럽게 흥성한 자본의 행동반경을 제어할 만한 윤리적 저지선을 구축하지 못하였다. 그런 판국에서는 자본이 말초적 쾌락을 소비하는 곳에 모이기 십상이다. 전후세대는 이런 부작용을 예측하여 방지하는 일에 소홀하였다. 도리어 그들은 경제적 풍요를 틈타 연하의 성을 매수하는 파렴치 행위를 범하였다. 원조교제는 기성세대의 수요로 창출된 것이다.

그러므로 겐이치로가 '네일 아트란 것을 한 손톱, 귓불에 몇 개씩이나 뚫은 귀고리 구멍, 미니스커트와 루즈 속스, 검은 스트레치 부츠, 블리치를 넣은 갈색머리, 1년 내내 선탠을 하여 태운 갈색 피부, 복장, 헤어 스타일, 말투'를 '완벽한 고 갸루'와 등치시켜 수치심과 증오심을 느끼는 것은 자본에 대한 경외감의 표출이다. 그의 가치관은 '세상을 경제적인 면으로만 바라본' 자의 시선으로 물신화된 사고를 반영한다. 여학생들의 치장은 겐이치로보다 선대부터 계승되어 온 문화적 유산이다. 다만 그 양태가 시대적 트렌드나 요구 조건에 따라 변모할 뿐이다. 손과 손톱만 하더라도 예부터 사회 계급을 나타내는 증표로 인식되어 여성들은 그것을 가꾸느라 열심이었고, 남성들은 여성들에게 충분한 기회를 제공해 주었다. 여성의 아름다움에 대한 욕망은 "육체적인 모습에 인상과 감각적인 경험이 더해진 것"[6]에 불과한 것이다. 겐이치로의 시각은

---

6 Béatrice Fontanel, 김보현 역, 『치장의 역사』, 김영사, 2004, 147쪽.

며느리 사와코가 "야경을 내다볼 수 있는 아파트로 이사만 가면 행복하게 살 수 있으리란 착각에 빠져 초조해지고 있는 것"(22쪽)이나 다르지 않다. 두 사람이 가진 불안감이나 수치심은 일반화된 자본주의적 사고가 심리적 동요로 표출된 것에 불과하다. 따라서 그가 갖는 심리적 간극은 스스로 자초한 것이다. 자아의 불안에 당면한 그가 원조교제의 의미망을 수정하려고 시도하는 것은 그 때문이다.

> 각자 자기 혼자만의 꿈속을 떠다니는 듯한 침묵이 이어졌다. 이 아이가 혼자서 생활할 수 있는 나이가 될 때까지 어떻게든 도와주자. 얘기하면 거절당할 테지만, 어른한테는 지혜가 있다. 조만간 엄마를 만나 얘기를 나눠 보자. 이 아이 모르게 할 수 있는 방법도 얼마든지 있다. 겐이치로는 생각했다. 그것이야말로 진정한 원조교제다.[7]

겐이치로가 미나의 허락에도 불구하고 섹스를 하지 않는 것은 '진정한 원조교제'를 실행하고 싶은 노욕이다. 그는 자신의 우월적 지위를 이용하여 '지혜'를 발휘한다. 그것은 '이 아이 모르게 할 수 있는 방법', 즉 금전적 지원을 통해서 미나를 후원하는 것이다. 말하자면, 그는 경제 '원조'를 통해서 자신의 '원조교제'를 완성하는 것이다. 이것은 그가 윤리적 시선을 철회하고 미나를 손녀의 친구가 아니라 이성적 차원에서 '갸루(걸)'로 바라보았기 때문에 가능한 것이다. 겐이치로의 바람은 "육체를 의미의 영역에서 배제시키지 않으려는 욕망, 그럼으로써 육체를 기호와 상징의 영역에 포함시키려는 욕망"[8]에 해당한다. 그것은 미나의 몸에 대한 에로틱한 욕망을 지속하는 수단이다. 그는 미나의 몸을 '어항 속의 금붕어'처럼 자신의 시선 안에 감금해 놓고 완상하는 동안, 미나의

---

7 유미리, 김난주 역, 『여학생의 친구』, 열림원, 2000, 155쪽.
8 Peter Brooks, 이봉지 · 한애경 역, 『육체와 예술』, 문학과지성사, 2000, 62쪽.

몸은 겐이치로의 상상 속에서 기호화되어 '진정한 원조교제'의 상징적 영역으로 편입된다. 그는 미나의 몸을 범하지 않음으로써, 외려 오래 구속하려는 누추한 욕망을 소지한 것이다. 겐이치로의 자기합리화는 소유를 추구하는 자본주의의 추악한 단면을 보여주기에 부족하지 않다.

하지만 미나는 겐이치로의 기대를 배반한다. 그녀는 그가 잠든 새에 탁자 위의 20만엔과 200만엔이 든 봉투 중에서 10만엔만 받겠다는 메모를 남겨 두고 먼저 나가버린다. 그 액수는 원조교제하던 친구의 중절 수술 비용에 상당한다. 미나가 겐이치로에게 섹스를 허용한 것은 친구의 급한 상태를 모면케 해주려는 차용 행위에 불과한 것이다. 그런 사정 때문에 자신의 몸을 저당잡히고 친구의 처지를 도우려고 한 미나는 원조교제를 하고 싶은 마음이 없다. 미나에게 원조교제는 "무언가와 결별하는 것, 무엇인가 상실하는 것"(76쪽)이다. 비록 아버지의 도산으로 원조교제의 가능성을 열어둔 미나지만, 그녀는 '결별'이나 '상실'에 대한 불안을 갖고 있다. 그 불안감이 지속된다면, 그녀는 원조교제 대열에 합류하지 않을 것이다.

유미리가 이처럼 인간의 무한한 욕망을 탐사하는 이유는, 인간의 심리가 지닌 규정하기 힘든 카오스적 속성에 있다. 그녀는 인간의 복잡한 심리적 원형을 추구하는 방편으로 몸을 선택한다. 그리고 그 몸들이 더하여 이루는 가족을 곧잘 채택한다. 그녀에게 개체로서의 몸은 총합으로서의 가족과 크게 다를 바 없는 소재이다. 몸이 왜곡된 후면에는 가족의 일그러진 몸이 있고, 가족은 구성원들의 몸에 새겨진 흔적들이 부딪히면서 허물어진다. 타자의 몸이 나의 몸을 지탱하고, 나의 몸이 타자의 몸을 파괴하는 셈이다. 그러나 그 모습은 두렷하게 드러나지 않는다. 몸이 병균들의 침입에 시나브로 무너지기 전까지 이상없듯이, 가족은 망가지는 그 순간까지 복원 가능한 평형 능력을 가진 것처럼 위장한다. 그래서 진실은 언제나 은폐되어 있어서 실상을 알아차리기 어렵다. 유미리는 한 작품집의 서문에 해당하는 「카오스 속의 진실을 찾아서」에서 이렇게 말하였다.

> 모든 것이 〈사실〉이자 〈거짓〉이라고 하면 사람들은 이상하게 여길까? 나는 역사든 정치든 한 사람의 신변잡기든 그것은 사실임과 동시에 거짓이라고 생각하며, 그런 나의 감각을 믿고 있다.…… 카오스야말로 나한테는 〈진실〉이다.
> (중략)
> 많은 사람들이 나타났다 사라진다. 그것은 나뿐만 아니라 모든 사람들이 경험하는 〈슬픔〉일 것이다. 남는 것은 추억, 기억에 불과하다. 그리고 그 기억이야말로 이야기이며 이야기의 〈변용〉이다. 이것은 자전도 아니고 소설도 아니다.
> 말하리라, 이것은 언어의 집적이며 언어의 토사라고…….[9]

유미리에게 카오스는 진실이고, 슬픔이며, 추억이고, 기억이다. 기억은 이야기이며, 이야기의 변용이다. 그녀에게 카오스는 서사의 원동력인 셈이다. 카오스로부터의 탈출을 소망하는 그녀의 욕망은 '언어의 집적이며 언어의 토사'로 제시된다. 언어는 물질적 요소이기에 기억의 물질화를 요구한다. 물질로서의 기억은 주관적 요소들을 삭제한 뒤에 습관으로 내면화된다. 그녀가 소설 속에서 작가적 체험을 도처에서 반복적으로 활용하는 것도 습관 기억의 외현이다. 그것은 "의식상태들은 조각조각 흩어져 시간과 함께 사라지는 것이 아니라 흐름으로서 그 전체가 기억으로 보존된다"[10]는 지적에 상응한다. 그녀는 생의 이면에 '집적'되어 있는 카오스적 흔적들을 습관기억처럼 '토사'하는 것이다. 그 과정에서 그녀는 그것들이 실은 '나뿐만 아니라 모든 사람들이 경험하

9 유미리, 김난주 역, 『물가의 요람』, 고려원, 1998.
10 황수영, 『물질과 기억, 시간의 지층을 탐험하는 이미지와 기억의 미학』, 그린비, 2007, 26쪽.

는 〈슬픔〉'이기에 '〈진실〉'하다고 믿는다. 그녀는 몸에 새겨진 기억을 통해서 자아를 형성해 가고, 인간들의 카오스적 단면을 형상화하는 것이다. 그에 따라 겐이치로의 이기적 원조교제론도 미나의 이타적 원조교제론도, 결국 '〈사실〉'이자 〈거짓〉'인 동시에 '자전도 아니고 소설도 아니다'는 작가의 논리 앞에 호출된다. 이 점이야말로 그녀의 소설작품에서 몸을 주목해야 하는 이유이다.

2) 몸, 정체성의 장소

유미리 소설 「소년클럽」은 청소년들의 성충동을 다루고 있다. 중학교 입시를 앞둔 슌, 유지, 쥰이치, 나오키는 전철 역 앞에서 여자들의 몸을 훔쳐보는 것으로 소일한다. 한국의 소년들보다 조숙한 일본의 경우지마는, 문제아들의 행동 유형은 흡사하다. 그들에게 관심은 학과 공부가 아니라 여자의 몸을 바라보는 것과 만지는 것, 섹스뿐이다. 부모님의 말씀에 순종하던 슌은 사춘기가 되면서 자위를 배우고, 부모에게 반항하면서 학원을 가지 않고 또래들과 어울려 다니며 컴퓨터게임을 하느라 분망하다. 아빠의 재혼으로 태어난 나오키도 포르노 사진을 보는 등, 슌과 크게 다르지 않다. 소년들은 전철역에서 나오는 여자의 뒤를 쫓아가 능욕하는 것으로 의견 통일을 이루었다. 그들의 성충동을 제어하기에는 학교도 가정도 기성세대도 사회도 부족하기는 마찬가지였다.

유지가 여자의 탱크톱에 손을 대자 여자는 전신을 비틀었다. 유지가 막무가내로 발버둥치는 여자의 몸을 완력으로 굴복시키려다 어깨를 걷어차이자, 자기도 모르게 손을 뗐다. 여자는 새빨개진 얼굴로 기면서 큰길로 도망치려 하였지만, 슌은 여자의 치맛자락을 붙잡고, 유지는 허리를 껴안아 쓰러뜨리고, 나오키와 쥰이치가 탱크톱을 쥐어뜯었다. 유지가 치맛자락을 잡고 어색한 손짓으로 비스듬히 밀어올리고 여자의 머리 쪽에서 손을 내민 나오키가 브래지어를 목까지 잡아당기자 풍만한 유방이 부르르 떨며 드러났다.[11]

강간은 가해자에게는 거의 인식되지 못할 뿐 아니라, 돌아서는 순간에 잊혀져버린다. 피해자는 가해자의 외면 속에서 몸에 남은 치욕의 낙인 때문에 평생을 고통받는다. 그의 고통은 그 세대에서 끝나는 게 아니다. 그는 시간이 흘러갈수록 심각한 내상에 괴로워하고, 후세대에 고백할 수 없는 상처는 세대간의 대화를 분절화한다. 그보다도 더 피해자를 괴롭히는 것은 순결의 상실에 대한 주위의 모멸찬 시선이다. 피해자는 가문을 더럽히고 종족의 순혈을 오염시킨 탓에 집단의 윤리적 심판을 받는다. 그의 몸은 당사자의 몸이 아닌 것이다. 그의 몸은 소속집단의 명예를 떨어뜨린 죄로 경계 밖에 놓이게 되어 집단의 보호를 받지 못한다. 일인을 향한 집단의 야만적 징벌은 집단이기주의의 발로에 다름 아니다. 쇼비니즘이 폭력을 옹호하는 사정도 이로부터 발원한다. 집단에 의한 폭력은 개인에게 충성심을 담보받으려는 욕망이다. 집단은 이익을 보장하기 위해 폭력의 행사를 마다하지 않으며, 개인은 폭력의 가해자가 되는 대신에 집단으로부터 안전을 보장받는 것이다. 나오키가 슌의 제안을 승낙하고 '브래지어를 목까지 잡아당기'며 윤간에 참여하는 것도 또래집단으로부터 소속감을 보전받으려는 궁핍한 바람의 외화이다.

이런 이유로 유미리 소설에서 강간 모티프는 중요한 역할을 수행한다. 그녀는 에세이 『물가의 요람』에서 성장기의 얼룩들을 솔직하게 고백한 바 있다. 그녀는 전학 간 학교에서 일본인 아이들이 팬티를 벗겨버리는 사건을 겪고 나서 자살을 생각한다. 가정의 불안과 학교에서의 부적응으로 인해 그녀는 결석과 가출이 잦아지고, 야마시타공원에서 면도

---

11 유미리. 김난주 역. 『여학생의 친구』. 열림원. 2000. 240~121쪽.

칼로 자해하기도 한다. 어느 날 약물을 과다 복용하여 자살을 시도한 후에 길거리에 쓰러져 있다가 아저씨로부터 강간을 당한다. 그녀는 이 일로 "자신의 인생이 분단되었다"(172쪽)고 느낀다. 자신의 몸과 영혼, 과거와 현재가 격절된 그녀에게 "글로밖에 메울 수 없었던 6년이란 시간"(248쪽)은 "나의 과거에 비석을 세우고 싶었던 것"(249쪽)의 실천이었다. 그녀는 글쓰기를 통해서만 자기구원에 다다를 수 있었고, 세상의 폭력으로부터 벗어날 수 있었다. 유미리가 강간에 대하여 남다르게 분노하고, 그것의 의미역을 시간과 공간까지 확대하는 이유이다.

식민지는 나라가 나라를 강간하는 짓이다. 미군 기지에 능욕당하고 있는 오키나와의 아픔을 이해하려 하지 않는, 본토에 사는 일본인들의 의식이 결국은 차별이다. 오키나와 사람들을 '재일 류쿠인'으로 만들어서는 안 된다.[12]

강간은 말할 것도 없이 폭력적 범죄행위에 속한다. 그것은 단순히 성행위에 그치는 것이 아니라, 타인의 성을 강제적으로 소유하려는 욕망의 실천이며, 타인의 몸을 점령하여 자신의 우월성을 과시하려는 권력에의 의지이다. 자신의 욕구 충족에 전력을 기울인다는 점에서, 강간을 범하는 자는 "지나치게 사회화된 인간이기보다는 덜 사회화된 인간"[13]인 것이다. 거칠게 단순화하여 말하자면, 그는 덜 큰 인간에 지나지 않는다. 그는 윤리적으로 미발달한 상태에서 타인을 제압하려는 동물적본능이 앞서 나타나는 것이다. 그에게는 근본적으로 폭행을 가한다는의식이 부재하기 때문에, 피해자가 자신을 유혹한 것으로 확신한다. 그런 탓에 그는 강간이 범죄란 사실을 인식하지 못하고, 또한 욕망을 해소하고 나서 망각해버린다. 이러한 자기중심적 행태는 그로 하여금 이후

12 유미리, 한성례 역, 『세상의 균열과 혼의 공백』, 문학동네, 2002, 96쪽.
13 Georges Vigarello, 이상해 역, 『강간의 역사』, 당대, 2002, 22쪽.

의 행각을 제어하지 못하도록 방임한다. 자아를 반추할 만한 거울로서의 타자를 갖지 못한 그의 야만적 미성숙성은 강간의 성공에 도취되어 연달아 같은 행위에 탐닉하게 된다.

오키나와라고 부르는 섬은 본래 일본 영토가 아니었다. 고래로 류쿠왕국이 건재하던 섬을 일본이 1879년 강제로 복속하면서 오키나와라는 생소한 이름을 부여한 것이다. 제2차 세계대전 중에 이 섬은 미국과 일본의 격전지였으며, 종전 후에는 미국이 강점하였다. 이 섬은 한국과도 직간접적으로 연관을 맺고 있다. 멀리는 고려의 삼별초가 최후의 보루였던 제주도에서 밀려나 새로 찾았다가 돌아오지 못한 곳이다. 가까이는 미국이 베트남전쟁에서 고전을 면치 못하던 중, 한국을 비롯한 아시아에 대한 군사적 책임을 할당하는 댓가로 1972년 일본에게 반환한 섬이다. 처음 생겨난 이래 고요하고 평화롭던 섬이 지정학적 위치 때문에 이런저런 나라에 점령되면서 고유한 역사마저 망실되고 말았다. 유미리는 일본이 류쿠섬에 은폐된 강간의 역사를 직시하도록 독자들에게 역설한다. 그녀의 주장은 본토에 사는 일본인들의 차별의식이 미국에게 강간당하는 슬픔마저 허용한다는 것이다. 일본인들의 류쿠인에 대한 차별은 한국인에 대한 차별로 확대 재생산되고 있다. 지금도 여전히 일본 내에서 심각하게 자행되는 재일 한국인에 대한 차별은 강간에 다름 아닌 것이다.

아침도 먹지 않고 집을 뛰어나온 슌이 로손에서 산 멜론빵을 구 교사 앞 좁은 운동장에서 먹고 있는데, 운동회에서 기마전을 한 다음부터 담임인 기노시타가 '육탄 삼총사'라 별명을 붙여준 3반의 이데, 야지마, 다니 세 명이 나오키를 툭툭 치면서 나타났다. 슌은 당황하여 벌써 몇 년이나 사용하지 않고 있는 토끼장 뒤로 숨었다.

이데가 나오키의 어깨를 잡고 "너, 한국 사람이란 거 다 알아. 내가 불고 다니기 전에 돈 좀 빌려 주라. 어, 이거 말이야."

나오키는 입술을 꽉 깨물고 이데의 턱 언저리를 쏘아보고 있다. 기름매미의 울음소리가 갑자기 멀어졌다.

"내가 불고 다니면 골치 좀 아프겠지, 안 그러냐, 숨기고 있으니까, 뭐 성이 기무라라고? 진짜는 김이라면서. 난 다 안다고 김씨, 그러지 말고 얌전히 입 꾹 다물고 있을 테니까, 1만엔만 내놔, 어때?"

(중략)

"알았지, 2, 3일 기다려줄 테니까, 나 이래 봐도 화나면 엄청 무섭다고, 니 똥꾸멍 팔지도 몰라, 어."[14]

나오키는 일본에 귀화한 재일 한국인이다 그는 학교 안팎에서 '육탄 삼총사'로부터 협박당하고 있다. 일본인 교사는 그들에게 태평양전쟁 시의 일본 군대를 연상케 하는 별명을 지어주며 행실을 독려한다. 전후 세대에게까지 관습화된 전쟁문화는 여전히 한국인 후손에 대한 차별을 수반하여 복제된다. 세계사적으로 명백한 패전국이면서도 승전국 행세를 하는 전쟁세대의 후손은 돈을 가져오지 않으면 '니 똥꾸멍 팔지도 몰라'라고 겁박하며 성폭력을 암시한다. 그들에게 나오키의 몸은 일본인의 정체성을 위협하는 위해수단이기 때문에, 동성간의 성폭력을 동원해서라도 집단으로부터 격리되어야 한다. 그는 모국어를 구사할 줄 모르지만, 그렇다고 순전한 일본인도 아니어서 끊임없이 경계선상에 노출되어 있다. 유미리가 청소년들 세대의 현안문제에 해당하는 낯익어서 참신하지 않은 성 충동을 다루면서도 재일 한국인 소년을 등장시킨 이유이다. 그 까닭은 "시선에 의한 파악은 타인의 정체성의 본질을 보는 것"[15]이라는 사실에서 추론할 수 있다. 그녀는 소년들에 의한 강간이나 일본인 소년들의 한국계 소년에 대한 협박을 동일한 차원에서 파악하고

---

14 유미리. 김난주 역, 『여학생의 친구』, 열림원, 2000. 177~178쪽.
15 Davd Le Breton, 홍성민 역, 『근대성과 육체의 정치학』, 동문선, 2003. 121쪽.

있는 것이다.

　「너희들이 돌아간 다음, 동네 사람들 눈치가 이상하다. 혹시 너 바깥에서 한
국 말 쓴 거 아니냐?」
　「그런 일 없어요.」
　「애들한테도 물어 봐.」
　「애들은 한국 말 할 줄도 모르는데.」
　「혹 이름을 춘수나 춘봉으로 부른 건 아니겠지?」
　엄마는 도중에 입을 다물고 전화를 끊고 말았다.
　어쩌면 그때 처음으로 내가 한국인이라는 사실을 의식하게 되었는지도 모르
겠다. 나한테는 아무한테도 밝혀서는 안 되는 캄캄한 굴 같은, 조심조심 걷지
않으면 언젠가 발을 헛디딜 수도 있는 〈함정〉 같은 것이 있다고 생각했다.[16]

　나오키가 기무라로 성을 바꿨으면서도 일본인 소년들로부터 집단적
괴롭힘을 당하는 것처럼, '나'는 한국어를 사용한 혐의로 엄마로부터 훈
계를 듣는다. 나는 그때부터 한국인이라는 사실을 의식하게 되어 '아무
한테도 밝혀서는 안 되는 캄캄한 굴 같은, 조심조심 걷지 않으면 언젠가
발을 헛디딜 수도 있는 〈함정〉 같은 것이 있다'는 생각에 사로잡힌다.
나는 "억압된 기억은 사라지는 것이 아니라, 그것을 끄집어 내 정면으
로 마주하고 새롭게 의미화하기 전에는 계속해서 증상으로 회귀한다"[17]
는 사실을 깨닫고, 근원적 물음을 해소하여 자아정체성을 확보할 목적
으로 조상의 땅을 찾아나선다. 물리적 공간으로서의 고향이 기억의 고
향으로 변주된 셈이다. 유미리는 『8월의 저편』에서 외할아버지 양임득
의 고향 밀양에 함의된 공간적 의미를 서사화하였다. 그가 손기정과 마

16 유미리, 김난주 역, 『물가의 요람』, 고려원, 1998, 53쪽.
17 김석, 「몸의 기억과 환상」, 몸문화연구소 편, 『기억과 몸』, 건국대출판부, 2008, 96쪽.

라톤에서 자웅을 겨루던 쟁쟁한 실력파였던 사실은 유미리가 밀양을 찾아가는 여정이 역사적 맥락과 연결될 수밖에 없는 저간의 사정을 알려준다. 그녀의 정체성은 양임득을 매개로 식민지시대와 연결되면서 민족적 차원으로 편입된다.

①밀양강이 내려다보이는 산허리에 있는 영남루는 소실된 영남사(嶺南寺) 자리에 세워진 영빈관의 일부를 1884년에 재건한 것이라 알려지고 있다. 영남루는 건물 자체보다 밀양강과 종남산의 아름다움을 보여주기 위해 세워진 것이라 해도 좋을 만큼, 강을 등지고 계단을 올라가 영남루에 서서 강을 바라보았을 때의 아름다움이 이루 형용할 길 없다. 그 옛날 미리벌이라 불렸던 평야의 저 먼 끝가지 내다보인다.[18]

②언젠가 어디선가 본 적이 있는 마을.
(중략)
언젠가 어디선가 본 마을, 언젠가 어디선가 만난 적 있는 것 같은 사람들,
(중략)

언젠가 어디선가 본 마을.
밀양에 머물고 있는 동안 나는 줄곧 강물의 흐름을 느꼈다. 누구나 마음속에는 강물이 흐른다. 그것을 핏줄이라고 말하고 싶지는 않다. 아마도 그것은 천년의 기억이리라.[19]

유미리는 영남루에서 밀양강과 종남산 등을 호출하여 '영남루에 서서 강을 바라보았을 때의 아름다움'을 완성한다. 밀양은 외할아버지의 고

---

18 유미리, 김난주 역, 『8월의 저편』 상, 동아일보사, 2004, 132쪽.
19 유미리, 『세상의 균열과 혼의 공백』, 55쪽.

향이다. 미리라는 이름이 밀양의 옛이름 미루벌을 한자로 표기한 것이기에, 밀양강에 와서 유미리는 비로소 '생명'이 된다. 그녀는 1999년 일본인 유부남과의 사이에 아이를 갖게 된 후에 미혼모라는 사실을 커밍아웃하였다. 그녀는 소설 「생명」에서 재일 한국인 여성이 아버지 없이 아이를 출산할 경우 생기는 문제들을 취급한 바 있다. 그녀는 이 작품에서 한 '생명'이 태어나 국적을 취득함으로써 비로소 온전한 '생명'으로 자리매김되는 과정을 서술하였다. 갓 태어난 생명이 국적을 취득하는 것은 자의적 선택이 아니다. 순전히 부모의 의지에 따라 생명은 국적을 일방적으로 부여받는 것이다. 하지만 그 생명이 유미리처럼 혈연상의 계보를 인식하게 되면, 자신이 온전한 생명이 아닌 줄 알게 된다. 그녀는 아이가 미래에 자신의 길을 답습하게 될 줄 알고 있다. 그녀는 아이에게 '핏줄'의 중요성을 깨닫게 해주기 위해 밀양에서 먼저 자신의 '핏줄'을 찾는 것이다.

그녀는 영남제일루에서 '평야의 저 먼 끝가지' 바라본다. 그곳은 '언젠가 어디선가 본 적이 있는 마을'이다. 세 번에 걸쳐 되풀이 되는 이 구절에 의해 유미리는 '누구나 마음속에는 강물이 흐른다'는 보편적 감정을 공유하게 된다. 그 사실은 성장기에 일본 아이들로부터 소외당하며 자살 충동으로 이어졌던 비극적 아픔마저 삭여준다. 또 그녀는 '천년의 기억'을 통해서 국민보도연맹 소동에 휘말려 일본으로 달아났던 외할아버지의 수수께끼 같은 퍼즐을 맞추어 나가다가, 그녀는 물의 흐름에 힘입어 '언젠가 어디선가 만난 적 있는 것 같은 사람들'과 조우한다. 밀양강이 그녀가 찾던 천년의 핏줄을 되살려준 것이다. 이처럼 회상은 "개인적인 정체성의 확립이라는 차원을 넘어서 집단적인 자아로서 민족의 정체성을 수립하기 위한 수단"[20]이 되기도 한다는 점에서, 유미리의 회

---

[20] 정항균, 『시시포스와 그의 형제들』, 을유문화사, 2009, 20쪽.

상은 개인적 정체성과 민족적 정체성을 일치시키려는 의도의 산물이다. 이런 측면에서 그녀가 양임득의 해원을 위해 굿판을 벌이며 시작하는 『8월의 저편』에서 마라톤대회에 참가하는 장면을 삽입한 것은 당연하다.

큐큐파파 누가 있든 무엇이 있든 큐큐파파 돌아갈 수는 없다 돌아본다 해도 큐큐파파 돌아갈 수는 없다 그러니까 큐큐파파 큐큐파파 자신으로 돌아갈 모든 단서는 불필요하다 큐큐파파 위치도 시간도 큐큐파파 이름도 큐큐파파 큐큐파파 숨만을 내쉬고 바람만을 들이쉬고 숨의 앞으로 큐큐파파 삶과 죽음이 교차하는 큐큐파파 그 순간의 앞으로 큐큐파파 큐큐파파 큐큐파파 큐큐파파 큐큐파파 큐큐파파 큐큐파파 큐큐파파 큐큐파파 자유![21]

유미리는 할아버지를 따라 마라톤대회에 참가하여 그와 체험을 공유한다. 그녀는 장거리 경주를 통해서 할아버지가 날마다 달리기 한 이유를 깨닫는다. 그녀의 참가는 "누군가가 자신이 수행한 것처럼 행동한 일차적 이유를 안다는 것은 그 행동이 이루어진 의도를 안다는 것"[22]처럼, 외할아버지의 달리던 사연을 알아보려는 복선이다. 그녀는 달리기는 동안에 "큐큐파파 할배가 달릴 때는 가슴에 달지 못한 국기 큐큐파파 나는 태어날 때 이미 잃어버렸던 국기 큐큐 파파 내 아들의 나라와는 다른 국기"(『8월의 저편』 상, 77쪽)를 생각하며 통곡한다. 국기라는 깃발 하나가 세대를 거치는 동안에 각자 어울릴 수 없는 의미로 분편화된 사실 앞에서, 그녀는 할아버지의 고독한 생을 짐작하게 된다. 할아버지는 '자유'를 위하여 날마다 죽는 날까지 달렸던 것이다. 아무도 알아들을 수 없는 '큐큐파파'라는 소리를 내면서 할아버지는 밀양의 산천으로 돌아

---

21 유미리, 김난주 역, 『8월의 저편』 하, 동아일보사, 2004, 430쪽.
22 Paul Ricœur, 김웅권 역, 『타자로서 자기 자신』, 동문선, 2006, 110쪽.

가려는듯, 달리는 동안에 밀양에서 달리기 연습을 하던 시절의 환상기억을 체험하였다. 그러므로 그에게는 달리기만이 본연의 모습으로 돌아가는 유일한 길이었다. 유미리는 달리는 동안에 할아버지의 숨결을 알게 되고, 자신의 정체성을 찾게 되었다.

"나뿐만 아니라 작가란 정체성을 상실한 그 지점에서부터 뭔가를 쓰기 시작하는 게 아닐까요? 부모님이 조국 한국을 떠나 일본으로 건너왔을 때부터 나의 유랑은 시작되었던 겁니다."[23]

유미리를 위시한 재일 한국계 작가들은 불확실한 정체성으로 방황하는 몸의 주체들이다. 그들의 몸은 한국이나 일본, 어느 나라에도 온전히 속하지 않는 부유하는 구체물이다. 유미리는 몸을 표나게 정면에서 다룬다. 예를 들어 소설 『남자』(문학사상사, 2000)를 볼 양이면, 그녀는 "자신의 몸에 매력을 느끼고 사랑을 쏟아 붓는 여성을 찾아 헤매는 남자를 주인공으로 만들어 소설을 써야겠다"(19쪽)는 결심으로 눈부터 등까지 18개 부위를 정밀하게 탐색한다. 그녀를 따라 '남자'의 각 부위를 구경하노라면 하나의 몸이 작품으로 완결된다. 더욱이 "자아의 정체성에 대한 탐색 및 추구를 명시적으로 다루는 작품은 기본적으로 '자아중심적인 서술문학'의 구조를 지니고 있어야 한다"[24]면, 몸에 각인된 흔적들은 자신의 정체성과 결부시켜 서사화되기에 적합하다. 이런 견지에서 보더라도, 유미리의 작가적 욕심은 정체성의 상실에서 유래한 것이어서 몸에 집중될 수밖에 없다. 아울러 그녀가 '부모님이 조국 한국을 떠나 일본으로 건너왔을 때부터 나의 유랑은 시작되었던 겁니다'고 말하는 것을 보면, 외할아버지의 원혼을 달래는 굿을 열어주면서 『8월의 저편』이라는

23 유미리, 한성례 역, 『세상의 균열과 혼의 공백』, 문학동네, 2002, 57쪽.
24 정항균, 『므네모시네의 부활』, 뿌리와 이파리, 2005, 45쪽.

두 권짜리 장편소설을 쓴 이유를 재확인할 수 있다. 그녀에게 소설쓰기란 정체성을 확인하는 행위이고, 몸은 정체성을 발견할 수 있는 장소인 것이다.

3. 결론

재일 한국인 문학은 일본의 주류 문단으로부터 소외되어 왔다. 일본민족의 고유한 배타성과 사회의 폐쇄성은 그들을 국민으로 수용하기를 거부한 탓이다. 역사상으로 일본인들은 정치한 '침묵의 카르텔'을 형성해 두고, 자민족 외의 타민족을 철저히 배제해 왔다. 그것은 섬나라 특유의 후진성과 문화적 특성에서 기인한 것이다. 화산으로 생겨난 섬의 태생적 한계는 자원을 찾아 끊임없이 주변을 탐색하도록 부추겼고, 그러한 움직임 속에서 상대국에 대한 열등감은 공격적 성향으로 표출되었다. 그러한 역사적 습관이 지금도 작동하여 외국인들을 외면하고 무시하고 있다. 그들의 감독자적 시선은 상대자의 몸에 집중적으로 가해졌고, 유미리가 몸을 주목하여 소설화한 근원적인 사정도 별반 다르지 않다.

이 점에서 앞서 살펴본 「여학생의 친구」나 「소년클럽」에서 유미리가 기시감을 발동하고 소설적 관심을 표하는 것은 유의미하다. 한 개인의 삶은 당대적 의미를 함의한 까닭에, 그의 몸은 사회적 환경으로 구성된다. 그가 받게 되는 각종 시선은 몸에 집적되어 있다. 유미리는 성장 과정에서 자신의 몸에 아로새겨져 있는 감시와 배제의 경험을 습관처럼 기억한다. 그녀가 「여학생의 친구」에서 원조교제를 다룬 것도 성 문제가 연령간의 금전적 거래행위에 그치는 것이 아니라, 사회의 구조적 요인에 의해 발생한다는 사실을 호소하고 싶었던 것이다. 또 「소년클럽」

에서 소년들의 성충동을 강간과 재일 한국인 학생에 대한 괴롭힘을 동
치화한 것도, 그것이 사회적 차원에서 접근하지 않으면 안 되는 문제의
복합성을 보여주려는 바람 때문이었다. 그녀의 노력은 한 인간의 정체
성 형성에 기여하는 몸의 중요성을 소설화한 발언으로 수렴된다.

(『시와 동화』, 2011, 봄호)

찾아보기